Maya Shepherd

Jack the Ripper's Sammlung der Herzen

Drachenmond Verlag

2023

Drachenmond Verlag GmbH
Auf der Weide 6
50354 Hürth
http://www.drachenmond.de
E-Mail: info@drachenmond.de

Lektorat: Stephan R. Bellem
Korrektorat: Michaela Retetzki
Satz & Layout: Astrid Behrendt
Umschlag- und Farbschnittdesign:
Alexander Kopainski
Bildmaterial: Shutterstock
Druck: Booksfactory

ISBN 978-3-95991-751-3

Für meine Lieblingssteffi,
ohne die dieses Buch erst sehr viel später
oder vielleicht auch gar nicht geschrieben worden wäre.

1

Jeder, der schon einmal in Ohnmacht gefallen war, kannte das Gefühl der vollkommenen Orientierungslosigkeit, wenn das Bewusstsein zurückkehrte. Es war wie das Aufwachen aus einem tiefen Schlaf. Sobald man die Augen öffnete, wurde man sich klar darüber, dass man nicht dort war, wo man sein sollte: im eigenen Bett.

So empfand ich am 9. November 1888, als ich an einem mir unbekannten Ort wieder zu mir kam. Mir passierte das nicht zum ersten Mal. Der übermäßige Verzehr von Spirituosen führte zu Gedächtnislücken. Deshalb kam es häufiger vor, dass ich meine Nacht in einem der zahlreichen Pubs von Whitechapel begann, mich am Morgen jedoch ganz woanders wiederfand. Oft in Begleitung, deren Namen ich nicht kannte oder mich nicht einmal daran erinnern konnte, sie je zuvor gesehen zu haben.

Dieses Mal war es anders. Das spürte ich deutlich. Ich war anders. Es war eine Gewissheit, die mehr auf einem Gefühl beruhte, als durch eindeutige Hinweise belegt wurde. Vielleicht lag es auch an der verstörenden Tatsache, dass mich vier Frauen musterten, als hätten sie nur auf mein Aufwachen gewartet. Ihre Gesichter kamen mir vage bekannt vor, aber ich konnte keine von ihnen zuordnen. Sie waren alle vier von unterschiedlicher Statur und Alter. Nur eines hatten sie gemeinsam: den Charme des Londoner East End. Ich sah ihn in ihrer fahlen Haut, die mit zu wenig Sonne und zu viel Smog in Berührung kam. In ihren müden Augen lag die Härte von Menschen, die immer wieder enttäuscht worden waren. Von anderen. Von sich selbst. Vom Leben.

Ein bisschen war es, als würde ich in einen Spiegel sehen, denn ich erkannte mich in jeder dieser Frauen wieder.

Mein Blick schweifte durch den fensterlosen Raum, bei dem es sich um eine Art Gewölbekeller handeln musste. Das Licht von etwa einem Dutzend flackernder Kerzen, die rund um mich verteilt waren, vertrieb die Dunkelheit und sorgte zugleich für zuckende Schatten an den feucht glänzenden Wänden. Naserümpfend setzte ich mich auf und erwartete, den modrigen Gestank eines schimmelverseuchten Zimmers wahrzunehmen, aber ich roch gar nichts. Als ich an mir hinabsah, bemerkte ich nicht nur, dass ich fremde Kleidung trug, sondern mich in einem Kreis aus seltsamen Symbolen befand, die mit einer dunklen Flüssigkeit auf den Boden geschmiert worden waren. Blut.

Kopfschüttelnd versuchte ich, den Gedanken zu vertreiben, und fuhr mir mit den Händen übers Gesicht. Schnell stellte ich fest: Ich war unverletzt. Mir ging es gut. Abgesehen davon, dass ich womöglich bei einer okkulten Sekte gelandet war.

»Der Moment nach dem Erwachen ist der seltsamste«, richtete eine der Frauen das Wort an mich. Ihre Stimme klang mitfühlend, so als hätte sie selbst das auch schon erlebt.

Verwirrt fuhr ich zu ihr herum. Ihr dunkles Haar reichte ihr bis zu den Schultern und hatte dieselbe Farbe wie ihre Augen, die im Kerzenschein fast schwarz wirkten. Falten zogen sich über ihre Stirn, umrahmten die Augen und verliehen ihrem Mund einen missgelaunten Ausdruck, dennoch ließen sie nicht auf ihr Alter schließen, denn im East End hatte jeder Falten. Jeder hatte Sorgen. Selbst Babys kamen schon mit Kummer auf die Welt. Die wenigsten von ihnen erreichten das dritte Lebensjahr.

»Ich verstehe nicht«, war alles, was ich hervorbrachte, und dennoch fassten diese drei schlichten Worte perfekt zusammen, was mir gerade alles durch den Kopf ging: Wo war ich? Wer waren die anderen Frauen? Warum war ich an diesem Ort? Was war dies für ein Ort? Was hatten die Symbole am Boden zu bedeuten? Wie war ich hierhergekommen? Warum konnte ich mich nicht erinnern?

Die Frau blickte mit erhobenem Kinn und einer Gleichmut auf mich herab, als könnte nichts, was ich sage, sie überraschen. »Ich bin

Polly«, stellte sie sich mir vor, ohne auch nur den Versuch zu unternehmen, mir irgendetwas zu erklären. Sie deutete auf die kleine, korpulent gebaute Frau rechts von sich, die ihr grau-braunes Haar unter einer weißen Haube trug. Eine tiefe Traurigkeit lag in ihren grauen Augen, deren Anblick mir das Herz schwer machte. »Das ist Annie.«

Die Dritte der Runde machte einen Schritt auf mich zu und streckte mir ihre von Schwielen gezeichnete Hand entgegen. Sie hatte lange, schlanke Finger, die ihrem restlichen Körper entsprachen. Sie überragte die anderen Frauen um mindestens einen Kopf, was ihr eine gewisse Erhabenheit verlieh. Es war jedoch nicht ihre Größe, die sie stark erscheinen ließ, sondern der unbeugsame Ausdruck in ihrem Gesicht, das von schwarzem Haar eingerahmt wurde und im Kontrast zu ihren blauen Augen stand. »Mein Name ist Elizabeth, alle nennen mich Liz.«

Zögerlich legte ich meine Hand in ihre und ließ mich von ihr mit festem Griff hochziehen. Obwohl die Berührung nicht lange andauerte, löste sie etwas in mir aus. Erst konnte ich es nicht benennen, dann wurde mir bewusst: Es war das Fehlen von etwas. Ich hatte die Hornhaut an ihrer Handinnenfläche überhaupt nicht gespürt. Meine Hand in ihrer fühlte sich taub an, als würde ich eine Wand anfassen. Da war weder Wärme noch Kälte gewesen.

Bevor ich darüber nachdenken konnte, was das zu bedeuten hatte, stellte sich mir die Letzte der Anwesenden vor. »Catherine«, murmelte sie mit gesenktem Kopf. Auch wenn ich ihr Gesicht nicht richtig sehen konnte, fiel mir sofort auf, wie hübsch sie war. Langes blondes Haar ergoss sich in sanften Wellen auf ihre zierlichen Schultern. Ihre Haut hatte einen zarten Pfirsichton, der nicht in die graue Tristesse von Whitechapel passte. Vielleicht lag es an ihrer Jugend. Sie konnte kaum älter als zwanzig sein, wenn überhaupt. Trotzdem bestand kein Zweifel daran, dass das Schicksal bereits seine grausamen Klauen in sie gebohrt hatte. Ihre herabhängenden Schultern, niedergedrückt von einer unsichtbaren Last, verrieten es mir. »Du bist Mary Kelly, oder?«, fragte sie mich mit einer Stimme so zart und zerbrechlich wie Glas, ohne den Blick zu heben.

»Ja«, bestätigte ich ihr erstaunt. »Woher weißt du das?«

Nun sah sie mich doch an, mit Augen so blau wie der Ozean, aber feucht von Schuld. Ihre Unterlippe bebte, als könnte sie die Tränen nicht mehr lange zurückhalten.

Ihr Gesicht.

Ich hatte es schon einmal gesehen.

Nicht persönlich, sondern nur in der Presse. Es war in jeder Zeitung in den letzten Wochen gewesen. Ich kannte sogar ihren Nachnamen, obwohl sie ihn mir nie genannt hatte: Catherine Eddowes. Besser bekannt als das vierte Opfer des Rippers, ein Mörder, der seit zwei Monaten im East End für Angst und Schrecken sorgte. Er zeichnete sich durch seine Brutalität aus, denn er tötete die Frauen, ausschließlich Prostituierte, nicht nur, sondern verstümmelte sie und entnahm ihnen Organe. Die Polizei tappte völlig im Dunkeln darüber, wer der Täter sein könnte.

Bestürzt legte ich mir eine Hand über den Mund und konnte nicht begreifen, wie diese junge Frau hier vor mir stehen konnte. Wie sie atmen konnte. Ihr Körper war zerfetzt worden. Die Zeitungsartikel hatten ausgiebig darüber berichtet, und ich hatte jeden einzelnen davon gelesen, weil ich nicht genug von dem Schrecken bekam. Der Ripper hatte ihr nicht nur die Gedärme aus dem Leib gerissen und über ihrer Schulter platziert, sondern ihr die verdammte Nase aus dem Gesicht geschnitten. Trotzdem stand dieselbe Frau nun lebendig vor mir mit einem makellosen Stupsnäschen wie eine Porzellanpuppe. Das war unmöglich! Ich musste mich täuschen.

Fassungslos begann ich mich im Kreis zu drehen, von einer Frau zur anderen zu sehen: Polly, Annie, Liz und Catherine.

Sie waren alle Opfer. Es waren nicht nur ihre Namen, sondern auch ihre Gesichter, die ich wiedererkannte. Jetzt ergab es Sinn, weshalb sie mir direkt so bekannt vorgekommen waren. Gleichzeitig ergab gar nichts mehr einen Sinn.

»Das ist der Moment unseres Ruhms, Ladys«, raunte Polly in die Runde. Es klang gehässig, als wäre sie meines Schocks überdrüssig. »Wer weiht sie ein?«

Liz, die mir am nächsten stand, berührte mich sanft an der Schulter, aber ich wich vor ihr zurück, als hätte sie mir einen Stromschlag verpasst. Das hielt sie dennoch nicht davon ab, die entsetzliche Wahrheit auszusprechen. »Du bist tot, Mary.«

»Genauso tot wie jede von uns«, ergänzte Annie tröstend, als wäre der Tod weniger schlimm zu ertragen, wenn man ihn nicht allein erleiden musste.

Polly schnalzte mit der Zunge. »Mausetot.« Im Gegensatz zu Annie schien sie keinerlei Mitleid mit mir zu haben, sondern die Situation amüsant zu finden, wenn nicht sogar zu genießen.

Ich streckte beide Hände von mir und schritt rückwärts aus ihrer Mitte. »Nein!«, widersprach ich ihnen bestimmt. »Das ist nicht wahr! Ich bin nicht tot! Unmöglich!«

Das harte und freudlose Gelächter von Polly hallte von den nackten Wänden wider. Es war wie eine Ohrfeige, die mich bis ins Mark erschütterte.

»Ich kann nicht tot sein«, begann ich mich hilflos zu rechtfertigen, wobei meine Stimme immer dünner wurde und zu brechen drohte. »Ich kann mich bewegen, ich atme …« Keuchend schnappte ich nach Luft, drängte die Tränen in meinen Augen zurück und presste mir eine Hand über meine linke Brust. »Mein Herz schlägt!«

»Bist du dir da ganz sicher?«

Die Worte kamen von einem Mann direkt hinter mir.

Panisch wirbelte ich zu ihm herum und starrte in dunkle, emotionslose Augen, die so kalt wie geschliffener Onyx glänzten. Buschige Augenbrauen erhoben sich darüber, die meinen Blick zu dem edlen Zylinder auf seinem Kopf lenkten. Ich hätte gern behauptet oder wenigstens mir selbst eingeredet, dass ich diesen Mann noch nie zuvor gesehen hatte, aber das konnte ich nicht, denn ich erinnerte mich an ihn.

Er hatte mich angesprochen, als ich aus dem *Ten Bells*-Pub taumelte. Obwohl ich schon ziemlich betrunken gewesen war, hatte ich einige Details nicht vergessen: Neben seinem Zylinder war mir direkt sein langer Mantel mit Pelzkragen und die Krawatte mit der Hufeisennadel aufgefallen. In seiner Weste hatte eine massive Goldkette mit einem roten, funkelnden Stein gesteckt. Er hatte den Eindruck von Wohlstand erweckt, und ich hatte ihn für einen jener älteren Männer gehalten, die sich nur nach Whitechapel verirrten, um einen ganz bestimmten Dienst in Anspruch zu nehmen. Das waren mir die liebsten Freier, denn sie zahlten gut. Mit den Händen, die damals wie heute in hochwertigen Lederhandschuhen steckten, hatte er mir ein Päckchen, eingeschlagen in braunes Papier, entgegengehalten und mich gefragt, ob ich mein Halstuch verloren habe. Er würde mir gern ein neues schenken.

Entsetzt griff ich mir an den Hals und spürte den feinen Seidenstoff durch meine Finger gleiten. Ich brauchte keinen Spiegel, um zu wissen, welche Farbe das Tuch hatte: Es war rot.

Der Mann, der mir nun gegenüberstand, hatte es mir umgelegt, bevor wir zu meiner Unterkunft aufbrachen. Zusammen waren wir die Treppen emporgestiegen. Was immer danach in meinem Zimmer geschehen war, hatte mich in diesen Keller geführt.

Er wusste, ich erinnerte mich an ihn. Die Handbewegung an meinen Hals hatte mich ebenso verraten wie das Entsetzen in meinem Blick. Unter seinem dünnen Schnurrbart, der an den Ecken nach oben gezwirbelt war, breitete sich ein zynisches Schmunzeln aus. »Rast dein Herz? Pocht es gegen deine Brust, als wollte es fliehen?«

Genau das glaubte ich zu fühlen, doch mit Bestürzung musste ich feststellen, dass dies nicht stimmte. In meiner Mitte regte sich nichts. Kein Blut rauschte in meinen Ohren. Kein Puls ließ meine Venen vibrieren.

Ich war tot.

Wie durch einen Schleier beobachtete ich, wie der Mann ein Gefäß aus seinem Mantel hervorholte. Es war ein Einmachglas, wie sie ältere Frauen manchmal benutzten, um darin eingelegtes Obst oder Marmelade aufzubewahren. Nun schwamm in der rauchig grünen Flüssigkeit ein Fleischklumpen, den ich erst bei genauerem Hinsehen als Herz identifizieren konnte.

Mein Herz.

Mit einem dumpfen Geräusch klopfte der Mann gegen das Glas. »Dieses kleine, unscheinbare Organ, um das sich so viele Mythen drehen, ist der Grund dafür, dass du noch hier bist.« Er entblößte seine Zähne in einem raubtierhaften Grinsen. »Und ich natürlich.«

Ehe ich mich's versah, packte er mich am Oberarm und zerrte mich zurück in die Mitte des Raums, dorthin, wo die unheimlichen Symbole auf dem Boden prangten. Die anderen Frauen scharten sich um uns, als wären sie Motten und unser Mörder das Licht.

»Du kannst mich Jack nennen«, verkündete er mir selbstgefällig und ließ mich wieder los. »Es wäre wohl etwas zu viel verlangt, mich mit Gebieter oder Schöpfer anzusprechen, auch wenn ich letztlich genau das für dich bin.« Er sah kurz in die Runde, als wollte er die anderen noch mal an seine Bedeutung erinnern. »Für euch alle.«

Zu meinem Erstaunen nickten sie wie brave Lämmer.

»Die Zeichen, die du hier siehst, sind das Werk jahrzehntelanger Forschung«, fuhr er stolz fort und deutete auf jedes einzelne davon, als präsentierte er mir seinen wertvollsten Besitz. In seiner anderen Hand hielt er das Glas mit meinem Herz, wobei die Flüssigkeit darin bei jeder seiner Bewegungen auf und ab schwappte. »Ich bin um die halbe Welt gereist, um die dunklen Künste verstehen zu lernen. In Afrika habe ich mit Voodoo-Priestern gearbeitet, und in Indien habe ich die Wunder der Bhils-Magier mit eigenen Augen erlebt. Meine Macht basiert auf dem Wissen verschiedenster Kulturen und Generationen. Nur deshalb ist es mir gelungen, eine neue Daseinsform zu schaffen.«

Er streckte seine behandschuhten Finger nach mir aus, als wollte er mir durchs Haar fahren. Angewidert wich ich vor ihm zurück. Als Irin war ich katholisch erzogen worden, und auch wenn ich dem Glauben in den letzten Jahren keinen großen Wert in meinem Leben beigemessen hatte, so kamen mir seine Behauptungen nicht nur absurd, sondern falsch vor. Die Art, wie er über den Okkultismus sprach, ließ mich seine Faszination dafür erahnen. Die meisten Männer, die ich kennengelernt hatte, sehnten sich nach Anerkennung. Jack schien in der schwarzen Magie etwas gefunden zu haben, was ihm das Gefühl gab, wichtig zu sein – unersetzbar.

Meine Zurückweisung kränkte ihn nicht im Geringsten. Er brauchte nur seine Hand auszustrecken und Polly trat bereitwillig an seine Seite. In ihrem Blick fand er die Bewunderung, auf die er es abgesehen hatte.

»In vielen Religionen wird die Ansicht vertreten, der Tod sei nicht das Ende, sondern vielmehr ein Anfang«, fuhr er ekstatisch fort. »Ich habe für euch eine Tür geöffnet, die es euch ermöglicht, für die Gerechtigkeit zu sorgen, die euch im Leben verwehrt blieb. Nie wieder wird eine von euch Schmerz erdulden müssen. Nie wieder werden andere auf euch herabsehen. Nie wieder werdet ihr schwach sein.«

Mir war nicht ganz klar, wie er dafür sorgen wollte. Zwar waren wir tot, doch das änderte nicht, wer wir waren. Ich blieb Mary Kelly, eine Prostituierte aus dem East End. Mein Tod machte mich nicht zu einer Königin.

»Wer hat dir unrecht getan, Mary?«, wandte Jack sich direkt an mich. »Wer hat dir im Leben so übel mitgespielt, dass du dich gern an ihm gerächt hättest, aber einfach nicht die Möglichkeit dazu hattest?«

Ich dachte über seine Frage nicht einmal nach, sondern schüttelte nur den Kopf. »Ich hege gegen niemanden Groll.« Außer vielleicht gegen Jack, der mich umgebracht hatte, auch wenn er sich gerade als mein großer Retter aufspielte.

Polly lachte spöttisch auf. »Schätzchen, du hast nicht genug Finger, um all jene aufzuzählen, die deine Rache verdient haben. Wir sind hier unter uns. Du brauchst nicht länger die Großmütige zu spielen.«

»Was ist mit den Freiern, die nicht nur grob waren, sondern sich auch noch geweigert haben zu zahlen?«, pflichtete Liz ihr bei. »Erzähl mir nicht, du hättest nie mit solchen Bekanntschaft gemacht!«

Ihre Erwähnung sorgte für ein unangenehmes Ziehen in meiner Magengegend. Natürlich war auch ich vor solchen Erfahrungen nicht verschont geblieben, aber ich hatte gelernt sie zu verdrängen, anstatt mich mit der Erinnerung an sie zu quälen. Die Vergangenheit ließ sich nicht ändern, geschehen war geschehen, wichtig war nur, sich nicht unterkriegen zu lassen und weiterzumachen, erhobenen Hauptes. Immerhin stellten solche Kunden die Ausnahme dar.

»Vielleicht hattest du auch einen gewalttätigen Ehemann«, mutmaßte Annie. »Ein Dreckskerl, der dich grün und blau geschlagen hat, nur weil ihm gerade danach war. Selbst wenn du dich gegen ihn gewehrt hättest, wärst du zu schwach gewesen, um ihn ernstlich zu verletzen.« Schaudernd rieb sie sich über die Arme. Sprach sie aus Erfahrung?

»Ich war nie verheiratet«, merkte ich an, auch wenn es nicht von Bedeutung sein sollte. Es brauchte keinen Ring am Finger einer Frau, um die Hand gegen sie zu erheben.

»Hast du Familie in London?«, hakte Polly nach, aber ließ mir nicht einmal Zeit, um zu antworten. »Selbst wenn, wirst du wahrscheinlich kaum Kontakt zu ihnen gehabt haben, nicht wahr? Mütter, Väter, Brüder, Schwestern.« Sie schnaubte verächtlich. »Alle wenden sich von Menschen wie uns ab, weil sie sich für etwas Besseres halten. Du nimmst die Erniedrigung in Kauf, suchst sie auf, nur um sie um ein paar Pence zu bitten, und sie knallen dir die Tür vor der Nase zu. Ihre Beleidigungen gibt es umsonst dazu.«

Dieses Mal verkniff ich es mir, etwas zu erwidern. Zusammen mit meinen Eltern und Geschwistern war ich als Kind nach London gekommen. Als irische Einwandererfamilie hatte man es damals wie heute nicht leicht. Meine Mutter starb kurz nach der Einreise an Schwindsucht, weil wir uns keinen Arzt oder Medikamente leisten konnten. Mein Vater folgte ihr ein paar Jahre später, als es zu einem Unfall in der Fabrik kam, in der er arbeitete. Auf uns allein gestellt, gingen meine Geschwister und ich jeder unserer Wege – verteilt wie Samenkörner im Wind.

»Es ist der mangelnde Respekt der Leute, der am meisten schmerzt«, fügte Catherine leise hinzu. »Sie sehen einen an und glauben alles zu wissen, dabei haben sie keine Ahnung. Für Frauen wie uns ist es völlig sinnlos, sich an die Gesetzeshüter zu wenden, denn ganz gleich, was uns auch angetan wurde, wir sind für sie immer die Schuldigen.«

Die anderen nickten zustimmend, und auch ich merkte, wie meine Gegenwehr langsam schwand. Vieles von dem, was sie beklagten, war mir schmerzlich vertraut. Wie oft hatte ich es erlebt, dass Menschen mich auf offener Straße beschimpften? Wie oft waren meine Beschwerden von Gesetzeshütern nicht ernst genommen oder gar belächelt worden? Wie oft hatten Männer mich behandelt, als wäre ich nicht mehr als ein Stück Fleisch? Der alte Groll, den ich so lange verdrängt hatte, begann sich erneut in meiner Mitte zu regen.

»Vergesst nicht jene, die das Sagen in diesem Land haben und etwas an eurer Situation hätten ändern können, aber stattdessen lieber Pfeife geraucht oder sich mit Kaviar vollgestopft haben«, mischte sich Jack ein. »Sie sind diejenigen, die am eigenen Leib erfahren müssen, was Elend bedeutet.«

Die Last der Ungerechtigkeit war ein ewiges Thema. Es gab immer Menschen, die mehr als man selbst hatten, aber zugleich auch jene, die noch weniger besaßen. Damit hatte ich mich stets zu trösten versucht. In diesem Raum mit den anderen Frauen, deren Gesichter der Kerzenschein in entschlossene Masken verwandelte, und angeheizt von ihrer Wut, wollte ich mich nicht mehr in Demut üben, sondern meine Stimme erheben und nach mehr verlangen.

»Ich wünschte, die Menschen hätten mehr in mir gesehen als eine Hure«, gestand ich den anderen und mir selbst gegenüber ein.

Jack ließ das Einmachglas mit meinem Herz wieder in seiner Manteltasche verschwinden und klatschte in die Hände, bevor er mich an beiden Schultern ergriff. Dieses Mal entzog ich mich ihm nicht.

»Mary Kelly, ich verspreche dir, keine von euch wird je wieder unbedeutend sein«, prahlte er und löste sich von mir, um sich in unserer Mitte langsam im Kreis zu drehen. »Eure Namen werden in die Geschichte eingehen, und zusammen werden wir erst das East End, dann London, schließlich England und vielleicht sogar die Welt verändern!« Er reckte seine Arme in die Höhe wie ein Politiker, der eine Wahl gewonnen hatte. Keine von uns hatte ihm ihre Stimme gegeben, und trotzdem applaudierten wir ihm. Er stellte uns etwas in Aussicht, das wir im Leben nie besessen hatten: Macht.

Irgendwann in den frühen Morgenstunden verließ Jack unser Versteck. Es lag in einem unscheinbaren Handwarengeschäft in der Dorset Street, das seit Monaten leer stand. Die Fenster waren mit Holzbrettern verrammelt und die Tür glänzte von feuchtem Schimmel. Niemand würde je auf die Idee kommen, dass sich unter dem Gebäude fünf Frauen aufhalten könnten, die offiziell als tot galten. In der Nacht hatte ich mich von der Euphorie der anderen mitreißen lassen und mich der Vorstellung hingegeben, wir hätten tatsächlich die Macht, etwas zu verändern. Nicht in der ganzen Welt oder auch nur in England, wie Jack großspurig geprahlt hatte. Mir würde das East End völlig reichen. Etwas mehr Respekt war alles, wonach ich mich sehnte. Mit Beginn des Tages ließ das Hochgefühl nach. Es flachte ab wie der Rausch nach einem Alkoholgelage. All die Gedanken, die ich verdrängt hatte, um nicht an ihnen zu zerbrechen, drängten sich wieder an die Oberfläche.

Ich war tot.

Alles, was ich mir je erhofft hatte, rückte in unerreichbare Ferne. Ich blickte zurück auf eine Existenz, die die Bezeichnung Leben kaum verdiente. Ich trauerte nicht um das, was gewesen war, sondern um das, was hätte sein können. Es gab nicht vieles, auf das ich stolz war. Dafür war die Liste der Dinge, von denen ich mir wünschte, sie anders gemacht zu haben, lang. Allen voran hätte ich weniger trinken sollen. Der Alkohol half einem beim Vergessen und Verdrängen. Ich hatte ihn für meinen treuesten Freund gehalten, meinen Seelentröster, dabei war er es, der mich in den Sog der Resignation stürzte. Jedes Mal, wenn ich mir vorgenommen hatte, etwas zu ändern, überzeugte er mich davon, wie viel leichter es war, alles beim Alten zu lassen.

Später, hatte ich mir stets gesagt. *Du bist noch jung. Du hast noch genug Zeit.*

Jetzt war es vorbei. Ich würde niemals die Gelegenheit bekommen, wieder Kontakt zu meinen Geschwistern aufzunehmen. Niemals würde ich ihnen oder mir selbst beweisen können, dass ich zu mehr taugte, als meine Beine für Männer zu spreizen. Tief in meinem Herzen hatte ich mich danach gesehnt, irgendwann mal dem einen zu begegnen, der mehr in mir sah. Jener, der meine Gegenwart suchte, weil meine Worte ihn auf eine Weise berührten, wie es meine Hände nicht vermochten. Vielleicht war ich ihm längst über den Weg gelaufen, ohne es auch nur zu merken. Vertrauen war ein Luxus, den ich mir nicht hatte leisten können. Es war sicherer gewesen, mein Herz in Ketten zu legen. *Ich brauche niemanden,* hatte ich mir eingeredet, wenn ich wieder mitbekommen hatte, wie eine Frau von ihrem Mann verlassen, betrogen oder verprügelt wurde. Genauso hatte ich Männer erlebt, die an dem Schmerz zerbrachen, ihre Frau nicht halten zu können. Einer liebte immer mehr als der andere. Das Scheitern von Beziehungen war an der Tagesordnung.

Das East End war kein Pflaster, auf dem Zuneigung gedeihen konnte – es verlangte den Menschen zu viel ab. Liebe war käuflich, wenn der Preis stimmte. Freundschaften zerbrachen an Neid oder Verrat. Es war sicherer, niemandem zu vertrauen und sich nur auf sich selbst zu verlassen.

Mein Leben erschien mir wie eine Verschwendung von Zeit, Chancen und Potenzial. Ich hatte es nie leicht gehabt, aber es gelang mir nicht, die Schuld für mein Scheitern ausschließlich bei anderen zu suchen. Auch mir wäre es möglich gewesen, etwas zu verändern, wenn ich es nur genug gewollt hätte, an diesen winzigen Funken Selbstbestimmung musste ich mich einfach klammern.

Obwohl es jetzt nicht mehr von Bedeutung war. Jack hatte mich jeder Möglichkeit beraubt, die sich für mich hätte ergeben können. Mein Tod war kein tragischer Unfall, auch nicht die Folge einer

Krankheit, sondern kaltblütiger und gezielter Mord. Während ich nicht in der Lage gewesen war, mein Leben selbst in die Hand zu nehmen, hatte er es ausgelöscht. Seine Entscheidung, nicht meine. Niemals würde ich erfahren, ob ich nicht doch noch einen Ausweg aus diesem Elend gefunden hätte. Für immer würde ich den Stempel einer Versagerin tragen, weil ein anderer beschlossen hatte, dass ich tot mehr wert war als lebendig. Ich hatte nicht darum gebeten, von ihm für seine Armee auserkoren zu werden. Zumal mir die Methode, Frauen bis zur Unkenntlichkeit zu zerstückeln, etwas zweifelhaft für diesen vermeintlich noblen Zweck vorkam. Mir hatte der Mut gefehlt, ihn zu fragen, was er mit meinem Körper angestellt hatte.

Sein Ziel, etwas in der Gesellschaft verändern zu wollen, war ehrenhaft, aber rechtfertigte das seine Tat? War mein Leben und das der anderen Frauen ein vertretbares Opfer, sollte es der Allgemeinheit wirklich Wohlstand bringen? Ich bezweifelte das, und hätte er mich um mein Einverständnis gebeten, bevor er mir die Kehle aufschlitzte oder wie auch immer er es gemacht hatte, hätte ich es ihm in jedem Fall verweigert – dafür war ich nicht selbstlos genug. Meine Mitmenschen waren mir zwar nicht gleichgültig, doch ich war auch keine, die sich in die Angelegenheiten anderer einmischte. Alles, was ich gewollt hatte, war, über die Runden zu kommen.

Ich versuchte zu akzeptieren, dass ein unfreiwilliger Schlussstrich unter meine Geschichte gezogen worden war und sie an diesem Punkt hätte enden sollen. Alles, was von jetzt an geschehen würde, lag nicht mehr in meiner Macht.

So fühlte es sich jedoch nicht an. Weiterhin denken, reden und sich bewegen zu können, widersprach meiner Vorstellung vom Tod in jeder Weise. Woher sollte ich auch wissen, wie es war, tot zu sein? Die wenigsten Menschen starben mehrfach. Mit meinem Herzschlag war auch jegliches Hunger- oder Durstgefühl erloschen. Ich brauchte nicht einmal zu schlafen. Von allen menschlichen Bedürfnissen befreit, schien es mir leichter möglich zu sein als je zuvor, meine Existenz, in neue Bahnen zu lenken. Letztlich hielt mich nichts in London.

Ich könnte nach Irland reisen, um meine Heimat kennenzulernen, wie ich es mir schon oft vorgestellt, aber nie ernstlich in Erwägung gezogen hatte. Es war ein Traum, mit dem ich mich in dunklen Momenten tröstete, jedoch keiner, von dem ich angenommen hatte, er könnte je in Erfüllung gehen. Oft hielt die Realität der Vorstellung ohnehin nicht stand. Meine Eltern hatten nicht grundlos alles aufgegeben, was sie besessen hatten, um ins Ungewisse zu fliehen. Ich war noch zu klein gewesen, um mich an das Leid zu erinnern, das sie vertrieben hatte. Ich kannte nur die Armut, die uns in London eingehüllt hatte wie der Nebel, der durch die Gassen waberte. In meiner Fantasie spazierte ich als geheimnisvolle Fremde durch Dublin – eine Frau ohne Vergangenheit. Vielleicht würde ich die Aufmerksamkeit irgendeines wohlhabenden Lords erregen, der mich auf sein Schloss einlud, um dort mit ihm zu leben. Ich könnte noch einmal von vorn beginnen und jemand anderes sein, sogar einen neuen Namen könnte ich mir zulegen.

»Darf ich mich zu dir setzen?«, durchbrach Liz meinen Gedankengang und deutete auf den Platz neben mir auf der abgenutzten Couch, die in einem Hinterzimmer des Handwarenladens stand. Gewiss stank die ganze Bude nach Schimmel, doch ich konnte es nicht mehr riechen. Genauso wenig spürte ich die Kälte, die in den Räumen herrschen musste. Nicht einmal mein Atem kondensierte in der Luft. Er war genauso kalt wie mein Herz – der einzige Hinweis darauf, dass etwas mit mir nicht stimmte.

»Natürlich«, erwiderte ich. »Gehört mir schließlich nicht.« Ich versuchte mich an einem schiefen Grinsen, spürte aber, wie es misslang. Meine Miene glich vermutlich eher einer Grimasse. Genau genommen gehörte mir nun gar nichts mehr, auch wenn das keinen großen Verlust darstellte, da ich zuvor schon kaum etwas besessen hatte.

Liz ließ sich neben mir nieder und lächelte mich mitfühlend an. »Ist hart am Anfang«, räumte sie ein. »Wie kommst du zurecht?« Einzelne Strähnen ihres schwarzen Haares hatten sich aus dem Knoten gelöst, den sie im Nacken trug, und fielen ihr ins Gesicht. Sie wirkte durchweg menschlich, dabei war sie genauso tot wie ich.

Ratlos zuckte ich mit den Schultern. Was sollte ich darauf antworten? Innerhalb einer Nacht war ich buchstäblich aus meinem Leben gerissen worden, und trotzdem fühlte ich mich kein Stück anders als zuvor. »Um ehrlich zu sein, verstehe ich nicht, was euch hier hält«, gab ich zu und wählte meine folgenden Worte mit Bedacht, um Liz nicht zu kränken. »Jack sprach von der großen Macht, die er uns hat zuteilwerden lassen, stattdessen sitzen wir in dieser Bruchbude, obwohl uns doch alle Türen offen stehen sollten. Das erscheint mir nicht unbedingt wie eine Verbesserung zu meinem vorherigen Leben. Da konnte ich wenigstens selbst darüber bestimmen, wohin ich gehe.«

Liz blieb von meinen Worten unberührt. »Wohin sollten wir denn sonst gehen?«, fragte sie mich ausdruckslos, als hätte sie mit ihrem Tod auch all ihre Ambitionen verloren.

»Ich weiß nicht, doch es gibt viele bessere Orte als diesen.« Ich lachte ungläubig auf. »Gab es in deinem Leben nichts, was du gern getan oder gesehen hättest, aber nicht die Möglichkeit dazu hattest? Wäre jetzt nicht der ideale Zeitpunkt, um das nachzuholen? Du könntest irgendwohin gehen, wo dich niemand kennt, und alles anders machen. Welchen Vorteil hat es sonst, eine lebende Tote zu sein, wenn wir uns nur wie Ratten verstecken?«

Wissend nickte Liz, als wäre es nicht das erste Mal, dass sie das hörte. »Diese Phase haben wir alle durchgemacht. Du trauerst um das Leben, das dir genommen wurde, so armselig es auch gewesen sein muss, und verleugnest deshalb deinen Tod. Du kannst nicht so tun, als wäre nichts geschehen. Zwar siehst du aus wie ein Mensch, aber in deiner Brust schlägt kein Herz. Das macht einen Unterschied, und wenn du das begreifst, wirst du erst einmal wütend auf alles und jeden sein.« Sie senkte ihre Stimme und warf einen verstohlenen Blick zur offen stehenden Tür, als wollte sie sichergehen, dass uns niemand hörte. »Manch eine von uns kommt über diese Phase nicht hinaus, so wie Polly, obwohl sie die Erste war, die Jack sich geschnappt hat. Seit einer Weile zieht sie jede Nacht los und übt Rache.«

Ein betrübter Ausdruck glitt über ihr Gesicht.

»Ihr redet alle von Rache und ausgleichender Gerechtigkeit, aber ich sehe keine Genugtuung darin, anderen wehzutun. Ist Gewalt das Einzige, was dieses Leben für mich bereithält?« Meine Stimme überschlug sich beinahe vor Enttäuschung. Ich fühlte mich in eine Rolle gedrängt, die nicht zu mir passte.

»Natürlich nicht«, versuchte Liz mich zu beruhigen und legte tröstend ihre Hand über meine, die ich ihr jedoch sofort entzog. Wir mochten uns in der gleichen Situation befinden, trotzdem war sie eine Fremde für mich. Ich kannte sie nicht gut genug, um sie einschätzen zu können. Gerade kam sie mir wie jemand vor, der mich zu etwas überreden wollte, was ich ablehnte. »Wenn du es schaffst, die Wut hinter dir zu lassen – und behaupte nicht, du würdest keine empfinden, das tun wir alle –, wirst du die Schuld für das, was dir widerfahren ist, bei dir selbst suchen.« Ein tiefes Seufzen entfuhr ihrer Kehle, und sie schüttelte bedeutsam den Kopf. »Das ist sinnlos, weil es nichts ändert. Sobald du einsiehst, dass es für dich kein Zurück gibt, fällst du in ein großes schwarzes Loch, aus dem es schwer ist wieder rauszukommen. Alles wird dir bedeutungslos erscheinen.«

Ich bezweifelte nicht, dass sie mir das erzählte, um mir zu helfen. Liz wirkte aufrichtig, aber auch wie jemand, der sich zu schnell ein Urteil über andere bildete. Ihre persönliche Erfahrung musste sich nicht mit meiner decken. »Und in welcher Phase befindest du dich?«, hakte ich herausfordernd nach.

Mein Konter schien ihr zu imponieren, denn sie verzog ihre Lippen zu einem Schmunzeln. »Ich akzeptiere, dass ich mein altes Leben nicht zurückbekommen kann, und versuche das Beste aus dem zu machen, was ich jetzt habe. Das ist alles.«

Argwöhnisch hob ich die Augenbrauen. Ich wusste kaum etwas über Liz, sie wirkte auf mich jedoch nicht wie jemand, der sich leicht mit etwas zufriedengab. Im Kreis der Frauen hatte ich sie als Rebellin wahrgenommen – eine toughe Persönlichkeit, die nicht mit ihrer Meinung zurückhielt, nicht einmal dann, wenn sie damit aneckte. »Und wie sieht das Beste aus?«

»Ich habe aufgehört, Erwartungen an mich selbst und andere zu stellen, sondern nehme jeden Tag, wie er kommt.«

»Du meinst, du hast aufgegeben«, stieß ich hervor, ehe ich mich bremsen konnte. Wenn ich gekonnt hätte, dann hätte ich die Worte augenblicklich zurückgenommen. »Entschuldigung, das hätte ich nicht sagen sollen.«

Erst starrte Liz mich staunend an, dann brach ein lautes Lachen aus ihr hervor. Es war ein schönes Geräusch. Eines, von dem ich nicht erwartet hätte, es an einem Ort wie diesem zu vernehmen. Es kam aus ihrem Bauch – ungezwungen und ehrlich.

»Schon gut«, winkte sie unbeschwert ab. »Ich mag deine direkte Art. Du wirst für eine willkommene Abwechslung in der Gruppe sorgen.« Sie tätschelte meine Hand, obwohl ich ihre Berührung zuvor so schroff abgewiesen hatte. Offensichtlich nahm sie mir das genauso wenig übel wie meine Worte.

Versöhnlich erwiderte ich ihr Lächeln. Wenn wir uns früher kennengelernt hätten, dann hätten wir vielleicht Freundinnen werden können – auf einer oberflächlichen Ebene, denn mehr ließ ich selten zu. Dafür war es zu spät. Meine Sympathie für sie reichte nicht aus, um mich umzustimmen. Ich wollte mehr vom Leben und war nicht bereit, all das, was sein könnte, aufzugeben, wenn ich gar nicht wirklich tot war. Ich hatte zwei funktionierende Beine, demnach gab es nichts, was mich davon abhalten könnte, durch die morsche Tür des Handwarenladens zu marschieren und dem dreckigen East End, nein, ganz London den Rücken zuzukehren. Das sagte ich Liz aber nicht, denn ich wollte mir einen Versuch ihrerseits ersparen, mich umzustimmen. Zudem fürchtete ich, sie könnte Jack über mein Vorhaben informieren. Zwar hatte er mir nicht verboten, die Stadt zu verlassen, jedoch hatte er bei mir den Eindruck hinterlassen, als würde er Besitzansprüche auf jede Einzelne von uns erheben. Er bezeichnete sich selbst als unser Meister. Jener, der uns *erschaffen* hatte. Gewiss würde es ihm nicht gefallen, wenn einer seiner Racheengel die Flügel ausbreitete, um ihm davonzufliegen.

»Ich bin doch keine Gefangene, oder?«, erkundigte ich mich scherzhaft bei Liz. »Demnach spricht sicher nichts gegen einen Spaziergang.«

»Nein, du solltest nur einen großen Bogen um die Gegend machen, in der du dich früher bewegt hast. Der Mord an dir ist noch nicht lange her, und deine Leiche wurde vielleicht noch nicht einmal entdeckt. Sollte dich jemand sehen, der dich kennt, könnte das zu Verwirrung führen.«

»Keine Sorge, ich hatte ohnehin nicht vor, in dieses Rattenloch zurückzukehren«, log ich leichthin. Tatsächlich musste ich ein letztes Mal in mein altes Viertel zurückkehren, um an Geld zu gelangen. Eine Überfahrt nach Irland war immerhin nicht kostenlos. Als echter Geist, der durch Wände gehen und sich unsichtbar zwischen den Menschen bewegen konnte, hätte nicht einmal das ein Hindernis für mich dargestellt. Gefangen in einer Existenz, die sich weder den Toten noch den Lebenden zuordnen ließ, unterlag sogar ich gewissen Beschränkungen.

»Ich könnte dich begleiten«, schlug Liz vor und machte Anstalten, sich von der alten Couch zu erheben.

Schnell lehnte ich mit einer abwehrenden Handbewegung ab. »Das ist sehr fürsorglich von dir, aber nicht nötig. Bitte sei mir nicht böse, ich brauche gerade etwas Zeit für mich. Es gibt einiges, was ich erst einmal verkraften muss. Allein.«

Beschwichtigend hob Liz die Hände. »Schon gut, ich verstehe das. Ich bin auch niemand, der Trost in den Armen eines anderen findet, sondern mache die Dinge lieber mit mir selbst aus.« Wieder lächelte sie mich an, und es tat mir fast leid, sie zu hintergehen. »Solltest du doch jemanden zum Reden brauchen, weißt du, wo du mich findest.« Sie nahm ihr Wolltuch ab und legte es mir um den Kopf. »Nur zur Sicherheit, damit dich niemand erkennt.« Behutsam steckte sie mein rotes, widerspenstiges Haar zurück. Mit den Fingerspitzen streifte sie dabei sanft meine Wange. Bevor sie ging, klopfte sie mir noch kurz auf die Schulter, als wollte sie mir Mut zusprechen. Sie schien eine nette Person zu sein, die es nicht verdiente, belogen zu werden. Trotzdem vertraute ich ihr nicht genug, um sie einzuweihen.

Die Gewissensbisse ignorierend, trat ich hinaus auf die Dorset Street und atmete tief die von Dämpfen der Fabriken verpestete Luft ein. Meine Lunge, sollte ich noch eine haben, war immun gegen jedes Gift. Die Morgensonne blitzte hinter den grauen Wolken hervor und hüllte die Trostlosigkeit des East End in einen unwirklichen Glanz. Die schlammigen Pfützen zwischen den Pflastersteinen reflektierten das Licht und schimmerten wie flüssiges Gold. Der Anblick bot eine ungewohnte Schönheit in all dem Elend. Vielleicht bot diese Existenz für mich wirklich eine Chance, und ich war nicht bereit, mir diese von Jack verwehren zu lassen, nachdem er mir schon mein Leben genommen hatte. Genauso wenig, wie er mich um Erlaubnis gebeten hatte, würde ich nun meine Entscheidung von seiner Zustimmung abhängig machen. Ich gehörte ihm nicht!

Meine wehmütigen Gedanken abschüttelnd zog ich das Tuch etwas tiefer in mein Gesicht und eilte die Straße entlang. Lang genug nannte ich das East End schon mein Zuhause, um mich nahezu blind zurechtfinden zu können. Geschickt wich ich den mir entgegenkommenden Passanten aus und hielt den Kopf gesenkt, um nicht Gefahr zu laufen, jemandem zu begegnen, den ich kannte. Zugleich versuchte ich die Stimmung zu erspüren, in der sich die Leute befanden. Waren sie aufgeregt? Nach dem Fund eines neuen Opfers des Rippers hatte stets eine nervöse Unruhe in der Luft gelegen. Neuigkeiten verbreiteten sich schnell in Whitechapel. Sie lenkten die Bewohner für kurze Zeit von ihren eigenen Problemen ab. Ich hielt Ausschau nach tratschenden Grüppchen, doch alles wirkte ruhig – sofern man im East End von Ruhe sprechen konnte. Irgendwo passierte immer irgendetwas.

Schnell schlüpfte ich in die Schneiderstube, die ich als mein Ziel auserkoren hatte. Eine kleine Glocke über der Tür verriet mein Eindringen und ließ mich zusammenzucken, so vertraut mir ihr Klang auch war. Ich hob den Blick und seufzte vor Erleichterung, als ich Maurice hinter dem Verkaufstresen entdeckte. Es lag ein argwöhnischer Ausdruck in seinen Augen angesichts meines Verhaltens. Ich streifte mir das Wolltuch von den Haaren und konnte beobachten, wie er sichtbar ausatmete. Kurz hatte ich gefürchtet, er habe schon von dem Mord an mir gehört, aber seine Skepsis beruhte lediglich darauf, dass er mich nicht erkannt hatte.

»Mary«, begrüßte er mich nun mit einem Lächeln. »Welch unerwarteter Besuch! Was treibt dich so früh zu mir? Für gewöhnlich bekommt man dich doch nicht vor dem Nachmittag zu Gesicht!«

Mir war nicht nach Scherzen zumute. Mit wenigen Schritten überbrückte ich die Distanz zu ihm. »Ich stecke in Schwierigkeiten. Bitte hilf mir, Maurice«, flehte ich ihn an.

Unsere erste Begegnung lag etwa ein Jahr zurück. Ich hatte selten einen schüchterneren Mann als ihn erlebt. Er hatte mir kaum in die Augen sehen können, als er mich in einem Pub auf ein Getränk einlud. *Sie geht mir einfach nicht aus dem Kopf*, hatte er mir schon zu Beginn unseres Gesprächs gestanden und mir von seiner Frau erzählt, die vor wenigen Monaten an einer Lungenentzündung gestorben war. Nie zuvor hatte er die Dienste einer Prostituierten in Anspruch genommen, doch seine Trauer und seine Verzweiflung trieben ihn in den Wahnsinn. Er wollte seine Frau nicht vergessen, aber er musste einen Weg finden, um ohne sie weiterleben zu können.

Nach unserer ersten Vereinigung brach er in Tränen aus, weil er seine Schuldgefühle kaum aushielt. Ich versicherte ihm, dass die Liebe für seine Frau nicht durch unsere Zusammenkunft gemindert wurde, danach hielt ich ihn bis in die frühen Morgenstunden in den Armen. Von da an trafen wir uns regelmäßig. Nicht jedes Mal kam es zum Geschlechtsverkehr. Manchmal brauchte er nur jemanden, der ihm zuhörte und ihn nicht für seine Trauer verurteilte. Im Gegenzug machte er mir kleine Geschenke: ein Paar Handschuhe, wenn er sah, dass meine Löcher hatten, einen neuen Unterrock oder warme Strümpfe. Obwohl er ein Freier war, sah ich ihn mehr als Freund. Ein Freund, der mir die Tür öffnete, wenn ich für die Nacht kein Dach über dem Kopf hatte. Ein Freund, der mich von der Straße auflas, wenn ich vor lauter Alkohol nicht mehr allein den Heimweg fand. Ein Freund, der mich zum Essen einlud, ohne dafür eine Gegenleistung zu erwarten. Ich wusste, er würde mir auch jetzt helfen.

»Beruhige dich erst einmal«, bat er mich und fasste nach meinen Händen, die eiskalt waren. »Du bist völlig durch den Wind! Komm, ich mache dir einen Tee, und dann erzählst du mir, was passiert ist.«

Ich ließ mich von ihm in das ordentliche Hinterzimmer führen und auf einen weich gepolsterten Sessel drücken, während er die Ladentür abschloss, damit niemand uns störte. Danach setzte er Wasser auf, stellte ein Kännchen mit etwas Sahne auf den Tisch und ließ sich mir gegenüber nieder. Eingehend musterte er mich, als könnte er in meinem Gesicht lesen, welche Sorgen mich quälten. Er war ein Mann von Größe, wenn auch nicht von körperlicher. Obwohl ich selbst eher klein war, überragte ich ihn mit Absätzen. Er besaß etwas viel Wichtigeres: Anstand. Seine Frau musste sich glücklich geschätzt haben, ihn an ihrer Seite zu wissen, denn er war jemand, der stets sein Wort hielt und seinen Mitmenschen mit Güte begegnete. Umso schlechter fühlte ich mich dabei, seine Fürsorge auszunutzen.

»Ich weiß nicht recht, wo ich beginnen soll«, druckste ich herum. Ich hatte mir nicht überlegt, was ich ihm erzählen sollte. Die Wahrheit kam nicht infrage – ich konnte sie ja selbst kaum glauben.

Das Pfeifen des Kessels verschaffte mir etwas Zeit. Er goss das sprudelnde Wasser auf schwarzen Tee und drehte eine Sanduhr um, die exakt drei Minuten brauchen würde, um durchzulaufen. Maurice hielt sich nicht nur bei der Anpassung eines Kleidungsstücks an jeden kleinen Fleck, sondern ging auch bei der Zubereitung eines Tees gewissenhaft vor.

Er drehte sich zu mir um. Das einfallende Morgenlicht ließ die grauen Strähnen in seinem schwarzen Haar und Bart wie Silber glänzen. »Eine Geschichte kann auf viele verschiedene Weisen beginnen, das ändert nichts an ihrem Ausgang.« Ermutigend blickte er mich über die Gläser seine Brille hinweg an. »Du hast mir schon viele Male zugehört, jetzt bin ich dran.«

Vielleicht würde er mir doch glauben. Wenn jemand dazu in der Lage wäre, dann er. Aber ich wollte ihn nicht in Gefahr bringen. Jack würde nicht vor einem Mord an einem Mann, der zu viel wusste, zurückschrecken.

»Es ist besser, je weniger du weißt«, wies ich ihn kopfschüttelnd ab. »Ich kann dir nur so viel sagen: Es ist schlimm. So schlimm, dass ich London verlassen muss. Und zwar so schnell wie möglich.«

Bestürzt betrachtete er mich. »Vielleicht täuschst du dich und –«, setzte er an, doch ich ließ ihn nicht ausreden.

»Nein, Maurice, ich kenne mich mit gewalttätigen Männern aus und weiß, wann es besser ist unterzutauchen. Ich habe mich mit dem falschen eingelassen.« In gewisser Weise stimmte das sogar.

Er senkte betreten den Blick und knetete seine Hände. Ein anderer hätte vielleicht angeboten, sich den Übeltäter vorzunehmen, aber Maurice verfügte zum einen nicht über die nötige körperliche Ausstattung, um es mit einem anderen aufnehmen zu können, außerdem verabscheute er Gewalt, wofür ich ihn seit jeher schätzte. »Wo willst du denn hin?«

»Zurück in meine Heimat – nach Irland«, erwiderte ich, ohne zu zögern.

Das ließ ihn aufhorchen. »Das wolltest du schon lange«, erinnerte er sich und schenkte mir ein zaghaftes Lächeln. Offensichtlich beruhigte ihn mein Versuch, zumindest etwas Gutes aus meiner misslichen Lage zu machen.

Scheinbar in Besitz einer inneren Uhr, wandte er sich exakt in dem Moment, als das letzte Sandkorn durch die Sanduhr gelaufen war, wieder dem Tee zu und goss uns beiden eine Tasse ein. Meinen süßte er mit einem gehäuften Löffel Zucker – so wie ich ihn mochte. Er stellte das dampfende Getränk vor mir ab und bot mir zusätzlich eine Scheibe Brot mit Butter an, die ich ablehnte. Ich wollte nicht mehr von ihm nehmen, als ich brauchte.

»Leider kann ich mir die Überfahrt nicht leisten«, kam ich zum Punkt und nippte an meinem Tee. Weder schmeckte ich die Süße noch spürte ich die Hitze an meinen Lippen.

Maurice nickte wissend, als hätte er damit gerechnet. »Ich gebe dir das Geld«, erwiderte er unumwunden.

Obwohl ich auf diese Reaktion gesetzt hatte, bildete sich in meiner Kehle ein Kloß, der mir das Schlucken erschwerte. Maurice ging es als Schneider mit eigenem Geschäft zwar besser als manch anderen Bewohnern des East End, aber er war nicht reich. Er brauchte sein Geld selbst, und sei es auch nur, um neue Stoffe anschaffen zu können. Trotzdem war er bereit, mir zu helfen.

»Danke«, krächzte ich heiser und leerte den heißen Tee in einem Zug.

»Du hast es eilig«, erkannte er, erhob sich und begab sich mit wenigen Schritten zu der Geldkassette, die er unter seinem Verkaufstresen aufbewahrte. Ich hörte ihn mit den Schlüsseln rasseln. Als er zurück in das Hinterzimmer kam, reichte er mir einen prall gefüllten Münzbeutel. »Das sollte für die Überfahrt und die erste Zeit in Irland reichen. Pass bitte auf dich auf!«

Bevor ich noch in Tränen ausbrechen würde, stand ich aus dem Sessel auf, schlang meine Arme um ihn und drückte mein Gesicht gegen seine Schulter. »Du wirst mir fehlen!« Gute Menschen wie er waren selten, nicht nur im East End, sondern überall auf der Welt.

»Du mir auch, Mary! Ich hoffe, du findest dein Glück, wo immer du hingehst.« Obwohl mir nach weinen zumute war, als ich mich von ihm löste, blieben meine Augen trocken. *Hab ich mit meinem Tod etwa auch die Fähigkeit verloren, Tränen zu vergießen?*, fragte ich mich bestürzt, als Maurice den Laden wieder aufschloss und ich ihm ein letztes Mal zum Abschied winkte, bevor ich ihm für immer den Rücken kehrte. Jeder Schritt über das leidgetränkte Pflaster von Whitechapel fühlte sich bedeutsam an, so wie alles, was man in der Gewissheit tat, dass es das letzte Mal war. Eine letzte Mahlzeit. Ein letzter Tanz. Ein letzter Kuss.

War es für mich schon zu spät, noch mein Glück zu finden, weil ich bereits tot war?

Oder gab es sogar für mich eine Chance auf ein glückliches Ende?

Möwen zogen ihre Kreise über den grauen Himmel. Ihre Schreie gellten durch die verwinkelten Gassen des Londoner Hafenviertels. Wabernder Morgendunst dämpfte die Rufe der Fischer und Händler, die hektisch ihren Geschäften nachgingen. Streunende Katzen saßen lauernd auf Fässern, Kisten oder Dächern, darauf aus, zuzuschlagen, wenn sich die Chance auf Beute ergab. Sie waren wie Schatten, die aus der Szenerie genauso wenig wegzudenken waren wie die Prostituierten, die vor den Bordellen posierten – jederzeit bereit, Männer, die lange Zeit auf den Weiten des Ozeans verbracht hatten, mit weiblicher Gesellschaft zu beglücken.

Während ich nach dem Gebäude des Hafenmeisters Ausschau hielt, versuchte ich mich daran zu erinnern, wie ich vor mehr als zwanzig Jahren an diesem Ort ein neues Leben begonnen hatte. Welche Hoffnungen mochte mein vierjähriges Ich gehegt haben, abgesehen davon, keinen Hunger mehr leiden zu müssen? Zumindest diese Qual würde ich nie wieder erdulden müssen. Trotzdem konnte ich Jack gegenüber keine Dankbarkeit empfinden. Ich fühlte mich von ihm nicht von der Last des Lebens befreit, sondern zur Flucht gedrängt. Seine Tat machte mich zu einer Obszönität, die überall dort, wo man erkannte, was sie war, verfolgt werden würde. Was blieb mir anderes übrig, als die Ferne zu suchen?

In meine Gedanken versunken stieß ich mit einem Mädchen zusammen, das einen Bauchladen mit frischen Muscheln vor sich hertrug. Einige der Delikatessen fielen zu Boden und landeten platschend in einer schmutzigen Pfütze.

»Pass doch auf!«, fauchte die Kleine, kaum älter als zehn. »Das bezahlst du mir gefälligst!« Fordernd streckte sie mir ihre geöffnete Handfläche entgegen.

Jeder andere hätte ihr wahrscheinlich gesagt, sie solle sich davonscheren, aber die zahlreichen Münzen von Maurice in meiner Tasche machten mich großmütig. Ich hatte noch nie gut mit Geld umgehen können – eines meiner Laster. »Was schulde ich dir?«

Abschätzig musterte mich das Kind, überrascht davon, dass ich seinem Appell nachkam. »Fünf Penny«, behauptete es schließlich, ohne auch nur dabei rot zu werden. Mir war klar, das Mädchen log und nannte mir einen höheren Preis, als es für gewöhnlich einkassierte. Trotzdem versuchte ich nicht, mit ihr zu verhandeln, sondern überreichte ihr die verlangte Summe. Sie brauchte es dringender als ich.

Hastig steckte sich die Kleine die Münzen ein und nickte mir versöhnlich zu.

»Kannst du mir verraten, wo ich die Hafenmeisterei finde?«, hakte ich nach.

Sie deutete auf einen alten Fachwerkbau, der gerade nah genug war, um nicht vom Nebel verschluckt zu werden.

»Danke dir«, zeigte ich mich erkenntlich und zog weiter. Als ich mich noch einmal zu ihr umdrehte, sah ich, wie sie die Muscheln aus der Pfütze fischte und zurück in ihre Auslage legte. Ein Grinsen schlich sich auf meine Lippen, denn genauso hätte ich es auch gemacht. Wer nicht über ein gewisses Maß an Gewitztheit verfügte, überlebte im East End nicht.

Ich hatte das Gebäude, das von einem Messingschild mit einem geprägten Anker geziert wurde, fast erreicht, als sich mir plötzlich eine Frau in den Weg stellte. Ihr Gesicht war mir gänzlich unbekannt. Ich schätzte sie auf Mitte vierzig. Unter ihrem Kopftuch schaute dunkles Haar hervor. Lediglich ihre Kleidung kam mir vage bekannt vor, aber die Mode im East End war nicht derart ausgefallen, dass dies verwunderlich wäre.

»Was hast du vor? Du wirst doch nicht etwa so dumm sein und die Stadt verlassen wollen, oder?«, blaffte sie mich an. Auch ihre Stimme und die Art zu sprechen hatten etwas Vertrautes, trotzdem war es mir unmöglich, sie zuzuordnen.

»Ich wüsste nicht, was Sie das anginge«, konterte ich unbeeindruckt und wollte mich an ihr vorbeischieben.

Sie ließ mich jedoch nicht passieren, sondern hielt mich mit der Hand an der Schulter zurück. »Ich beobachte dich, seitdem du heute Morgen das Haus verlassen hast. Ich habe die Unruhe in deinem Blick gesehen und geahnt, was du vorhast. Deshalb bin ich dir nach«, behauptete sie und beugte sich bedrohlich zu mir vor. »Du hättest den Schneider nicht aufsuchen sollen. Wenn deine Leiche gefunden wird, dann wird niemand ihm glauben, dass er dich gesehen und mit dir gesprochen hat. Der arme Mann wird wie ein Wahnsinniger dastehen!« Tadelnd schnalzte sie mit der Zunge.

Fassungslos starrte ich sie an und versuchte verzweifelt zu verstehen, wie sie das alles über mich wissen konnte. Ganz gleich, wie eingehend ich ihr Gesicht auch musterte, mir wollte nicht einfallen, wo ich ihr schon einmal begegnet sein könnte. »Woher kennen Sie mich?«, stieß ich überfordert hervor.

Das Lachen der Unbekannten ließ mich erschaudern. Es war kalt und gehässig, wie ich es bisher nur einmal vernommen hatte. »Ich bin es, Mary! Komm schon, sieh genau hin!«, forderte sie mich auf, und ihre Gesichtszüge begannen vor meinen Augen zu verschwimmen. Ich glaubte, mich täuschen zu müssen, und blinzelte heftig. Ihre Nase verformte sich weiterhin, ebenso wie ihre Stirn, die Lippen und ihr Kinn – bis schließlich eine andere vor mir stand. Polly. Ihr Körper hatte sich genauso wenig verändert wie ihre Kleidung, nur ihr Gesicht war nicht wiederzuerkennen.

Verwirrt wich ich vor ihr zurück. »Was ist das für ein Zauber? Wie ist das möglich?«

»Das ist nur ein kleiner Teil der Magie, die Jack uns zum Geschenk gemacht hat«, säuselte sie und zog mich dicht zu sich heran. »Alles, was er dafür von uns erwartet, ist unsere Hilfe dabei, seine Pläne zu verwirklichen.« Eine unausgesprochene Drohung schwang in ihren Worten mit.

Ich war nicht bereit, mich von ihr oder Jack einschüchtern zu lassen. Entschieden wehrte ich sie ab. »Ich habe um nichts davon gebeten. Wenn er sich mehr von mir erhofft hat, hätte er sich meiner

Zustimmung versichern sollen, bevor er mich umbrachte. Weder er noch du ihr könnt mich nicht davon abhalten, London zu verlassen!«

Spöttisch grinste mich Polly an und schüttelte den Kopf. »Ich bedauere, dich deiner Illusion berauben zu müssen, aber das kannst du nicht.«

Ich versteifte mich und verschränkte meine Arme vor der Brust. »Was willst du dagegen unternehmen?«, forderte ich sie mit gerunzelter Stirn heraus.

»Nichts«, erwiderte sie ruhig, ungerührt von meiner Provokation. »Jack hat für einen Fall wie diesen vorgesorgt. Keine von uns kann London verlassen. Wir sind an diese Stadt ebenso wie an ihn gebunden.«

Bestürzt musterte ich sie. Wenn das der Wahrheit entsprach, warum klang sie dann weder enttäuscht noch verärgert? Es konnte doch wohl nicht in ihrem Interesse sein, von jemandem gefangen gehalten zu werden, oder? Was war mit der Freiheit, die Jack uns versprochen hatte?

»Was sollte mich denn daran hindern?«, verlangte ich von ihr zu erfahren. Ich bemühte mich um Stärke, doch ein kaum merkliches Beben in meiner Stimme verriet meine Angst.

»Besteig ruhig ein Schiff«, forderte sie mich auf, wobei ihre dunklen Augen wie Kohleklumpen funkelten – hart und kalt. »Sobald du den Hafen verlässt, wird dein Körper erlöschen wie eine Kerze im Wind. Von dir bleibt nicht mehr als eine ruhelose Seele, auf alle Ewigkeit dazu verdammt, umherzuirren, ohne irgendjemand erreichen zu können. Der einzige Ort, an dem du existieren kannst, ist London. Bei Jack.«

Widerwillig schüttelte ich den Kopf. »Nein! Ich weigere mich, das zu glauben. Das sagst du nur, damit ich bleibe. Sonst hätte Liz mich davor gewarnt!«

Gleichgültig zuckte sie mit den Schultern. »Liz hat dir auch nicht von unserer Fähigkeit, unser Gesicht zu verbergen, erzählt, oder? Warum sollte sie auch, wenn sie davon ausgeht, dass du nur einen kleinen Spaziergang unternehmen willst, wie du ihr gegenüber behauptet hast?« Wie um ihren Worten Wirkung zu verleihen, ließ sie erneut ihre Gesichtszüge verschwimmen. Mir wurde schwindelig vom Zusehen – es war, als hätte ich einen Sehfehler. Blinzelnd kämpfte ich gegen das Pochen in meinem Schädel an. Die Verwandlung dauerte nur wenige Sekunden, dann stand Polly mir erneut als Fremde gegenüber. »Du bist es, die gelogen hat, nicht ich«, fuhr sie fort und seufzte in geheuchelter Resignation auf. »Nur zu, probiere es aus, aber beklag dich später nicht bei mir, ich hätte dich nicht gewarnt.«

»Oh, die Gefahr besteht nicht, wenn ich danach ein Geist bin«, widersprach ich ihr scharfzüngig. »Wie sollte ich da Kontakt zu dir aufnehmen?«

Kummer vertrieb die Arroganz aus ihrer Miene. »Wir sind alle Geister, Mary. Geister in menschlichen Hüllen. Das ist keine Selbstverständlichkeit, sondern ein Privileg. Für die anderen«, sie machte eine um sich greifende Handbewegung, »mögen wir wie ihresgleichen erscheinen, aber wir teilen nicht mehr ihre Nöte und Sorgen. Jack hat uns zu einer höheren Existenz berufen. Es ist unsere Bestimmung, ihm zu dienen.« Eine Ehrfurcht, die einen nur schwer unterdrückbaren Würgereiz in meiner Kehle auslöste, schwang in ihrer Stimme mit. Trotzdem lag nun ein versöhnlicher Ausdruck auf ihrem Gesicht, als sie mir geradezu fürsorglich über den Arm strich. »Komm mit mir zurück! Sei nicht töricht und wirf dein neues Leben weg.«

Obwohl ich es nicht wahrhaben wollte, begann ich ihr zu glauben. Polly hatte keinen Grund, mich zu belügen, denn letztlich war es ihr gleichgültig, ob ich meine körperliche Präsenz verlor. Wir kannten einander kaum, und ihr lag nichts an mir. Alles, was sie wollte, war, mir eine Chance zu geben.

»Das ist kein Leben«, klagte ich verunsichert.

»Nein«, pflichtete sie mir bei. »Es ist besser als das. Lass mich dir all die Vorteile zeigen, die dein Dasein als Untote mit sich bringt. Ich versichere dir, danach wirst du Jack nicht mehr von der Seite weichen wollen.«

Daran hegte ich große Zweifel, aber sie strahlte mich derart euphorisch an, dass es mir schwerfiel, nicht zu lachen.

»In Ordnung«, willigte ich zu ihrer Zufriedenheit ein. Wenn mir die Ewigkeit blieb, hatte ich es schließlich nicht eilig.

»Seht mal, wen ich am Hafen erwischt habe!«, rief Polly, als wir in das Versteck in der Dorset Street zurückkehrten. Sie präsentierte mich den anderen, die sich in der Stube aufhielten, wie einen entlaufenen Welpen. Fehlte nur noch, dass sie mich am Nacken packte und von sich hielt.

»Am Hafen?«, wiederholte Liz mit gerunzelter Stirn und sah von ihren Spielkarten auf. »Was wolltest du denn da?«

Ich schämte mich dafür, sie belogen zu haben, nachdem sie sich fürsorglich um mich gekümmert hatte. Bevor ich zu einer Antwort ansetzen konnte, nahm Polly mir das auch schon ab.

»Na, abhauen!«, verkündete sie wie selbstverständlich, wobei der Hauch einer Anklage in ihrer rauen Stimme mitschwang. Sie warf mir einen tadelnden Blick zu und schüttelte den Kopf.

Für einen Moment flackerte Enttäuschung in Liz' Miene auf. Obwohl sie nichts sagte, konnte ich ihr ansehen, wie sie sich fragte, warum ich nicht ehrlich zu ihr gewesen war.

»Kleine, das geht nicht«, seufzte Annie bedauernd. Sie verriet mir damit nichts Neues, aber an der Art, wie sie mich betrachtete, voller Mitgefühl, glaubte ich zu erkennen, dass sie selbst auch schon auf die Idee gekommen war.

Ich sah zu Catherine, die mit einem Buch auf der Couch saß und bisher nichts gesagt hatte. Als sich unsere Blicke trafen, sah sie schnell wieder auf die beschriebenen Seiten. Hielt sie ihre Meinung absichtlich zurück oder war sie nur schüchtern?

»Fast am schlimmsten ist, dass sie mit diesem hübschen Gesicht«, Polly legte beide Hände an meine Wangen und drückte sie zusammen, wodurch meine Lippen zu einem Fischmund geformt wurden, »dort draußen rummarschiert ist. Es ist an der Zeit, ihr das Wunder der Wandlung beizubringen, Ladys!«

»Ich liebe diesen Part!« Liz legte die Karten flach auf den Tisch. Ihre Enttäuschung ließ sie sich nicht länger anmerken. »Komm, setz dich zu uns!« Einladend klopfte sie auf den freien Stuhl zwischen Annie und sich.

Zögerlich kam ich ihrer Aufforderung nach und ließ mich nieder, während sich auch Polly und Catherine zu uns gesellten.

»Zeigen wir ihr, was wir können«, schlug Liz gut gelaunt vor. »Erschreck bitte nicht, wenn dir gleich vier Fremde gegenübersitzen.« Sie zwinkerte mir schelmisch zu, ehe sie die Augen schloss, tief einatmete und ihre Gesichtszüge zu zucken begannen. Ihre Haut schien sich in eine bewegliche Masse zu verwandeln, die sich vor meinen Augen verformte. Ich ertrug es kaum, dabei zuzusehen, so schnell geschah alles. Hier ging etwas vor, was nicht möglich sein sollte, und mein Verstand weigerte sich, das zu akzeptieren.

Schnell sah ich von Liz zu Annie und zuckte erschrocken zurück, als ich mich neben einer mir gänzlich unbekannten Person wiederfand. Unter ihrer weißen Haube schaute zwar noch Annies graubraunes gelocktes Haar hervor, doch ihr Gesicht war nicht wiederzuerkennen. Es hatte nicht einmal mehr dieselbe runde Form, sondern zeichnete sich durch ein spitzes Kinn aus. Eine prägnante Nase hob sich aus der Mitte hervor. Zahlreiche Falten und Altersflecken, die zuvor noch nicht so stark ausgeprägt gewesen waren, rahmten ihre Augen ein und ließen sie bestimmt zehn Jahre älter wirken. Nur ihre grauen Iriden waren gleich geblieben, wenn ich mich nicht täuschte.

Verwirrt ließ ich den Blick an ihr hinabgleiten und stellte fest: Die Veränderung betraf ausschließlich ihr Gesicht. Ich wandte mich von ihr ab und sah zu den anderen, die zwar alle noch dieselben Frisuren und Kleider trugen, aber deren Gesichter mir fremd waren.

»Das … das ist unglaublich«, stieß ich stammelnd hervor, was Polly ein zufriedenes Lachen entlockte.

»Das ist Magie!«, konterte sie grinsend und vollführte eine ausladende Bewegung mit ihren Armen, als handelte es sich um ein gut einstudiertes Kunststück. Im Gegensatz zu Annie hatte sie ihr neues Gesicht etwas jünger gestaltet, als sie mit ihren etwas über vierzig eigentlich war. Verbarg sich dahinter eine Spur Eitelkeit?

»Und ihr könnt euren Gesichtern jede beliebige Form verleihen?«, hakte ich beeindruckt nach.

»Wir«, verbesserte mich Liz und schenkte mir ein Lächeln. »Wir können das! Du bist jetzt eine von uns.«

»Keine Sorge, es ist ganz einfach«, versicherte Polly mir selbstgefällig. »Nicht wahr, Catherine?« Sie stieß die zierliche junge Frau mit dem Ellbogen an. Sie war etwa einen Monat vor mir von Jack ermordet worden.

Verlegen nickte Catherine. »Es ist eine reine Willensfrage«, bestätigte sie. »Unsere Körper funktionieren jetzt anders.«

Es fiel mir schwer, mir vorzustellen, ich bräuchte nur die Augen zu schließen und könnte mir ein anderes Gesicht wie eine Maske überstreifen, aber genau das hatte ich gerade mitangesehen. Trotzdem gab es noch einige Dinge, die ich nicht verstand. »Was ist mit den Haaren und dem Rest des Körpers? Können wir diese auch verändern?« Vielleicht hatten sie die Wandlung möglichst einfach halten wollen und deshalb die Veränderung ausschließlich auf ihre Gesichter bezogen.

Annie schüttelte den Kopf. »Haare sind abgestorbene Zellen wie Finger- und Fußnägel. Sie wachsen bei uns nicht mehr nach und sind deshalb unveränderlich.«

»Unsere Körper sind wie eine wandlungsfähige Masse«, ergänzte Polly. »Wir können sie nach unserem Willen verändern, aber wir können nichts entfernen oder hinzufügen. Wer dick gestorben ist, bleibt auch im Tod dick.« Mit einem spöttischen Blick bedachte sie die korpulente Annie, die gekränkt wegsah.

»Bedauerlicherweise gilt das nicht für den Charakter«, fauchte Liz an Annies Stelle. »Der Tod macht manch eine unnötig gemein.«

Polly schnaubte nur ungerührt und fuhr sich mit den Fingerspitzen über die faltenfreie Haut in ihrem Gesicht.

»Und wie lange hält so eine Verwandlung an?« Um ehrlich zu sein, war ich immer ganz zufrieden mit meinem Äußeren gewesen und hatte mir nie gewünscht, jemand anderes zu sein. Mein rotes Haar war das einzige Andenken an meine Familie, das mir geblieben war. Manchmal, wenn ich mich im Spiegel betrachtete, glaubte ich in meinen Gesichtszügen meine Mutter wiederzuerkennen, auch wenn meine Erinnerung an sie sehr verschwommen war. Vielleicht war es mehr Wunschdenken.

»Das ist eine Frage der Übung«, gestand Polly mir. »Die veränderten Gesichtszüge lösen eine Art Ziepen aus, so wie gespannte Fäden. Sie wollen in ihre ursprüngliche Form zurück, aber du musst sie gespannt halten. Die ersten Minuten fühlt es sich leicht an, je länger du die Wandlung aufrechterhältst, umso anstrengender wird es. Dieses ständige Ziehen sorgt für Kopfschmerzen.« Sie rieb sich die Schläfen. »Du kannst nur dagegen ankommen, indem du dich immer wieder für einen kurzen Zeitraum der Veränderung aussetzt. Sieh es als Muskel, der stärker wird, je öfter du ihn trainierst.«

Liz beugte sich mit funkelnden Augen zu mir vor. »Jetzt bist du dran! Probiere es!«

Ein leises Kichern verriet meine Unsicherheit. So einfach es auch bei den anderen ausgesehen hatte, ich bezweifelte, dass es mir gelingen würde. »Was muss ich tun?«

»Schließ die Augen«, forderte mich Liz auf. »Und dann stell dir ein Gesicht vor, in das du deines verwandeln möchtest. Für den Anfang kann es auch nur die Form deiner Nase sein, ein anderes Kinn oder die geschwungene Form der Lippen. Irgendetwas. Du musst dich nur darauf konzentrieren, das ist das Wichtigste.«

Ich dachte an Imogen, die das Zimmer neben mir in der Unterkunft gemietet hatte. Sie arbeitete ebenfalls als Prostituierte, wodurch wir zu ähnlichen Zeiten aufgestanden waren und häufig gemeinsam Kaffee getrunken hatten. Über ihrer Oberlippe hatte sie einen kleinen Pigmentfleck, den ich als sinnlich empfand, obwohl sie sich selbst stets darüber beklagte. Es war diese winzige Unvollkommenheit, die ich mir nun vor mein inneres Auge rief und mir in meinem Gesicht vorzustellen versuchte. Meine Haut kribbelte, als würde eine Ameise über meine Mundwinkel spazieren. Ich widerstand dem Drang, sie fortzuwischen.

»Da!«, hörte ich Catherine leise sagen. »Sie hat es geschafft!«

»Der Pigmentfleck?«, meinte Polly argwöhnisch. »Ist das alles? Übernimm dich bloß nicht.«

»Lass sie in Ruhe«, zischte Liz. »Es ist nichts verkehrt daran, klein anzufangen. Wenn sie erst einmal sieht, dass es möglich ist, wird sie sich auch an größere Veränderungen wagen.«

Das Kitzeln blieb. »Kann ich die Augen wieder aufmachen?«

»Natürlich«, erwiderte Annie und schenkte mir ein ermutigendes Lächeln, während Liz ihren Stuhl zurückschob und zu einer alten Kommode ging. Aus einer der Schubladen zog sie einen Handspiegel hervor, den sie vor mir ablegte.

»Na los, trau dich!«

Nervös schloss ich meine Finger um den Griff und hob den Gegenstand an. Oberhalb meiner Lippe zierte nun ein kleiner, kaum wahrnehmbarer Fleck mein Gesicht. Es war unglaublich! Mit meiner freien Hand fuhr ich über die Stelle, als wäre es nur ein Krümel, den ich wegwischen konnte, aber die Veränderung hielt dem stand. Von der Stelle ging ein leichtes Pochen aus, ähnlich einem Mückenstich.

»Du wirst noch viel üben müssen, wenn du je diese schimmelverseuchten Wände verlassen willst«, höhnte Polly mit erhobenem Kinn. Mit solchen Kommentaren machte sie es mir schwer, sie zu mögen. Hatte sie der Tod gleichgültig gegenüber der Meinung und Gefühle anderer gemacht oder war sie schon immer so gewesen?

Ihre Stichelei reizte mich, obwohl sie das nicht sollte. Seit jeher konnte ich schlecht mit Provokationen umgehen. Viel zu leicht ließ ich mich in Streitereien verwickeln. So auch jetzt. Ermutigt von der Tatsache, dass es mir gelungen war, einen Pigmentfleck heraufzubeschwören, schloss ich ein weiteres Mal die Augen. Dieses Mal war es Polly, an die ich dachte. Ich konzentrierte mich auf ihre dunkle Augenpartie, die stets zornig wirkten und ihrem Gesicht eine Strenge verliehen, die ihren Charakter unterstrich. Ich stellte mir jedes Grübchen und harten Linien vor und spürte erneut das Kribbeln in meinem Gesicht, was mich wissen ließ: Der Zauber funktionierte.

Liz lachte laut auf, und von Catherine vernahm ich ebenfalls ein verhaltenes Kichern.

»Du hast sie gut getroffen«, räumte Annie anerkennend ein, als ich die Augen öffnete und in Pollys Gesicht sah, die mich feindselig musterte.

»Sehr witzig!«, erwiderte sie trocken. »Das ist trotzdem nicht genug.«

»Ich lerne schnell«, konterte ich herausfordernd. Da es so aussah, als würden Polly und ich noch eine unbestimmte Weile miteinander auskommen müssen, war es mir wichtig, sie wissen zu lassen, dass ich mich nicht von ihr herumschubsen ließ. Ich war nicht gestorben, um unter der Fuchtel einer anderen Person zu stehen – weder unter Pollys noch unter Jacks.

»Komm schon, Polly, es ist nur ein kleiner Scherz«, meinte Liz versöhnlich und stieß die Ältere mit dem Ellbogen an. »Sonst hast du auch nichts gegen etwas Spaß.«

Polly stieß ein tiefes Seufzen aus und ließ ihre eigene Verwandlung fallen. Die Falten kehrten in ihr Gesicht zurück, wodurch sie erschöpft wirkte. »Habt ihr euch jetzt genug auf meine Kosten amüsiert?«

Ich wollte sie nicht weiter reizen und entspannte meine Gesichtszüge. Die Anspannung wich, als hätte ich einen gespannten Faden durchtrennt. Auch die anderen nahmen ihr eigentliches Aussehen wieder an. Bevor wir auseinandergingen, wollte ich die Gelegenheit nutzen, um ein paar Fragen loszuwerden, die mir keine Ruhe ließen. Tot und doch nicht tot zu sein, war schwer genug zu akzeptieren, aber ich verstand nicht, welcher Gesetzmäßigkeit unsere Körper unterlagen, sollte es so etwas überhaupt geben.

»Vermisst ihr es eigentlich nicht, etwas zu riechen?«, fragte ich in die Runde. »Ich bin noch nicht einmal einen Tag tot und schon habe ich das Gefühl, etwas Wesentliches verloren zu haben.«

Polly verzog angewidert den Mund. »Ich empfinde den mangelnden Geruchssinn eher als Gnade. Kannst du dir vorstellen, wie modrig es in dieser Bruchbude stinken muss? Darauf kann ich gut verzichten!«

»Was ist mit den angenehmen Gerüchen, wie frisch gebackenes Brot oder blühende Rosen?« Die Liste der Düfte, die ich vermissen würde, wuchs, je länger ich darüber nachzudenken wagte. Es waren Kleinigkeiten, denen ich zuvor kaum Beachtung geschenkt hatte, die mir jetzt schmerzlich bewusst wurden. Viele Gerüche waren auch mit Erinnerungen verknüpft. So wie der Duft von Kaffee mich immer an Imogen erinnern würde, ließ mich verbrannter Torf an meine Kindheit denken, daran, wie meine Geschwister und ich uns an kühlen Herbsttagen um die Feuerstelle versammelt hatten, über der unsere nass gewordene Kleidung trocknete. Mit dem Verlust meines Geruchssinns würden auch die Erinnerungen verblassen.

»Babys«, wisperte Annie sehnsüchtig. »Ich liebte den Geruch von Babys! Manche behaupten, sie würden nach Milch riechen, doch das ist es nicht. Es ist etwas Eigenes, mit nichts zu vergleichen. Vielleicht ist es ihr Duft nach Unschuld.«

»Ach, Dark Annie«, meinte Polly kopfschüttelnd. »Babys riechen nach Scheiße und Erbrochenem, das ist alles.«

»Es ist ja nicht nur der Geruchssinn, sondern auch der Geschmack und unser Gefühl«, warf Catherine ein. »Manchmal habe ich mich schon gefragt, ob es Jacks Absicht ist, uns jeden Genuss zu verwehren. Wir dürfen hören und sehen, um als seine perfekten kleinen Soldaten zu fungieren, aber alles, was uns Freude bereiten könnte, hat er uns genommen.«

Zum ersten Mal hörte ich sie mehr als ein paar Worte sagen. Ich erkannte ihre Wut dahinter. Dieselbe Wut, die ich auch in meiner Brust verspürte.

»Ich bezweifle, dass er über diese Macht verfügt«, gab Liz zu bedenken. »Klar, er hat das Unmögliche geschafft und uns ins Leben zurückgeholt, nachdem er uns selbst umgebracht hat, doch auch er ist nicht vollkommen. Vielleicht hält er sich selbst für einen Gott, aber er ist keiner. Das hier«, sie deutete an sich hinab und in unsere Runde, »wir. Das ist nicht dasselbe wie Leben. Wir sind noch da, aber wir haben das verloren, was uns als Menschen auszeichnet.«

Ich verstand, was sie meinte, doch Polly schüttelte energisch den Kopf, stets darum bemüht, ihren Schöpfer zu verteidigen. »Es ist besser!«, beharrte sie. »Wir müssen uns nie wieder Gedanken darum machen, woher wir eine warme Mahlzeit bekommen sollen. Nie wieder werden wir frieren oder im Sommer schwitzen! Nie wieder wird uns schlecht von dem widerlichen Schwefelgestank, der hier durch die Straßen wabert! Wir sind frei! Erkennt ihr das nicht?«

Glaubte sie das wirklich? Für mich lag keine Freiheit darin, dem Willen eines anderen unterworfen zu sein. Wir hatten vielleicht nichts mehr zu verlieren, aber was konnten wir noch gewinnen? Zeichnete sich das Leben nicht gerade durch seine Höhen und Tiefen aus? Es waren die Kleinigkeiten, die meine Existenz lebenswert gemacht hatten, erst jetzt, als ich sie verloren hatte, lernte ich ihre Bedeutsamkeit zu schätzen. Jederzeit hätte ich freiwillig einen dreißigminütigen Marsch durch schwefelgetränkte Straßen auf mich genommen, solange sie in einem Park mit blühenden Veilchen endeten. Manche Unannehmlichkeiten waren es wert, sie zu erdulden, weil sie zu etwas Besserem führten.

4

Die Dunkelheit hatte sich über Whitechapel gelegt, als Polly und ich den Handwarenladen verließen. Mein Gesicht kribbelte von der Verwandlung. Es hatte mich mehrere Versuche gekostet, es so weit zu verändern, dass ich mich nicht einmal selbst wiedererkannte. Trotzdem hatte ich mir zusätzlich noch ein Tuch über den Kopf gelegt, nur um sicherzugehen – so ganz traute ich meinen Wandlungskünsten noch nicht. Wenn Polly mich nicht eingeladen hätte, sie zu begleiten, hätte ich mich vermutlich gar nicht vor die Tür getraut.

Verkäufer mit Körben drängten sich zwischen den Menschenmassen hindurch und priesen brüllend ihre heißen Pies an, dampfende Teigtaschen, gefüllt mit Fleisch und Gemüse. Vor nicht einmal einem Tag hätte sich mein Magen noch knurrend vor Hunger zusammengezogen. Mit meinem Herzschlag war auch sein Verlangen erloschen. Ich roch nicht mehr den Gestank des sogenannten Pea-Soupers, ein Nebel so braun und beißend, weshalb die Londoner ihn als Erbsensuppe bezeichneten.

Lärmende Kutschen zogen im Dunst wie quietschende Geister vorbei. Betrunkene Männer torkelten und brüllten durcheinander, angezogen von Mädchen und Frauen mit blassen Gesichtern und abgetragener Kleidung wie Motten vom Licht. Schwärme dünner Kinder in Lumpen sammelten sich unter den schwachen Gaslichtern, während ihre erschöpften Mütter in den Türöffnungen warteten, ihre Unterröcke sichtbar.

All das betrachtete ich nun mit einer gewissen Distanz – ich war noch hier, und doch gehörte ich nicht mehr dazu. Ich ließ mein

Leben Revue passieren und erinnerte mich an den Tag, als ich mit meinen Eltern und Geschwistern das Schiff verließ, mit dem wir vor der Hungersnot aus Irland geflohen waren. *Überall ist es besser als dort*, versicherte mir mein Vater während der Überfahrt, weil ich mich vor der Fremde gefürchtet hatte.

Nie zuvor hatte ich einen Ort wie London erlebt. So riesig, dass es sich über Meilen und Meilen erstreckte. Eine eigene Welt. Von Menschenhand erbaut, gleichzeitig so alt, als müsste es schon immer da gewesen sein. Meine Faszination wurde nicht einmal von meiner Abscheu getrübt, angesichts des Drecks, der aus dem Stadtbild nicht wegzudenken war. Er war überall. In den langen Gassen, die ins Nichts führten. In den krummen Nebenstraßen und auf den dunklen Kellertreppen, aus denen Gestalten wie Gespenster aufstiegen. Ich verlor mich in dieser Widersprüchlichkeit aus Schönheit und Elend, verschmolz mit ihr, bis meine Augen genauso trüb wie der Nebel waren, der durch die Viertel waberte.

Als ich nun an der Seite von Polly durch die Straßen schritt, die einst mein Zuhause gewesen waren, empfand ich dieselbe Beklemmung wie damals.

»Hast du nicht Angst, jemand könnte uns dennoch erkennen?«, raunte ich Polly zu und hakte mich bei ihr unter. Zwar gab es in London keinen besseren Platz, um unterzutauchen, als das East End, dennoch war es nicht ausgeschlossen, auf ein bekanntes Gesicht zu stoßen. Zumal wir durch die Art, wie wir gestorben waren, eine unfreiwillige Berühmtheit erlangt hatten. Sicher würde auch mein Antlitz bald die Zeitungen zieren wie zuvor jenes der vier anderen Frauen.

»Nicht einmal du hast mich erkannt«, zog sie mich auf und versetzte mir spielerisch einen Stoß mit dem Ellbogen. »Wer sieht uns schon ins Gesicht? Das haben die Leute schon nicht, als wir noch am Leben waren, am wenigsten die Männer.« Sie stieß ein verächtliches Schnauben aus. »Die sind doch nur an unseren Körpern interessiert. Wenn ihnen unser Gesicht nicht gefällt, drehen sie uns um und nehmen uns von hinten.« Freudlos lachte sie auf. »Außerdem fällt es den Menschen schwer, an das Unmögliche zu glauben.

Dafür ist ihr Geist zu beschränkt. Allerdings will ich hoffen, Timothy Drecksack Donovan erinnert sich spätestens dann an mich, wenn ich vor ihm stehe.« Ich spürte, wie sich ihr Körper bei der Erwähnung des Mannes versteifte. Ein kalter Ausdruck schlich sich in ihre Augen, und ihre Miene verwandelte sich in eine Maske der Erbarmungslosigkeit.

»Wer ist das?«, wisperte ich besorgt. »Ein ehemaliger Freier?«

Polly hatte mich eingeladen, sie in dieser Nacht auf ihrem *Streifzug*, wie sie es nannte, zu begleiten, um mir die Macht der Unsterblichkeit vorzuführen. Dank Jack seien wir nicht länger hilflos, sondern könnten etwas verändern und hätten sogar die Pflicht dazu. Ihre eindringliche Rede hatte mich neugierig gemacht, außerdem war ich nicht gestorben und wiedererwacht, um mich wie eine Ratte in einem Kellerloch zu verstecken. »Pff«, machte Polly abfällig. »Freier zahlen wenigstens, das hat dieser Mistkerl nie! Stattdessen hat er auf jeden Pence bestanden, für ein schäbiges Zimmer in seiner schimmelverseuchten Bruchbude.« Voller Verachtung spuckte sie neben sich auf die Straße. »Gnadenlos hat er mich jedes Mal weggeschickt, wenn ich nicht zahlen konnte, ganz gleich, ob ich krank war oder draußen Minusgrade herrschten.« Hass schlich sich in ihre Stimme und ließ mich erschaudern. Auch ich hatte Bekanntschaft mit Vermietern gemacht, bei denen vor lauter Profitgier die Menschlichkeit auf der Strecke blieb. Irgendwie war es mir trotzdem meistens gelungen, das Geld aufzutreiben.

Ich traute mich kaum die nächste Frage zu stellen, doch ich musste es, um einschätzen zu können, worauf ich mich einließ. »Hast du dich vor ihm auch schon an anderen gerächt?«

Ein zufriedenes Lächeln umspielte ihre Lippen. »Nicht von Anfang an«, gab sie zu. »Wahrscheinlich fällt es dir schwer zu glauben, aber zuerst war ich genauso schockiert wie du und habe meinem Leben nachgetrauert, obwohl es da eigentlich nichts gab, was ich hätte vermissen können.« Gleichgültig zuckte sie mit den Schultern. »Jack hatte mir erklärt, wie ich mein Aussehen verändern konnte, um das Versteck zu verlassen, danach ging er seinen Verpflichtungen nach. Ich fühlte mich allein und wusste nichts mit mir anzufangen, deshalb musste ich mich früher oder später rauswagen.« Ein unglücklicher Ausdruck überlagerte Pollys sonst vorherrschende Arroganz und verriet mir, dass sie keineswegs immer so selbstbewusst gewesen war, wie sie sich jetzt präsentierte. Ich fragte nicht nach Jacks vermeintlichen Verpflichtungen, obwohl sie mich sehr interessiert hätten, aber gerade ging es nicht um ihn, sondern um Polly. Ihre Ermordung lag etwas mehr als zwei Monate zurück. Annie hatte es, wenn ich mich nicht täuschte, nur acht Tage nach ihr erwischt. Trotzdem musste diese erste einsame Zeit hart für sie gewesen sein. Sie hatte niemanden gehabt, der sich ihrer annahm, wie es bei mir der Fall war. Ohne jede Unterstützung hatte sie mit dieser neuen Existenz fertigwerden müssen.

»Als ich mich das erste Mal nach meinem Tod wieder durch mein altes Viertel bewegte, hatte ich nicht einmal vor, irgendjemandem etwas anzutun«, vertraute sie mir an. »Ich wollte mich nur ein bisschen umsehen und war neugierig darauf, zu erfahren, was über mich in der Zeitung stand. Unbeabsichtigt kam ich an einer der Gassen vorbei, in die ich mich früher mit meiner Kundschaft zurückgezogen hatte. Meinen Platz hatte bereits eine andere eingenommen, der es nicht besser als mir erging. Ich bekam mit, wie ein Freier sie schlug, weil sie sich weigerte, sich auf irgendein perverses Spiel einzulassen. Mein erster Instinkt war schnell weiterzugehen, so wie ich es mir im Leben angewöhnt hatte. Es war sicherer, sich nicht in die Angelegenheiten anderer einzumischen.«

Ein reumütiger Tonfall schlich sich in ihre raue Stimme. »Ihr Wimmern ließ mich innehalten und erinnerte mich daran, wie oft ich mich selbst in heiklen Situationen befunden hatte und mir gewünscht hätte, jemand käme mir zu Hilfe. Jack hatte mir erklärt, ich sei unempfindlich für Schmerzen, trotzdem zögerte ich einzugreifen. Ich war tot, aber es fühlte sich nicht so an.« Ihr schiefes Grinsen weckte meine Sympathie. Bisher hatte sie so getan, als könnte sie meine Zweifel nicht nachvollziehen, dabei war es ihr genauso wie mir ergangen.

»Du hast ihr geholfen, nicht wahr?«, hakte ich gespannt nach. »Was hat deine Meinung geändert?«

Sie nickte lächelnd. »In meinem Leben habe ich mich so oft dafür geschämt, aus Angst weggesehen zu haben, wenn jemandem etwas angetan wurde, dass ich damit nicht weitermachen wollte. Wenigstens jetzt wollte ich die Person sein, die ich gern vor meinem Tod gewesen wäre. Mutig. Schlagfertig. Stark.« Sie hob ihren Kopf, als erfüllte es sie mit Stolz, wer sie heute war. »Ich ging in die Gasse und sagte dem Kerl, er solle seine Pfoten von der Frau nehmen. Mehr verlangte ich gar nicht, aber er wirbelte zu mir herum und blaffte mich direkt an, was mich das angehe und ob ich auf Ärger aus sei. Ich habe den Mann nicht zum ersten Mal gesehen. Unsere Zusammenkunft lag gut ein Jahr zurück, doch ich erinnerte mich noch immer an die Schmerzen, die er mir zugefügt hatte. Seinetwegen hatte ich mehrere Nächte nicht arbeiten können. An all das dachte ich, als er vor mir stand und so tat, als könnte nichts und niemand ihm etwas anhaben, schon gar nicht ich. Eine Frau.« Spöttisch lachte sie auf. »Mich packte die Wut, und zum ersten Mal ließ ich den Hass los, den ich zuvor immer nur in mir eingeschlossen hatte. Ich ballte meine Hand zur Faust und rammte sie ihm ohne jede Vorwarnung ins Gesicht. Du glaubst gar nicht, wie befreiend das war!«

Ich hing an ihren Lippen und konnte nicht leugnen, Bewunderung für sie zu hegen. »Hat er daraufhin von der Frau abgelassen?«

Verächtlich schüttelte sie den Kopf. »Natürlich nicht! Wo denkst du hin? Glaubst du, ein Kerl sucht das Weite, nur weil ihm eine Frau einen Schlag verpasst? Das reizt diese Schweine doch nur!« Sie schnaubte vor Verachtung. »Der Mann stürzte sich auf mich, während die Hure, der ich zu Hilfe gekommen war, das Weite suchte. Er prügelte auf mich ein, als wollte er mir jeden Knochen im Leib brechen. Wäre ich noch am Leben gewesen, hätte ich keine Chance gegen ihn gehabt, jetzt verletzten mich seine Schläge nicht mehr. Es war, als würde er seine Fäuste in einen Brotteig rammen.« Ein heiteres Kichern löste sich aus ihrer Kehle. »Ich ließ ihn sich verausgaben. Erst als er so sehr schnaufte, dass er kaum mehr Luft bekam, richtete ich mich vor ihm auf und grinste ihn an. Das warf ihn völlig aus der Bahn, und er bekam kaum mit, wie ich mir das Messer von seinem Gürtel schnappte und es ihm in den Bauch rammte. Ich schlitzte ihn auf wie ein Schwein, etwas anderes hatte er nicht verdient. Sein Blut, das mir ins Gesicht spritzte, war eine Genugtuung.«

Ich verstand, wie es dazu gekommen war, trotzdem ließ mich die Grausamkeit ihrer Worte erschaudern, und ich schlang mir die Arme um den Oberkörper. »Hast du danach noch mehr Männer umgebracht?«

»Ich habe mir eine Liste erstellt«, verkündete sie triumphierend und tippte sich gegen die Schläfe. »Der Mord an diesem Kerl in der Gasse war eher ein Versehen als eine geplante Tat. Trotzdem hatte er mir gezeigt, wozu ich nun fähig war. Alle, die mir unrecht getan hatten, sollten nun bezahlen, aber ich wollte mich nicht erst windelweich schlagen lassen, bevor ich ihnen ein Ende setzte. Deshalb begann ich mit den Kandidaten, deren Taten eher harmlos im Vergleich zu manch anderen waren. Als Nächstes nahm ich mir Freier vor, die nicht bezahlt hatten. Ich habe sie als Übung angesehen, um mich für die richtigen harten Fälle aufzuwärmen. Es genügte mir nicht, sie nur zu töten – ich wollte sie leiden lassen.« Ein diabolischer Ausdruck verzerrte ihre fremden Gesichtszüge und ließ ihre Augen gefährlich funkeln.

»Kommen nach deinem Vermieter noch mehr?«, fragte ich mit belegter Stimme nach.

»Er ist der Letzte auf meiner Liste«, bestätigte sie mir. »Ich habe ihn mir zum Schluss aufgehoben, sozusagen als Sahnehäubchen, aber es gibt genug Dreckskerle im East End, und ich habe zu viel Gefallen daran gefunden, um aufzuhören.«

Sie hatte sich in der Finsternis verloren. Obwohl ich die letzten Jahre keine Kirche mehr besucht hatte, gab es einen Grundsatz, an den ich mich hielt. »Kein Mensch sollte über Leben und Tod entscheiden«, wagte ich leise zu bedenken zu geben.

Polly machte nur eine wegwerfende Handbewegung. »Nichts als Firlefanz, den sich nur Leute leisten können, die nicht täglich damit rechnen müssen, verdroschen zu werden. Wenn ich mich nicht um die Scheusale kümmere, die im East End ihr Unwesen treiben, tut es niemand.«

Ich sagte ihr nicht, dass ihre Taten sie selbst auch in ein Monster verwandelten. Eine Tat war nicht weniger böse, weil sie aus guter

Absicht geschah. Polly folgte ihren eigenen Grundsätzen, die ich ihr nicht würde ausreden können.

Das Crossingham's war ein heruntergekommenes Haus mit feuchten Decken, dünnen, schimmelbefallenen Wänden, schmutzigen Böden und undichten Fenstern. Ein Ort voller Trostlosigkeit, der dennoch jede Nacht Frauen zwang, ihre Körper zu verkaufen, um sich dort ein Zimmer oder auch nur ein Bett leisten zu können. Wir schlüpften durch die unverschlossene Haustür und schlichen durch einen schmalen Flur. Aus den angrenzenden Räumen waren die unterschiedlichsten Geräusche zu vernehmen: übertriebenes Stöhnen, begleitet von dem Ächzen eines Bettes, röchelndes Husten, schiefer Gesang, Gebrüll eines streitenden Paares, forderndes Schreien eines Babys, Gelächter und zwischendurch ein leises Schluchzen. Eine Kakofonie des Elends.

Im zweiten Stock befand sich das Büro des Vermieters. Die Tür war nur angelehnt, sodass das Klappern einer Schreibmaschine zu hören war. Der feine Rauch einer Zigarre drang aus dem Inneren. Polly hob ihre Hand und klopfte an. Ihr Kopf war erhoben und ihre Haltung aufrecht. Sie kam nicht als Bittstellerin zu ihrem ehemaligen Vermieter, sondern als Frau, die Gerechtigkeit für sich einfordern wollte.

»Louise, ich habe dir bereits mehrfach gesagt, wenn du nicht zahlen kannst, darfst du nicht bleiben«, schlug uns die raue und rücksichtslose Stimme eines Mannes entgegen, der nicht einmal von seinem Schreibtisch aufblickte. Dort saß er im Schein einer Gaslampe, die sich auf seinem kahlen Schädel spiegelte, eine Zigarre in den Mundwinkel geklemmt, und hielt in einer Hand ein Glas mit einer braunen Flüssigkeit, während er mit der anderen auf die Tasten des Schreibautomaten hämmerte.

»Dasselbe hast du zu mir auch immer gesagt«, erinnerte sich Polly resigniert, die Worte mehr an sich als ihn gerichtet.

Genervt fuhr Timothy Donovan zu uns herum. Gelbe Schweißflecken hatten sich unter den Armen seines zerknitterten Hemdes gebildet, das über seinem runden Bauch spannte. »Verschwendet nicht meine Zeit und sagt mir, was ihr wollt«, blaffte er. Weder Pollys Stimme noch ihr Äußeres schienen ihm bekannt zu sein. Für ihn waren wir nur zwei weitere Prostituierte, die ihn mit ihrer Anwesenheit belästigten.

»Mary, sei so gut und schließ bitte die Tür«, forderte Polly mich höflich, aber bestimmt auf. »Dies ist ein Privatgespräch und könnte etwas länger dauern«, sie räusperte sich, »und lauter werden.«

Ich befolgte ihre Anweisung und schloss den Lärm des Korridors aus, ließ ihn zu einem Hintergrundrauschen verebben. Der Vermieter starrte Polly erst verdutzt über so viel Dreistigkeit an, dann färbte sich sein teigiges Gesicht rot. Bevor er lautstark Protest erheben konnte, ließ Polly ihre Gesichtszüge verschwimmen. Die Falten, die ihre Augen einrahmten und ihrer Stirn einen ständigen Ausdruck von Verärgerung verliehen, kehrten zurück. Sie war wieder ganz sie selbst und unterlag nicht länger dem Zauber unserer untoten Magie. Herausfordernd machte sie einen Schritt auf ihn zu. »Na, erkennst du mich jetzt? Du wirst doch wohl nicht deine alte Freundin Polly vergessen haben!«

Seine geröteten Augen weiteten sich vor Entsetzen und er schnappte nach Luft. »Herr im Himmel, das ist unmöglich!«, rief er aus und bekreuzigte sich. Es war seltsam, wie schnell Menschen in Furcht zurück zu ihrem Glauben fanden, während ihnen Sekunden zuvor die christliche Nächstenliebe einerlei gewesen war. »Du … du … du bist doch tot«, stammelte er. »Der Ripper hat dir deine verdammte Kehle aufgeschlitzt. Ich habe die Bilder in der Zeitung gesehen.«

»Gäbe es einen Gott, würde er sich Abschaum wie dir nicht annehmen«, tadelte Polly ihn herablassend und näherte sich seinem Schreibtisch, während ich an der Tür stehen blieb. Meine eigene Maskerade hatte ich ebenfalls fallen lassen, da ich ohnehin fürchtete, sie nicht viel länger aufrechterhalten zu können. Es tat gut, meine Gesichtsmuskeln wieder entspannen zu können. Außerdem machte ich mir nichts vor: Wenn es nach Polly ging, würde Donovan nicht die Gelegenheit bekommen, irgendjemandem zu erzählen, dass er uns gesehen hatte. Ich konnte ihr ansehen, wie sehr sie seine Angst genoss. Es war ihr nicht anzukreiden, immerhin hatte Donovan, so wie ich ihn bisher erlebt hatte, auch keine Rücksicht auf ihre Sorgen genommen. Er schien mir einer jener Männer zu sein, die Prostituierte nicht als Menschen, sondern als minderwertige Kreaturen betrachteten, während sie gleichzeitig ihr Geld mit uns verdienten.

»Ich hatte die winzige Hoffnung, mein Tod könnte etwas in dir bewegt haben«, fuhr Polly fort, auch wenn ich bezweifelte, dass sie wirklich geglaubt hatte, jemand wie Donovan könne sich ändern. Dafür kannte sie Männer seines Schlags zu gut. »Du warst es, der mir in jener Nacht ein Zimmer verweigerte und mich zurück auf die Straße schickte, nur weil mir ein paar Pence fehlten. Ich dachte, du würdest dich deshalb vielleicht mitschuldig fühlen und vor Reue keinen Schlaf finden können.« Sie schnalzte missbilligend mit der Zunge. »Aber wie ich sehe, ist hier alles noch beim Alten.« Verachtung lag in ihren Worten.

Beschwichtigend hob Donovan die Hände und rutschte auf seinem Stuhl zurück, fort von ihr. »Polly, du weißt doch, wie das läuft, wenn ich einem Mädchen gestatte zu bleiben, spricht sich das herum, und bald habe ich das Haus voller hungriger Mäuler und meine Taschen sind leer.« Seine Stimme war nun um mindestens eine Oktave höher und zitterte leicht. »Almosen kann sich heutzutage niemand mehr erlauben, dafür kannst du mir keinen Vorwurf machen.« Fahrig rieb er seine schwitzigen Hände über das Hemd und versuchte sich an einem versöhnlichen Lächeln.

Es ließ Polly kalt. »Ich hätte nicht von dir erwartet, mich kostenfrei zu beherbergen«, stellte sie klar. »Du hättest mir einen Tag Aufschub gewähren können. Nur einen Tag, Tim. Das hätte mir mein Leben gerettet.«

Ich erwartete, dass er ihr recht geben, sich entschuldigen und Reue heucheln würde. Das war es, was Polly wollte. Aber er tat ihr diesen Gefallen nicht, nicht einmal jetzt.

»Wir wissen beide, du hättest auch einen Tag später nicht genug Geld gehabt«, höhnte er. »Du hattest nie genug Geld, Polly, ganz gleich, wie viele Freier du bedient hast, weil du es immer sofort ausgegeben hast.« Er sah sie vielsagend an und genehmigte sich einen großen Schluck von seinem Getränk. Dann straffte er die Schultern und richtete sich in seinem Stuhl auf, als wäre er sich erst jetzt wieder bewusst darüber, wer vor ihm stand. Er sah nicht länger die Frau, die tot sein müsste, aber wie durch ein Wunder in sein Büro spaziert kam, sondern nur noch Polly. Eine versoffene Hure. Sie stellte keine Ausnahme dar. Viele Prostituierte hatten Alkoholprobleme – wer konnte es ihnen verübeln? Auch ich hatte in der einen oder anderen Nacht schon zu tief ins Glas geschaut.

Seine fadenscheinige Argumentation und seine arrogante Haltung waren Zunder für das Feuer, das in Pollys Innerem wütete. »Willst du etwa behaupten, es sei meine eigene Schuld gewesen, was mir zugestoßen ist?«, brüllte sie und knallte ihre Hände so fest auf seinen Schreibtisch, dass die Schreibmaschine wackelte und mehrere Blätter zu Boden segelten. »Hatte ich denn je eine Wahl? Wie hätte ich sonst mein Geld verdienen sollen, nachdem mich meine Familie im Stich gelassen und mein Tunichtgut von einem Ehemann lieber sein Gehalt in irgendwelchen Spelunken gelassen hat, als für mich zu sorgen? Wer hätte mich denn ohne jegliche Schulbildung eingestellt?« Die Art, wie sie nach Luft schnappte, ließ mich den Kloß in ihrer Kehle erahnen. Obwohl sie es nicht musste, rechtfertigte sie sich vor ihm. In diesem Moment erlebte ich einen Schatten von der Polly, die sie gewesen war, bevor sie Jack begegnete: Eine hilflose, verzweifelte Frau, die ihren Kummer im Alkohol ertränkte, weil nur er ihr etwas Frieden zu schenken vermochte.

Donovan zuckte desinteressiert mit den Schultern. »Wir haben es alle nicht leicht.« Er beugte sich auf seinem Stuhl vor und musterte sie eingehend. Asche fiel von seiner Zigarre und brannte ein Loch in den unordentlichen Papierstapel vor ihm. »Was genau ist dir denn zugestoßen? Wie kommt es, dass du jetzt vor mir stehst?«

Seine Fragen holten Polly zurück in das Hier und Jetzt. Ein zufriedenes Grinsen breitete sich auf ihrem Gesicht aus, und sie verwandelte sich wieder in die selbstbewusste Frau, als die ich sie kennengelernt hatte. Lässig zog sie ihrem ehemaligen Vermieter die herabgebrannte Zigarre aus dem Mund und drückte diese auf der

Tischplatte aus. »Ich wurde auserwählt, Tim«, verkündete sie mit stolzgeschwellter Brust. »Ein wirklich guter Mensch hat endlich mehr in mir gesehen und mir eine Chance gegeben.«

Ich hätte Jack the Ripper gewiss nicht als guten Menschen bezeichnet, aber ich konnte nachvollziehen, weshalb Polly ihn dafür hielt. Ihr Leben nach dem Tod war besser als alles, was sie davor gekannt hatte. Jack schenkte ihr Anerkennung, die ihr zuvor verwehrt worden war.

»Das freut mich für dich, Polly«, behauptete Timothy Donovan wenig überzeugend. »Was verschafft mir dann die Ehre deines Besuchs? Möchtest du noch ein paar offene Rechnungen begleichen? Für ein paar Abendessen hast du nicht bezahlt.« Er holte aus einer Schublade ein ledergebundenes Buch hervor und begann darin zu blättern, als wollte er Polly eine genaue Auflistung machen.

»Gewiss, deshalb bin ich hier«, stimmte sie ihm mit einem seligen Lächeln zu. Donovan grunzte zufrieden, ohne die Kälte in Pollys Blick zu bemerken. Ich spürte die Veränderung in der Atmosphäre wie ein Tier, das die Gegenwart eines Angreifers witterte, bevor es ihn sehen konnte. »Nur stehe ich nicht in deiner Schuld, sondern du in meiner.«

Irritiert sah Donovan zu ihr auf, ehe er den Fehler beging, über sie zu lachen. Entweder hatte er den gefährlichen Tonfall in ihrer Stimme nicht wahrgenommen oder er war dumm genug, ihn nicht zu fürchten. »Das ist ein guter Scherz, davon wüsste ich aber«, spottete er und schlug sich glucksend auf den Schenkel.

»Du schuldest mir Respekt«, fauchte Polly. Mit beiden Händen packte sie die Armlehnen seines Stuhls und baute sich bedrohlich vor ihm auf. Er versuchte sie wegzuschubsen, aber sie hielt ihm stand und rührte sich nicht vom Fleck. »Du schuldest mir Mitgefühl«, spie sie ihm hasserfüllt entgegen und versetzte seinem Stuhl einen heftigen Stoß, der ihn samt Donovan umkippen ließ. Dieser rappelte sich schnell wieder auf, glaubte den Ernst der Lage zu erkennen, und zog aus seinem Gürtel ein Messer hervor. Blitzschnell holte er damit aus und bohrte die Klinge in Pollys Bauch.

Schockiert schrie ich auf und eilte ihr zu Hilfe, doch sie hob nur ihre Hand, um mich auf Abstand zu halten. Gehässig starrte sie Donovan an, der darauf wartete, dass sie sich vor Schmerzen krümmte und wimmerte. Nicht ein Tropfen Blut floss aus der Wunde. Mit einer kalten Gleichgültigkeit zog sie die Klinge aus ihrer Mitte und schleuderte sie in die andere Ecke des Zimmers. Die Augen des Mannes weiteten sich vor Panik. Zitternd wich er vor ihr zurück. Zu spät.

Polly packte ihn an seinem Hemd und zog ihn dicht an sich heran. »Du schuldest mir Gnade«, schrie sie ihn an, ihre Stimme bebend vor Hass, ehe sie ihn von sich schupste – in Richtung des Fensters.

Ich wusste, es genügte ihr nicht, ihm etwas Angst zu machen – das hatte sie mir deutlich zu verstehen gegeben. Sie wollte mehr, lechzte nach Rache. Trotzdem fühlte ich mich verpflichtet einzugreifen. »Polly, er ist deine Aufmerksamkeit nicht wert«, versuchte ich sie zu besänftigen und machte zögerlich einen Schritt auf sie zu. »Was geschehen ist, kann nicht rückgängig gemacht werden. Lass uns gehen!«

Sie reagierte nicht auf mich. Ich war mir nicht einmal sicher, ob sie mich überhaupt gehört hatte. Ihr Blick heftete sich auf Donovan, der seine massige Gestalt verzweifelt gegen die kalte Scheibe in seinem Rücken presste. Er konnte ihr nicht entkommen.

»Bitte«, flehte er. »Es tut mir leid. Alles tut mir leid. Bitte tu mir nichts!« Jetzt hätte er alles gesagt und getan, was sie wollte, nur um mit seinem Leben davonzukommen. Sein Instinkt verriet ihm, dass dies seine letzten Atemzüge waren. Jeder dunklen Ahnung zum Trotz bettelte er und erniedrigte sich. Nichts davon konnte ihn retten.

»Du schuldest mir ein Leben«, warf Polly ihm vor und rammte ihn mit voller Wucht. Das Glas in seinem Rücken erbebte, hielt der Erschütterung jedoch stand. In einem verzweifelten Versuch, sein Leben zu retten, stürzte sich Donovan auf Polly und riss sie um. Sie landeten hart auf dem Boden, und er hockte sich auf sie, drückte sie mit seinem ganzen Gewicht nieder. Polly war tot, aber er war immer noch ein Mann und ihr körperlich überlegen. Einzig ihre Gewissheit, nichts mehr zu verlieren zu haben, verlieh ihr Stärke.

Wütend wand sie sich unter ihm und versuchte irgendwie dem Griff seiner Hände zu entkommen, die er um ihren Hals geschlungen hatte. Er konnte sie nicht erwürgen – ganz gleich, wie lang er ihr die Luft abschnürte, nicht einmal, wenn er ihr das Genick brach. Ich konnte trotzdem nicht dabei zusehen, wie er sie quälte. Ich schuldete diesem Mann nichts, hingegen hatte Polly mich davon abgehalten, einen folgenschweren Fehler zu begehen, als sie mir zum Hafen gefolgt war. Wir mochten nicht einer Meinung sein, aber wir teilten dasselbe Schicksal.

Ohne weiter darüber nachzudenken, schnappte ich mir das Glas vom Schreibtisch, aus dem Donovan zuvor noch getrunken hatte, und knallte es ihm auf den kahlen Schädel. Er zuckte zusammen und gab ein leises Stöhnen von sich. Polly nutzte die Gelegenheit, befreite sich aus seinem Griff und wand sich unter ihm hervor. Ohne zu zögern, hob sie die schwere Schreibmaschine an und warf sie mit ganzer Kraft gegen das Fenster, das zerbrach. Mit einem lauten Krachen landete das Gerät im Hinterhof des Gebäudes. Glassplitter ragten aus dem Rahmen und ließen ihn wie das geöffnete Maul einer Bestie erscheinen. Entschlossen brach Polly eine besonders scharfe Scherbe heraus, die sich dabei in ihre eigene Haut bohrte, ohne dass sie es auch nur bemerkte. Schnellen Schrittes ließ sie sich vor ihrem ehemaligen Vermieter nieder, der sich benommen eine Hand auf die blutende Wunde an seinem Hinterkopf presste. Die scharfe Kante des Glases presste sie ihm nun an die Kehle.

Panik flackerte in seinem Blick auf, und er stieß ein hilfloses Wimmern aus. »Bitte«, keuchte er. »Bitte töte mich nicht!«

»Steh auf!«, herrschte sie ihn gnadenlos an.

Verwirrung zeichnete sich in seiner Miene ab, als er ihr gehorchte und sich vorsichtig vom Boden erhob. Er streckte seine zitternden Arme von sich, in dem aussichtlosen Versuch, sie zu beschwichtigen.

»Geh zum Fenster!«, verlangte sie – die Glasscherbe weiterhin drohend auf seine Kehle gerichtet.

Jetzt begriff er und schüttelte kaum merklich den Kopf. »Nein, bitte nicht!«

»Tu, was ich sage«, fauchte Polly und bohrte ihm die Spitze ihrer Waffe in den Hals, Blutstropfen quollen hervor. »Weigerst du dich, schneide ich dir das verkümmerte Etwas zwischen deinen Beinen ab, stopfe es dir ins Maul und ersticke dich damit!«

Ihre Drohung zeigte Wirkung, und der zuvor so harte Mann begann zu schluchzen und brach in Tränen aus, während er zu dem kaputten Fenster wankte.

»Polly«, beschwor ich sie ein letztes Mal, doch mit erhobener Hand gab sie mir zu verstehen, dass sie meine Einwände nicht hören wollte.

»Spring da runter – Kopf voran!«, wies sie stattdessen Donovan an.

Dieser zitterte am ganzen Körper, und ein nasser Fleck breitete sich auf seiner Hose aus. »Ich mache es wieder gut! Ich versprech's!«

Er konnte es nicht *wiedergutmachen* – Polly war tot. Sein Gewinsel nervte sie, und entgegen ihrem eigentlichen Vorhaben rammte sie ihm nun doch die Scherbe in den Hals und versetzte seinem Körper einen Stoß. Begleitet von einem gurgelnden Geräusch stürzte er aus dem zweiten Stock, gefolgt von einem Knall, als er auf dem Asphalt aufschlug.

Atemlos hastete ich zu Polly und sah nach unten. Ein Windzug schlug mir entgegen und zerzauste mir die Haare. Auf den dreckigen Pflastersteinen lag Timothy Donovan in verdrehter Haltung. Starr, seiner Seele beraubt, blickte er zu uns empor, während sich langsam eine Blutlache um seinen Kopf ausbreitete.

Obwohl ich wusste, was dieser Mann Polly und wahrscheinlich auch vielen anderen Frauen angetan hatte, empfand ich keine Genugtuung.

»Fühlst du dich jetzt besser?«, brachte ich mühsam hervor. Sosehr ich Pollys Beweggründe auch nachfühlen konnte, schreckte mich ihre Grausamkeit ab. Vielleicht lag es an den etwa zwanzig Jahren Altersunterschied. Auch ich hatte Schlimmes erlebt, aber er stellte keinen Vergleich dar zu dem, was Polly hatte durchmachen müssen. Manchmal war es nicht ein einzelnes Ereignis, das einen Menschen veränderte, sondern eine Ansammlung davon, bis die Person irgendwann daran zerbrach. Wer wusste schon, ob es nicht mir irgendwann genauso ergangen wäre?

»Das nennt sich Gerechtigkeit«, erwiderte sie ruhig. »Sie haben alle dafür bezahlt, was sie mir angetan haben. Freier, Zuhälter, Vermieter … Keiner ist mir entkommen!« Ihre Miene ließ keinerlei Schuldbewusstsein erkennen. Sie wähnte sich im Recht. Warum hätte sie den Tod umgehen und diese unermessliche Macht erlangen sollen, wenn sie jene nicht nutzte?

Das ist keine Gerechtigkeit, schoss mir dennoch durch den Kopf. Ganz gleich, was Polly den Männern antat, es machte sie nicht wieder lebendig. Wahrscheinlich wollte sie das nicht einmal. In ihrem vorherigen Leben hätte sie sich von Donovan beschimpfen, vielleicht sogar verprügeln lassen müssen, ohne jede Chance, sich zu wehren. War das gerecht? Nein. Gab es so etwas wie Gerechtigkeit überhaupt oder war es nur eine Frage der Perspektive?

»Komm, lass uns gehen«, forderte mich Polly auf und zog mich sacht an meinem Ärmel. »Irgendjemand wird die Bobbys rufen und eine der anderen Frauen verdächtigen. Gibt genug, die einen Groll gegen ihn hegen.« Sie wandte dem Fenster ihren Rücken zu, ihr Rachedurst war gestillt – vorerst. »Nur auf mich wird niemand kommen«, murmelte sie hämisch, als sie den Raum verließ.

Tot zu sein bot mehr Vorteile, als ich mir je hätte vorstellen können.

Ohne jegliche körperlichen Bedürfnisse stand mir viel Zeit zur Verfügung. Stunden, die ich zuvor mit Schlafen oder Essen verbracht hatte, oder damit, mir Gedanken darum zu machen, wie ich genug Geld auftreiben sollte, um mir beides zu ermöglichen, mussten nun gefüllt werden. Befreit von sämtlichen Verpflichtungen, stellte ich fest, dass ich nichts mit mir anzufangen wusste. Den anderen Frauen ging es ähnlich, deshalb verbrachten wir die meiste Zeit des Tages hinter den verrammelten Fenstern des Handwarenladens und suhlten uns in Selbstmitleid. Es gab viel, was wir zu bedauern hatten: zerplatzte Träume, unerfüllte Liebe, verweigerte Chancen.

Die neue Existenz, die Jack uns geschenkt hatte, konnte uns all das nicht geben. Es lag kein Reiz darin, Pralinen zu stehlen, wenn man den süßen Geschmack der Schokolade nicht schmecken konnte. Für uns galten nicht mehr die Gesetze der Gesellschaft: Wir konnten uns nehmen, was wir wollten, ohne jegliche Konsequenzen. Was sollte uns schon passieren? Wir hatten das Schlimmste bereits hinter uns.

Trotzdem machte es einen Unterschied, ob man ein teures Seidenkleid dem Verkäufer unter Gewalt abgerungen hatte oder es sich leisten konnte. Es war eine Frage der Würde. Wir mochten uns nehmen können, wonach es uns verlangte, aber deshalb waren wir nicht mehr wert. Die Leute begegneten uns mit derselben Missachtung wie zuvor. Unser Hunger nach einem erfüllten Leben blieb ungestillt. Die Frustration, die wir im Alkohol zu ertränken gewohnt waren, ließ sich nicht verdrängen. Sie saß uns stetig im Nacken, wenn wir darauf warteten, dass es Nacht wurde. In der Dunkelheit verschwammen die Umrisse und die Menschen sahen weniger genau hin. Dann bemerkten sie die lebenden Toten nicht, die sich unter sie mischten.

Nur Polly schien die Tristesse nichts anhaben zu können. Ihre persönliche Liste mochte sie mit Donovan vollendet haben, doch ihr Durst nach Rache blieb ungestillt. Sie beschränkte sich nicht länger nur auf Menschen aus ihrer Vergangenheit, sondern bewertete jede Begegnung. Ein unbedachtes Wort, ein falscher Blick, eine unerwiderte Geste genügten schon, um ihren Groll zu erregen. »Die Gesellschaft muss einen Wandel erfahren«, rechtfertigte sie ihr drastisches Vorgehen. Worte, die Jack ihr in den Mund gelegt hatte.

Er hauste nicht mit uns in dem heruntergekommenen Ladenlokal in der Dorset Street, sondern kam nur hin und wieder vorbei, um nach dem Rechten zu sehen. Dann ließ er sich mit Wohlgefallen von Polly berichten, wie viele Opfer ihr unersättlicher Zorn gefordert hatte. Stets ermunterte er die anderen Frauen und mich, es Polly gleichzutun. Wir sollten keine Schuld ungesühnt lassen. Gerechtigkeit komme nicht von selbst, sondern müsse errungen werden.

»Wo ist er, wenn er nicht hier ist?«, fragte ich Annie, als wir vor dem kalten Kamin saßen. Es musste lange her sein, dass darin ein Feuer die Stube erwärmt hatte. Frost zog sich über den Schimmel an den Wänden. Draußen eilten die Leute vorbei, stießen Atemwolken in die eisige Luft, wickelten sich in alle Schichten Kleidung, die sie besaßen, und rieben ihre Hände aneinander. Der Winter war die härteste Jahreszeit im East End, weil nun auch noch für Brennholz gesorgt werden musste. Eine Nacht ohne Bett konnte bereits den Tod bedeuten. Wir teilten diese Sorgen nicht mehr, denn unsere Körper waren so kalt wie der Schnee – ohne jegliches Gefühl. Kein Atem drang aus unseren Mündern, kein Herz schlug in unserer Mitte.

»Das weiß keine von uns«, erwiderte Annie, die von den anderen Dark Annie genannt wurde, weil ihr mit ihrem Puls auch der Humor abhandengekommen war. Vielleicht hatte sie auch noch nie welchen besessen. Ihre schmalen Lippen hielt sie meist zusammengepresst, eingerahmt von tiefen Falten, die von Jahrzehnten voller Sorgen kündeten. In ihren Augen lag eine unergründliche Traurigkeit, deren Anblick schmerzte. Ich hatte schon beobachtet, wie Menschen, die nur ein paar Worte mit ihr wechselten, den Blick senkten, weil sie ihrem nicht standhalten konnten. »Wir kennen weder seinen richtigen Namen noch wissen wir, ob er einem Beruf nachgeht«, fuhr sie fort. »Jack the Ripper ist für uns ein genauso großes Mysterium wie für alle anderen, mit dem einzigen Unterschied: Wir kennen zumindest sein Motiv.«

Das Motiv des noblen Retters – des Weltverbesserers, dachte ich spöttisch. Anders als Polly, die ihn wie einen Gott verehrte, der sie von ihrem Leiden befreit hatte, stand ich ihm eher kritisch gegenüber. Immerhin hatte er mich nicht gefragt, und wahrscheinlich auch keine der anderen, ob wir überhaupt erlöst werden wollten, bevor er unsere Kehlen durchschnitt. Mein Leben war nicht schön und gewiss nicht einfach gewesen, trotzdem hätte ich es gern noch eine Weile gelebt, in der Hoffnung auf Besserung. Diese Hoffnung hatte Jack mir unwiederbringlich genommen. Alles, was er mir dafür bot, war die Illusion einer besseren Welt. Ganz gleich, wie viele Freier und Zuhälter Polly auch tötete, es brachte keine Gerechtigkeit, sondern nur noch mehr Blutvergießen.

»Ich dachte, ich wüsste, wer er ist«, meldete sich Liz zu Wort. Lautlos schritt sie über den maroden Boden und ließ sich neben uns auf der mottenzerfressenen Couch nieder. Auch wenn unsere Körper lebendig wirken mochten, waren wir letztlich nicht mehr als Geister. »Ich kam mir allen überlegen vor und stellte mir vor, wie ich den berüchtigten Frauenmörder von Whitechapel enttarnen würde«, erinnerte sie sich, wobei sich ein freudloses Lächeln auf ihrem Gesicht abzeichnete. »Tja, zu früh gefreut! Bevor ich meinen Verdacht den Bobbys mitteilen konnte, landete ich hier.« Resigniert zuckte sie mit den Schultern.

»Lagst du denn richtig mit deiner Vermutung?«, hakte ich neugierig nach. Ich hatte mich selbst für die Ermittlungen interessiert und jeden Zeitungsartikel, den ich in die Hände bekam, studiert.

Das Lesen war eines der wenigen Dinge, die ich von meinem Vater gelernt hatte. Solange er lebte, hatte er sich sonntags eine Zeitung geleistet und von meinen Geschwistern und mir verlangt, ihm daraus vorzulesen. Er bewies dabei eine unerwartete Geduld und erklärte uns Buchstabe für Buchstabe, bis wir die Wörter richtig bilden konnten. Hatte er das Gefühl, wir würden uns nicht genug Mühe geben, setzte es ein paar Schläge. »Aus euch soll etwas Anständiges werden«, hatte er immer gepredigt.

Tja, als Prostituierte im East End zu landen, war gewiss nicht das, was er sich darunter vorgestellt hatte.

Viele Verdächtigungen waren ausgesprochen worden: gewalttätige Ehemänner, frustrierte Liebhaber, blutrünstige Ärzte, rachsüchtige Frauen, entflohene Patienten einer Nervenheilanstalt. Sogar Mitgliedern des Königshauses war etwas angedichtet worden – eine Behauptung absurder als die andere. Letztlich waren alle verdächtig, solange es keine Beweise gab, die zu dem wahren Täter führten.

»Nein«, gab Liz zerknirscht zu. »Dabei war ich mir so sicher.«

»Wen hattest du im Auge?« Nun war auch Annies Interesse geweckt.

Ungebrochener Zorn verzerrte ihre Miene. »In der Cable Street gibt es einen Barbier, der nach Ladenschluss chirurgische Behandlungen durchführt, unter anderem Abtreibungen«, begann sie zu erzählen, und ich ahnte schaudernd, was folgen würde. Die wenigsten Prostituierten kamen in ihrem Leben ohne eine Abtreibung aus. Es war nicht nur ein teures, sondern auch gefährliches Unterfangen. Offiziell führten Ärzte keine Schwangerschaftsabbrüche durch, deshalb blieb uns nur zu einem Engelmacher zu gehen. Viele von ihnen operierten ohne medizinisches Wissen, und es konnte sein, dass das Kind dennoch weiterwuchs, oft missgebildet, oder dass es zu Entzündungen kam. Nach tagelangen Schmerzen starben die Betroffenen an inneren Verletzungen. »Er nennt sich selbst George Taylor, aber eigentlich stammt er aus Polen und hat dort im Lazarett gearbeitet. Sein richtiger Name ist Severin Klosowski.« Liz ballte ihre Hände zu Fäusten. Offenbar fiel es ihr schwer, ihre Emotionen zu kontrollieren, wenn es um jenen Mann ging.

»Das macht ihn zu einem Hochstapler«, räumte ich ein. »Nicht zu einem Mörder. Woher weißt du das alles über ihn, und warum hast du geglaubt, er sei der Ripper?«

»Meine Freundin Emma beging den Fehler, ihn aufzusuchen, nachdem sie ungewollt schwanger wurde, dafür bezahlte sie mit ihrem Leben.« Ihre Stimme bebte und drohte zu brechen. »Dieser Mann hat ihr den kompletten Unterleib aufgeschlitzt! Er tat es als Unfall ab und wollte sie einfach im Müll entsorgen. Nicht mit mir!« Schmerz und Wut zeichneten sich in Liz' Gesicht ab, aber da war auch noch etwas anderes. Etwas, das tiefer lag. Etwas, das umso schwerer zu ertragen war. Schuld. »Nachdem ich es war, die ihr von diesem Mann erzählt hatte, war eine anständige Beerdigung das Mindeste, was ich für sie tun konnte.« Tränen standen in ihren Augen. Sie schluckte gegen den Kloß in ihrer Kehle an und wandte beschämt ihr Gesicht ab.

Bei unserer ersten Begegnung hielt ich Liz für unerschütterlich, aber der Verlust ihrer Freundin und vor allem die Art, wie sie gestorben war, hatten Liz gebrochen.

Ein leises Scharren durchbrach die angespannte Stille, die nach Liz' Geständnis eingetreten war. Es war Catherine, die wortlos die Stube verließ. Erst jetzt wurde ich mir überhaupt ihrer Anwesenheit bewusst. Zuvor hatte sie in einer Ecke gesessen, ohne sich zu rühren oder einen Ton von sich zu geben. Sie war nicht nur das jüngste Opfer von Jack, sondern auch das verschlossenste. Meistens blieb sie für sich, wobei ich mich manchmal fragte, ob es an mir lag. Ich hatte schon gesehen, wie sie sich mit den anderen Frauen unterhielt, doch sobald ich dazukam, ging sie. Mied sie mich aus irgendeinem Grund? Bisher war es mir nicht gelungen, ein Gespräch mit ihr zu beginnen, dabei standen wir uns vom Alter her am nächsten.

Auch Annie und Liz sahen ihr mit betretenen Mienen nach.

»Was ist mit ihr?«, erkundigte ich mich. Catherine wirkt nicht rachsüchtig wie Polly, sondern traurig. Als würde sie um das Leben trauern, das ihr genommen worden war.

»Selbst der Tod verschont einen nicht vor Liebeskummer«, meinte Dark Annie mitleidig. Offenbar hatte Catherines Herz einst nicht nur für sie, sondern auch für einen anderen Menschen geschlagen. Quälte es sie zu wissen, dass die Person irgendwo ihr Leben fortführte, ohne sie? Ob sie je daran gedacht hatte, diesen Jemand aufzusuchen, aller Vernunft zum Trotz?

»Früher hätte ich gesagt, sie wird darüber hinwegkommen«, räumte Liz betreten ein. »Aber da hatte sie auch noch die Chance auf eine neue Liebe. Für uns gibt es diese Gefühlsduselei nicht mehr! Wer will sich schon zu einer Leiche legen?« Sie lachte auf, als hätte sie einen Scherz gemacht. Es war ein hartes und raues Lachen – erzwungen, ohne einen Funken Freude. Genau genommen waren wir nicht einmal Leichen, denn unsere Körper verwesten irgendwo unter der Erde. Einzig Jacks dunkle Magie verlieh uns eine physische Präsenz.

»Willst du dich an Severin Klosowski rächen für das, was er getan hat?«, griff ich unser vorheriges Thema wieder auf, bevor wir von Catherines Weggang abgelenkt worden waren.

»Du weißt nicht, wie oft ich mir schon vorgestellt habe, ihn zu besuchen und ihn leiden zu lassen«, gab Liz zu. »Auch schon, als ich noch lebte. Aber ich wollte ihn nicht einfach abmurksen, ohne dass irgendjemand wusste weshalb. Das hätte ihn nur zu einem Opfer gemacht! Er sollte für das sterben, was er getan hatte. Nach Emmas Tod habe ich ihn bei den Bobbys gemeldet, doch wie so üblich nahmen sie mich nicht ernst und haben ihn nicht einmal verhaftet.« Zorn vertrieb die Trauer aus ihren Gesichtszügen. Obwohl es in Whitechapel ein Polizeirevier gab, suchten die wenigsten Bewohner dort Hilfe. Frauen wie uns würdigten die Beamten nur eines Blickes und fällten ihr Urteil, bevor wir auch nur den Mund aufmachen konnten. Bei unserem Lebenswandel durften wir nicht zimperlich sein. Ein paar Schläge? Berufsrisiko! Eine verpfuschte Abtreibung? Selbst schuld! Eine Vergewaltigung? So etwas gab es bei einer Hure nicht! »Nicht einmal jetzt wurde er festgenommen, dabei sollten sie sich, spätestens als sie den aufgeschlitzten Bauch des zweiten Opfers sahen, an meine Aussage erinnern.« Liz suchte den Blick von Annie, eine stumme Bitte, es nicht persönlich zu nehmen.

»Würdest du denn wollen, dass er für ein Verbrechen, das er nicht begangen hat, verhaftet wird?«, wandte ich zögerlich ein.

»Strafe ist Strafe«, knurrte Liz, genervt von meiner Spitzfindigkeit. »Wenn er nicht für seine eigentliche Tat zur Rechenschaft gezogen wird, dann wenigstens für die eines anderen. Ist ja nicht so, als wäre er ein Unschuldiger!«

Das war er gewiss nicht, aber er war auch nicht Jack the Ripper. Die Gesetzeshüter würden das spätestens dann erkennen, wenn es ein neues Opfer gab, während er in ihrer Zelle saß. Der Gedanke bereitete mir Unbehagen. Würde Jack weitere Frauen aus dem Leben reißen, um sie für seine geheime Armee zu rekrutieren?

6

Nicht einmal Ratten verirrten sich in unsere bescheidene Unterkunft. Was sollten sie auch an einem Ort, an dem es weder Wärme noch Essen gab? Früher hatte ich mich über die Plagegeister geärgert, weil sie alles annagten und nicht einmal davor zurückschreckten, mich zu zwicken, wenn ich sie auf frischer Tat erwischte. Jetzt sehnte ich mich fast nach ihrer Anwesenheit. Sie hätten ein Stück Normalität bedeutet. Aber ich war nicht verzweifelt genug, sie extra anzulocken. Eventuell hätte es auch eine Aufmerksamkeit auf das verrammelte Gebäude in der Dorset Street gelenkt, die wir nicht haben wollten. Ratten, die in einem leer stehenden Haus ein und aus gingen, könnten die Neugier so manches Vagabunden wecken. Wo es Ratten gab, war Nahrung nicht weit.

Polly, Annie und ich versuchten uns die Zeit mit einem Kartenspiel zu vertreiben, Catherine hingegen zog sich in ein anderes Zimmer zurück. Die Einladung, sich uns anzuschließen, hatte sie abgelehnt. Nicht einmal der berechtigte Hinweis, dass sich Whist am besten mit vier Personen spielen ließ, konnte sie erweichen. Ich kam nicht umhin, mich zu fragen, ob sie zugestimmt hätte, wenn Liz anstelle von mir anwesend gewesen wäre.

»Wenn ich doch nur schon früher nüchtern Karten gespielt hätte, dann wäre ich unbesiegbar gewesen und hätte jede Menge Geld kassieren können«, höhnte Polly, die in Ermangelung einer vierten Person allein gegen Annie und mich antrat.

»Wärst du gut gewesen, hätten die Männer nicht mehr gegen dich gespielt«, konterte Annie. »Die lassen sich nicht gern von einer Frau besiegen!«

Polly verzog missbilligend das Gesicht. »Die wollen uns lieber betrunken und dumm, damit sie sich selbst als etwas Besseres fühlen«, pflichtete sie Annie bei.

Das Knarzen der Hintertür ließ uns innehalten. Folgten dem Geräusch Schritte auf den ausgetretenen Dielenbrettern, war es Jack, der uns einen Kontrollbesuch abstattete. Aber es blieb still, demnach musste es sich um Liz handeln, die wenige Sekunden später auf der Türschwelle erschien – eine zusammengerollte Zeitung unter den Arm geklemmt. Manchmal, wenn uns die Wände zu sehr einengten, unternahmen wir auch bei Tag kleine Spaziergänge. Unser Tod machte es umso interessanter, die Berichterstattung der Presse zu verfolgen und sich über deren neueste Spekulationen im Fall *Jack the Ripper* zu amüsieren.

»Es hat neue Festnahmen gegeben«, verkündete Liz heiter. »Aktuell halten die Bobbys wahrscheinlich die Hälfte der Männer in Haft für ihren gesuchten Serienmörder! Dumm nur, dass keiner von ihnen der Richtige ist.«

»Jack ist viel zu clever, um sich von solchen Amateuren schnappen zu lassen«, behauptete Polly hingebungsvoll.

»Stellt euch vor, sie haben sogar den Elefantenmensch einkassiert«, höhnte Liz kopfschüttelnd und kämmte sich den Schnee aus den Haaren. Er schmolz bei uns nicht, weil unsere Körper kalt waren.

»Der arme Kerl«, bedauerte Annie. »Der hat doch schon wirklich mehr als genug mitgemacht! Außerdem kann er noch nicht einmal rennen, und einer seiner Arme ist so verkrüppelt, dass er ihn nicht heben kann. Wie soll der fünf Frauen umgebracht haben, ohne dabei von irgendjemandem gesehen zu werden?«

Der sogenannte Elefantenmensch war eine der dubiosen Sensationen des East End. Sein Körper war von mehreren großen Tumoren deformiert, die auch sein Gesicht entstellten. Seit ein paar Jahren trat er in einem Kuriositätenkabinett auf.

»Das brauchst du mir nicht sagen«, meinte Liz und stellte sich hinter meinen Stuhl. Mit den Händen berührte sie mich an den Schultern. »Einer der Verdächtigen sollte dir bekannt sein, denn es heißt, sie hätten ihn nur deshalb festgenommen, weil er dein Liebhaber gewesen sei.« Sie hatte ihrer Stimme einen verruchten Tonfall verliehen und grinste mich nun vielsagend an.

Stirnrunzelnd sah ich zu ihr auf. »Kennst du seinen Namen?«

»Er stand in der Zeitung, aber ich merke mir so etwas nicht. Ich meine, es wäre etwas mit J gewesen. Jacob oder so etwas«, meinte Liz überlegend, ehe sie gleichgültig mit den Schultern zuckte.

Polly stieß mich neckisch mit dem Ellbogen an. »Hast wohl mehrere Liebhaber gehabt, was? Bist ja auch ein hübsches Ding mit deinen roten Haaren und der Porzellanhaut.«

»Ich hatte keinen Liebhaber, nur Freier«, widersprach ich ihr bestimmt, da das für mich ein großer Unterschied war. Mit einem Liebhaber teilte ich mir das Bett, weil ich es wollte. An einem Freier hingegen war das einzig Reizvolle sein klimpernder Münzenbeutel. Je länger ich über Liz' Andeutungen nachdachte, desto mehr breitete sich ein ungutes Gefühl in mir aus. In den letzten Jahren hatte es nur einen Mann in meinem Leben geben, mit dem ich so etwas wie eine Beziehung geführt hatte. Ohne Zweifel wäre er gern mein Liebhaber gewesen, aber das war nicht das gewesen, was ich gewollt hatte. Unsere Diskrepanzen in diesem Punkt führten letztlich zum Bruch und ich war bei ihm ausgezogen. »War sein Name vielleicht Joseph Barnett?«

»Was weiß ich, lies selbst nach«, entgegnete Liz und warf mir die Zeitung zu, während sie sich an unserem Tisch niederließ.

Annie blickte besorgt von Liz zu mir. »Vielleicht solltest du das besser nicht lesen«, riet sie mir zögerlich. »Lasst uns lieber eine Runde Whist spielen. Jetzt sind wir immerhin zu viert!«

Solange ich nicht wusste, ob ich mit meinem Verdacht richtiglag, würde ich mich auf nichts anderes konzentrieren können. Beunruhigt schlug ich die Zeitung auf und brauchte sie gar nicht umzublättern, weil auf der Titelseite eine Fotografie meines ehemaligen Zimmers abgedruckt war. Das Bild zeigte ein Bett mit einem völlig entstellten Leichnam darauf. Durch die schlechten Lichterverhältnisse ließen sich einzelne Gliedmaße nur erahnen. Zudem störten die dunklen Flecken, die sich überall auf den weißen Laken befanden. Blut. Mir stockte der Atem, als mir bewusst wurde, dass es sich dabei um meinen Körper handeln musste.

Jack hatte mir nicht einfach nur die Kehle durchgeschnitten und mir mein Herz entnommen, sondern mich regelrecht zerstückelt. Ich krallte meine Finger in das dünne Papier der Zeitung, als ich den Artikel überflog: der gesamte Unterleib aufgeschlitzt, sämtliche Organe der Bauchhöhle entrissen und im ganzen Raum verteilt, die Brüste abgetrennt, die Arme durch mehrere gezackte Wunden verstümmelt, das Gesicht bis zur Unkenntlichkeit zerhackt.

Obwohl mein Magen leer war, hatte ich das Gefühl, als würde ein Schwall Galle meine Kehle emporbrodeln. Ich hatte gewusst, dass Jack nicht zimperlich mit seinen Opfern umging, aber diese Grausamkeit überstieg alles. Warum hatte er das getan, wenn es ihm nur um das Ritual ging? Er hätte mein Herz an sich nehmen und wieder gehen können, stattdessen musste er auf mich eingestochen haben wie ein Wahnsinniger. Mein entstellter Körper war der Beweis für eine grenzenlose Wut. Nur jemand, der eine Menge Hass in sich trug, war zu so einer abscheulichen Tat fähig. Jemand ohne jede Moral. Jemand ohne einen Funken Mitgefühl.

Dieses Bild und die dazugehörige Beschreibung waren aussagekräftig genug, um jeden Zweifel aus meinen Gedanken zu vertreiben: Jack war nicht der Retter, als der er sich ausgab.

Mein ungutes Gefühl bestätigte sich, als ich in dem Artikel über den Namen Joseph Barnett stolperte. Unerwiderte Liebe sollte der Grund für seine Tat sein. Die Polizei hatte ihn für ausführliche Verhöre in Gewahrsam genommen.

»Aber er war es nicht!«, stieß ich verzweifelt aus. Meine Stimme bebte vor Entsetzen. »Joseph ist unschuldig!«

Hilflos sah ich von der Zeitung auf und blickte in die angespannten Gesichter der anderen drei Frauen. Sie musterten mich, prüften, wie ich die Details über meine Ermordung aufnahm. Was erwarteten sie? Sollte ich Dankbarkeit dafür empfinden, dass Jack mich auf so brutale Weise aus dem Leben gerissen hatte? War denn keine von ihnen wütend?

»Niemand ist unschuldig«, fand Polly. »Warum interessiert dich das überhaupt? Du wolltest diesen Joseph nicht, also kann er dir doch gleichgültig sein.«

»Er war mein Freund«, widersprach ich ihr. Ich konnte ihn nicht so lieben, wie er es sich wünschte, aber deshalb hatte ich ihn trotzdem gern. Auch nach meinem Auszug hielten wir Kontakt. Joseph besuchte mich oft und gab mir Geld, nur um sicherzugehen, dass es mir gut ging. Es stimmte zwar, er hatte gewollt, dass ich mit der Prostitution aufhörte und wieder bei ihm einzog, aber er hätte mir niemals wehgetan. »Er hat es nicht verdient, für etwas bestraft zu werden, was er nicht getan hat«, setzte ich bekräftigend nach.

Anders als dieser Severin Klosowski, der Frauen bei verpfuschten Abtreibungen verbluten ließ, hatte Joseph niemandem ein Leid angetan. Es schmerzte mich in der Seele, dass er nun meinetwegen offen von den Gesetzeshütern verdächtigt wurde, obwohl er mir nur hatte helfen wollen. Sein einziger Fehler war es gewesen, sich in mich zu verlieben.

»Früher oder später müssen sie ihn ohne Beweise wieder laufen lassen«, versuchte Annie mich zu beruhigen.

Entschieden schüttelte ich den Kopf, schob den Stuhl zurück und stand auf. »Darauf kann ich nicht warten! Wer weiß, was sie ihm in der Zwischenzeit in Haft antun! Womöglich bringen sie ihn dazu, ein falsches Geständnis abzulegen, nur um der Öffentlichkeit einen Täter präsentieren zu können.« Das würde den Bobbys ähnlichsehen. Es ging ihnen nicht darum, den wahren Täter zu fassen, sondern nur um ihr Ansehen, das durch ihre Unfähigkeit schwer in Verruf geriet. Wie stolz würden sie sich rühmen, wenn sie behaupten könnten, den berühmten Serienmörder von Whitechapel endlich überführt zu haben!

»Was willst du tun?«, hakte Liz herausfordernd nach. »Zur Polizei gehen und sagen, das sei alles ein großes Missverständnis und du bist gar nicht tot? Deine Leiche würde dem widersprechen.«

»Jack wäre damit nicht einverstanden! Für seine Mission müssen wir unerkannt bleiben«, wandte Polly streng ein. Ausgerechnet Polly, die jede Nacht durch die Straßen des East End streifte und jeden umbrachte, der es ihrer Ansicht nach verdient hatte. Zugegeben, die Menschen, die sie erkannten, konnten niemandem mehr davon erzählen.

»Ich weiß es nicht, aber irgendetwas muss ich tun! Joseph mag aussehen wie ein Bär, doch in seinem Inneren ist er ein hilfloses Kind.« Er litt an einer Sprachstörung, die es ihm schwer machte, eigene Sätze zu formulieren. Meist wiederholte er nur undeutlich, was andere zu ihm sagten. Die Bobbys würden bei seiner Befragung nicht weiterkommen und ihm alles Mögliche in den Mund legen. Vielleicht fühlten sie sich von seiner Störung sogar provoziert und glaubten, er wolle sie verhöhnen.

Mir leuchtete ein, dass ich nicht selbst das Polizeirevier aufsuchen konnte, um jede Schuld von ihm zu weisen. Trotzdem musste jemand die Ermittler wissen lassen, dass sie sich auf der falschen Fährte befanden. Wer könnte das besser, wenn nicht der Täter selbst?

Niemals würde mir Jack diesen Gefallen erweisen, aber ich brauchte ihn auch nicht – nur seinen Namen.

»Habt ihr hier irgendwo Tinte, eine Feder und Papier gesehen?«, fragte ich aufgeregt in die Runde. Mir war etwas eingefallen, wie ich Joseph helfen konnte, ohne selbst in Erscheinung treten zu müssen. Endlich konnte ich etwas tun und fühlte mich nicht mehr nutzlos.

Die anderen sahen mich nur verständnislos an oder zuckten ratlos mit den Schultern.

»In der Schublade unter dem Verkaufstresen«, erklang unerwartet Catherines Stimme. Sie stand im Türrahmen und deutete auf das Möbelstück, das die Mitte des Raums dominierte. Ich konnte nicht sagen, wie lange sie schon dort stand, aber ich war dankbar für ihre Unterstützung.

Hastig schritt ich auf den Tresen zu und zerrte die Schublade auf. Spinnweben zogen sich durch das Innere, doch ich entdeckte alles, was ich brauchte. Schnell nahm ich die Sachen an mich.

»Was hast du vor?«, hakte Polly misstrauisch nach.

Es war besser, wenn sie es gar nicht so genau wusste. »Ich werde dafür sorgen, dass die Polizei Joseph freilässt«, war alles, was ich ihr entgegnete, ehe ich an Catherine vorbei aus dem Zimmer schritt.

Dear Boss,

Ich grüße Sie aus der Hölle. Ständig höre ich, die Polizei hätte mich geschnappt, aber darüber kann ich nur lachen. Sie sind nicht einmal auf der richtigen Spur! Keines dieser armen Schweine, die sie in Ihren Arrestzellen verrotten lassen, kann mir das Wasser reichen. Ich bin hinter Huren her und werde nicht aufhören, sie aufzuschlitzen, bis ich erwischt werde.

Mein letzter Job ist ein Meisterwerk! Denken Sie nur an das viele Blut und die Organe, die ich gezielt im Raum platziert habe. Ist Ihnen überhaupt aufgefallen, dass das Herz fehlt? Ich habe es mir als Souvenir mitgenommen!

Schon bald werde ich wieder von mir hören lassen. Der nächsten Dame schneide ich die Ohren ab und schicke sie Ihnen, nur so zum Spaß. Meine Messer sind bereits gewetzt!

Aus der Hölle
Jack the Ripper

Erfüllt von einer nervösen Unruhe, ließ ich mich auf dem Stuhl zurücksinken und betrachtete das Papier, das ich mit Worten aus roter Schrift gefüllt hatte. Es war purer Zufall, dass sich in dem Tintenfässchen, das ich unter dem Verkaufstresen gefunden hatte, ausgerechnet rote Tinte befunden hatte. Erst hatte ich gezögert, damit zu schreiben, nun vollendete es das Bild: Ein Brief, verfasst mit Blut.

Ich hatte versucht, mich in Jack hineinzuversetzen, seine Selbstüberschätzung und seine Verachtung, mit der er die Gesellschaft betrachtete. Das Detail mit dem Herz hatte ich bewusst gewählt, da ich nichts darüber in dem Zeitungsartikel gelesen hatte. Vielleicht war es eine Information, die die Gesetzeshüter zurückhielten. Es in dem Brief zu erwähnen, konnte nur bedeuten, dass dieser vom Täter verfasst worden sein musste. Das würde eine Entlastung für alle Männer darstellen, die zu Unrecht festgehalten wurden, somit auch für Joseph.

Zufrieden mit meinem Werk, schob ich mir den Brief unter mein Mieder und machte mich auf, um ihn persönlich beim Polizeirevier einzuwerfen. Ich hatte die Hintertür noch nicht erreicht, da rief mich Polly zurück.

»Bist du mit dem Plan, deinen Freund zu befreien, weitergekommen?«, erkundigte sie sich neugierig. Es lag Skepsis in ihrer Stimme, als störte sie sich an meinem Vorhaben. Sie hatte sich im Türrahmen zur Stube aufgebaut, als hätte sie auf mich gewartet.

»Das bin ich«, versicherte ich ihr und schenkte ihr ein zufriedenes Lächeln. Ich dachte gar nicht daran, sie einzuweihen, dafür war sie Jack zu hörig. Wenn alles so lief, wie ich es mir erhoffte, würde er früh genug erfahren, was ich getan hatte. »Ich habe noch etwas zu erledigen und mache einen kleinen Spaziergang«, verabschiedete ich mich von ihr mit einem Winken und schlüpfte aus dem Haus.

Sobald sich die Tür hinter mir schloss, ließ ich meine Gesichtszüge verschwimmen, um mich unerkannt durch das East End bewegen zu können. Meine Haut spannte etwas unter der Verwandlung, und ein mittlerweile vertrautes Kribbeln breitete sich aus. Eilig lief ich die Dorset Street entlang, wobei ich mich einige Male umdrehte, um sicherzugehen, dass mir Polly oder eine der anderen Frauen nicht folgte. Ein dickes Wolltuch bedeckte mein Haar, nicht um mich vor der Kälte zu schützen, sondern um unerkannt zu bleiben. Das stetige Schneetreiben kam mir dabei gelegen, denn es hielt die Menschen in ihren Stuben, zumindest jene, die in den Genuss eines Ortes kamen, den sie ein Zuhause nennen konnten.

Als ich das Polizeirevier erreichte, hatte ich eigentlich nur vor, mein Schreiben in den Briefkasten zu werfen und unbemerkt weiterzugehen. Aber wie es der Zufall so wollte, verließ ein uniformierter Mann das alte Backsteingebäude, kurz bevor ich den Eingang passierte. Es war der im *Jack the Ripper*-Fall ermittelnde Inspektor Abberline. Ich hatte sein Bild erst heute noch in der Zeitung gesehen. Instinktiv wandte ich mich ab und beobachtete aus dem Augenwinkel, wie er die Straße überquerte und davonschlurfte. Seine Schultern hingen dabei erschöpft herab, ebenso wie sein Kopf. Selbst wenn ich mich nicht weggedreht hätte, wäre ich ihm wohl kaum aufgefallen. Er hatte die Haltung eines Mannes, dem alles über den Kopf wuchs.

Es war seine Unachtsamkeit, die mich auf eine tollkühne Idee brachte: Wäre es nicht viel wirkungsvoller, wenn ich ihm den Brief direkt zustellen würde? Ich könnte versuchen, mich ihm so geschickt zu nähern, dass er nicht merkte, wie ich ihm den Zettel zusteckte. Erst später würde er ihn in der Tasche seiner Jacke bemerken. Bei der Vorstellung, Jack the Ripper wäre ihm nah genug gekommen, um ihm den Brief unterzujubeln, würde es ihm eiskalt den Rücken runterlaufen. Vielleicht würde ihm diese Tatsache ausreichend Anreiz bieten, um seine Aufgabe etwas ernster zu nehmen.

Ohne lange darüber nachzudenken, nahm ich die Verfolgung auf. Selbst wenn ich ihn aus den Augen verloren hätte, wäre es nicht schwer gewesen, ihn wiederzufinden. Er ging dorthin, wo es die meisten Männer hin verschlug, wenn sie ihrem Frust nicht länger gewachsen waren: in einen Pub.

Seine Wahl fiel auf das *Frying Pan* in der Brick Lane. Ich war selbst schon das eine oder andere Mal dort zu Gast gewesen, weshalb ich mich bedeckt halten musste. Er setzte sich an die Bar und bestellte sich ein Ale, während ich mir im hinteren Teil des Lokals einen Platz suchte, der mich halb hinter einem Pfeiler verbarg. Es herrschte ein schummriges Licht, das mir zusätzlich zugutekam. Nur wenige Personen hatte der eisige Wind bisher ins Innere geweht, vorwiegend Frauen, die auch bei Schneefall ein Bett für die Nacht und etwas Warmes im Magen brauchten. Ihr Interesse galt nicht mir, sondern der wenigen Kundschaft. Jene schien allerdings mehr am Alkohol als an weiblicher Gesellschaft interessiert zu sein.

Inspektor Abberline leerte sein Glas in beeindruckender Geschwindigkeit, ehe er schon das nächste orderte. Er war ein Mann, der das Trinken gewohnt war und genug verdiente, um es sich leisten zu können. Dunkles Haar rahmte seine hohe Stirn ein. Ein Backenbart, dem ein Besuch beim Barbier gutgetan hätte, zog sich über seine untere Gesichtshälfte. Erst bei genauerem Hinsehen wurde mir bewusst, dass er jünger war, als ich angenommen hatte.

Vielleicht Mitte dreißig, aber er strahlte die Abgeschlagenheit eines Mannes aus, der sich nach seinem Ruhestand sehnte.

Mit seinen rauen Händen hielt er sich an dem Glas fest, mittlerweile etwas Hochprozentigeres als Ale, und starrte ins Leere. Ich kannte diesen Blick und die Traurigkeit, die sich dahinter verbarg. Mit jedem Schluck, mit dem er seinen Kummer zu ertränken versuchte, schmeckte er nur den bitteren Geschmack der Enttäuschung. Je länger ich ihn betrachtete, umso mehr verlor ich mich in seiner Dunkelheit. Es berührte mich auf ungeahnte Weise, einen Mann wie ihn, der alles im Leben erreicht zu haben schien, unter der Last seines inneren Schmerzes taumeln zu sehen. Er interessierte sich nicht für das, was um ihn herum geschah. Auf die Angebote der Damen, die sich in seine Nähe wagten, reagierte er nur einsilbig, wenn überhaupt. Gefangen in seinem Leiden strahlte er eine Distanziertheit aus, die andere auf Abstand hielt.

Ich verbrachte mehr Zeit damit, ihn zu beobachten, als ich vorgehabt hatte. Ehe ich mich's versah, war die Nacht angebrochen und das Pub füllte sich. Aus irgendwelchen Spelunken kamen die Hungrigen angekrochen, deren Verlangen sich weder mit Speis noch Trank stillen ließ. Sie hungerten nach mehr. Mehr Glück. Mehr Liebe. Mehr Leben. Alles, was sie im *Frying Pan* fanden, war eine Illusion, der sie sich nichtsdestotrotz allzu gern hingaben.

Das war der Punkt, an dem ich mich zurückziehen sollte. Geschmeidig schlüpfte ich aus meiner Nische und ließ mich von den Gästen zur Bar treiben. Mit einer unauffälligen Handbewegung beförderte ich den Brief unter meinem Mieder hervor und hielt ihn bereit. Vermeintlich unabsichtlich rempelte ich den Inspektor an. Noch während er sich zu mir umdrehte, ließ ich das Papier in seine Jackentasche gleiten. Er war schon zu betrunken, um davon Notiz nehmen zu können.

Zu meinem Erstaunen wandte er seine glasigen Augen nicht von mir ab, sondern starrte mir direkt ins Gesicht. Die Fassungslosigkeit, die sich in seiner Miene abzeichnete, verriet mir: Er erkannte mich.

»Miss Kelly?«, murmelte er ungläubig.

Das war nicht möglich! Das durfte nicht sein! Ich hatte doch meine Gesichtszüge verändert, warum erkannte er mich dennoch? Bestürzt fasste ich mir an die Wangen, die sich zuvor voller als meine eigenen angefühlt hatten, nur um feststellen zu müssen, dass der Zauber verflogen war. Ich war so sehr auf den Inspektor fixiert gewesen, dass ich nicht darauf geachtet hatte, die untote Magie aufrechtzuerhalten. Sie war wie ein Gummiband, das unter ständigem Druck stand. Ließ man sie unbeachtet, zog sie sich zurück – so wie jetzt.

Ehe er nach mir greifen konnte, tauchte ich in der Menge unter. Nur um entsetzt zu realisieren, dass er mir nachkam. Schwankend schob er sich an den anderen Gästen vorbei, als hätte er meine Witterung aufgenommen. Dabei kam er mir immer näher. Nur wenige Schritte trennten uns, als ich aus dem Pub in den Schutz der Dunkelheit floh. Das Schneetreiben hatte aufgehört, und eine feine weiße Schicht bedeckte die Pflastersteine. Schnell steuerte ich auf eine Seitengasse zu, als die Tür des Lokals weit aufgestoßen wurde und Abberline heraustaumelte. Sein Blick fand mich auf Anhieb.

»Miss Kelly!«, rief er sogleich, dieses Mal nicht mehr unsicher, sondern überzeugt. »Warten Sie!«

Wie konnte mich ein Mann, der bis vor wenigen Minuten den Sinn seines Lebens auf dem Grund eines Schnapsglases gesucht hatte, wiedererkennen? Wir waren einander nie zuvor begegnet. Allerdings hielt ich es für gut möglich, dass er meinen Leichnam inspiziert hatte. Aber Jack hatte gründlich dafür gesorgt, die Ähnlichkeit zwischen meinen Überresten und mir auszulöschen.

Trotzdem nahm der Inspektor die Verfolgung auf, als hinge sein Leben davon ab. Mit einer Geschwindigkeit, die ich ihm bei seinem Alkoholpegel nicht zugetraut hätte, hastete er mir in die dunkle Gasse nach. Seine Finger glitten Halt suchend durch meine langen Haare, und er bekam den Seidenschal zu fassen, den ich um meinen Hals trug. Er war das Geschenk von Jack. Rot wie das Blut, mit dem er meine Bettlaken getränkt hatte, als er mich zerstückelte.

Unter einem Ruck löste sich der feine Stoff und gab mich wieder frei. Der gefrorene Boden machte dem Inspektor einen Strich durch die Rechnung. Stolpernd verlor er das Gleichgewicht, als er mich versuchte festzuhalten, und stürzte. Schwer schnaufend blickte er hilflos zu mir empor.

»Miss Kelly?«, krächzte er. Es klang mehr wie ein Flehen als eine Gewissheit.

Mitfühlend beugte ich mich über ihn. »Sie haben wohl zu tief ins Glas geschaut, Sir! Mary Kelly ist tot!«

Ehe er zu einer Erwiderung ansetzen konnte, wich ich vor ihm zurück und rannte davon. Ich wagte nicht, ihm das Halstuch abzunehmen, aus Angst, er könnte erneut versuchen, mich zu packen. Sollte er es behalten, am nächsten Morgen würde er sich ohnehin nicht an mich erinnern. Er könnte es gefunden oder von einer anderen Frau geschenkt bekommen haben. Meine Stiefel hinterließen nicht einmal Abdrücke im frischen Schnee. Es war, als wäre ich nie da gewesen. Nur eine Halluzination, die Inspektor Abberline, berauscht von zu viel Ale, heraufbeschworen hatte.

Zwei quälend lange Tage und Nächte vergingen, in denen ich mich nicht mehr vor die Tür traute. Ich schalt mich für meine Unachtsamkeit. Es hatte mich schockiert, dass mich Inspektor Abberline erkannt hatte. Im Nachhinein noch mehr als in dem Moment. Nicht der geringste Zweifel hatte in seinen Augen gelegen. Immer wieder ging ich unsere Begegnung in Gedanken durch, suchte nach einer Schwachstelle, die mich verraten hatte. Es konnte nicht nur an meinem Gesicht gelegen haben. Waren es meine Haare? War ihr Kupferton zu auffällig, zu einprägsam? Das war absurd, schließlich war ich nicht die einzige Irin im East End. Meine ganze Familie hatte dieselbe Farbe auf dem Kopf getragen. Aber an irgendetwas musste es gelegen haben, mir wollte nur nicht einfallen, was es gewesen sein könnte. Ein Mann, den ich nie zuvor getroffen hatte, erkannte mich, während ich unbemerkt an Menschen vorbeischlendern konnte, die ich zumindest vom Sehen kannte.

Ich fragte mich, wie viel er bei klarem Verstand von der Nacht im *Frying Pan* noch wusste. Tat er mich als einen Traum ab? Oder hielt er an seiner Überzeugung fest und suchte womöglich nach mir? Hatte er den Seidenschal behalten? Würde er ihn benutzen, um Spürhunde auf mich anzusetzen?

Die Furcht davor war es, die mich hinter die schimmelbefallenen Wände des Hauses in der Dorset Street banden. Dabei war meine Neugier kaum auszuhalten. Zu gern hätte ich mir eine Zeitung besorgt, um herauszufinden, ob mein Brief mittlerweile den Weg an die Öffentlichkeit gefunden hatte. Es könnte natürlich auch sein,

Abberline würde ihn unter Verschluss halten. Vorausgesetzt, er erinnerte sich an mich, würde er dann eine Verbindung zwischen dem Schreiben und mir vermuten?

Den anderen hatte ich nichts von dem Vorfall erzählt. Ich konnte mir ohnehin denken, was Polly dazu sagen würde: »Er hat dich erkannt? Na und? Niemand wird ihm glauben! Lebende Toten gibt es nicht!« Dazu würde sie spöttisch lachen, als könnte keiner ihr etwas anhaben. Vielleicht würde sie mir auch raten, ihn umzubringen, nur um sicherzugehen. Menschen zu töten, war zu Pollys Lösung für alles geworden.

In der dritten Nacht fand meine Ungewissheit ein jähes Ende, als Jack durch die Hintertür des Handwarenladens spaziert kam. Die Zeitung, die er bei sich trug, verriet mir, dass er nicht grundlos bei uns vorbeisah. Meine Kehle fühlte sich wie zugeschnürt an, während ich versuchte, mir nichts anmerken zu lassen. Zusammen mit den anderen Frauen folgte ich ihm in den Keller, entzündete die Kerzen und ließ mich in der Runde um ihn nieder. Seine Besuche waren etwas Besonderes, weil sie stets ohne Vorankündigung erfolgten. Er war wie ein Vater, der nach langer Geschäftsreise mit Geschenken zu seiner Familie zurückkehrte. Geschenke, von denen ich nicht wusste, ob ich sie haben wollte.

»Ich möchte euch etwas Interessantes vorlesen, was ich heute Morgen in der Zeitung entdeckt habe«, verkündete er, entfaltete raschelnd das Papier und gab Wort für Wort wieder, was ich selbst verfasst hatte. Eine Mischung aus Nervosität und Stolz erfüllte mich. Der Brief hatte nicht nur die Gesetzeshüter erreicht, sondern war auch noch in der Presse abgedruckt worden! Reichte das aus, um Josephs Freilassung zu erwirken?

Erwartungsvoll sah Jack auf und nahm eine jede von uns prüfend in Augenschein. Ich konnte nicht sagen, ob er verärgert war. Die anderen schienen sich auch unsicher über seine Beweggründe zu sein, denn niemand sagte etwas.

»Was haltet ihr davon?«, hakte Jack herausfordernd nach.

»Dieser Brief verspottet die Arbeit der Gesetzeshüter«, fand Liz, und ein Grinsen breitete sich auf ihren Lippen aus. »Also mir gefällt er! Wurde mal Zeit, dass jemand deutlich macht, wie nichtsnutzig die Bobbys sind.«

Jacks dunkle Augen formten sich zu Schlitzen. »Hast du ihn geschrieben? Vielleicht als kleinen Scherz?«

Liz starrte ihn perplex an, ehe sie ungläubig auflachte. »Ich? Warum sollte ich das tun? Hast du den Brief etwa nicht selbst verfasst?«

»Nein«, bestätigte er nachdrücklich. »Ihr könnt euch sicher vorstellen, wie erstaunt ich war, als ich ihn am Morgen in der Zeitung entdeckte. Zwar bin ich froh über die Aufmerksamkeit, die dieses Schreiben erregt, aber es gefällt mir nicht, dass es jemand in meinem Namen verfasst hat.« Lag in seiner Stimme eine Spur gekränkter Eitelkeit? »Dieser Jemand unterstellt mir falsche Motive und lässt mich wie einen Serienmörder aussehen, der aus purer Lust am Töten Frauen umbringt. Dabei geht es mir darum, auf die Missstände in der Gesellschaft aufmerksam zu machen!« Sein Blick wanderte von Liz zu Annie. »Hast du etwas damit zu tun?«

Fassungslos starrte sie ihn an und schüttelte energisch den Kopf. »Ich kann weder lesen noch schreiben!«

»Das gilt auch für mich«, pflichtete Polly ihr bei. »Wenn ich so einen Brief verfassen könnte, hätte ich wohl kaum als Hure geendet.«

Du täuschst dich, Polly, dachte ich bitter. *In einer Welt, die von Männern beherrscht wird, nützt einer Frau ihr Wissen nichts, denn sie ist gezwungen, es zu verbergen.*

Misstrauisch sah Jack nun von Catherine zu mir. »Was ist mit euch beiden? Könnt ihr auch nicht schreiben?«

Ich war mir sicher, Catherine erinnerte sich noch daran, wie sie mir sagte, das ich Feder, Tinte und Papier im Verkaufstresen fand, aber darüber sagte sie nichts. »Ich kann schreiben, aber dieser Brief ist nicht von mir«, entgegnete sie lediglich.

»Von mir ist er auch nicht«, log ich. Ich wusste nicht, was Jack mit mir machen würde, sollte er die Wahrheit erfahren. Was konnte er mir überhaupt noch antun? Schließlich hatte er mich bereits umgebracht. Aber jemandem, der Tote wieder zum Leben erwecken konnte, war alles zuzutrauen.

Er rümpfte argwöhnisch seine Nase. Es war offensichtlich, dass er uns nicht glaubte, obwohl er es nicht aussprach. »Ich muss gestehen, der Tonfall des Verfassers imponiert mir ebenfalls«, zeigte er sich versöhnlich. »Letztlich liegt die Schuld weder bei der Presse noch bei den unfähigen Bobbys, die nach der Veröffentlichung des Briefes alle ihre bisherigen Verdächtigen wieder auf freien Fuß gesetzt haben.« Erleichtert atmete ich auf – Joseph war entlastet. »Auch nicht bei den brutalen Freiern und Zuhältern«, fuhr Jack mahnend fort. »Sie alle sind nur Schachfiguren, die von einer höheren Macht gelenkt werden. Die wahren Schuldigen müssen wir ganz oben suchen, an der Spitze.« Er deutete mit dem Zeigefinger nach oben, als meinte er Gott höchstpersönlich, doch seine Anschuldigung richtete sich auf jemanden, der in unserer Welt vielleicht noch mehr Macht als Gott hatte. »Königin Victoria, die selbst eine Frau ist, sind die Zustände gleichgültig. Aber wir werden sie dazu zwingen hinzusehen!« Er schloss seine Hand zur Faust und legte in seine Worte dieselbe Leidenschaft, die mich schon einmal dazu gebracht hatte, mich von seiner Rede mitreißen zu lassen. »Wir werden ihr bewusst machen, dass ihr eigener Enkel zu den Tätern gehört!« Mit seinen Augen fixierte er Catherine. »Schuldet er dir nicht zumindest eine Erklärung für das, was er dir angetan hat?«

Ich wusste nicht, wovon er sprach, nur an Catherines Reaktion erkannte ich, dass er damit ins Schwarze traf. Beschämt senkte sie den Blick. »Was sollte das bringen? Das Baby ist ohnehin tot.«

Bestürzt versuchte ich mir einen Reim auf das Gehörte zu machen. War Catherine etwa schwanger von dem Enkel der Königin gewesen? Hatte Jack sie mit dem ungeborenen Kind in ihrem Leib umgebracht? Sollte ihr Zorn dann nicht eher ihm als dem Erzeuger des Kindes gelten?

»Er hat dir versprochen, dich zu ehelichen!«, rief Polly ihr energisch in Erinnerung. »Erst als du von ihm schwanger warst, ließ er sich nicht mehr bei dir blicken. Kein Wort warst du ihm wert! Sollte er dafür nicht büßen?«

Er war nicht der erste Mann, der einer Frau falsche Versprechungen unterbreitete – daran änderte auch sein Status als Prinz nichts.

Das machte ihn höchstens leichter erpressbar. Darauf zielte Jack vermutlich ab.

Catherine ließ sich weder von seiner noch Pollys Wut anstecken, sondern wirkte einfach nur traurig und enttäuscht. »Ich hätte ihm nicht glauben dürfen«, meinte sie kleinlaut. »Es war meine Schuld, dass ich schwanger wurde – nicht seine.«

Liz schlug mit der Faust auf den Boden. »Nein! Du darfst die Schuld nicht bei dir suchen«, schimpfte sie aufgebracht. »Das ist genau das, was diese Dreckskerle wollen! Ein Kind sollte niemals nur die Verantwortung der Frau sein, denn es gehören zwei dazu, um es zu zeugen. Du hast ein Recht auf eine Erklärung, Catherine! Das schuldet das Prinzlein dir!«

»Nicht nur das«, pflichtete Jack ihr bei und trat hinter Catherine. Er legte seine Hände auf ihre Schultern, als wollte er ihr Mut spenden. »Alle sollten wissen, wie er sich verhalten hat! Oder möchtest du etwa, dass jemand wie er, der seine Versprechen nicht hält, eines Tages auf dem englischen Thron sitzt? Mit ihm als Oberhaupt würde es den Menschen im East End noch viel schlechter ergehen. Das dürfen wir nicht zulassen!«

Verunsichert sah Catherine zu ihm auf. Jack schaffte es, aus ihrer persönlichen Tragödie etwas zu machen, das alle betraf. Die Erwähnung der Allgemeinheit sollte sie unter Druck setzen.

»Stell dir nur mal vor, wie schockiert er wäre, wenn du plötzlich vor ihm stehst«, stimmte Annie den anderen zu und schenkte Catherine ein aufheiterndes Lächeln. »Wäre sein dummes Gesicht nicht zumindest ein kleiner Trost?«

Catherines Miene hellte sich etwas auf. Die Vorstellung, den Prinzen wiederzusehen, schien ihre Lebensgeister zu wecken. »Ich würde gern hören, was er zu sagen hat«, gab sie zu. »Aber wie soll das gehen? Ich kann nicht einfach in den Palast marschieren und ihn zur Rede stellen.«

»Doch, das kannst du«, versicherte Jack ihr selbstgefällig. »In zwei Wochen gibt die Königin einen Maskenball im Buckingham Palace, und wir werden ihn besuchen!«

»Wir alle?«, hakte Polly aufgeregt nach. Keine von uns hätte sich je träumen lassen, auch nur einen Fuß in den Palast zu setzen, geschweige denn dort einen Ball zu besuchen.

»Natürlich«, behauptete Jack. »Ihr alle sollt Zeugen des Moments sein, wenn ich die Welt für immer verändern werde!«

Das klang nicht, als ob er Catherine lediglich ermöglichen wollte, ein Gespräch mit dem Prinzen zu führen. Was hatte er vor? Wollte er den Thronerben töten? Oder gar die Königin? Den anderen Frauen schien das nicht aufzufallen, denn die Aussicht, Gast der Königin zu sein, machte sie taub und blind. Sie würden Jack aus der Hand fressen, um der Erfüllung eines Traums, von dem sie bisher nicht einmal gewusst hatten, dass sie ihn hegten, näher zu kommen.

»Aber wie sollen wir Einlass erhalten?«, hakte Liz skeptisch nach. »Werden die Wachen uns nicht wegschicken, sobald sie auch nur einen Blick auf uns werfen?«

»Lasst das mal meine Sorge sein«, meinte Jack nur schmunzelnd. »Ich kann euch versprechen, niemand wird euch jemals wieder abweisen!«

Die Frauen glaubten ihm und verfielen in aufgeregtes Getuschel. Plötzlich schien ihre Existenz wieder einen Sinn zu haben, wenn auch nur für vierzehn Tage. Jack hatte seine Geschenke abgeliefert, und es war an der Zeit für ihn zu gehen, jetzt, wo alle ihn anbeteten.

»Nicht mehr lange, und die Machtverhältnisse werden sich grundlegend ändern«, versprach er zum Abschied, ehe er die Stufen aus dem Keller emporstieg.

Es war nicht so, als hätte mich die Aussicht, einen Ball zu besuchen, kaltgelassen, aber ich wurde das Bild meines zerfetzten Körpers nicht los. Die Art, wie Jack mich ermordet hatte, machte es mir unmöglich, ihm zu vertrauen. Während die anderen überlegten, was sie tragen und welche Tänze sie auf dem Parkett vorführen würden, schlich ich Jack hinterher. Heimlich folgte ich ihm durch die Hintertür und über die Dorset Street. Meine Gesichtszüge verschwammen wie die Umrisse der Gebäude im Nebel. Hier draußen war ich jemand anderes – eine Fremde. Beherrschte Jack diese Magie auch? Konnte ihn deshalb niemand aufspüren? Wenn ich wüsste, wer er war, könnte ich ihn vielleicht besser verstehen.

Jack bog in eine enge Gasse ab, die zwischen zwei Wohnbaracken hindurchführte. Sein Gesicht war unverändert, als er sich nach links und rechts umsah, bevor er die Whitechapel Road überquerte und sich unter die tropfende Markise eines Tabakladens duckte. Dann stieg er eine gepflasterte Treppe hinab, die in einen schmalen Gang überging. Er ließ keinen Zweifel daran, dass er sich bestens auskannte. Fast kam es mir vor, als wüsste er um meine Anwesenheit und führte mich absichtlich in die Irre.

In einem Türrahmen stand ein Kind und glotzte ihn mit großen Augen an, während seine Mutter ein paar Fuß weiter im Müll wühlte. Vorsichtig stakste er durch den Dreck, darum bemüht, die tiefen Pfützen voll fettigem Schleim zu meiden. Ich zwang mich, meinen Abstand etwas zu vergrößern, um mich nicht zu verraten. Vor einem Fenster war eine Wäscheleine gespannt, die Wäsche darauf vergilbt und feucht vom Nebel.

Erst als ich sah, wie er auf die Hanbury Street abbog, beschleunigte ich mein Tempo wieder. Mitten auf der Straße lag ein besoffener Mann unter der Achse einer kaputten Kutsche und schnarchte laut. Ich sah gerade noch, wie Jack auf der anderen Straßenseite an einem Gitter aus gebogenen Eisen vorbeischlüpfte. Schnell holte ich zu ihm auf und landete in einer Sackgasse, ohne jede Spur von Jack.

Suchend sah ich mich um, irgendwo musste er schließlich sein. Es gab drei Eingänge, die zu dunklen Häusern führten. Wohnte er in einem davon? Die Neugier kitzelte mich bis in die Fingerspitzen, aber er sollte nicht wissen, dass ich ihm nachspionierte. Deshalb nahm ich mir vor, zu einem anderen Zeitpunkt wiederzukommen und mich genauer umzusehen.

Mit einem letzten prüfenden Blick über die Schulter trat ich den Rückzug an und ließ mich von Londons grauem Dunst verschlucken – nur eine verlorene Seele von vielen.

Es war bereits hell, als ich in die Dorset Street zurückkehrte. Die Aufregung über den bevorstehenden Maskenball hatte sich noch nicht gelegt. In der Stube tanzten Polly und Liz miteinander, berauscht, wie sie es früher nur unter dem Einfluss von Spirituosen gewesen wären. Annie saß auf der Couch und beobachtete das muntere Treiben mit einem Schmunzeln, ließ sich aber selbst nicht davon mitreißen. Nur Catherine, die eigentlich die Hauptakteurin in dem ganzen Schauspiel werden sollte, war nicht anwesend.

Ich fand sie in einem der ehemaligen Privaträume des Handwarengeschäfts, wo sie sich auf dem Bett zusammengerollt hatte, als würde sie schlafen. Unseren Gedanken war keine Auszeit vergönnt, nicht einmal für wenige Minuten.

Demonstrativ klopfte ich gegen die angelehnte Tür, um ihre Aufmerksamkeit zu wecken. Sie hob den Kopf und zuckte zusammen, als sie mich entdeckte. Offenbar hatte sie mit jemand anderem gerechnet. Es war an der Zeit, dieser für mich unerklärlichen Distanz zwischen uns auf die Spur zu gehen.

»Darf ich reinkommen?«, bat ich sie freundlich und rechnete insgeheim mit einer Zurückweisung, ihrem Gesichtsausdruck nach zu urteilen. Sicher hätte sie mich auch lieber weggeschickt, aber dafür war sie zu höflich. Deshalb nickte sie nur verhalten.

Behutsam näherte ich mich dem Bett und ließ mich auf dem Rand nieder. Durch das mit Brettern verrammelte Fenster fiel ein schmaler Lichtstrahl auf Catherines Gesicht. Kummer spiegelte sich in ihren blauen Augen. Seit unserem Tod war es uns nicht mehr möglich, Tränen zu vergießen, sonst wären ihre Wangen gewiss feucht gewesen.

»Erzähl mir, was dich belastet«, forderte ich sie sanft auf. »Geteilte Sorgen sind halbe Sorgen, sagte meine Mutter immer. Vielleicht finden wir zusammen einen Weg, sie für dich erträglicher zu machen.«

»Nein«, entgegnete sie mir leise, ohne mich anzusehen. Strähnen ihres langen blonden Haares fielen ihr vors Gesicht, versteckten sie. »Du würdest es nicht verstehen. Niemand würde das.«

»Versuch es doch erst einmal«, ließ ich nicht locker. »Ist es wegen des Prinzen? Du willst nicht, dass Jack ihm etwas antut, oder?«

Überrascht sah sie auf und begegnete meinem Blick. »Das wäre dumm, oder?«

»Es liegt nicht an mir oder irgendjemandem sonst, das zu beurteilen. Nur du kennst eure Geschichte. Wenn er dir unrecht getan hat, sollte er dafür zur Rechenschaft gezogen werden.«

Meine wertungsfreie Ansicht ermutigte sie, sich mir zu öffnen. »Es stimmt, dass Albert sich nicht mehr bei mir gemeldet hat, als ich ihm gestand, dass ich schwanger war. Er zweifelte sogar die Vaterschaft an.« Ihr Seufzen verriet, wie sehr sie sein Vorwurf gekränkt hatte. »Ich bin sicher, er hätte mit etwas Zeit seine Meinung geändert. Es gibt viele Männer, die erst ablehnend auf eine Schwangerschaft reagieren und sich dann doch noch besinnen.« Hoffnungsvoll sah sie mich an, als erwartete sie meine Zustimmung. Ich war jedoch nicht hier, um mich bei ihr einzuschmeicheln, deshalb blieb ich still. »Wir haben uns geliebt, das weiß ich einfach«, setzte sie hinterher, nicht nur um mich zu überzeugen, sondern auch sich selbst.

Ihre Worte voller Träume und Zuversicht erinnerten mich daran, wie jung sie war. Das East End hatte sie noch nicht gebrochen. All ihrer schlechten Erfahrungen, die sie gewiss gemacht hatte, zum Trotz klammerte sie sich an die Vorstellung der wahren Liebe, wie sie einem in Märchen vermittelt wurde. Prinz Albert war ihr Retter, der sie aus all dem Elend befreien würde. Oder war es dafür schon zu spät? *Und sie lebten glücklich bis ans Ende ihrer Tage,* das traf bei uns nicht zu.

»Wenn du Albert auf dem Maskenball gegenüberstehst, wirst du Gewissheit haben«, versicherte ich ihr. »Dann wirst du sehen, ob eure Liebe echt war oder er dir nur etwas vorgespielt hat. Sollte das Zweite zutreffen, kannst du dir überlegen, ob du dich dafür an ihm rächen willst. Die Entscheidung liegt bei dir, nicht bei Jack.«

»Was, wenn Albert mir den Verlust unseres Kindes nicht verzeihen kann?«, klagte sie mit bebender Stimme. »Ich kann mir selbst meine Unachtsamkeit nicht vergeben! Wenn ich in jener Nacht nicht –«

»Es ist nicht deine Schuld«, unterbrach ich sie bestimmt. »Jack hat dich umgebracht, und es gibt nichts, was du dagegen hättest tun können.« Catherine war ein Opfer, dem nicht nur das Leben, sondern auch das des ungeborenen Kindes, entrissen worden war. Niemals hätte sie sich für den Tod entschieden, wenn Jack ihr eine Wahl gelassen hätte. Mir kam sogar der Verdacht, dass es sie nicht zufällig getroffen hatte. Was, wenn Jack irgendwie von ihrer Verbindung zu Prinz Albert erfahren und darin eine Möglichkeit gesehen hatte, die Königin zu erpressen?

»Er und die anderen haben ihr Urteil über Albert bereits gefällt. Sie brauchen ihn als Sündenbock für ihren Rachefeldzug, ganz gleich, wie er auf mich reagieren wird.« Unter ihrer hübschen Oberfläche brodelte Wut darüber, von anderen übergangen zu werden, im Leben wie im Tod. Anstatt sich zu behaupten, hielt sie sich zurück, wie es von einer *guten* Frau erwartet wurde.

»Du könntest ihm einen Brief schreiben und ihn um ein Treffen bitten«, schlug ich ihr vor.

Bei dem Wort *Brief* musterte sie mich kurz. Ahnte sie, dass ich im Namen von Jack der Polizei geschrieben hatte? Warum hatte sie ihm dann nichts von ihrem Verdacht erzählt? Lag es daran, dass sie noch mehr Grund als ich hatte, ihn zu hassen? Was, wenn er sie um ihre Chance auf das große Glück gebracht hatte?

»Das ist leider nicht möglich«, widersprach sie mir resigniert. »Seine Post wird kontrolliert.«

»Wie seid ihr sonst in Kontakt getreten?«

Ihr seliges Lächeln ließ ihr hübsches Gesicht erstrahlen. »Er ist immer zu mir gekommen. Jedes Mal brachte er mir ein kleines Geschenk mit. Schokolade, Schmuck, teure Kleider, manchmal auch nur eine Blume. Es war mir einerlei. Er hätte auch mit leeren Händen zu mir kommen können, und ich hätte ihn nicht weniger geliebt. Wichtig war mir nur, mit ihm zusammen zu sein.« Liebe sprach aus ihr, sie steckte in jeder Silbe. Es gab keinen Zweifel an Catherines Aufrichtigkeit. Als Prostituierte musste sie schon vielen Männern ihren Körper überlassen haben, nur Albert hatte sie ihr Herz geschenkt.

Ich brachte es nicht über mich, sie darauf hinzuweisen, dass er sie an ihrem Arbeitsplatz aufgesucht hatte – wie ein Kunde. Er bezahlte sie mit seinen Aufmerksamkeiten anstatt mit Goldmünzen. Sorgte er dafür, dass sie nicht anderen zu Diensten sein musste, um ihre Miete entrichten zu können? Oder war sein Vorwurf, das Kind sei nicht von ihm, berechtigt? Catherine klammerte sich an all das Schöne und blendete die Schatten aus. Es war nicht an mir, ihr die Augen zu öffnen. Sie musste selbst die Wahrheit erkennen. Zumindest ihr Herz konnte er ihr nicht mehr brechen.

»Wie hast du ihn kennengelernt?«, hakte ich stattdessen nach und ließ meine Zweifel außer Acht.

»Das war im *Queen's Head*«, antwortete sie mir verträumt. »Er trug gewöhnliche Kleidung, um unerkannt zu bleiben. Ich hielt ihn für einen gutaussehenden und charmanten Kunden, mehr nicht. Ich schwöre dir, erst als ich mich schon in ihn verliebt hatte, erzählte er mir, wer er war.«

Ich glaubte ihr. Sie hatten keinen Grund, mir etwas vorzumachen. In den zwei Wochen seit meinem Tod war dies unser erstes Gespräch. Generell hatte ich sie noch nie so viel reden gehört. Wenn sie über Albert sprechen konnte, war sie glücklich. Selbst wenn seine Liebe nicht aufrichtig gewesen war, hatte er sie für eine kurze Zeit ihre Sorgen vergessen lassen. Er hatte ihr erlaubt, von einer besseren, schöneren Zukunft zu träumen. Die Enttäuschung darüber, dass diese niemals eintreten würde, war ausgeblieben, weil Jack sie zuvor ermordet hatte. Für Catherine musste das schwer zu verkraften sein.

»Wenn er einmal in diesen Pub gegangen ist, könnte er es wieder tun«, überlegte ich laut. »Lass uns zusammen hingehen und sehen, ob wir ihn finden!«

»Ihm wird nicht der Sinn nach Gesellschaft stehen«, wandte Catherine ein und verschränkte die Arme vor der Brust. »Wenn ich von seinem Tod erfahren hätte, würde ich keinen Fuß vor die Tür setzen.«

Ihre Naivität ließ sie wie ein Kind erscheinen. Sie sah die Welt so, wie sie sein sollte, und nicht, wie sie war.

»Männer trauern anders als Frauen, Liebes«, entgegnete ich ihr, wobei ich mir ein Schmunzeln nicht verkneifen konnte. »Sie ertränken ihren Kummer oder lenken sich ab.«

Zweifelnd sah sie mich mit gerunzelter Stirn an, ehe sie mit den Schultern zuckte. »Einen Versuch ist es wert«, räumte sie ein.

»Wenn er nicht dort ist, machen wir uns einen schönen Abend.« Ermutigend legte ich meinen Arm um sie und drückte sie kurz an mich, froh, nun endlich eine Verbindung zu ihr gefunden zu haben. Doch zu meinem Erstaunen versteifte sie sich und entzog sich mir.

»Du solltest nicht so nett zu mir sein«, warnte sie mich und rutschte ein Stück von mir weg. Die Vertrautheit, die ich zuvor zwischen uns gespürt hatte, war verschwunden.

»Wie meinst du das?«, verlangte ich von ihr zu erfahren.

Erneut mied sie meinen Blick. »Ich bin schuld an deinem Tod.«

»Nein, das bist du nicht«, widersprach ich ihr umgehend. »Jack hat mich –«

»Ich habe der Polizei deinen Namen genannt«, fiel sie mir ins Wort. Mit großen, von Schuld erfüllten Augen starrte sie mich an, während ich nur verständnislos den Kopf schütteln konnte.

»Was hat die Polizei damit zu tun?«

»In der Nacht, bevor ich starb, haben sie mich festgenommen, weil ich betrunken in einem Pub randaliert habe. Ich konnte einfach nicht verstehen, warum Albert mich hatte fallen lassen und wusste nicht anders mit meinem Kummer umzugehen. Als die Bobbys mich aus der Arrestzelle entließen, fragten sie nach meinem Namen.« Bedauernd sah sie mich an und holte tief Luft. »Sie sollten nicht meinen richtigen Namen wissen, und deshalb nannte ich ihnen einen falschen. Irgendeinen, der mir gerade einfiel. Es war Mary Kelly.« Ihre Stimme brach vor Reue. Bestürzt starrte sie auf ihre Hände. »Ich hätte doch nie gedacht, jemanden dadurch zum Tode zu verurteilen. Es tut mir so leid, Mary!«

In meinen Gedanken versuchte ich zu ordnen, was sie mir gerade gestanden hatte. Vielleicht war alles nur ein großer Zufall. Mary war ein weitverbreiteter Name im Britischen Königreich, ebenso wie Kelly. Allein im East End kannte ich noch zwei weitere Frauen, die sich so nannten. Aber Jack schien mir nicht wie jemand, der etwas dem Zufall überließ. Er hatte es auf die Spitze der Regierung abgesehen und tötete ausgerechnet jene Prostituierte, die ein Verhältnis mit dem Enkel der Königin hatte. Das war kein Zufall! Er hatte genau gewusst, wer sie war. Danach fiel seine Wahl auf mich, deren Name bei einem polizeilichen Verhör, einer Prophezeiung gleich, genannt worden war. Warum? Hatte er beabsichtigt Catherine Schuldgefühle einzureden? Glaubte er, sie mit diesem Detail erpressen zu können, sollte sie sich seinem Willen nicht fügen?

Zitternd saß sie neben mir und sehnte sich nach Tränen, die ihrer Seele Erleichterung verschaffen könnten, aber versiegt waren wie Wasser in der Wüste.

Behutsam hielt ich sie an beiden Oberarmen fest und drehte sie zu mir. »Danke für dein Vertrauen«, ließ ich sie wissen. »Es gibt keinen Grund, weshalb du dich schuldig fühlen solltest. Du hättest auch Jack persönlich meinen Namen nennen können, trotzdem war er es, der das Messer gegen mich gerichtet hat. Das sollten wir nicht zwischen uns stehen lassen! Ich glaube, das ist, was Jack damit beabsichtigt. Solange er etwas gegen jede von uns in der Hand hat, kann er uns kontrollieren. Aber wenn wir zusammenhalten, hat er keine Macht mehr über uns!«

Unsicher erwiderte Catherine meinen Blick. »Du hasst mich nicht?«

»Nein«, versicherte ich ihr lächelnd. »Ich würde sogar sagen, wir sind jetzt quitt, denn du hast mich vor Jack gedeckt, als es um den Brief ging, den jemand in seinem Namen an die Gesetzeshüter geschrieben hat.«

Zögerlich teilte sie mein Lächeln. »Ich hatte so eine Ahnung, dass du das gewesen warst.« Ein leises Kichern entschlüpfte ihren Lippen. »Du hast seine Überheblichkeit perfekt getroffen. Wirst du noch einen Brief schreiben?«

Vielsagend grinste ich sie an. »Wer weiß.«

Die Gassen von Whitechapel waren verwinkelt und rutschig von dem vielen Dreck. Ölig schimmerten die Pfützen, deren Gestank ich zwar nicht mehr wahrnehmen konnte, aber an den ich mich noch gut genug erinnerte, um mit großen Schritten über sie hinwegzuschreiten. Ich duckte mich unter Wäscheleinen voller Lumpen und vergilbten Leinen, die quer durch die erbärmlichen Hinterhöfe gespannt waren. Londons Smog färbte alles, was einst weiß gewesen war, in kürzester Zeit grau. Grau wie die Lungen der Menschen, die im East End nicht alt wurden. Grau wie die Zukunft jener, die sich hierher verirrt hatten und keinen Ausweg mehr fanden. Grau wie der Himmel, der die Sonne hinter einer dichten Wolkenschicht versteckt hielt. Vereinzelte Möwen zogen ihre Kreise über meinem Kopf und erzählten mit grellen Rufen von einer Freiheit, die mir vorenthalten blieb.

Vor mir erstreckte sich das Hafenviertel. Der kühle Wind von der See blies mir in mein verwandeltes Gesicht. Instinktiv wickelte ich mir das Tuch, worunter ich meine flammenden Haare versteckte, etwas fester um Kopf und Oberkörper. Die Kälte konnte mir nichts mehr anhaben, dennoch erschauderte ich. Es war mehr der Gedanke an diese Gegend, vor allem bei Nacht. An den Docks fand sich immer Kundschaft, aber es war jene, um die Frauen lieber einen weiten Bogen machten. Männer, die nicht lang an einem Ort verweilten, hielten sich oft nicht an Regeln und nahmen sich, wonach es ihnen beliebte. Nicht alle. Es gab auch liebenswürdige Ausnahmen, die sich mehr nach einer warmen Umarmung als einer schnellen Nummer sehnten. Trotzdem war ich froh, im geschäftigen Treiben des Tagesgeschäfts untertauchen zu können.

Schiffe wurden unter dem fortwährenden Gebrüll der Seeleute verladen, untermalt von dem Bellen ihrer Hunde, die die Waren bewachten. Streunende Katzen hockten an jeder Ecke, immer auf der Lauer nach einem Stück Fisch. Kinder mit schmutzigen Gesichtern und flinken Fingern wuselten zwischen den Passanten umher, bereit, ein paar Münzen zu ergaunern, wenn sich die Gelegenheit bot. Fischweiber schrien frische Muscheln aus, die sie in Karren vor sich herschoben.

Joseph passte mit seinem sanften Gemüt nicht in diese raue Atmosphäre. Genau wie sein Vater und seine Brüder verdiente er sich seinen Lohn als Fischträger. Die schwere Arbeit hatte seine Muskeln gestählt und seinen Rücken breit gemacht. Er mochte aussehen wie ein Bulle, aber tief in seinem Inneren war er ein Kind geblieben.

Ein lernbegieriges Kind, das sich selbstständig Wissen aneignete und aufsaugte wie ein Schwamm. Dicke Bücher konnte er innerhalb weniger Stunden erfassen. Ohne Zweifel war Joseph der intelligenteste Mensch, den ich kannte. Allerdings bemerkte das kaum jemand. Die Tore der Welt hätten ihm offen stehen können, wäre seine Sprachstörung nicht gewesen. So leicht ihm das geschriebene Wort von der Hand ging, verkümmerten die Laute, die seinen Mund verließen, zu bloßen, stupiden Wiederholungen des Gesagten anderer. Die Leute hielten ihn für dumm, manche nannten ihn sogar geisteskrank. Deshalb war es nicht verwunderlich, dass die Gesetzeshüter ihn irgendwann verdächtigten, etwas mit den Morden zu tun zu haben – erst recht nach meinem Tod.

Unsere Beziehung war seit jeher auf Unverständnis gestoßen. Die wenigsten wussten, dass es sich um eine platonische, wenn auch sehr innige Freundschaft handelte. Sie sahen nur mich, eine Hure, die bei Joseph wohnte, und zogen ihre eigenen Schlüsse. Vielleicht sahen sie die Wahrheit auch nur früher, als ich sie mir eingestehen wollte: Joseph liebte mich. Er liebte mich auf eine Weise, die Männer dazu brachte, ihren kümmerlichen Verdienst zusammenzukratzen und in einen Ring zu investieren, in der Hoffnung, die Frau, der sie ihn an den Finger steckten, würde ihnen eine Schar von Kindern schenken. Ich wollte nicht diese Frau für Joseph sein und erkannte seine Absicht zu spät, um ihm nicht das Herz zu brechen. Selbst dann jagte er mich nicht davon, sondern flehte mich an zu bleiben. Es wäre leichter für mich gewesen, hätte ich auf ihn gehört. Vielleicht wäre ich sogar noch am Leben. Aber darüber nachzudenken war müßig. Ich mochte ihn genug, um ihn freizugeben für eine Frau, die ihm die Liebe schenken konnte, die er verdiente. Meine Würde und meine Zuneigung, die ich trotz allem für ihn hegte, zwangen mich zu gehen.

Wochenlang suchte er mich in meiner armseligen Bleibe in Whitechapel auf, stets um mein Wohlbefinden besorgt. Er steckte mir Geld zu und ließ sich nicht davon abbringen. So wie er sich um mich gekümmert hatte, sah ich es nun als meine Pflicht an, mich zu vergewissern, dass es ihm nach seiner Entlassung aus der Haft gut ging. Ich wollte ihn mit gelangweiltem Ausdruck Fisch schleppen sehen, wohl wissend, dass sich hinter seiner Stirn die Gedanken überschlugen. Er sollte mit seinen Brüdern schäkern, die ihn trotz seiner Behinderung akzeptierten. Sein Leben musste in gewohnten Bahnen weitergehen, auch ohne mich.

Das Bild, das sich mir bot, war nicht jenes, das ich mir erhofft hatte. Es fing schon mit seiner körperlichen Verfassung an: Sein linkes Auge war beinahe komplett zugeschwollen, während sich dunkle Blutergüsse über die gesamte Gesichtshälfte zogen. In seiner Augenbraue klaffte ein Riss und seine Nase schien mir gebrochen zu sein.

Gekrümmt mühte er sich ab, einen Korb mit Fischen zu schleppen, den er sich zuvor mit Leichtigkeit auf die Schulter gelupft hätte. Immer wieder hielt er inne und presste sich keuchend eine Hand auf seine Seite. War eine seiner Rippen oder gar mehrere gebrochen? Hatten die Bobbys oder andere, die ihn der Morde verdächtigten, ihren Frust an ihm ausgelassen? Reichte mein Brief nicht aus, um ihn von jedem Verdacht freizusprechen?

Am schwersten für mich zu ertragen war sein seelischer Schmerz, den er in seinem Gesicht unverhüllt zur Schau trug. Tränen glänzten feucht in seinen Augen. Schniefend wischte er sich immer wieder die Nase am Ärmel seiner Jacke ab. Er war ein gebrochener Mann. Nicht die Polizei oder andere hatten ihm das angetan, sondern ich. Es war mein Tod, der ihn quälte. Womöglich glaubte er sogar, die Prügel zu verdienen. Seit ich ihn kannte, war er ein Mensch, der die Schuld als Erstes bei sich suchte. Sicher machte er sich Vorwürfe, weil er in jener Nacht nicht bei mir gewesen war oder nicht mehr unternommen hatte, um mich umzustimmen. Er wusste nicht, wie sehr ich ihn gerade für seinen Respekt, den er mir gegenüber erwies, schätzte.

Er sollte sich meinetwegen nicht weiter geißeln. Wenn auch niemand sonst je die Wahrheit erfahren würde, so musste er sie zumindest kennen. Ich folgte ihm durch das Gedränge, vorbei an Fischständen und heruntergekommenen Gasthäusern, bis sie von Lagerhallen und Werften abgelöst wurden. Wie eine Katze duckte ich mich im Schatten der Hausfassaden. Meine Röcke waren mit Schlamm vollgesogen, als ich zu der offenen Tür eines Depots schlich. Zügig bahnte ich mir einen Weg zwischen Holzkisten und Fässern hindurch. An manchen Stellen war Lake ausgelaufen, die den Boden rutschig machte. Die Rufe der Arbeiter von den Docks erklangen nur doch gedämpft. Durch die schmalen Ritzen zwischen den Holzlatten, die die Wände darstellten, behielt ich das Geschehen außerhalb des Gebäudes im Auge. Ich beobachtete, wie Joseph seine Ladung ablieferte und einen Rüffel von seinem Vorsteher erhielt, weil er sich so lang Zeit gelassen hatte. Es setzte einen Hieb auf den Hinterkopf, ehe er sich davontrollte, um die nächsten Fische herbeizuschaffen. Er würde einen weiteren Tadel einstecken müssen.

»Joseph«, zischte ich seinen Namen, kurz bevor er die offen stehende Tür erreichte. Er hatte den Blick auf seine Füße gerichtet und hörte mich durch den Lärm der Schiffsarbeiten nicht.

»Joseph!« Dieses Mal rief ich lauter, trotzdem reagierte er nicht, sondern ging an mir vorbei.

Einen Fluch hinunterschluckend, schlüpfte ich aus meinem Versteck und rannte ihm nach. Ich bekam ihn an dem rauen Stoff seiner Jacke zu fassen und zog daran. Sofort wirbelte er zu mir herum, beide Hände zu Fäusten geballt erhoben, als rechnete er mit einem Angriff.

»Folge mir«, forderte ich ihn auf und gestattete ihm einen kurzen Blick auf mein Gesicht. Es verschwamm vor seinen Augen und offenbarte ihm mein wahres Antlitz, ehe ich zurück in das Lager eilte. Niemand sollte uns zusammen sehen.

Erst verharrte er auf der Stelle, runzelte die Stirn, rieb sich die Augen und kratzte sich am Hinterkopf, bis er mir schließlich verunsichert hinterhertapste. Die Bretter knarzten unter seinen Stiefeln, als er in das Dämmerlicht der Halle eintrat.

»Mary?«, krächzte er. Die Verzweiflung in seiner Stimme erzeugte ein Engegefühl in meiner Brust. Er starrte mich an wie jemand, der in der Dunkelheit etwas zu erkennen versuchte – in der Annahme, dort müsste mehr sein. Irgendetwas, was seinen Augen verborgen blieb.

»Hab keine Angst«, beschwor ich ihn mit erhobenen Armen. »Ich bin es, aber auch nicht.«

Ich konnte dabei zusehen, wie er vor meinen Augen zusammenbrach. Erst entwich ein gepeinigter Laut seinen rissigen Lippen, dann sackte er in die Knie und begann haltlos zu schluchzen, das Gesicht zwischen den Händen vergraben. Immer wieder schüttelte er seinen Kopf, wimmerte »Nein, nein, nein.«

Bestürzt eilte ich zu ihm und legte meine Finger um seine von Tränen feuchten Wangen. »Joseph, sieh mich an!«

Erschrocken zuckte er unter meiner Berührung zusammen und wich vor mir zurück, dabei stürzte er auf seinen Hintern. »Nein, du bist es nicht!«, brüllte er verstört.

Zwar hatte ich geahnt, mein Anblick würde ihn schockieren, doch ich hatte auf einen etwas leiseren Protest gehofft. Wenn er weiter rumschrie, würde irgendjemand auf uns aufmerksam werden.

»Pssst«, machte ich und legte mir den Zeigefinger auf die Lippen. »Bitte sei leise! Niemand soll mich sehen.« Die Verwirrung in seinen braunen Augen, in denen ich stets so viel Güte gefunden hatte, machte mir deutlich, er würde die Wahrheit nicht verkraften. Ich wollte ihm Frieden schenken, selbst wenn ich dafür lügen musste. »Das ist alles ein großes Missverständnis. Ich bin nicht tot, wie du siehst. Trotzdem muss ich für eine Weile untertauchen.«

Wort für Wort schien die Bedeutung meiner Erklärung bei ihm anzukommen wie Körner, die durch eine Sanduhr rieselten. »Nicht tot«, nuschelte er und begann unter Schluchzern zu lachen. »Ein großes Mi-mi-miss–«

»Ein großer Mist!«, unterbrach ich zustimmend sein Stottern. Zaghaft lächelte ich ihn an, was er als Einladung auffasste und in wenigen Sätzen bei mir war. Er schlang seine kräftigen Arme um mich und drückte mich an seine breite Brust. Kurz ächzte er auf, als der Schmerz in seine Seite fuhr, dennoch ließ er mich nicht los. Behutsam hielt er mich von sich und unterzog mein Gesicht einer genauen Kontrolle. Was er sah, gefiel ihm. In seinen Augen war ich nicht nur lebendig, sondern auch gesund. Die Trauer, die ihn die letzten Wochen überwältigt hatte, war grundlos gewesen. Vor lauter Freude und Aufregung bemerkte er nicht, dass in meiner Mitte kein Herz mehr schlug. Auch die Kälte meiner Haut irritierte ihn nicht. Er war nur froh, mich wiederzuhaben.

»Ich muss London verlassen«, rief ich ihm in Erinnerung. »Die Leute halten mich für tot, und das soll auch so bleiben. Du darfst niemandem von unserem Treffen erzählen.«

Bestürzt hob er die Augenbrauen. »Wa-wa-warum?«

»Der Ripper hat es auf mich abgesehen«, erwiderte ich und entschied mich für einen kleinen Teil der Wahrheit. »Wenn er erfährt, dass er die Falsche umgebracht hat, sucht er mich.«

Josephs Gesichtsausdruck verfinsterte sich, und er ließ mich los, um eine seiner großen Hände zur Faust zu ballen. »Nein!«

Zärtlich legte ich meine Finger um seine. »Ich will nicht, dass du mich beschützt! Dieser Mann ist nicht nur gefährlich, sondern auch mächtig. Er würde dir wehtun, und das könnte ich mir nie verzeihen. Du hilfst mir am meisten, wenn ich dich in Sicherheit weiß.«

»Ich dich in Sicherheit weiß«, wiederholte er und öffnete seine Hand, um meine zu ergreifen. »Du und ich verlassen London.«

Bestimmt schüttelte ich den Kopf. »Nein, Joseph, du kannst mich nicht begleiten! Die Gesetzeshüter beobachten dich. Du musst dein Leben fortführen wie bisher, damit sie keinen Verdacht schöpfen.« An der Intensität, mit der er mich betrachtete, erkannte ich, er würde auf mich warten – sein ganzes Leben. Ein letztes Mal musste ich ihm wehtun. »In Edinburgh gibt es einen Mann, der mich heiraten will. Es wird mir gut gehen. Sorge dich nicht!« Meine Worte waren eine Klinge, die ich in sein Herz rammte. Eine Klinge, die ihn frei machen würde. »Du warst mir ein guter Freund, besser als jeder andere«, sagte ich und lehnte meine Stirn gegen seine. Der bittersüße Geschmack des Abschieds lag mir auf der Zunge. Wir würden einander nicht wiedersehen, und er sollte wissen, dass er nichts falsch gemacht hatte.

»Nehmen Sie die Hände hoch und rühren Sie sich nicht von der Stelle!«, dröhnte plötzlich eine männliche Stimme durch die Halle und ließ mich zusammenzucken.

Entsetzt neigte ich mein Gesicht zur Seite und erblickte einen uniformierten Gesetzeshüter, der seine Waffe erhoben hatte und auf uns richtete. Als ich Joseph gegenüber behauptete, dass er überwacht werden würde, tat ich das nur, um ihn daran zu hindern, mir zu folgen. Ich ahnte nicht, wie richtig ich damit lag. Mir blieb keine Zeit, um meinen untoten Zauber zu wirken und mein Gesicht hinter einer Maske zu verbergen. Erst auf den zweiten Blick erkannte ich, dass es sich nicht um irgendeinen Gesetzeshüter handelte, sondern um Inspektor Abberline. Diese Gewissheit schwächte meine Angst ab. Vielleicht lag es daran, wie ich ihn betrunken vor mir im Dreck kriechen gesehen hatte.

Ich hob meine Arme und signalisierte Joseph, es mir gleichzutun.

»Treten Sie auseinander«, befahl Abberline. Das Ächzen der Holzlatten unter seinen Füßen verriet mir, dass er sich uns näherte. »Ich möchte Ihnen nur ein paar Fragen stellen, Miss Kelly! Sie haben nichts zu befürchten!«

Gehorsam tat ich, was er verlangte. Erst als zwischen Joseph und mir fünf Schritte lagen, genug, um ihn aus dem Schussfeld zu bringen, wirbelte ich in die entgegengesetzte Richtung des Inspektors herum und rannte los. Das Lagerhaus ließ sich zu beiden Seiten öffnen, um das Verräumen der Waren zu erleichtern.

»Stehen bleiben!«, schrie er, und ich rechnete damit, hinter mir einen Schuss knallen zu hören oder gar das Eintreten einer Kugel in meinen Körper zu spüren. Polly sagte zwar, wir könnten keinen Schmerz spüren, aber ich war froh, nicht in den zweifelhaften Genuss zu kommen, es herauszufinden, denn Abberline nahm die Verfolgung auf, ohne seine Waffe zum Einsatz zu bringen. Lediglich seine donnernden Stiefel verrieten mir, wie dicht er mir auf den Fersen war.

Ich stürmte aus dem Gebäude und sprang die Laderampe runter. Mit gerafften Röcken floh ich in den Tumult der Docks, rempelte Körper an und schob mich zwischen Verkaufsständen hindurch.

»Haltet Sie!«, brüllte Abberline. Die Bewohner des East End standen jedoch den Gesetzeshütern seit jeher kritisch gegenüber, weil sie gut darin waren, Verdächtigungen auszusprechen, jedoch umso schlechter darin, ihrer eigentlichen Aufgabe nachzukommen: den Menschen zu helfen und sie zu beschützen. Das Rufen des Inspektors sorgte zwar für Aufsehen, aber keiner stellte sich mir in den Weg. Ganz im Gegenteil: Die Leute wichen mir sogar aus.

Der Knoten meines Tuchs löste sich, es entblößte erst meinen kupferroten Haarschopf und rutschte mir schließlich von den Schultern. Es blieb im Dreck zurück – ein Beweis für meine Existenz.

Vor mir tat sich eine schmale Gasse auf, in die ich, ohne zu überlegen, flüchtete. Zu spät sah ich die Fässer, die mir den Durchgang versperrten. Gehetzt kletterte ich darüber, verlor dabei aber Zeit. Abberline bekam mich fast zu greifen. Er war mir so nah, ich konnte ihn keuchen hören. Sein warmer Atem streifte meine Wange. Ich sah ihm in seine dunklen Augen, als ich einen der Behälter umstieß, direkt auf ihn.

Schimpfend wich er dem Unrat aus, der sich daraus ergoss. Ratten stoben auf und flitzten ihm zwischen den Füßen hindurch. Fluchend hastete er mir nach.

»Miss Kelly, bleiben Sie stehen!«, schrie er mir nach, als bestände nicht der geringste Zweifel an meiner Identität. Wie konnte er sich so sicher sein? Zweifelte er nicht an seinem Verstand? Wenn ich seiner Forderung nachkam, würde er mich dann einsperren?

Mein Instinkt riet mir, ihm nicht zu vertrauen. Gleichzeitig sehnte ich mich danach, dass nicht nur der Mord an mir, sondern auch der an den anderen Frauen aufgeklärt wurde. Jedes Mal, wenn Jack den Handwarenladen betrat, fürchtete ich, er würde uns ein neues Opfer präsentieren. Von Liz und den anderen konnte ich keine Hilfe erwarten – am wenigsten von Polly. Allein würde ich es niemals schaffen, Jack aufzuhalten. Vielleicht brauchte es ein Bündnis zwischen einem Sterblichen und einer Untoten.

Das Ende der Gasse war nur noch wenige Schritte entfernt, als ich mein Tempo verminderte. Bevor Abberline mich packen konnte, blieb ich stehen und hob beide Arme als Zeichen meiner Kapitulation. Langsam drehte ich mich um und trat dem keuchenden Inspektor entgegen. Ich hätte ihm entkommen können, ohne Zweifel. Aber ich hatte mich dagegen entschieden.

Er richtete den Lauf seiner Waffe auf mich, auch wenn ich bezweifelte, dass er abdrücken würde. »Sie sind Mary Kelly.« Eine Feststellung, keine Frage.

»Ja.« Ich würde es nicht leugnen.

»Haben Sie mir den Brief zugesteckt?« Nun klang er nicht mehr ganz so überzeugt.

»Ja.«

Mir entging nicht, wie er kurz aufatmete. Ganz sicher war er sich also doch nicht gewesen. Es musste für ihn beruhigend sein zu wissen, dass er sich unsere Begegnung nicht nur eingebildet hatte. Seine Erleichterung war jedoch nur von kurzer Dauer. Es gab etwas, was er unbedingt bestätigt hören musste, um es glauben zu können.

»Sind Sie tot?«

Vor zwei Wochen hätte mich die Antwort noch Überwindung gekostet, aber mittlerweile hatte ich mich mit meinem Schicksal abgefunden. Für mich kam jede Hilfe zu spät.

»Ja.«

Für einen Moment starrte er mich an, als könnte er nicht glauben, was er hörte, obwohl er es geahnt haben musste – eine andere Erklärung gab es nicht. Meine Leiche war ein unleugbarer Beweis. Mit der Hand fuhr er sich über seine hohe Stirn und stieß seinen angehaltenen Atem aus. »Wie ist das möglich?«

Wie sollte ich ihm das erklären, wenn ich es selbst kaum verstand? »Können wir dieses Gespräch an einem etwas weniger öffentlichen Ort fortsetzen?«, konterte ich, um Zeit zu schinden.

Mein Einwand schien ihm berechtigt, denn nach kurzem Zögern nickte er. »Gehen wir zu mir«, schlug er vor und ließ seine Waffe sinken. Nach dem Eingeständnis meines Todes gelangte er wohl zu der Einsicht, dass seine Pistole keine Bedrohung für mich darstellte.

Es war nicht das erste Mal, dass ich einem fremden Mann zu ihm nach Hause folgte. Aber es war das erste Mal, dass ich einem Außenstehenden davon erzählen sollte, was mir seit meiner Ermordung widerfahren war. Für einen Rückzieher war es zu spät, trotzdem zweifelte ich an meiner Entscheidung. Wie würde Jack mich bestrafen, wenn er davon erfuhr? Würden die anderen Frauen es als einen Verrat an ihnen betrachten?

Inspektor Abberline geleitete mich vom Hafenviertel zurück ins East End. Irgendwie hatte ich angenommen, er würde außerhalb dieses Elends wohnen, und war deshalb erstaunt, als er vor einem unscheinbaren Reihenhaus, wie es sie zuhauf in dieser Gegend gab, stehen blieb.

Anstatt die Tür aufzuschließen, stieg Abberline die Treppe, die zu der Tiefparterre führte, hinab. Er öffnete mir und ging mir voraus in einen dunklen Flur. Ich selbst konnte die dort vorherrschende Kälte nicht spüren, erkannte sie aber an seinem kondensierenden Atem. Offenbar war der Inspektor zu selten zu Hause, um regelmäßig ein Feuer im Kamin zu entfachen. Vermutlich erfüllte der Geruch von abgestandener, wenn nicht gar modriger Luft das einzelne Zimmer. Die schmutzigen Fenster verrieten, dass schon lange nicht mehr gelüftet worden war. Die Stube war zweckmäßig mit nur wenigen Möbeln eingerichtet, ohne persönliche Note. Sie war eine Unterkunft, nicht mehr. Weit entfernt von einem Ort, der den Begriff eines Zuhauses verdient hätte.

Abberline schien sich ähnlich unwohl zu fühlen wie ich und begann verlegen einige Papiere einzusammeln, die seinen Esstisch bedeckten, ehe er auf einen der beiden Stühle deutete. »Bitte setzen Sie sich!«

Verunsichert kam ich seiner Aufforderung nach und versuchte nicht allzu offensichtlich meinen Blick über die leeren Wände schweifen zu lassen. Für gewöhnlich verriet eine Unterkunft etwas über ihren Bewohner, sei sie auch noch so klein, aber dieses einzelne Zimmer erweckte lediglich den Eindruck, als hätte der Inspektor keine Persönlichkeit. Keine Vorlieben. Kein Leben.

Er räusperte sich und lenkte meine Aufmerksamkeit zurück auf sich. »Also, Miss Kelly, können Sie mir verraten, wie Sie gestorben sind?«

»Vermutlich wissen Sie darüber mehr als ich, denn ich kann mich an jene Nacht nicht erinnern«, gestand ich ihm aufrichtig. »Aber ich kann Ihnen von dem Augenblick erzählen, als ich nach meiner Ermordung wieder zu mir kam.« Das tat ich und berichtete ihm von den anderen Frauen, der dunklen Magie, die uns in der Welt der Lebenden hielt, und unserer Wandlungsfähigkeit, ebenso wie von unseren gestohlenen Herzen und Jack, dessen Identität mir genauso unbekannt war wie dem Inspektor. Ich wiederholte die Beweggründe, die Jack uns genannt hatte, auch wenn ich meine Zweifel an ihnen hegte, was ich Abberline ebenfalls wissen ließ. Nichts hielt ich absichtlich zurück, mit einer Ausnahme: den genauen Ort unseres Verstecks. Dafür gab es verschiedene Gründe, einer war entscheidend: Niemand sollte von diesem Gespräch erfahren.

Abberline hörte mir aufmerksam zu, machte sich nicht einmal Notizen und unterbrach mich kein einziges Mal. Erst als ich damit endete, dass Jack beabsichtigte, das königliche Fest zu besuchen, um dort der Gesellschaft die Augen zu öffnen, wie er es nannte, fand der Inspektor seine Stimme wieder.

»Der Maskenball muss abgesagt werden«, entschied er vehement. Er musste sich im Vorfeld viele Theorien dazu gemacht haben, warum der Ripper tat, was er tat, eine Bedrohung für die Königin hatte er allerdings nie darin gesehen. Diese neue Erkenntnis schockierte ihn zutiefst, fast noch mehr als die Tatsache, einer Toten gegenüberzusitzen.

Ich konnte nicht anders, als über ihn zu lachen. »Verzeihen Sie mir, aber von Ihnen hätte ich eine etwas weniger naive Denkweise erwartet. Glauben Sie wirklich, die Königin wird ihren Maskenball, eines der am meisten erwarteten Ereignisse dieses Jahrs, absagen, nur weil irgendein Inspektor behauptet, der Hurenmörder des East End habe es auf sie abgesehen?«, spottete ich. »Wem wollen Sie überhaupt davon erzählen? Und wie wollen Sie Ihren Verdacht begründen? Ich bezweifle, dass Ihnen jemand glauben wird, wenn Sie sagen, eines seiner Opfer habe es Ihnen verraten.«

Erschöpft rieb er sich mit der Hand über die hohe Stirn. »Wohl kaum«, pflichtete er mir bei und musterte mich scharf. »Ich könnte Sie festnehmen und es meinen Kollegen selbst erzählen lassen.«

Genau davor hatte ich mich gefürchtet. Zwar spürte ich keinen Schmerz, aber auch ich wäre gegen Handschellen, die sich um meine Gelenke schlossen, machtlos. Vielleicht würde es mir, wenn ich mir meine Knochen brach, gelingen, mich irgendwie aus ihnen zu winden, doch das brauchte Zeit, die ich nicht hatte. Wenn der Inspektor mich unbedingt auf dem Polizeirevier präsentieren wollte, würde er mich zur Not mit Seilen fesseln. Bisher hatte er nichts dergleichen unternommen. Er *könnte,* hatte er gesagt, nicht, dass er es zu tun beabsichtigte.

»Sie glauben vielleicht, ich hätte nichts zu verlieren, weil ich tot bin«, warf ich ihm vor. »Aber Jack hat bewiesen, dass der Tod nicht zwingend das Ende darstellt. Ich möchte nicht herausfinden, wozu er fähig ist, wenn er von meinem Verrat erfährt. Ist es nicht Ihre Pflicht als Gesetzeshüter, Zeugen zu schützen?«

Er neigte schuldbewusst den Kopf. »Das mag sein, aber meine Priorität gilt dem Schutz der Lebenden.« Obwohl ich seine Argumentation verstehen konnte, traf sie mich unerwartet hart. Für mich kam jeder Schutz zu spät. »Ich sehe meine Aufgabe darin, die Mordserie zu stoppen und den Täter zu überführen«, fuhr er fort, wobei ihm meine Kränkung nicht zu entgehen schien. Vielleicht bereute er sogar seine Wortwahl, denn seine Stimme nahm einen sanfteren Tonfall an. »Ich möchte Sie zu nichts drängen, was Sie selbst in Gefahr bringen würde. Bitte verzeihen Sie mir, wenn ich daran

Zweifel geweckt habe! Es ist nicht nötig, dass Sie mit mir aufs Revier kommen. Verraten Sie mir, wo sich Ihr Versteck befindet, und ich werde –«

»Nein!«, unterbrach ich ihn scharf. »Das werde ich Ihnen nicht sagen! Die anderen Frauen könnten unsere Kooperation als Verrat meinerseits ansehen. Nicht alle teilen meine Ansichten Jack betreffend.« Schaudernd dachte ich an Polly. Meine Sorge galt nicht länger nur mir selbst, sondern auch dem Inspektor. Ohne mit der Wimper zu zucken, würde Polly ihn töten, sollte sie fürchten, er käme Jack auf die Schliche. Niemals würde sie mir verzeihen, dass ich all unsere Geheimnisse einem Fremden anvertraut hatte. Dabei hatte ich ihre nächtlichen Streifzüge nicht einmal erwähnt – sie gingen mich nichts an. Das waren ihre offenen Rechnungen, nicht meine. Es stand mir nicht zu, sie deshalb anzuprangern. Vielleicht gefiel mir auch nicht die Vorstellung, Pollys Taten könnten dazu führen, dass Abberline in den anderen und mir nicht länger nur Opfer, sondern möglicherweise auch Monster sah, die es aufzuhalten galt.

»Aber wir müssen etwas unternehmen!«, konterte der Inspektor aufgebracht. »Es ist schon mehr als genug Blut in den Straßen von Whitechapel geflossen. Es dürfen nicht noch weitere Unschuldige sterben!«

Ich sah seine Verzweiflung und fand in ihr die Bestätigung, dass es richtig gewesen war, mich ihm anzuvertrauen. Er wollte helfen, wusste nur nicht wie. Es kostete mich etwas Überwindung, aber ich schaffte es, meine Hand nach seiner auszustrecken. Er zuckte zusammen, als ich meine kalten Finger auf seine Haut legte. Ich rechnete damit, er würde sich meiner Berührung entziehen, doch zu meinem Erstaunen erwiderte er meinen Händedruck, als wäre er gewillt, einen Pakt mit mir zu schließen.

»Wir wollen dasselbe«, sicherte ich ihm zu. »Sie und ich stehen auf derselben Seite, aber wir dürfen nichts überstürzen. Wenn Jack auch nur ahnt, dass ich ihn hintergehe, könnte er vielleicht den Zauber rückgängig machen, der mich unter den Lebenden hält. Dann habe ich keine Möglichkeit, mit Ihnen in Kontakt zu treten. Dieses Risiko kann ich nicht eingehen. Bitte vertrauen Sie mir!«

Wir sahen einander in die Augen, als könnten wir darin die Bestätigung für die Aufrichtigkeit unseres Gegenübers finden. Diese Annahme war trügerisch, denn Augen konnten lügen. Sie konnten einem direkt in die Seele blicken, begleitet von Beteuerungen der Lippen, einen niemals zu verlassen, nur um im nächsten Augenblick einem den Rücken zu kehren. Auch ich kannte den Schmerz des Verlustes. In jungen Jahren hatte ich erst meine Mutter und dann meinen Vater verloren. Ohne sie war unsere Familie auseinandergebrochen und ich allein zurückgeblieben. Danach hatte ich mich abgeschottet und niemanden mehr an mich herangelassen – bis heute. Abberlines Nähe und die Intimität unserer Berührung lösten ein nervöses Kribbeln in meiner Mitte aus. Es fiel mir schwer zu beurteilen, ob es sich dabei um Angst oder Anziehung handelte.

Was immer er in meinem Gesicht sah, schien ihm zu genügen. »Ich vertraue Ihnen, wenn Sie mir vertrauen! Keine Geheimnisse, keine Lügen! Nur schonungslose Ehrlichkeit. Können Sie das?«

»Einverstanden«, willigte ich ein. Es war ein Versprechen, das keiner von uns so meinte. Im East End gab es kein Vertrauen.

Erst jetzt ließ er meine Hand wieder los. Ohne seine Finger auf meinen erkannte ich, wie sehr mir die zwischenmenschliche Nähe gefehlt hatte. Zwar konnte ich die Wärme seiner Haut nicht spüren, aber sein Griff hatte mich wissen lassen, dass ein Teil von mir noch da war. Für einen Moment hatte er mich in dieser Welt gehalten.

»Wie geht es jetzt weiter?«, wollte er von mir wissen.

»Ich melde mich bei Ihnen, wenn ich mehr weiß!« Ich schenkte ihm ein kokettes Lächeln und erhob mich von dem Stuhl, als Zeichen dafür, dass ich das Gespräch als beendet ansah. Zugleich wollte ich herausfinden, ob er versuchen würde, mich aufzuhalten.

Er rührte sich nicht von der Stelle, sondern blieb sitzen. »Sie wissen ja, wo ich wohne«, meinte er lediglich zum Abschied. Seine Stimme klang matt, als bräuchte er erst einmal einen Drink, um zu verdauen, was er soeben erfahren hatte.

Bei meinem Weg zurück in die Dorset Street achtete ich darauf, dass Abberline mir nicht entgegen unserer Vereinbarung folgte. Ich nahm extra einige Umwege, obwohl ich ihn zu keiner Zeit bemerkte. Es fiel mir schwer zu glauben, aber er schien Wort zu halten.

Der Abend war mittlerweile angebrochen, und die Dunkelheit legte sich wie ein Vorhang über das East End. Catherine und ich brachen zusammen zum *Queen's Head* auf, eine der vornehmeren Spelunken von Whitechapel. Das ließ sich nicht nur am Klientel erkennen, das nicht im Delirium vor sich hin vegetierte oder Schlägereien anzettelte, sondern auch an der Tatsache, dass es Tische und Stühle gab. Eine ansehnliche Sammlung von Spirituosen reihte sich hinter dem Barmann auf, die die beiden Schlägertypen rechtfertigte, die sich links und rechts von der Tür positioniert hatten, um zur Not für Ordnung zu sorgen. Männliche Besucher, bei denen Zweifel daran bestand, dass sie sich ein Getränk leisten konnten, erhielten nur Zutritt, wenn sie zuvor ihre Münzen präsentierten. Frauen wurden einfach durchgewunken. Von uns wurde nicht erwartet, selbst für unsere Versorgung aufzukommen.

Wir zogen uns in eine düstere Nische am Rand des Geschehens zurück und beobachteten die Anwesenden eingehend. Unsere Gesichter unterlagen dem untoten Zauber der Verwandlung und waren nicht wiederzuerkennen.

»Hast du Albert schon entdeckt?«, hakte ich gespannt nach und fragte mich zugleich, ob ich in der Lage wäre, unter den vielen Männern einen Prinzen auszumachen.

»Nein.« Sie schüttelte den Kopf, wirkte allerdings nicht ganz so enttäuscht, wie ich es erwartet hätte. »Ich habe ja gesagt, er wird nicht mehr herkommen.« Ein Teil von ihr schien sich der Hoffnung hinzugeben, er würde um sie trauern, anstatt sich mit anderen Frauen abzulenken. Ich konnte sie verstehen. Wer wollte schon ersetzbar sein?

Wir hatten zwar Albert nicht gefunden, dafür fiel mir ein Bekannter an der Theke auf, von dem ich mir gewünscht hätte, ihn hier nicht anzutreffen: Inspektor Abberline. Über sein Glas gebeugt, saß er mit krummem Rücken da und wirkte weit weg von allem um ihn herum. Meine Vermutung, er würde unsere Begegnung mit einem Schnaps hinunterspülen, bewahrheitete sich. Trotzdem empfand ich Enttäuschung über seine mangelnde Selbstdisziplin. Ich hatte mich ihm offenbart, und wir hatten ein Bündnis geschlossen, um gemeinsam Jack the Ripper zu überführen. Er sollte voller Tatendrang stecken, stattdessen saß er jetzt hier und betrank sich. Hatte ich mir den falschen Inspektor ausgesucht? War er ein hoffnungsloser Fall, der mehr Energie darauf verwendete, die Tage mit seinem Kater zu überstehen, als sich auf die Jagd nach einem Mörder zu konzentrieren?

»Lass uns noch eine Weile bleiben«, schlug ich Catherine vor. »Vielleicht kommt Albert später.«

Sie wirkte nicht überzeugt, erhob aber keinen Einwand.

»Meinetwegen.«

»Würdest du uns etwas zu trinken besorgen?«, bat ich sie, da ich nicht von Abberline bemerkt werden wollte. Verdutzt sah Catherine mich an. »Zur Tarnung«, ergänzte ich. Weder sie noch ich verspürten Durst oder Hunger, wenn wir jedoch ohne ein Getränk am Tisch saßen, würden wir den Eindruck erwecken, als warteten wir nur darauf, von einem Herrn eingeladen zu werden.

»Hast du denn Geld?«, wollte sie von mir wissen, woraufhin ich ihr zwei Münzen in die Hand drückte. Ohne jegliche menschliche Bedürfnisse waren wir nicht mehr auf finanzielle Mittel angewiesen. Trotzdem konnte etwas Zaster dabei helfen, die Zeit zu vertreiben, sei es auch nur für eine Zeitung. Die von Jack versprochene Freiheit hatte ihren Preis, und er weigerte sich, uns Geld zukommen zu lassen. Wenn wir welches haben wollten, mussten wir es uns selbst organisieren. Für Polly war das kein Problem: Sie nahm es ihren Opfern ab und sah es als Zins für deren unbeglichene Schulden an. Liz war geschickt darin, sich an offenen Kassen zu bedienen. Ich hingegen hatte noch den Münzbeutel, den ich von Maurice für meinen angeblichen Neuanfang in Irland erhalten hatte. Es fühlte sich nicht richtig an, sein Geld auszugeben, und ich hätte es ihm gern zurückgebracht, zugleich wollte ich ihn in dem Glauben lassen, all das, was über mich in der Zeitung stand, entspräche nicht der Wahrheit und es ginge mir gut – aller Beweise zum Trotz.

Resigniert zuckte Catherine mit den Schultern und bahnte sich einen Weg zur Bar. Mit ihrem goldblonden Haar und dem rosigen Teint erweckte sie umgehend die Aufmerksamkeit diverser Gäste. Der erste von ihnen gesellte sich zu ihr, zog nach einem kurzen Wortwechsel jedoch wieder von dannen. Eingeschüchtert von seiner Zurückweisung, hielten sich die anderen zurück und verfolgten die hübsche junge Frau nur noch mit ihren Blicken.

Mir stockte der Atem, als Abberline sein Glas leerte und einen weiteren Drink orderte. Kurz sah er zu Catherine, die nicht weit weg von ihm stand. Ich fürchtete, er könnte sie wiedererkennen, so wie mich. Aber er starrte geradezu durch sie hindurch. Sein Interesse galt mehr dem Barmann als ihr.

Catherine kehrte mit unserem Ale zurück und rutschte neben mich auf die Bank. Nur aus Gewohnheit nippte ich daran, ohne etwas zu schmecken.

»Guten Abend, die Damen«, sprach uns ein weiterer männlicher Gast an und baute sich vor uns auf, wobei er mir den Blick auf Abberline versperrte. »Wie ich sehe, sind Sie bereits beide versorgt. Möchte eine von Ihnen sich mir danach anschließen?« Selbstgefällig grinste er uns an, wobei er schnaufte, als hätte er Meilen und nicht nur wenige Fuß zurückgelegt, um unseren Tisch zu erreichen. Sein dicker Bauch spannte unter seiner Weste, und Schweiß glänzte auf seiner Stirn. Seinen kahlen Kopf versteckte er unter einer Kappe. Schaudernd stellte ich mir vor, wie er grunzen würde, wenn ich meine Arbeit aufnahm. In solchen Momenten sorgte ich dafür, an alles Mögliche zu denken, nur nicht daran, wo ich gerade war und was ich machte. So groß meine Abscheu auch sein mochte, ich wäre früher bereitwillig mit ihm gegangen. Sein prall gefüllter Münzensack, den er für jeden sichtbar an seiner linken Hüfte trug, hätte gereicht, um mich zu überzeugen. Aber das war vorbei.

Stolz reckte ich den Kopf und sah ihm in sein gerötetes Gesicht. »Bedaure, Sir, wir sind heute nicht im Dienst.«

Baff starrte er mich an. Eine Prostituierte, die einen freien Abend genoss? Davon hatte er offenbar noch nie gehört. »Ich bezahle gut«, versicherte er mir. »Sag mir, was du willst, und ich lege dir noch einen Pence obendrauf.« Er war es gewohnt, mit Geld alles kaufen zu können.

»Nein danke, Sir! Vielleicht ein anderes Mal«, versuchte ich ihn höflich, aber konsequent abzuwimmeln.

»Das gibt es doch nicht!«, empörte er sich. »Jetzt entscheiden die Huren schon über ihre Arbeitszeiten.« Mit säuerlicher Miene zog er weiter. Das würde ihm sicher so bald nicht aus dem Kopf gehen.

Kichernd stieß Catherine mich an, sobald er außer Hörweite war. »War das nicht ein tolles Gefühl?«, flüsterte sie. »Einfach mal Nein sagen zu können.«

»Und wie«, stimmte ich ihr zu. Auch wenn ich Jack in vielerlei Hinsicht misstraute, musste ich zumindest anerkennen, ihm diese Erfahrung zu verdanken. Er hatte uns ein Stück Würde geschenkt.

Catherine richtete sich mit erhobenem Kopf auf. »Ich bin noch nie zuvor in einen Pub gegangen, nur um etwas zu trinken«, verkündete sie heiter und stieß mit ihrem Glas gegen meines. »Cheers!«

»Cheers!« Wir genehmigten uns beide große Schlucke und mussten dabei so verzückt aussehen, als hätten wir einen Grund zu feiern und würden mögen, was wir tranken. Ich hatte früher schon den Geschmack von Ale nicht sonderlich geschätzt, weil man vergleichsweise viel davon trinken musste, um überhaupt eine Wirkung festzustellen. Jetzt war es nicht anders, als würden wir mit Wasser anstoßen.

Mein Blick glitt zurück zum Inspektor, der sich nicht von dem Platz an der Theke gerührt hatte. Er saß nur noch etwas krummer auf seinem Stuhl und erweckte den Eindruck, als würde er jeden Augenblick den Abflug machen. Sein Arm schwankte, als er sein leeres Glas hob und nach mehr verlangte.

Wütend presste ich meine Lippen aufeinander. »Siehst du den Mann dort?«, wandte ich mich an Catherine und deutete zur Bar.

Sie reckte den Hals. »Kennst du ihn?«

»Nicht persönlich«, log ich. »Das ist Inspektor Abberline. Er ist für die Ermittlung in unseren Mordfällen verantwortlich.« Verachtung lag in meinen Worten. »Und jetzt sieh ihn dir an! Sitzt an der Theke und besäuft sich, anstatt sich Gedanken darüber zu machen, wie er den Ripper fassen könnte. Kein Wunder, dass die Aufklärungsrate der Polizei so miserabel ist, wenn das ihre Arbeitsmoral darstellt.«

»Ich hatte mal was mit einem Bobby«, gestand sie mir. »Er hat sich geweigert zu bezahlen.«

»Dreckskerl!«, entfuhr es mir wütend. Auch wenn ich das selbst noch nicht erlebt hatte, wusste ich, dass sich die Gesetzeshüter oft nicht an Gesetze hielten oder sich bestechen ließen. Nur weil sie eine Uniform trugen, waren sie nichts Besseres.

»Selbst wenn eine andere Frau etwas gesehen hätte, was zur Ergreifung des Täters führen könnte, würden die wenigsten von ihnen zu den Gesetzeshütern gehen, weil sie sich von denen sowieso keine Hilfe erhoffen«, bestätigte Catherine meine eigene Ansicht.

»Warum auch, wenn sogar ihre Inspektoren nichts Besseres zu tun haben, als sich volllaufen zu lassen?«, schimpfte ich wütend und nickte mit dem Kopf in Richtung von Abberline.

»Ich bin sicher, der Mann hat schon genug schlimme Dinge gesehen, die ein bisschen Ablenkung durchaus rechtfertigen«, räumte Catherine ein und traf damit unwissentlich den Nagel auf den Kopf. Eine Begegnung mit einer Toten zählte wohl als einschneidendes Erlebnis. »Aber irgendwie sollte man doch erwarten, dass zumindest die besser damit umzugehen wissen als wir. Unser Schutz sollte doch ihre Aufgabe sein!«

»Du hast recht!« Entschlossen erhob ich mich von meinem Platz. »Es ist Zeit, diesem Inspektor die Meinung zu sagen! Was will er schon tun? Hast du schon einmal von einer Toten in einer Arrestzelle gehört? Wohl kaum!« Freudlos lachte ich auf und stapfte los, ohne Catherines Reaktion abzuwarten. Angestachelt von meinem Zorn und berauscht von meiner neu entdeckten Würde, wollte ich mich zumindest einmal wie die mutige Frau verhalten, die ich mich in meinem Leben nie getraut hatte zu sein.

»Na, genießen Sie Ihren Schnaps?«, blaffte ich den Inspektor an. »Der wievielte ist es denn? Können Sie das überhaupt noch zählen?«

Irritiert drehte er sich zu mir herum. Seine dunklen Augen waren blutunterlaufen, ob von zu viel Alkohol oder einem Mangel an Schlaf, ließ sich nicht sagen. Vermutlich beides. Blinzelnd betrachtete er mich. Ich konnte nicht sagen, ob er mich trotz meines veränderten Gesichts an meiner Stimme erkannte. Seine darauffolgende Reaktion fiel anders aus, als ich mir hätte ausmalen können: Er lachte mich kopfschüttelnd aus und drehte mir wieder den Rücken zu.

»Schämen Sie sich nicht?«, fauchte ich ihn an, packte ihn an seinem Jackenärmel und riss ihn erbost zu mir herum, ehe ich mir der vielen Leute bewusst wurde, deren Neugier mein Geschrei erweckte. Mit gedämpfter Stimme fuhr ich fort: »Wie soll irgendjemand, der Sie schon einmal dabei gesehen hat, wie Sie sich volllaufen lassen, Sie noch respektieren? Statt die Ripper-Morde aufzuklären, betrinken Sie sich!«

Er schwankte unter meinem Griff, und ich hatte die Befürchtung, er würde vom Stuhl kippen, wenn ich ihn losließ.

»Duhu schon wieder«, lallte er, während er mich mit glasigem Blick musterte. »Noch 'ne Tote.«

Bestürzt erkannte ich, dass ihn der Alkohol an seinem Verstand zweifeln ließ. Er schien nicht mehr zu wissen, ob unser Gespräch stattgefunden oder es nur einer lebhaften Halluzination entsprungen war. Offenbar passierte ihm so etwas häufiger. Er hatte nicht über mich, sondern sich selbst gelacht.

»Was für Tote sehen Sie denn noch?«, hakte ich nach, da es sinnlos gewesen wäre, ihn mit weiteren Vorwürfen zu bombardieren, von denen er am nächsten Morgen wahrscheinlich ohnehin nichts mehr wüsste, geschweige denn sich zu Herzen nehmen würde.

Wieder gab er dieses Lachen von sich, das mich bis ins Mark erschütterte. Es war ein Laut, erfüllt von einer Verachtung, die sich gegen ihn selbst richtete. Ein Ächzen, das tief aus seinem Inneren kam. Hätte er geweint, hätte es mich weniger getroffen. Aber Tränen gestand er sich nicht zu.

»Viiiele«, behauptete er und sah das als Grund an, sein Glas auf mich zu erheben, mir zuzuprosten und es mit einem Schluck zu leeren. »Es fiing aalles mit meiner Mudder an.«

Ich wartete darauf, dass er von sich aus weitersprach, doch er schien den Faden verloren zu haben und wedelte lieber mit den Händen, um den Barmann auf sich aufmerksam zu machen.

»Was ist mit Ihrer Mutter?« Ich drückte seine Arme runter und hielt ihn an seinen Schultern fest, damit er mich ansah.

»Toot«, spie er mir entgegen. »Hat sich selbst umgebracht, als mein aalter Herr sie verlaassen hat. Der Dreckskerl hat sich einfach verpiiisst.« Der spöttische Ton, der über seine Lippen kam, ließ mich zusammenzucken. »Waar ihr wohl nich' genug.«

Der Barmann kam, um seine nächste Bestellung aufzunehmen, bestimmt winkte ich ihn weg. »Dieser Mann hatte genug!«

»Hey«, protestierte Abberline lautstark und befreite sich aus meinem Griff. Dabei verlor er das Gleichgewicht, stürzte zur Seite und landete auf dem Boden. Dort blieb er liegen und gab eine Mischung aus Lachen und Schluchzen von sich.

Catherine kam mir zu Hilfe geeilt. »Mary, lass uns gehen!«, bat sie mich eindringlich. »Dein Inspektor verhält sich nicht gerade unauffällig.«

Er ist nicht mein Inspektor, lag mir bereits auf der Zunge zu entgegnen, behielt es dann aber doch für mich. Wie Abberline vor uns lag, unfähig, einen vernünftigen Satz von sich zu geben oder auch nur aufrecht zu gehen, tat er mir leid. Vor wenigen Stunden waren wir ein Bündnis eingegangen, machte mich das in gewisser Weise nicht auch für ihn verantwortlich? Wie viele Menschen mochten mich schon in solch einem erbärmlichen Zustand gesehen haben? Sie hatten mich belächelt oder über mich die Nase gerümpft. Manch einer hatte meine Hilflosigkeit vielleicht sogar ausgenutzt. Keiner hatte sich zu mir hinabgebeugt, um mir zu helfen.

»Ich kann ihn nicht seinem Schicksal überlassen«, entschied ich und sah entschuldigend zu Catherine auf. »Geh allein zurück! Ich komme später nach.«

»Warum?« Verständnislos runzelte sie die Stirn. »Du kennst diesen Mann doch gar nicht! Glaubst du, er hätte dir in einer ähnlichen Situation geholfen?«

»Nein«, gab ich zu. »Aber ich hätte mir gewünscht, dass es jemand für mich täte. Dafür ist es zu spät, aber ihm kann ich helfen. Und wenn es nur ist, damit ich mir nicht so nutzlos vorkomme.«

Das schien sie eher nachvollziehen zu können, denn sie half mir, den Inspektor auf die Beine zu ziehen, und zusammen führten wir ihn aus dem *Queen's Head*. Draußen angekommen, legte ich mir seinen Arm um die Schultern und hielt ihn an der Hüfte aufrecht. Auf Außenstehende mussten wir wie ein Liebespaar wirken.

»Pass auf dich auf«, riet Catherine mir besorgt, ehe sie ohne mich den Rückweg antrat.

»Was soll mir schon passieren?«, höhnte ich. Das Schlimmste hatte ich bereits hinter mir.

»Alle seeehen weg«, verkündete Abberline plötzlich, der Catherine nachsah. »Und koommen niicht wieder.«

Meinte er seine Mutter? Oder sprach er mittlerweile von jemand anderem? »Kommen Sie, ich bringe Sie nach Hause.« Bestimmt schob ich ihn vorwärts, wobei er sich allerdings gegen meinen Griff sträubte.

Er schüttelte schockiert den Kopf. »Noooch nicht«, nuschelte er. »Die Geister laassen mich niicht in Ruhe! Sind überaaall! Dort, da.« Er begann mit der Hand in der Luft herumzufuchteln und zeigte auf die andere Straßenseite, ehe er seinen Zeigefinger auf mich richtete. »Hier! Aaalle tot!«

Seufzend ging ich mit ihm die Straße hinab. Es war nicht der direkte Weg zu seiner Wohnung, aber vielleicht würde ihn ein Spaziergang an der kühlen Nachtluft beruhigen. »Waren Sie schon einmal verheiratet?«

Er hatte das richtige Alter und verdiente gut, dazu sah er nicht schlecht aus. Im East End gab es sicher viele Frauen, die ihn für eine gute Partie hielten – trotz seiner Schwäche für Alkohol. In seiner

Unterkunft hatte es keinen Hinweis auf eine weibliche Person in seinem Leben gegeben. Wäre er nüchtern gewesen, hätte ich mich gar nicht getraut, ihm diese Frage zu stellen, aber ich war neugierig.

Meine Frage entlockte ihm erneut dieses abscheuliche Lachen. »Tot«, würgte er prustend hervor. »Hat sich liiieber die Kehle aufgeschlitzt, als bei mir zu bleiben.«

Schockiert schluckte ich gegen den Kloß an, der sich in meiner Kehle formte. Es war schlimm genug, seine Mutter durch Freitod zu verlieren, wenn die eigene Frau es ihr auch noch nachmachte, konnte das selbst den stärksten Menschen zerstören. Die Vermutung, Abberline könnte etwas damit zu tun haben, wäre naheliegend, aber das glaubte ich nicht. Ich hatte schon Männer gesehen, die ihre Frauen so sehr bedrängten, dass diese keinen anderen Ausweg als den Tod sahen. Abberline gehörte nicht zu ihnen. Das Einzige, was man ihm vorwerfen konnte, war wohl, dass er nicht oft genug zu Hause gewesen war. Vermutlich hatte er nicht einmal etwas von der Verzweiflung seiner Frau geahnt, umso mehr musste ihn ihr Tod getroffen haben. Hatte er sie gefunden? Wahrscheinlich.

»Das ist nicht Ihre Schuld«, versicherte ich ihm. »Wir können nicht gegen die Dämonen anderer kämpfen, nur gegen unsere eigenen.«

Abrupt blieb er vor der nächsten Kreuzung stehen und richtete sich schwankend auf, wobei er sich an mir abstützte. »Haben Sie miir niicht gerade noch vooorgeworfen, ich sei ein Versaaager?«, spottete er, womit er nicht ganz unrecht hatte, auch wenn ich nicht das Wort benutzt hatte. »Recht haben 'se! Ich kaaann nie-niemanden beschüüützen! Meinee Frau nicht, Sie nicht, niiiemanden!« Geknickt sackte er wieder in sich zusammen. Es war nicht schwer zu erahnen, warum er sich abends lieber dem Schnaps zuwandte, als in seine Unterkunft zurückzukehren oder sich seinem Fall zu widmen. Er glaubte den Kampf längst verloren zu haben, und traute sich selbst nichts mehr zu.

Ehe ich ihm widersprechen konnte, deutete er die Straße hinab. »Da wohne ich.«

Ich verkniff es mir, ihn daran zu erinnern, dass ich das bereits wusste, und begleitete ihn stattdessen zu dem Haus, in dem seine

Unterkunft lag. Wankend stiegen wir die Stufen zu der Tiefparterre hinab. Dort fummelte er den Schlüssel aus seiner Hosentasche und ließ ihn prompt fallen. Ich bückte mich danach, genau wie er, wobei unsere Köpfe gegeneinanderstießen.

»Auuu«, jaulte er auf und presste sich eine Hand gegen die Stirn, während ich nicht einmal ein Ziepen verspürte. Bevor es zu einem weiteren unbeabsichtigten Zusammenstoß kommen konnte, hob ich den Schlüssel von dem vereisten Boden auf und öffnete für ihn den Eingang. Zielsicher steuerte er auf sein Bett zu und ließ sich ungeschickt samt Schuhen hineinplumpsen, sodass die Federn quietschten. Grummelnd drehte er sich zur Seite, ohne weiter von mir Notiz zu nehmen. Nur der Alkohol in seinem Blut machte diesen Raum für ihn erträglich. Hatte er an diesem trostlosen Fleck mit seiner Frau gelebt?

Auf dem Nachtisch neben seinem Bett entdeckte ich eine leere Weinflasche und eine Fotografie, die mir am Mittag noch nicht aufgefallen war, allerdings hatte ich mich aus Respekt vor seiner Privatsphäre auch von diesem Bereich seiner Wohnung ferngehalten. Das Bild zeigte einen jüngeren Abberline zusammen mit einer weiblichen Person. Ich nahm den Rahmen an mich und betrachtete das Porträt näher. Schon damals hatte eine gewisse Trauer in seinem Blick gelegen, aber er hatte einer Zukunft entgegenlächeln können. Die Frau neben ihm strahlte mit derselben Zuversicht in die Kamera. Ihre Hand lag auf seinem Arm, während sie mit der anderen einen Blumenstrauß hielt. Gut möglich, dass das Foto am Tag ihrer Hochzeit aufgenommen worden war. Ich spürte einen leichten Stich bei dem Gedanken daran, dass ich niemals jemandem das Ja-Wort geben würde. Ich hatte mich nicht bewusst gegen die Ehe entschieden, es hatte einfach nie jemanden gegeben, bei dem ich mir hätte vorstellen können, für immer mit ihm zusammenzubleiben. Ich bewunderte Menschen, die einen anderen so sehr liebten und ihm vertrauten, um sich für die Ewigkeit an ihn binden zu wollen.

Als ich das Bild zurückstellen wollte, fiel mir ein weiterer Gegenstand auf, den ich bisher nicht wahrgenommen hatte: ein Seidenschal.

Ich wusste, er war rot, weil es meiner war. Mein Schal, den Abberline mir bei meiner Flucht vom Hals gerissen hatte.

Instinktiv streckte ich meine Hand danach aus, um ihn wieder an mich zu nehmen, hielt aber inne, bevor ich mit den Fingerspitzen den Stoff berührte. Das Tuch lag auf seinem Nachttisch wie ein Mahnmal. Wenn er nachts einschlief, so betrunken er auch sein mochte, galt ihm sein letzter Blick. Erwachte er morgens, war die rote Seide das Erste, was er sah. Als ich mitbekommen hatte, wie er sich in dem Pub dem Alkohol hingab, hatte ich angenommen, ihm wäre der Fall, mein Fall, nicht wichtig genug, doch ich hatte mich getäuscht. Dieser Schal bewies mir das Gegenteil. Er gab dem Leben des Inspektors einen Sinn, und ich fühlte mich nicht gut dabei, ihm diesen zu nehmen.

Behutsam beugte ich mich zu seinen Füßen und löste die schweren Stiefel, die ich neben dem Bett abstellte. Danach zerrte ich die Decke unter seinem Körper hervor und breitete sie über ihm aus. Davon bekam er schon nichts mehr mit. Der Schlaf hatte ihn längst übermannt.

Vorsichtig trat ich zurück und warf einen letzten Blick auf seine schlafende Gestalt. Der rote Seidenschal galt nicht nur der Ermittlung, sondern auch mir persönlich. Ich war für ihn nicht nur ein Opfer des Rippers. Es war ein schönes Gefühl, zu wissen, dass es jemanden gab, der an mich dachte. Solange ich nicht in Vergessenheit geriet, blieb ich ein Teil dieser Welt.

12

Regen prasselte auf das marode Dach des Handwarenladens. Die undichten Stellen ließen sich kaum zählen. Das Wasser drang aus dem Dachboden in die klammen Decken des ersten Stocks und sickerte bis in die Stube. Die Wände glänzten feucht und nährten den Schimmel. Ich sollte froh sein, den Gestank, der damit einherging, nicht riechen zu können.

Draußen verwandelte der Schauer die letzten Schneereste in Matsch, der bei den armen Seelen, die sich in diesem Unwetter im Freien rumtrieben, für nasse Füße sorgen würde. Zusammen mit den anderen Frauen saß ich in der Dunkelheit und lauschte dem Gewitter. Weder froren wir noch brauchten wir Licht, um etwas erkennen zu können. Unsere Augen hatten sich mit unserem Tod verändert, sodass wir auch in tiefster Nacht sehen konnten. Ein Feuer hätte nur unserer Behaglichkeit gedient, aber Jack hatte uns verboten, eines zu entzünden, um keine Aufmerksamkeit auf das Geschäft zu lenken.

Ebenjener kam nun zur Hintertür hereingestapft. Sein Mantel war völlig durchnässt, und von seinem Zylinder tropfte der Regen wie von einer Dachrinne. Unter seinen geknöpften Stiefeln bildete sich eine Wasserlache. Er schüttelte sich und nahm den Hut vom Kopf. Darunter kam schütteres ergrautes Haar zum Vorschein. Seine Besuche boten Abwechslung, doch sein Anblick sorgte auch jedes Mal dafür, dass sich mein Magen zusammenzog. Was mochte ihn dieses Mal zu uns treiben, vor allem bei diesem Regen? Im Gegensatz zu uns war er nicht über körperliche Empfindlichkeiten erhaben.

Fröstelnd rieb er seine nassen Hände aneinander.

Polly erhob sich aus dem mottenzerfressenen Sessel und eilte ihm entgegen. »Welch freudige Überraschung«, begrüßte sie ihn. »Darf ich dir den Mantel abnehmen?«

Er wehrte sie mit erhobener Hand ab. »Nein, sonst hole ich mir in dieser Kälte noch den Tod.«

Wäre das denn so schlimm?, dachte ich gereizt. Uns hatte er allen das Leben genommen, und jedes Mal tat er so, als hätte er uns damit einen Gefallen getan. Strebte er nicht nach derselben unabhängigen Existenz? Gab es nicht auch für ihn ein Ritual, das ihm Unsterblichkeit schenken würde? Oder erschien ihm dieser Daseinszustand nicht mehr ganz so begehrenswert, wenn es um ihn selbst ging?

»Folgt mir«, forderte er uns auf und deutete auf die morsche Treppe, die in den Keller hinabführte. Er entzündete eine Gaslaterne, in deren flackerndem Schein sein bleiches Gesicht einer Fratze glich. Die Stufen ächzten unter seinem Gewicht, während sie uns ohne jedes Murren ertrugen.

Unten angekommen, platzierte er die Lampe auf dem Boden. Sein Körper warf einen langen Schatten auf die Wand, der uns alle wie ein Monster überragte. Wir stellten uns vor ihm in einer Reihe auf, wie er es von uns erwartete. Seine kleine Armee aus gegeißelten Seelen. Fehlte nur noch, dass wir ihm salutierten.

»Was habt ihr die letzten Nächte gemacht?«, hakte er nach. »Wie gedenkt ihr die Gesellschaft zum Besseren zu verändern?«

Ich gedachte das überhaupt nicht. Zwar gefiel mir die Vorstellung, aber nicht ich hatte mir dieses Ziel gesetzt, sondern es von ihm auferlegt bekommen.

Wie üblich war Polly die Einzige, die sich zu Wort meldete. »Ich habe einen Freier erwischt, der weniger gezahlt hat, als mit der Prostituierten vereinbart gewesen war. Jetzt hat er seine Schuld beglichen.« Ihr triumphierendes Lächeln ließ mich erschaudern. Es hatte mir genügt, einmal Zeugin davon zu werden, wie Polly Rache übte. Auf eine weitere Zurschaustellung ihrer Grausamkeit konnte ich verzichten.

Jack nickte ihr zwar zu, wirkte dennoch nicht zufrieden. Sein Blick glitt von Polly zu uns anderen. »Was ist mir dir?«, sprach er Annie direkt an. »Was hast du unternommen?«

»Nichts«, entgegnete sie emotionslos. »Menschen zu töten, verschafft mir keine Genugtuung.«

Er ließ ihre Aussage unkommentiert, obwohl mir der säuerliche Ausdruck in seinem Gesicht nicht entging.

»Und du?«, blaffte er Liz an. »Hast du auch lieber die Hände in den Schoß gelegt, als dich zu engagieren?«

Liz ließ sich von seiner Feindseligkeit nicht einschüchtern. Provokant reckte sie ihr Kinn vor. »Es gibt viele Möglichkeiten, für Veränderungen zu sorgen, nicht alle müssen blutig enden. Ich war unterwegs und habe eingegriffen, wenn Freier handgreiflich wurden. Zur Strafe habe ich ihnen ihre Münzen abgenommen und sie an Frauen verteilt, die ein Bett für die Nacht brauchten.« Unglücklich verzog sie den Mund. »Allerdings kann ich nicht mit Sicherheit sagen, ob sie es nicht stattdessen versoffen haben. Manchmal bietet der Schnaps einem mehr Trost als ein Dach über den Kopf. Wir kennen das selbst.« Sie zuckte resigniert mit den Schultern.

Ihre Antwort schien Jack nicht genug zu sein, denn er rümpfte missbilligend die Nase, bevor er sich an Catherine wandte. »Bitte sag mir, du hast deine Zeit nicht auch damit verschwendet, Robin Hood zu spielen!«

Wut sammelte sich in meiner Mitte. Liz hatte mehr getan als jede andere von uns, und einen Weg gefunden, um anderen zu helfen, ohne dabei selbst zur Mörderin zu werden, und trotzdem verhöhnte Jack sie.

Catherine blickte ängstlich zu Boden. Sie könnte Jack von ihrer Suche nach Prinz Albert erzählen, aber das tat sie nicht. Es war nicht in seinem Interesse, dass sie sich mit ihrem einstigen Geliebten aussprach und vielleicht sogar versöhnte. Er wollte unseren Hass. Das wusste Catherine, deshalb zuckte sie nur mit den Schultern. »Mir geht es wie Annie.«

Jack ballte seine behandschuhten Finger zu Fäusten. Sein monströser Schatten zuckte bedrohlich. »An wem hast du Rache geübt, Mary?«

Obwohl seine Erscheinung durchaus Furcht einflößend auf mich wirkte, duckte ich mich nicht unter seinem Blick. »Ich habe nie darum gebeten, Rache zu üben.«

Das war zu viel. Voller Zorn trat er gegen die Laterne, die daraufhin durch den Raum geschleudert wurde, über den Boden rollte und schließlich in einer Ecke liegen blieb. Das Feuer flackerte und zischte, aber erlosch nicht.

»Was seid ihr nur für ein undankbares Pack!«, regte sich Jack auf, wobei seine Augen in der Dunkelheit so rot funkelten wie der große Edelstein, den er an einer Kette an seiner Weste trug. »Ich habe euch die Chance gegeben, etwas zu verändern, aber ihr vegetiert lieber vor euch hin! Jeder Funke Magie war an euch verschwendet!«

Ich verkniff es mir, etwas dazu zu sagen. Meine Meinung hatte ich bereits zum Ausdruck gebracht.

»Es tut mir leid, wenn ich dich enttäuscht habe, Jack«, beteuerte Polly verzweifelt. Sie war die Einzige von uns, der etwas an Jacks Anerkennung lag. Sein Wutausbruch war ihr gegenüber nicht gerechtfertigt, denn sie hatte alles getan, was er von ihr wollte. »Bitte sag mir, wie ich es besser machen kann«, flehte sie.

Ihre Unterwürfigkeit wirkte besänftigend auf ihn. Er atmete tief durch und straffte die Schultern. »Von nun an wird es hier anders laufen«, entschied er. »Ich habe euch euren freien Willen gelassen, aber ihr wisst nichts mit euch anzufangen. Weil ihr allein nicht fähig seid, für euch und alle, die unsere Hilfe bedürfen, einzustehen, werde ich nun die nötigen Schritte einleiten.« Die Unruhe, die sich zwischen uns ausbreitete, war zu spüren wie ein Knistern in der Luft. »Eine Revolution kostet Geld, und ihr werdet für die finanziellen Mittel sorgen!«

»Was soll das heißen?«, hakte Liz mit gerunzelter Stirn nach. Hatte Jack uns nicht Freiheit versprochen?

»Jede von euch wird mir bei meinem nächsten Besuch mindestens zehn Pfund aushändigen. Seht es als Bezahlung für die Macht, die ich euch geschenkt habe. Es wird Zeit, dass ihr sie endlich nutzen lernt!« Seine unnachgiebige Miene ließ keinen Zweifel an der Ernsthaftigkeit seiner Forderung.

»Zehn Pfund?«, wiederholte Liz fassungslos. »Soll das ein Scherz sein?«

»Das ist mehr, als eine von uns in einem Jahr verdient hat«, pflichtete Annie ihr bei. »Wie sollen wir das innerhalb von ein paar Tagen auftreiben?«

»Wir schaffen das schon«, versuchte Polly sie zu überzeugen. »Wenn wir uns nicht mehr mit den kleinen Fischen abgeben, sondern uns nach reicheren Männern umsehen, wird das ein Kinderspiel. Vergesst nicht, wir sind nicht mehr hilflos! Dank Jack kann uns keiner etwas anhaben! Gesetze gelten für uns nicht mehr.« Versöhnlich suchte sie seinen Blick, doch er ließ sie abblitzen.

»Und was, wenn eine von uns es nicht schafft?«, wagte ich mich zu fragen. So kurz mein Leben auch gewesen sein mochte, hatte ich darum gekämpft, mir ein gewisses Ehrgefühl zu bewahren und meinen Lebensunterhalt selbst zu bestreiten. Ich kannte genug, die sich mit Diebstählen durchschlugen, hatte mich aber stets dagegen entschieden. Es entsprach nicht meiner Moral, mich an anderen zu bereichern. Doch genau das verlangte Jack nun von uns.

»Dann habe ich keine Verwendung für sie«, entgegnete er kaltblütig.

»Das bedeutet?«, hauchte Catherine.

»Ihr solltet nie vergessen, eure materielle Existenz ist ein Privileg, das ihr mir verdankt und das ich euch jederzeit wieder nehmen kann, wenn es mir beliebt.« An seinem stolz erhobenen Kopf erkannte ich, wie sehr Jack es genoss, uns zu kontrollieren.

»Wären wir dann wirklich tot?«, wollte Dark Annie wissen. Wenn ich mich nicht täuschte, lag eine Spur von Hoffnung in ihrer Stimme. Es klang nicht wie etwas, was ihr Angst bereitete.

Gehässig blitzten seine weißen Zähne in einem Grinsen unter seinem Schnurrbart auf. »Eure Körper verrotten längst in der Erde, aber eure Seelen gehören mir. Solange ich im Besitz eurer Herzen bin, seid ihr an diese Welt gebunden. Ihr könntet sie in einer menschenwürdigen Existenz beschreiten oder ihr verblasst zu körperlosen Geistern, die ruhelos umherirren, unfähig, Einfluss auf die Lebenden zu nehmen. Nicht mehr als stumme Beobachter, von jedem ignoriert.« Der Anblick unserer schockierten Gesichter entlockte ihm ein schadenfrohes Lachen. »Nur zu, wenn es das ist, was ihr wollt«, forderte er uns auf. »Andere werden euren Platz einnehmen!« Er machte eine ausladende Handbewegung. »Da draußen wimmelt es nur so von Frauen, die sich danach sehnen, Rache zu üben. Die meisten von ihnen würden, ohne zu zögern, ihre Seele verkaufen, nur um einen Funken Macht zu erlangen.« Nachdrücklich sah er eine jede von uns an. »Es liegt bei euch.«

Nein. Das war keine freie Wahl, sondern Erpressung. Nicht nur die Furcht vor einer einsamen Ewigkeit machte mir die Brust schwer. Auch die Tatsache, dass noch andere Frauen unser Schicksal erleiden könnten, belastete mich. Sie waren es, die wir beschützen mussten, weil niemand sonst sich ihrer annahm. Jack war kein tollkühner Rächer, sondern nichts anderes als ein Puppenspieler. Er hielt die Fäden unserer Existenz in den Händen, bereit, sie jederzeit zu durchtrennen, wenn wir nicht seinem Willen folgten.

13

Jacks Forderung trieb mich am nächsten Nachmittag zurück in die Hanbury Street, wo ich ihn aus den Augen verloren hatte, als ich ihm das letzte Mal nachgeschlichen war. Ich war nicht gewillt, mich von ihm zur Diebin machen zu lassen. Wenn es mir gelang, mein Herz und die der anderen zu finden, hätte er keine Macht mehr über uns. Wir hätten die Wahl, ob wir unseren Seelen Frieden schenken oder Jack bei seinen Revolutionsplänen behilflich sein wollten. Ich zweifelte nicht daran, wofür sich Polly entscheiden würde. Bei Liz und Catherine war ich mir nicht sicher. Es gab Tage, an denen sie ihrer Existenz überdrüssig wirkten, manchmal schlich sich noch ein lebendiges Funkeln in ihre Augen, das mir verriet, dass sie etwas in sich trugen, wofür es sich zu kämpfen lohnte. Ich wusste nicht einmal selbst, ob ich in der Lage sein würde, den rechten Pfad zu wählen. Dann wäre es endgültig vorbei. Der Gedanke war beklemmend, aber das änderte nichts an dem Wunsch, mich aus Jacks Kontrolle befreien zu wollen.

Stunden hatte ich damit verbracht, zu überlegen, ob ich Inspektor Abberline von Jacks Forderung erzählen sollte. Als Gesetzeshüter würde er mir natürlich davon abraten, ein Verbrechen zu begehen, andererseits waren wir Verbündete und sollten mit offenen Karten spielen. Ob er sich an die vergangene Nacht überhaupt erinnerte? Wusste er noch, dass ich ihn nach Hause begleitet hatte?

Gewiss hatte er trotz hämmernder Kopfschmerzen heute pflichtbewusst seinen Dienst angetreten, aber ich rechnete nicht mit irgendwelchen Fortschritten, die zur Ergreifung des Täters beitragen würden. Er brauchte mich, so wie ich ihn. Wenn ich später durch die Pubs ziehen würde, fände ich ihn dann wohl wieder in einem davon? Der Gedanke bereitete mir nicht nur Enttäuschung, sondern auch Sorge. Vielleicht war es letztlich das, was mich davon abhielt, ihn einzuweihen. All das, was er mir in der letzten Nacht unfreiwillig über sich anvertraut hatte, gab mir das Gefühl, ihn nun besser zu kennen und ihm näher zu sein. Ich wünschte ihm ein Licht in der Dunkelheit. Anders als ich war er nicht tot und hatte die Chance, noch etwas an seinem Leben zu verändern. Wenn er so weitermachte wie bisher, fürchtete ich, er würde nicht alt werden.

Die aufziehende Dämmerung begann die Umrisse der Gebäude und Menschen zu verwischen. Die Arbeiter und Tagelöhner kehrten von ihrem Dienst zurück, während die Nachtgestalten aus ihren Verstecken gekrochen kamen. Ein reges Treiben erfüllte die Straßen. Mit veränderten Gesichtszügen tauchte ich in der Masse unter und ließ mich mit ihr gleiten, bis ich an das Gitter kam, das zu der Sackgasse führte, in der Jack zuletzt verschwunden war. Im schwindenden Tageslicht wirkten die drei Hauseingänge genauso trostlos, wie ich sie in Erinnerung hatte. Keine der Türen bot einen Hinweis auf ihre Bewohner. Sie waren alle gleichermaßen verwittert. In keiner der Stuben war ein Licht auszumachen. Die Fensterscheiben standen vor Schmutz. Selbst wenn ich meine Nase dagegengedrückt hätte, würde ich wohl kaum etwas von dem Inneren erkennen können. Ich durfte jedoch nicht zu forsch vorgehen, da die Möglichkeit bestand, dass sich Jack in seinem Versteck aufhielt. Ich wusste nicht, ob meine Magie ausreichte, um mein wahres Gesicht auch vor ihm zu verbergen – immerhin hatte er mich *erschaffen*.

Langsam näherte ich mich der ersten Tür und presste mein Ohr gegen das kalte Holz, um zu lauschen, ob Geräusche dahinter zu vernehmen waren. Ich hielt meinen Atem an, aber es war nahezu unmöglich, etwas anders als den Lärm von der Straße zu hören. Zögerlich klopfte ich an, nur um sogleich Schutz hinter einem leeren Fass zu suchen. Sollte Jack die Tür öffnen, wüsste ich zumindest, wo er zu finden war, und könnte wiederkommen, wenn ich mir sicher war, ihn nicht zu Hause anzutreffen.

Es tat sich nichts. Ich zählte die Sekunden, erst als sie zu einer Minute wurden, wagte ich mich wieder hervor. Dabei stolperte ich über ein verrostetes Stück Blech, das am Boden lag. Ein Wink des Schicksals?

Vorsichtig griff ich nach dem länglichen Gegenstand und wog es in meinen Händen. Damit könnte ich probieren, die Tür aufzustemmen. So morsch, wie sie war, würde es mir wahrscheinlich nicht sonderlich schwerfallen. Gegen die Einbruchsspuren konnte ich allerdings nichts machen. Wer immer hier lebte, wenn hier überhaupt jemand wohnte, würde wissen, dass sich ein anderer gewaltsam Zutritt verschafft hatte. Zugegeben, das wäre keine Seltenheit im East End. Die Gesetzeshüter würden die Meldung nicht einmal aufnehmen, wenn sie erfuhren, dass nichts gestohlen worden war, denn das Einzige, worum es mir ging, war Jacks Sammlung der Herzen. Sollte diese sich irgendwo hinter dieser Tür befinden, wäre alles andere unwichtig. Ich wäre frei.

Frei zu sterben.

Trotzdem hielt ich mich zurück, denn es bestand auch die Möglichkeit, dass sich jemand im Inneren aufhielt und mein Klopfen ignoriert hatte. Bevor ich einen Einbruch wagte, wollte ich es zuerst noch bei den beiden anderen Eingängen versuchen.

Die zweite Tür machte jedes brachiale Eindringen unnötig, denn jemand anderes war mir zuvorgekommen. Es brauchte nur einen leichten Hieb mit meiner Schulter und die Tür schwang knarrend nach innen auf. Auf den ersten Blick war ersichtlich: Hier lebte niemand. Holzstücke, die einst zu Möbeln gehört hatten, nun aber nicht mehr als solche zu identifizieren waren, säumten den Boden – dazwischen einzelne Stofffetzen und Abfälle. Alles Nützliche schien entwendet worden zu sein. Die Wände glänzten feucht unter schwarzen Ablagerungen. Eine Ratte flitzte über den Boden, während eine andere in meine Richtung fiepte, als würde sie sich über meine Anwesenheit beschweren.

In einer widersprüchlichen Mischung aus Erleichterung und Enttäuschung wich ich zurück. Das leer stehende Haus bewahrte mich davor, mehr als einen Einbruch begehen zu müssen, zugleich schränkte es die Wahrscheinlichkeit, fündig zu werden, ein.

Nervös trat ich auf den nächsten Hauseingang zu und klopfte gegen die Tür, ehe ich mich erneut versteckte. Es dauerte nicht lange und ein gedrungener Mann erschien im Türrahmen. Nicht Jack. Sein Gesicht trug den bekannten Missmut zur Schau, der sich im East End eingenistet hatte wie der Schimmel in den Gebäuden.

»Was?«, blaffte er übellaunig in die Gasse. »Schert euch davon, verlumptes Pack, hier gibt es nichts zu holen!«

Er wartete noch ein paar Atemzüge, dann schlug er grummelnd die Tür wieder zu. Wie es aussah, kam ich wohl um einen Einbruch nicht herum, wenn ich sichergehen wollte, dass sich in keiner dieser Behausungen mein Herz befand. Ich schloss meine Finger etwas fester um das Metallstück und wagte mich hinter dem Fass hervor. Es musste schnell und möglichst lautlos vonstattengehen, sonst würde der Bewohner des Nebenhauses noch auf mich aufmerksam werden.

Zielsicher rammte ich das Blech zwischen den Rahmen und die Tür und versetzte ihm einen beherzten Stoß. Mehr brauchte es nicht. Rostpartikel klebten an meinen Handinnenflächen, die ich an meinem Rock abwischte. Die Tür ächzte in ihren Angeln, als ich sie nach innen aufdrückte und eintrat.

Vielleicht war das der Moment, in dem ich hinter die wahre Identität des berüchtigten Jack the Ripper kommen würde. Mir war fast, als könnte ich mein Herz in meiner Brust pochen spüren, so aufgeregt war ich. Mit weichen Beinen ließ ich das Innere auf mich wirken. Ein schmaler, aufgeräumter Flur führte in eine Stube, deren Einrichtung sich auf das Nützlichste beschränkte. Vor einem kalten Holzofen standen zwei löchrige Sessel. Ein stabiler Holztisch mit vier Stühlen befand sich vor der Kochnische. Kartoffeln und Zwiebeln lagerten in einem Weidenkorb. Es blieb kein Zweifel mehr daran, dass diese Unterkunft bewohnt war, und somit wuchs auch das Risiko, dieser Jemand könnte jederzeit zurückkehren.

Eine schmale Treppe, eher eine Leiter, führte auf eine Empore, auf der ich ein Bett sowie eine Truhe für Kleidung ausmachen konnte. Das Holz knarzte unter meinem Gewicht, als ich einen Fuß auf die erste Stufe setzte. Vorsichtig wagte ich mich nach oben vor und entdeckte auf dem Nachttisch eine vergilbte Fotografie in einem Bilderrahmen. Sie zeigte einen Mann und eine Frau sowie ein kleines Kind. Alle drei kamen mir nicht bekannt vor. Hatte ich mich geirrt? Diente keines der Häuser als Jacks Zufluchtsort?

Ich wollte jedoch nicht vorschnell urteilen, deshalb begab ich mich zu der schweren Holztruhe, die am Fußende des Bettes stand. Behutsam öffnete ich den Deckel und tastete mich durch gefaltete Hosen, Hemden und Unterwäsche, die allesamt einem Mann zu gehören schienen. Es gab keine unheimlichen Einmachgläser, die Organe enthielten. Wenn oder falls Jack hier lebte, versteckte er seine geheimen Machenschaften gut. Zugleich hatte ich auch noch keinen Hinweis darauf gefunden, wie der Name des Bewohners lautete.

Von Nervosität getrieben, stieg ich die Treppe wieder hinab und sah mich nach einer Luke im Boden um, die womöglich in einen Keller hinabführte. Das erschien mir wie der ideale Platz, um etwas zu verbergen, das nicht jeder zu sehen bekommen sollte. Ich rollte sogar einen Teppich beiseite, trotzdem wurde ich nicht fündig. Deshalb beschloss ich, mich dem Küchenschrank zu widmen, der über mehrere Schubladen verfügte. In der ersten stieß ich auf Zündhölzer und Kerzen, die ich unbeachtet ließ. Die zweite entpuppte sich als hilfreicher, denn sie enthielt einige Briefe, die mir den Namen des Bewohners verrieten: Dave Grey.

War das der Name des Rippers, der London in Angst und Schrecken versetzte? Ich konnte es mir nur schwer vorstellen. Je mehr Zeit ich in dieser Bleibe verbrachte, umso unwahrscheinlicher schien es mir, meinem Herz auch nur einen Hauch näher zu kommen. Ich war in einer Sackgasse gelandet – im wahrsten Sinne des Wortes.

Entmutigt zog ich die nächste Schublade auf, doch noch bevor ich mir den Inhalt genauer ansehen konnte, verriet mir das Knarren der Dielen, dass ich nicht länger allein war. Erschrocken wirbelte ich herum und erblickte den Mann vom Nebenhaus, der nun im Besitz einer Pistole war, die er auf mich richtete.

»Hast du Drecksstück auch bei mir geklopft?«, fuhr er mich an. »Wolltest wohl austesten, ob jemand zu Hause ist, bevor du deine Finger lang machst.«

Beschwichtigend hob ich beide Arme. Die Tarnung meines Gesichts hatte ich beim Durchsuchen des Hauses nicht länger aufrechterhalten, sodass ich ihm nun mit meinem wahren Antlitz gegenüberstand. Es war zu spät, um etwas daran zu ändern, denn verschwimmende Gesichtszüge hätten den Mann womöglich erst recht dazu verleitet, auf mich zu schießen. »Das ist nicht, wonach es aussieht«, beteuerte ich lahm und war mir selbst darüber bewusst, dass ich kaum eine schlechtere Ausrede hätte vorbringen können. Obwohl es die Wahrheit war, klang es nach einer Lüge.

Der Mann grunzte ungläubig und wedelte mit der Waffe. »Hältst mich wohl für dumm. Ihr Weiber denkt doch alle, ihr bräuchtet nur mit euren Brüsten zu wackeln und schon wickelt ihr uns um den kleinen Finger. Nicht mit mir!« Energisch schüttelte er den Kopf. »Los, raus hier! Ich will Dave keine Sauerei hinterlassen. Blut kriegt man nicht so leicht weg.«

»Sir, ich habe nichts gestohlen«, beteuerte ich, wobei ich seiner Aufforderung nachkam und mich langsam auf die Tür zubewegte. »Sehen Sie sich doch um!«

Argwöhnisch ließ er seinen Blick umherschweifen, weil er mich für nicht mehr als eine Herumtreiberin hielt – lästig, aber ungefährlich. Er war nur kurz abgelenkt, in dem Moment stürzte ich mich auf ihn. Wäre ich noch am Leben gewesen, hätte ich mich das niemals getraut, doch ich hatte die Gewissheit, dass mir nichts geschehen konnte. Ich versuchte ihm die Pistole zu entreißen. So leicht machte er es mir aber nicht. Er hielt sie fest und gab nicht nach.

»Verdammtes Miststück«, beschimpfte er mich und holte mit seinem Schädel aus, während wir um die Waffe rangen. Seine Kopfnuss traf mich an der Schläfe. Ich spürte den Aufprall, doch jeglicher Schmerz blieb aus. Der Angriff schien dem Mann mehr zuzusetzen als mir, denn er kniff die Augen zusammen und schnaufte angestrengt. Mit voller Kraft trat ich ihm auf den Fuß, in der Hoffnung, sein Griff würde sich lockern, doch er schrie auf und betätigte den Abzug. Auf ein leises Klicken folgte im Bruchteil einer Sekunde ein ohrenbetäubender Knall. Die Patrone drang in meinen Bauch, aber fühlte sich nicht schlimmer an, als von jemandem gekniffen zu werden.

Qualm stieg auf, der den Mann die Nase runzeln ließ. Vermutlich lag der Geruch von Schießpulver in der Luft. Fassungslos starrte er von meinem Gesicht zu meiner Mitte. In meinem Mieder klaffte ein Loch, das einen Blick auf meine verletzte Haut freigab. Das Blut hätte nur so hervorströmen müssen, stattdessen begann sich die Wunde bereits zu schließen und die Kugel fiel klirrend zu Boden. Es kribbelte ein bisschen, mehr nicht.

Die Hand des Mannes zitterte, sodass es mir nun ein Leichtes war, ihm die Waffe zu entreißen. Entgeistert starrte er mich an. Meine Gesichtszüge, denen er zuvor kaum Beachtung geschenkt hatte, waren ihm plötzlich bekannt.

»Du«, presste er hervor, während er rückwärts taumelte. »Du bist eine von diesen Huren, die sich der Ripper geholt hat. Ich habe dein Bild in der Zeitung gesehen.« Er schüttelte den Kopf, als zweifelte er an seinem Verstand. »Du bist tot!«

»Nicht ganz«, gab ich zu und bewegte mich langsam auf den Ausgang zu, wobei ich ihn im Blick behielt und seine Waffe auf ihn richtete. Er konnte mir zwar nicht wehtun, aber ich wollte auch nicht von ihm gefesselt an die Gesetzeshüter ausgeliefert werden. Ihm meine Situation zu erklären, stellte eine Unmöglichkeit dar. Er hätte es nicht verstanden. Niemand würde das, der nicht selbst erlebt hatte, dass der Tod nicht unbedingt das Ende bedeutete.

»Was ist das für eine Teufelei?«, verlangte er zu erfahren. »Bist du eine Hexe?«

Ich hatte keine Ahnung, ob es einen Begriff dafür gab, was die anderen Frauen und ich waren. Geister? Untote? Nichts davon schien zu passen, weil wir keinem der Klischees entsprachen, die die alten Geschichten über Geschöpfe wie uns verbreiteten.

»Die Waffe kriegst du wieder. Ich lasse sie draußen liegen«, entgegnete ich ihm. »Folge mir nicht!«

Vielleicht hätte er das ohnehin nicht vorgehabt, aber es war besser, ihn davor zu warnen. Hastig drehte ich ihm den Rücken zu und schlüpfte aus der Tür. Ich holte tief Luft und meine Gesichtszüge verschwammen. Mit schnellen Schritten schob ich mich an dem Gitter vorbei und ließ die Pistole zurück. Als Fremde tauchte ich in dem Verkehr unter, der die Hanbury Street fest im Griff hatte. Gaslaternen spendeten spärliches Licht, um den Vorbeieilenden ein trügerisches Gefühl von Sicherheit zu vermitteln. Solange Jack the Ripper unter ihnen weilte, gab es keine Sicherheit.

Für niemanden.

14

Wir positionierten uns in einer der finsteren Gassen, die das Licht der Gaslaternen nicht erreichte. Nebel waberte durch die Straßen und trug mit sich den Geruch von Schwefel. Wie Schatten pressten wir uns an die Wand und harrten aus. Viele Gräueltaten ereigneten sich in der Dunkelheit, dort, wo Monster sich unbeobachtet fühlten. In dieser Nacht würde keine von uns zum Opfer werden. Wir waren es, die ihre Klauen in Form von Messern gewetzt hatten, und die Witterung nach einer leichten Beute aufnahmen. Erst raubte uns Jack unsere Leben, und nun verdammte er uns dazu, zu dem Gesocks zu werden, das die sogenannten vornehmen Leute seit jeher in uns gesehen hatten: Huren, Diebe, Verbrecher – für sie waren wir alle gleich.

Eine laute Gruppe gut gekleideter Männer, keiner älter als dreißig, schlenderte vorüber. Auch wenn ich den Alkohol in ihrem Atem nicht riechen konnte, hörte ich ihn in ihrem Gegröle und sah ihn in ihren ungelenken Bewegungen. Vermutlich kamen sie gerade von einer Party in einem Herrenhaus. Ich hegte keinen Zweifel daran, dass sie auf dem Weg zu einem Pub waren, um den Abend in weiblicher Gesellschaft ausklingen zu lassen. Es zog sie nicht zu Damen ihres Standes, die sie hätten umwerben müssen, um ihre Gunst zu erlangen. Im East End waren die Frauen käuflich. Jegliche Scham war hier nur eine Frage des Preises. Schmutzige Fantasien, die in ihren seidentapetenbezogenen Zimmern nicht ausgesprochen werden durften, konnten hier ausgelebt werden. Ich drückte meine Fingernägel in die Handballen, während der Zorn in mir wuchs.

Trotzdem ließen wir die Schnösel passieren, denn einer Gruppe fühlten wir uns nicht gewachsen. Die Beute wäre groß gewesen, das Aufsehen ebenso.

Kurze Zeit später passierten zwei Gesetzeshüter auf Patrouille die Straße. Es lohnte nicht, sie zu überfallen. Obwohl der Gedanke, sie einmal hilflos zu erleben, reizvoll war.

Schließlich näherte sich ein Mann mittleren Alters, der unbehaglich in die verwinkelten Gassen starrte und verstohlen einen Schluck aus einer Flasche nahm, um seinen Mut zu stärken.

»Den kenne ich«, flüsterte Polly rau. »Das ist ein Politiker. Er will die Hungerlöhne der Arbeiter abschaffen und sie stattdessen zum Eigentum der Fabriken erklären lassen. Sie sollen dann für ein Dach über dem Kopf und etwas zu essen schuften, ohne jegliches Selbstbestimmungsrecht. Das Ganze verkauft er als soziale Gerechtigkeit.« Sie spuckte vor sich auf die Pflastersteine. »Pah! Wenn es nach dem geht, sollen die Huren wahrscheinlich demnächst auch ohne Lohn die Beine breit machen. Der Dreckssack feilscht um jeden Pence, habe ich mir sagen lassen.«

»Wahrscheinlich ist er gerade auch auf dem Weg zu einem Pub«, mutmaßte Liz, die sich von Pollys Rage anstiften ließ. »Dort spielt er sich wie der große Mann auf, der als einziger weiß, wie die Welt funktioniert. Die Frau, die er sich aus der Menge pickt, soll sich geehrt fühlen, von einem wie ihm bestiegen zu werden.« Sie stieß ein hässliches Lachen aus. »Ein hart arbeitender Mann verdient schließlich ein bisschen Entspannung. Das sagen sie doch immer, nicht wahr?« Sie knirschte mit den Zähnen und ihre Kiefermuskulatur zuckte. »Das ist er! Dem erteilen wir eine Lektion und leeren ihm die Taschen.«

»Allein sein Zylinder ist wahrscheinlich so einiges wert«, pflichtete Annie ihr bei, während ich in stiller Zustimmung nickte. Es gefiel mir nach wie vor nicht, jemanden auszurauben, aber ich sah keine andere Möglichkeit, um an genug Geld zu kommen, damit Jack uns nicht in hüllenlose Geister verwandelte. Wenn ich diesen schmalen Grat der Rechtschaffenheit schon überschreiten musste, dann sollte es wenigstens jemanden treffen, der seinen Reichtum mit der Ausbeutung anderer erwirtschaftete.

Einzig Catherine blieb skeptisch. »Wie stellen wir das an?«

Polly schnalzte mit der Zunge und nahm zärtlich Catherines Kinn zwischen Daumen und Zeigefinger. »Schätzchen, einer Schönheit wie dir wird er nicht widerstehen können. Sprich ihn an und lock ihn zu uns. Wir wollen schließlich nicht unnötig Aufmerksamkeit erregen!«

Catherine starrte sie erst entsetzt an und schluckte gegen den Kloß in ihrer Kehle, dann nickte sie ergeben. »In Ordnung«, willigte sie ein. »Was ist mit meinem Gesicht? Soll ich es verbergen?«

Ihre Gesichtszüge begannen bereits zu verschwimmen, als Polly entschieden den Kopf schüttelte und sie wieder losließ. »Nein, das wäre ein Jammer! Was macht es schon, wenn er dich erkennt? Erzähl ihm irgendeine Geschichte, die ihn neugierig macht.«

Einen Moment zögerte Catherine noch, dann drehte sie uns den Rücken zu und stolperte auf die Straße – dem Politiker mehr oder weniger direkt vor die Füße.

»Gott sei Dank«, schluchzte sie theatralisch und klammerte sich an einen Arm des Mannes.

Erst wich er zurück, kurz davor, sie abzuschütteln, dann fiel sein Blick auf ihr Gesicht, nur um augenblicklich tiefer zu wandern. Catherine trug keinen Schal, der ihr Dekolleté hätte verdecken können. Seitdem wir die Kälte nicht mehr spüren konnten, dienten Stoffe nur der Aufrechterhaltung von Normalität.

»Nur ruhig, Miss«, versuchte er sie zu beruhigen. »Was machen Sie denn so spärlich bekleidet hier draußen? Sie holen sich noch den Tod!« Er schien sie nicht zu erkennen, obwohl er ihr Bild gewiss in der Zeitung gesehen hatte.

»Dem Tod bin ich nur knapp entkommen, Sir«, entgegnete Catherine verzweifelt und blickte sich nach allen Seiten um, als würde sie verfolgt. »Haben Sie von dem Whitechapel-Mörder gehört?«

»Natürlich«, echauffierte sich der Politiker. »Jeder weiß von dem Dämon, der in dieser Gegend sein Unwesen treibt.«

»Ich war seine Gefangene«, platzte es aus Catherine heraus. »Über Wochen! Ich konnte fliehen, aber er hat noch eine andere Frau in seinem Lager. Bitte, Sir, helfen Sie mir!«

Der Mann schwieg und musterte Catherine eingehend. Spätestens jetzt müsste sie ihm bekannt vorkommen. So glaubhaft sie ihm auch ihre Geschichte vorgetragen hatte, hinkte sie an dem kleinen, aber entscheidenden Detail, dass die Gesetzeshüter ihre Leiche gefunden hatten. Eine Verwechslung war ausgeschlossen. Catherine konnte nicht mehr am Leben sein – keine von uns.

Ein bestürzter Ausdruck zeigte sich auf der Miene des Mannes. »Armes Ding«, murmelte er. »Gott hat sich deiner erbarmt. Ich muss weiter, aber ich kann dich beim Polizeirevier absetzen. Sollen die sich darum kümm–«

»Dafür ist keine Zeit!«, unterbrach sie ihn. »Der Mörder wird zurückkommen, und wenn er sieht, dass ich verschwunden bin, wird er meine Freundin töten! Bitte, Sir, lassen Sie das nicht zu! Dieser Mann ist ein Feigling, der sich nur an wehrlosen Frauen vergeht. Jemandem wie Ihnen ist er nicht gewachsen.« Ihr Griff um seinen Arm verstärkte sich, und sie sah vertrauensselig zu ihm auf. »Stellen Sie sich nur mal vor, wie die Presse Sie feiern wird, wenn Sie den Mörder von Whitechapel gefasst haben, wozu nicht einmal die Gesetzeshüter fähig waren. Sie wären ein Held!«

Ihre Schmeicheleien zeigten Wirkung, denn er stellte sich etwas aufrechter hin und straffte die Schultern. »Nun …«

Catherine ließ ihn gar nicht erst zu Wort kommen. »Ganz London wird für immer in Ihrer Schuld stehen, Sir.« Mit der Hand wanderte sie von seinem Arm zu seiner Brust. »Und ich auch.«

Das überzeugte ihn, und er ließ ein resigniertes Seufzen verlauten. »Ist es weit?«

»Gar nicht. Es ist direkt in dieser Gasse.« Vage deutete sie in Richtung unseres Versteckes. »Folgen Sir mir!«

Anerkennend zollte ich Catherine Respekt für ihre Darbietung. Es schien ihr mühelos zu gelingen, in jede beliebige Rolle zu schlüpfen und sich von ihrem wahren Selbst zu lösen. Das war die einzige Möglichkeit, um in unserem Gewerbe zu überstehen. Wir boten den Freiern nicht uns, sondern lediglich unsere Körper an. Unsere Seelen blieben unberührt, zumindest redeten wir uns das ein.

Sobald Catherine dem Politiker den Rücken zugewandt hatte, entspannten sich ihre Züge, und ein kaum wahrnehmbarer Hauch eines triumphierenden Lächelns legte sich auf ihre Lippen.

Aber es war zu früh zum Jubilieren. Die eigentliche Arbeit lag noch vor uns. Polly zückte ihr Messer und nickte uns zu, damit wir uns bereithielten.

Catherine lotste den Mann in die Gasse.

»Jetzt!«, befahl Polly.

Wir stießen uns von der Wand ab und umzingelten den Politiker. Für ihn gab es kein Vor und Zurück. Seine Augen weiteten sich vor Furcht.

»Im Namen des Herrn, was soll das?«, brüllte er. »Hilfe! Jemand muss mi–« Seine Worte gingen in einem lauten Quieken unter, als Liz ihm einen Boxhieb auf die Nase verpasste. Blut strömte hervor, und er stolperte mit weichen Knien zurück – direkt gegen Polly. Sie stieß ihn zu Boden und stürzte sich auf ihn. Wir wussten alle aus schmerzhaften Erfahrungen, wo der Körper am empfindlichsten war: Leiste, Kehle und Brust, dort, wo das Herz direkt unter der Oberfläche schlug. Seines raste, während unsere verstummt waren. Polly prügelte auf ihn ein, als wäre er verantwortlich für jedes Leid, das ihr im Leben widerfahren war. Ihr Zorn war wie etwas Lebendiges, blindwütig und hungrig. Annie kam ihr zu Hilfe und trat ihm in die Rippen. Allein hatte sich keine von uns je gegen einen Mann zur Wehr setzen können, aber zusammen waren wir stark. Bevor die anderen ihn noch bewusstlos schlugen, zückte ich mein eigenes Messer, kauerte mich vor ihm nieder und hielt ihm die Klinge an den Hals.

»Du wirst jetzt still sein«, warnte ich ihn nachdrücklich.

Keuchend sog er Luft ein, aber gab keinen weiteren Ton von sich. Das Weiß seiner Augen leuchtete in der Dunkelheit. »Wer zur Hölle seid ihr?«, herrschte er mich an.

Seine Frage war geradezu komisch, und ich konnte mir ein süffisantes Grinsen nicht verkneifen. »Mich überrascht, dass du meine Freundin nicht erkannt hast«, entgegnete ich ihm mit tödlich ruhiger Stimme. »Ich weiß, für Männer wie dich sind wir alle gleich. Frauen ohne Wert. Huren. Jetzt ist es für dich an der Zeit zu zahlen, Politiker. Gib uns, was uns zusteht, und wir lassen dir dein Leben.«

Sein Blick huschte ängstlich zwischen uns umher. Zum ersten Mal schien er nicht nur unsere Körper zu sehen, sondern sich die Mühe zu machen, unsere Gesichter zu betrachten. Die Erkenntnis ließ ihn erbleichen. »Bei den Toten«, stieß er aus. »Ihr seid die Opfer des Rippers, die …«

»Richtig«, fiel ich ihm ins Wort. »Wir sind tot, und demnach haben wir nichts mehr zu verlieren. Also halt still, während meine Freundinnen deine Taschen ausräumen, damit machst du es uns allen leichter.«

Ich nickte Catherine zu, die sich sogleich an die Arbeit machte. Ein Teil der Habe des Mannes war im Gerangel bereits zu Boden gefallen, aber sein Münzbeutel war immer noch an seinem Bund festgegürtet. Catherine nahm ihm sein Geld ab und schnappte sich außerdem seine Taschenuhr und einen großen Ring, den er an einem Finger trug. Zum Schluss fischte sie seinen Zylinder vom Boden auf und setzte ihn sich auf den Kopf.

Die Augen des Politikers glühten vor Hass. »Das werdet ihr bereuen«, versprach er. »Eure Seelen werden für die Ewigkeit in der Hölle schmoren.«

»Schon möglich«, räumte ich ein. »Dummerweise wirst du niemandem davon erzählen können, wenn sie dich nicht für wahnsinnig halten sollen. Wer würde dir schon glauben, dass du von fünf toten Frauen ausgeraubt worden bist?« Ich gab ein abfälliges Lachen von mir, in das die anderen einfielen. Drohend hielt ich ihm mein Messer direkt unter die Nase. »Du bleibst in dieser Gasse und zählst bis hundert. Erst danach kommst du raus und suchst das Weite. Verstanden?«

Der Politiker zögerte, nickte dann aber einmal. Sosehr ich mich im Vorfeld davor gescheut hatte, einen Überfall zu begehen, genoss ich nun das berauschende Gefühl, das sich in meinem Inneren ausbreitete. Die Angst in den Augen des Mannes fühlte sich gut an, besser, als ich je geahnt hätte. Nie zuvor hatte ich erlebt, dass sich jemand vor mir fürchtete, stets war ich es gewesen, die um ihr Leben hatte bangen müssen.

Mit warnenden Mienen entfernten wir uns von unserem Opfer und ließen es in der Dunkelheit zurück. Schnellen Schrittes eilten wir durch die Straßen.

»Ob er uns wohl verrät?«, gab Dark Annie zu bedenken, als wir die Dorset Street fast erreicht hatten.

Polly schüttelte nur den Kopf. »Dafür ist er viel zu stolz. Kein Mann würde freiwillig zugeben, von Frauen ausgeraubt worden zu sein, schon gar nicht von toten.«

»Das hat gut funktioniert, nicht wahr?« Catherine wirkte genauso überrascht wie ich. Ihre Wangen glühten rosig, als flösse tatsächlich noch Blut durch ihren Körper, angepumpt von einem Herz in ihrer Mitte.

»Dabei wird es nicht bleiben«, erwiderte Liz und grinste verschwörerisch in die Runde. »Soll ich euch etwas verraten? Ich freue mich schon auf das nächste Mal! Es hat so verdammt gutgetan, diesen Mistkerl wimmern zu hören.«

»Meine Rede, Mädels«, lachte Polly auf und hakte sich bei mir unter. »Wenn es nach mir gegangen wäre, hätten wir ihn ausbluten lassen wie ein Schwein.«

Augenblicklich verspannte ich mich in ihrer Nähe. Das war es, wovor ich mich gefürchtet hatte: dass es Polly und den anderen nicht reichen würde, den Männern nur ihr Geld abzuknöpfen. Macht war berauschend – ich hatte es gerade selbst gespürt. Sie verleitete einen schnell zu unüberlegten Handlungen und verlangte stets nach mehr. Mehr Beute. Mehr Gewalt. Mehr Blut.

»Es geht uns doch nur darum, das Geld aufzutreiben, das Jack fordert, richtig?«, hakte ich nach und blickte in die Runde. »Dafür müssen wir niemanden töten.«

»Mir gefällt die Vorstellung, dass er sich in Zukunft von dunklen Gassen fernhalten wird«, ergänzte Annie und wirkte zum ersten Mal, seit ich sie kannte, zufrieden. »Vielleicht haben wir aus ihm einen besseren Menschen gemacht.«

»Übertreib mal nicht«, höhnte Liz und schlüpfte durch die Tür des Handwarenladens, den wir mittlerweile erreicht hatten. Annie und Catherine folgten ihr. Als ich mich von Polly lösen wollte, um mich den anderen anzuschließen, hielt sie mich zurück. Ihr Griff war nicht grob, aber unmissverständlich.

»Warte kurz, Mary«, bat sie mich. »Es gibt da etwas, worüber ich gern mit dir reden würde.«

Unbehagen breitete sich in mir aus, das ich ihr nicht zu zeigen versuchte. »Nur zu«, forderte ich sie auf und stellte mich ahnungslos. Konnte es sein, dass sie irgendwie von meinem Bündnis mit Abberline erfahren hatte?

»Heute haben wir als Gemeinschaft agiert, so wie es sein sollte. Ich weiß, du hast auch Gefallen daran gefunden, obwohl du das wahrscheinlich nicht zugeben würdest.« Sie reckte ihr Kinn vor – eine Rechtfertigung? »Manchmal erweckst du den Eindruck, als würdest du dich für etwas Besseres halten, dabei sind wir alle gleich.«

»Es tut mir leid, wenn ich dir dieses Gefühl vermittelt habe«, entschuldigte ich mich bei ihr und meinte es aufrichtig. »Du hast recht, wir sind gleich, und trotzdem gehen wir mit der Situation unterschiedlich um. Ich verurteile dich nicht für deinen Weg, es ist nur nicht meiner.«

»Das sehe ich genauso«, stimmte sie mir überraschend zu, doch etwas an der Art, wie sie mich ansah, verriet mir, dass sie noch nicht fertig war. »Du bist für mich wie eine Schwester, Mary, die das Schicksal mir geschenkt hat. Ich fühle mich euch allen verbunden, deshalb habe ich Jack auch nicht gesagt, dass du den Brief an die Bobbys geschrieben hast.« Sie fixierte mich mit ihren dunklen Augen, und ein Engegefühl breitete sich in meiner Kehle aus. Catherine war also nicht die Einzige, die mich durchschaut und gedeckt hatte. Wahrscheinlich ahnten auch Liz und Annie, dass ich hinter dem Brief steckte. Würde ihre Loyalität mich weiterhin schützen, sollten sie je von dem Bündnis mit Abberline erfahren?

»Danke, das weiß ich zu schätzen«, brachte ich mühsam hervor.

»Ich gehe davon aus, es ging nur darum, deinen Liebhaber aus dem Gewahrsam zu bekommen«, fuhr sie fort. Es war unnötig, sie darauf hinzuweisen, dass Joseph nur ein Freund für mich gewesen war. »Sollte ich jedoch feststellen, es steckt mehr dahinter und du agierst gezielt gegen Jack, werde ich nicht dabei zusehen. Du magst seine Motive anzweifeln, aber letztlich verdanken wir ihm alle eine zweite Chance. Es bleibt dir überlassen, was du daraus machst, begehe nur nicht den Fehler, die Hand zu beißen, die dich füttert.«

Ich bekam keinen Ton heraus und schüttelte nur den Kopf.

Zufrieden mit meiner Reaktion, löste Polly ihre Hand von meinem Arm und schenkte mir ein versöhnliches Lächeln. »Genug geplaudert, lass uns zu den anderen gehen und unseren Sieg feiern!« Sie drehte mir den Rücken zu und verschwand ins Innere des Geschäfts. Ergriffen von einer inneren Kälte blieb ich fröstelnd zurück und schlang mir die Arme um den Oberkörper. So sanft Pollys Worte auch formuliert gewesen waren, ließ sich die Drohung in ihnen nicht leugnen. Ich musste vorsichtig sein, wenn ich nicht als Geist enden wollte.

Die Euphorie, die ich während des Überfalls empfunden hatte, verrauchte schnell – zurück blieb ein schlechtes Gewissen. Es tat mir nicht um den Politiker leid, sondern um meinetwillen. Jack hatte mich dazu gebracht, etwas zu tun, von dem ich mir geschworen hatte, mich nie dazu zu erniedrigen. Es machte mir Angst, wozu er mich noch treiben könnte. Was, wenn ich irgendwann nicht mehr den Unterschied zwischen Richtig und Falsch würde erkennen können wie Polly?

Obwohl ich nicht wirklich zu neuen Erkenntnissen über die Identität des Rippers gelangt war, sah ich es als meine Pflicht an, Abberline über die Entwicklung zu informieren. Es musste einen Grund dafür geben, warum Jack damit begann, Geld anzuhäufen. Er brauchte es für irgendetwas Bestimmtes – einen Plan, in den er die anderen und mich noch nicht eingeweiht hatte.

Außerdem sehnte ich mich danach, mit einem Menschen zu sprechen, der nicht tot war. Vielleicht war es auch ein bisschen Kontrolle, die mich mit veränderten Gesichtszügen in die Nähe des Polizeireviers trieb. Seitdem ich Abberline vor ein paar Nächten betrunken nach Hause begleitet hatte, war ich nicht mehr bei ihm aufgetaucht. Zum einen hielt mich die Scham wegen meiner eigenen Taten von ihm fern, zum anderen wollte ich nicht erleben, wie er erneut abstürzte. Je länger ich jedoch fortblieb, umso eher könnte bei ihm der Eindruck entstehen, er hätte sich unsere Begegnung nur eingebildet – dem Seidenschal zum Trotz.

Als ich ihn am Abend aus dem Backsteingebäude treten sah, gab ich mich nicht direkt zu erkennen, sondern hielt mich in den Schatten verborgen. Ich wollte sehen, wo er hinging, wenn er sich unbeobachtet fühlte. Heimlich folgte ich ihm durch die Gassen, immer in der Erwartung, er würde den nächsten Pub aufsuchen. Zu meinem Erstaunen führte sein Weg jedoch direkt nach Hause. Das war nicht unbedingt ein Beweis für seine Nüchternheit, immerhin könnte er sich auch dort einen Wein oder Schnaps genehmigen, aber es war ein gutes Zeichen.

Davon ermutigt, klopfte ich nur wenige Minuten später gegen seine Wohnungstür. Wenige angespannte Sekunden später öffnete er die Tür einen schmalen Spaltbreit und spähte misstrauisch nach draußen. Er bekam wohl nicht oft Besuch. Als er mich sah, runzelte er die Stirn.

»Miss Kelly?«, hakte er verunsichert nach.

Erst da wurde mir bewusst, dass ich noch ein fremdes Gesicht trug, und löste den Zauber auf. Seine Augen weiteten sich schockiert, als er dabei zusah, wie meine Gesichtszüge verschwammen. Er schüttelte den Kopf, als könnte er so das Bild wieder aus seinem Kopf vertreiben.

»Wollen Sie mich nicht reinbitten?«, zog ich ihn schmunzelnd auf. Ich erinnerte mich noch gut daran, wie entsetzt ich gewesen war als ich das erste Mal Pollys Wandlung beobachtet hatte. Davon konnte einem leicht schwindelig werden.

Verblüfft nickte er nur, gab den Eingang frei und schlurfte zurück in die Stube. Er trug noch seine Stiefel und hatte sich lediglich seiner Uniformjacke entledigt, die er über einen Stuhl gehängt hatte. Im Kamin brannte kein Feuer – dafür stand auf dem Tisch eine Flasche Gin, mit der er sich zu wärmen gedachte. Ihr Anblick verärgerte mich, denn sie bestätigte mich in meiner schlimmsten Befürchtung. Das Wissen um meine Existenz motivierte ihn keinesfalls, sondern schien ihm eher noch mehr Anlass zum Alkoholkonsum zu bieten.

Er folgte meinem Blick und fuhr sich verlegen mit der Hand in den Nacken. »Darf ich Ihnen auch etwas anbieten?« Er stockte. »Oder können Sie auch nichts mehr trinken?« Ich hatte ihm erzählt, dass ich nicht mehr auf Nahrung angewiesen und mein Temperaturempfinden erloschen war, deshalb war seine Frage durchaus berechtigt.

»Ich könnte«, räumte ich ein. »Aber es hätte keine Wirkung auf mich.« Geistesabwesend zuckte er mit den Schultern und machte sich daran, die Flasche zu entkorken. »Das sollte er auf Sie auch nicht haben«, konnte ich mir nicht verkneifen, schnippisch hinterherzusetzen.

Er hielt in der Bewegung inne und musterte mich argwöhnisch. »Ich wüsste nicht, was Sie das angeht.«

Bestimmt beugte ich mich vor und nahm demonstrativ das Glas an mich, das er sich bereits parat gestellt hatte. »Ich sehe uns als Partner, Mister Abberline. Es ist sowohl in meinem als auch Ihrem Interesse, dass Sie bei klarem Verstand sind.« Als ich auch noch nach dem Gin greifen wollte, entzog er mir die Flasche.

»Verzeihen Sie mir, dass er mir schwerfällt, mich der Tatsache zu stellen, von einer Toten belehrt zu werden«, knurrte er eingeschnappt. »Um ehrlich zu sein, hatte ich mir etwas mehr von unserer Zusammenarbeit erhofft. Stattdessen haben Sie sich tagelang nicht blicken lassen. Das ließ mich etwas an unserem Bündnis zweifeln.«

Versuchte er gerade mir die Schuld für seine Trunksucht zu geben? Das ließ ich mir gewiss nicht gefallen! »Es würde Ihnen deutlich leichterfallen, den Unterschied zwischen Realität und Traum zu erkennen, wenn Sie weniger trinken würden«, konterte ich herausfordernd.

Meine Rüge entlockte ihm nur ein schiefes Lächeln. »Was ist schon viel? Jemand, der sich nur einmal die Woche ein Glas genehmigt, empfände es als zu viel, wenn jemand sich jeden Abend ein paar Schlückchen gönnen würde. Wiederum wäre dieser Jemand entsetzt über einen, der seinen Tag mit dem ersten Ale beginnt. Es gibt kein einheitliches Maß, wenn es um den Verzehr von Alkohol geht. Der eine Mensch verträgt mehr als der andere.«

Für mich klang das nach einer faulen Ausrede. »Es ist zu viel, wenn Sie nicht mehr ohne können, Inspektor.« Nachdrücklich hielt ich seinem Blick stand, bis er wegsah.

»Ich könnte jederzeit aufhören«, behauptete er und löste seine Finger von der Ginflasche. Obwohl wir einander nicht kannten, fühlte sich dieses Gespräch vertraulich an. Es war nicht unsere erste Unterhaltung, auch wenn ich nicht wusste, an wie viel er sich von unserer letzten erinnerte, immerhin war er stockbesoffen gewesen.

»Warum tun Sie es dann nicht?«, forderte ich ihn heraus. Ich konnte keinen Komplizen gebrauchen, der einen Mörder entkommen ließ, weil er im entscheidenden Moment nicht einen Fuß vor den anderen setzen konnte.

»Was soll das?«, empörte er sich beleidigt. »Sicher haben Sie zu Ihren Lebzeiten selbst gesoffen. Mir ist noch keine nüchterne Prostituierte begegnet.« Es war die typische Reaktion eines Menschen, der sich angegriffen fühlte, und das zu Recht. Trotzdem kränkten mich seine Worte mehr, als ich erwartet hätte. Ich war es gewohnt, von Leuten verurteilt zu werden aufgrund meines Äußeren und meiner Lebensweise. Er lag ja nicht einmal falsch damit. Dennoch hätte ich mir gewünscht, er wäre anders und würde mehr in mir sehen als eine tote Hure.

Ich schluckte meinen Ärger hinunter und besann mich auf das Wesentliche. Es war unbedeutend, was Abberline von mir dachte, solange wir dasselbe Ziel verfolgten. »Das habe ich, viel zu oft und viel zu viel«, räumte ich ein, um ihm zu zeigen, dass ich mich ihm nicht überlegen fühlte, sondern ihn verstehen konnte. »Aber bekommen ist es mir nicht. Für mich ist es zu spät, um mein Verhalten zu ändern, Sie haben noch eine Chance. Während wir hier stehen, könnte Jack bereits die nächste Frau töten. Um ihn aufzuhalten, benötigen Sie einen klaren Verstand. Sie sollen weder an sich noch an mir zweifeln. Schaffen Sie das?«

Mein Eingeständnis und meine direkte Wortwahl versöhnten ihn. Verlegen fuhr er sich durch sein braunes Haar, das sich an den Enden wellte. »Sie würden nicht einmal merken, wenn ich etwas getrunken hätte«, spottete er, woraus ich schloss, dass er auch jetzt nicht vollkommen nüchtern war. Sein Blick glitt zu dem Gin.

Eher unbewusst drehte ich mich zu seinem Nachttisch um und entdeckte neben der Fotografie meinen Seidenschal. Abberline hatte erst seine Mutter und dann seine Ehefrau verloren. Beide hatten es vorgezogen, sich umzubringen, statt in einer Welt mit ihm zu leben.

Solche Erlebnisse ließen wohl keinen kalt und konnten selbst die stärksten Seelen zerbrechen. Er hatte niemanden, der ihn zu Hause erwartete. Der Alkohol füllte die Leere in seinem Herzen.

»O doch, das würde ich, seien Sie sich da sicher! Es gehört zu meinen unsterblichen Fähigkeiten, Lügen zu erkennen«, log ich schamlos, immerhin diente es dem Guten.

Überrascht musterte er mich, schien jedoch zu keinem Schluss zu kommen. Wenn Tote wiederauferstehen konnten, lag es durchaus im Bereich des Möglichen, dass diese über ein besonderes Gespür für Unwahrheiten verfügten.

»Gut«, seufzte er gedehnt. Es war nicht unbedingt eine Einwilligung, aber ich fasste es als solche auf. »Ich werde keinen Alkohol zu mir nehmen, ist es das, was Sie hören wollten?«

»Es ist ein Anfang«, entgegnete ich mit einem zufriedenen Lächeln und nahm den Gin an mich. Sicher war er nicht der einzige Alkohol, den er zu Hause hatte, doch es konnte nicht schaden, die Flasche aus seinem Sichtfeld zu entfernen.

»Sind Sie hergekommen, um mir eine Standpredigt zu halten oder haben Sie mir auch noch etwas anderes mitzuteilen?« Mürrisch ließ er sich auf dem Stuhl nieder und sah zu mir empor. Dunkle Schatten lagen unter seinen braunen Augen, die mir seine Erschöpfung verrieten. Es musste hart sein, in einem Fall von öffentlichem Interesse zu ermitteln und keine nennenswerten Fortschritte vorweisen zu können. Sicher machten ihm seine Vorgesetzten Druck.

Seine Frage erinnerte mich an den eigentlichen Grund für meinen Besuch. »Jack hat irgendetwas Großes vor«, gestand ich ihm und ließ mich ihm gegenüber nieder.

Das weckte augenblicklich sein Interesse. »Glauben Sie, er plant einen weiteren Mord?«

»Gut möglich, bei ihm weiß man nie«, seufzte ich gequält. »Aber das meine ich nicht. Er fängt an, Geld zu sammeln, obwohl das für ihn zuvor kein Thema war. Er sagt, er bräuchte es für die Finanzierung der Revolution.« Ich rollte mit den Augen, um deutlich zu machen, was ich von seiner Behauptung hielt. »Ich denke, es hat mit dem anstehenden Maskenball der Königin zu tun.« Absichtlich ließ ich unerwähnt, *wie* Jack an Geld gelangte. Abberline sollte mich nicht auch noch für eine Diebin halten – eine Hure war schlimm genug. Sein Bild von mir war ohnehin nicht das beste. Wenn er von dem Überfall erfuhr, würde es ihm schwerfallen, mir zu vertrauen. Wer wollte schon gemeinsame Sache mit einer Verbrecherin machen?

»Hat er je gesagt, wie er auf den Ball gelangen will?«, erkundigte sich der Inspektor. »Es wird dort eine Vielzahl von Wachen geben, an denen er sich nicht einfach vorbeischleichen kann. Die Gäste werden zudem beim Einlass streng kontrolliert.«

»Nein, er lässt die anderen und mich über seine genauen Pläne im Dunklen und weiht uns erst ein, wenn es so weit ist. Wir sind nicht seine Komplizen, Inspektor Abberline, sondern seine Soldaten.«

»Sie wären nicht die ersten Soldaten, die ihre Waffen gegen ihren Befehlshaber richten«, murmelte er nachdenklich.

Wenn es doch nur so einfach wäre, dachte ich betrübt. Solange Jack unsere Herzen hatte, konnten wir nichts gegen ihn ausrichten. Sollte er je erfahren, dass ich mit einem Inspektor gesprochen hatte, würde er mir sofort meine körperliche Präsenz nehmen. Ich könnte Abberline von der Drohung erzählen, aber das würde nichts ändern.

»Ist es möglich, Karten für den Ball zu kaufen?«, hakte ich stattdessen nach. »Für eine hohe Summe natürlich.«

»Nein.« Der Inspektor schüttelte entschieden den Kopf. »Die Einladungen sind personalisiert.«

»Wofür braucht er dann das Geld?«, überlegte ich laut. »Vielleicht will er jemanden bestechen.«

Abberline hielt meinen Blick, und ich konnte sehen, wie es hinter seiner hohen Stirn arbeitete. Irgendetwas ließ ihm keine Ruhe, allerdings zögerte er noch, sich mir mitzuteilen. »Einige meiner Kollegen haben die Befürchtung, es könnte sich bei dem Ripper um eine Persönlichkeit von hohem Rang und Einfluss handeln. So jemand wäre in der Lage, sich das Schweigen anderer zu erkaufen und eventuelle Beweise verschwinden zu lassen.«

Meinen Lippen entwich ein spöttisches Schnauben. Das würde der feinen Gesellschaft ähnlichsehen! Wenn Jack einer der ihren war, würden sie alles daransetzen, dies nicht publik werden zu lassen. Jacks großer Rubin, den er für alle sichtbar zur Schau trug, legte die Vermutung eines gewissen Wohlstands nahe. Seine Ambitionen, für ein gesellschaftliches Gleichgewicht zu sorgen, widersprachen dem, dennoch ließ sich die Annahme nicht komplett von der Hand weisen.

»Sind Sie diesem Verdacht je nachgegangen?« Eine Verhaftung in den höheren Kreisen wäre ein Skandal gewesen, und mir war nichts darüber bekannt.

»Wir haben ein paar Überprüfungen angestellt und ein paar Personen, vor allem Ärzte oder Menschen mit anatomischen Kenntnissen, überprüft, ohne Ergebnis.« Mir entging nicht sein Zähneknirschen. Er wusste besser als ich, wie heikel es sein konnte, Leute mit Einfluss falscher Verdächtigungen zu beschuldigen. Ohne Beweise waren ihm in gewisser Weise die Hände gebunden.

»Ihr wusstet nicht, nach wem ihr suchen solltet«, zeigte ich mich verständnisvoll. »Jack ist gut darin, Menschen zu manipulieren und sich zu verstellen. Außerdem kanntet ihr nicht sein Gesicht.«

Fassungslos starrte er mich an und schlug sich dann mit der flachen Hand gegen die Stirn. »Aber Sie kennen es!«, entfuhr es ihm, und er riss aufgeregt die Augen auf. »Sie haben vollkommen recht! Warum bin ich darauf nicht früher gekommen?« Er lachte ungläubig auf. »Sie können mir zwar nicht Ihr Versteck verraten, aber Sie können mir sagen, wie er aussieht.« Als würde er unter Strom stehen, griff er nach meinen Händen und hielt sie fest. »Wären Sie bereit, einem Zeichner eine Beschreibung abzugeben?«

In seiner Miene las ich, dass er kein Nein akzeptieren würde. Er glaubte an einen Durchbruch. Wenn er erst einmal das Gesicht des Mörders kannte, würde ihn nichts davon abhalten können, diesen zu ergreifen. Das war es, was wir beide wollten. Nur deshalb hatte ich mich an ihn gewandt. Sobald Abberline wusste, wer Jack war, hätte dieser Spuk ein Ende. Warum erfüllte mich dieser Gedanke nicht mit derselben Euphorie wie ihn?

»Würde sich der Zeichner nicht wundern, woher ich weiß, wie Jack the Ripper aussieht?«, wandte ich zögerlich ein.

»Nicht, wenn wir den Mann, den Sie beschreiben, eines anderen Verbrechens beschuldigen«, sprudelte es aus Abberline hervor. Er ließ mich wieder los, ging unruhig auf und ab und raufte sich seine dunklen Haare.

»Was für ein Verbrechen?«

Aufgeregt wirbelte er wieder zu mir herum. »Besitzt Jack irgendeinen teuren Gegenstand? Vielleicht eine Taschenuhr?«

Der Rubin. Natürlich. »Er trägt einen roten Edelstein an einer Goldkette!«, rief ich aus. Rückblickend schämte ich mich für meine Oberflächlichkeit in der Nacht meines Todes. Wäre ich Jack entkommen, wenn ich mich nicht von seinem vermeintlichen Wohlstand hätte blenden lassen?

»Wunderbar!«, fand Abberline zufrieden. »Dann lassen wir ihn wegen Schmuckdiebstahls suchen! Wir pflastern ganz London mit seinem Gesicht voll! Er wird sich nirgendwo mehr blicken lassen können, ohne erkannt zu werden. Was halten Sie davon?«

Es war ein Durchbruch. Eine erste reelle Chance, meinen Mörder zu überführen. Trotzdem fürchtete ich mich vor diesem Schritt. Abgesehen von dem einen Brief an die Polizei und meinen Gesprächen mit Abberline hatte ich bisher nichts aktiv gegen Jack unternommen – nichts, was er gezielt zu mir zurückverfolgen konnte. Sobald er ein Plakat von sich entdeckte, würde er wissen, dass jemand aus seinem engsten Kreis ihn verraten hatte. Wie lange würde es dauern, bis er auf mich kam?

Ob Abberline mich verstehen würde, wenn ich ihm erklärte, was dabei für mich auf dem Spiel stand? Zum ersten Mal sah ich so etwas wie Hoffnung in seinen Augen aufleuchten. Sie ließ die Schatten, die seine Seele überzogen, beinahe verblassen. Seine Haltung war aufrecht und nicht gebeugt von den Verlusten in seinem Leben. Ich brachte es nicht über mich, ihn zu enttäuschen.

»Einen Versuch ist es wert«, willigte ich ein – wohl wissend, dass ich mich damit vielleicht zu einer Ewigkeit als ruheloser Geist verdammte.

Der Inspektor ließ keine Zeit verstreichen, sondern bestand darauf, dass ich ihn direkt zu dem Phantombildzeichner begleitete, der außerhalb des East End wohnte. Vermutlich fürchtete er, ich könnte es mir anders überlegen. Außerdem blieb uns nur noch etwas mehr als eine Woche bis zum königlichen Maskenball, wenn wir Jack the Ripper zuvor enttarnen wollten.

Es erleichterte mich, dass der Zeichner uns trotz der späten Stunde in seinem Haus empfing und ich nicht auf dem Polizeirevier aussagen musste. Zwar schützte mich meine Magie davor, erkannt zu werden, aber die Gegenwart der Gesetzeshüter hätte mich nervös gemacht. Der Phantombildzeichner war Ende dreißig und hatte eine sympathische Ausstrahlung. Sein kurzes blondes Haar kringelte sich auf seinem Kopf, und eine runde Brille mit schmalem Gestell zierte seine von Sommersprossen gesäumte Nase. Als er mir zur Begrüßung die Hand schüttelte, musterte er mich eingehend. »Sie haben ein sehr interessantes Gesicht«, verkündete er erstaunt.

Ich lachte verlegen auf. Meine veränderten Gesichtszüge kribbelten vor Nervosität. »So?«

»Bitte verzeihen Sie«, entschuldigte er sich höflich. »Mein Beruf bringt es mit sich, dass ich Gesichter nicht in ihrer Gesamtheit betrachte, sondern auf Einzelheiten und Proportionen achte. Ihres entspricht nicht unbedingt der Norm, was keinesfalls heißen soll, Sie wären keine hübsche Erscheinung.« Er schenkte mir ein versöhnliches Lächeln, das ich erwiderte. Ihm fielen die Ungereimtheiten zwar auf, nie käme er jedoch auf die Idee, es könnte sich bei meiner

Nase nicht um meine eigene, sondern eine Illusion handeln. Das würde allem widersprechen, was er wusste.

Wir ließen uns in seiner Stube nieder, die von mehreren flackernden Kerzen erhellt war, und seine Gattin servierte uns Tee. Im Kamin brannte ein knisterndes Feuer. Obwohl ich seine Wärme nicht spüren konnte, breitete sich ein Gefühl der Behaglichkeit in mir aus. Aus alter Gewohnheit schüttete ich einen gehäuften Teelöffel Zucker in mein dampfendes Getränk und rührte es bedächtig um.

»Sie sind also auf der Suche nach einem bösen Buben«, kam er direkt zum Punkt und sah von mir zu Abberline. »Um was für ein Verbrechen handelt es sich?«

»Ein Juwelendieb«, antwortete dieser sogleich. »Er hat ein sehr wertvolles Erbstück einer angesehenen Dame entwendet, für die Miss Kelly als Dienstmädchen arbeitet. Sie hat den Dieb auf frischer Tat ertappt, aber konnte ihn nicht aufhalten, weil er sie mit einem Messer bedrohte. Dem Herrn sei Dank, griff er sie nicht an.«

Ich setzte einen betroffenen Gesichtsausdruck auf und presste mir eine Hand auf die Brust, als durchlebte ich erneut die Panik dieses beängstigenden Augenblicks. Es war nicht einmal verdächtig, dass Abberline meinen richtigen Nachnamen verwendete, denn er war weitverbreitet. Die besten Lügen orientierten sich nah an der Wahrheit. Niemals hätte der Phantombildzeichner uns geglaubt, mir wäre dieses wertvolle Schmuckstück entwendet worden, deshalb hatten wir eine wohlhabende Lady erfunden.

Der Mann schien keinerlei Zweifel an unserer Geschichte zu haben – warum sollte er auch? Er griff nach seinem Block und einem Crayon.

»Miss Kelly, bitte erzählen Sie mir, woran Sie sich erinnern. Bitte wundern Sie sich nicht, dass ich immer wieder nachfragen werde. Zusammen versuchen wir das Bild aus Ihrem Kopf auf Papier zu bringen. Einverstanden?«

Er sprach sehr respektvoll mit mir. Ob er das auch getan hätte, wenn er gewusst hätte, dass ich eine Prostituierte und kein Dienstmädchen war? Ich wollte ihm nichts unterstellen, denn er wirkte durchweg anständig, aber ich konnte den Gedanken nicht abschütteln, weil ich es gewohnt war, von anderen verurteilt zu werden.

Zum Zeichen meines Einverständnisses nickte ich und rief mir Jacks Gesicht vor mein inneres Auge. Zuerst beschrieb ich sein Alter und seine Statur, danach versuchte ich mich auf seine Haare zu konzentrieren, was nicht leicht war, weil ich ihn meist nur mit einem Zylinder gesehen hatte. Der Zeichner hörte mir geduldig zu, wobei er erste Umrisse auf seinem Block skizzierte, die er mir vorlegte, um zu erfahren, ob sie mit meiner Erinnerung übereinstimmten. Ohne zu murren, veränderte er Striche oder setzte noch einmal von vorn an, wenn es Differenzen gab. Er stellte mir viele Fragen zu jedem Detail. Nach und nach nahm Jack immer mehr Gestalt auf seinem Papier an. Es war beeindruckend zu sehen, wie zielstrebig der Mann arbeitete.

Schließlich war er fertig und legte mir das vollendete Porträt vor. »Entspricht diese Zeichnung dem Mann, den Sie gesehen haben?«

»Es ist, als hätte er Ihnen Modell gestanden«, lobte ich staunend sein Werk.

»Bezahlen könnte er mich zumindest«, witzelte der Zeichner und sah zu Abberline als kleinen Wink mit dem Zaunpfahl. Dieser reagierte jedoch nicht auf ihn, sondern starrte wie gebannt auf das Bild. Seine Lippen waren fest aufeinandergepresst und traten weiß hervor, während seine Augen vor Schreck geweitet waren.

»Ist er Ihnen bekannt?«, hakte ich überrascht nach. Vielleicht gehörte Jack tatsächlich zu den Verdächtigen, die der Inspektor schon befragt hatte. Meine falsche Aussage würde zwar nicht genügen, um ihn festzunehmen, aber die Gesetzeshüter könnten sein Haus auf den Kopf stellen, bis sie einen Beweis finden würden, wie zum Beispiel Herzen in Einmachgläsern. Auch der Zeichner musterte Abberline eingehend, voller Spannung, ob sein Bild den Täter überführen würde.

Nur zögerlich löste sich der Inspektor aus seiner Starre und schüttelte den Kopf. »Nein, leider nicht. Er ist nur älter, als ich ihn mir vorgestellt habe.«

Seine Antwort passte nicht zu seiner Reaktion. Es lag nicht nur an dem Alter. Ich hatte Jack gegenüber Abberline als Anfang sechzig beschrieben, das passte auch zu seiner Darstellung auf der Zeichnung.

Unser Gastgeber bemerkte auch diese Widersprüchlichkeit. »Sicher?«, fragte er noch einmal nach. »Sie müssen bedenken, dass kleine Abweichungen durchaus möglich sind. Unser Verstand verändert unsere Erinnerungen, und selbst Gesichter, die wir nur eine Stunde zuvor gesehen haben, verblassen wieder.«

»Ganz sicher«, behauptete Abberline entschieden und riss seinen Blick von der Zeichnung los. »Ich habe diesen Mann noch nie gesehen!«

Der Zeichner betrachtete ihn misstrauisch, erkundigte sich aber nicht weiter. Warum hatte Abberline das Bild so entsetzt angesehen, wenn er den Mann darauf nicht kannte? Oder log er?

Der Künstler steckte das Porträt in eine Ledermappe, die er Abberline überreichte. »Ich hoffe, Sie finden den Mann!«

»Ihre Zeichnung wird uns dabei behilflich sein«, versicherte ihm Abberline. »Stellen Sie Ihre Rechnung wie üblich ans Revier.« Zum Abschied schüttelten sie sich die Hände, ehe uns der Zeichner zur Tür begleitete. Gaslaternen, die spärlicher würden, je näher wir dem East End kämen, erhellten die Straße. Die Nacht war angebrochen, und all jene Verbrecher, die die Helligkeit des Tages mieden, waren aus ihren Schlupflöchern hervorgekrochen gekommen. Zählte Abberline mich auch zu diesen Schattengeschöpfen? Hätte er mich überhaupt angehört, wenn ich als lebender Mensch zu ihm gekommen wäre?

Der Inspektor sagte nichts, sondern stapfte den Bürgersteig entlang – die Mappe mit dem Porträt fest unter den Arm geklemmt. Er wirkte verärgert, auch wenn ich mir nicht erklären konnte weshalb.

Ich hielt mit ihm Schritt, ohne sein Ziel zu kennen. »Kam Ihnen der Mann von der Zeichnung wirklich nicht bekannt vor oder wollten Sie nur nichts vor dem Künstler sagen?«, brach es aus mir hervor, weil ich die Ungewissheit nicht länger aushielt.

»Nein, ich habe ihn noch nie gesehen«, wiederholte er, was er bereits dem Phantombildzeichner gesagt hatte. Allerdings schlich sich ein gereizter Unterton in seine Stimme. Zudem blickte er stur geradeaus, anstatt mich anzusehen. Er log, ich verstand nur nicht weshalb. Ich könnte behaupten, meine untoten Fähigkeiten verrieten mir, dass er nicht die Wahrheit sagte. Doch ich befürchtete, er würde mir nur eine andere Lüge auftischen, wenn er sich von mir bedrängt fühlte. Warum vertraute er mir nicht? Seinetwegen hatte ich in diese Aktion eingewilligt und mich dadurch einem viel größeren Risiko ausgesetzt, als ihm auch nur bewusst war – verdiente ich da nicht wenigstens die Wahrheit? Aber wie die meisten Männer, die ich kennengelernt hatte, interessierte er sich wohl nicht für meine Befindlichkeiten, nachdem er von mir bekommen hatte, was er wollte.

»Dann trennen sich unsere Wege wohl wieder«, entfuhr es mir gekränkt. Das brachte ihn dazu, erst langsamer zu gehen und schließlich innezuhalten. Er drehte sich zu mir um und musterte mein verändertes Gesicht. Die Härte wich aus seinem Blick und machte Reue Platz.

»Ich kenne diesen Mann wirklich nicht. Er hat mich nur an jemanden erinnert«, räumte er ein. »Aber er kann es nicht sein. Das ist unmöglich!«

»Warum?«, wollte ich mit gerunzelter Stirn wissen. Meine Wahrnehmung hatte mich nicht getäuscht. Es kam mir eher vor, als versuchte Abberline, sich selbst etwas vorzumachen.

»Dieser Jemand ist tot, schon seit vielen Jahren.«

»Das ist kein Grund!«, widersprach ich ihm energisch. »Sehen Sie mich an! Ich bin auch tot, und trotzdem führen wir dieses Gespräch und spazieren zusammen durch London.«

Abberline ließ sich nicht umstimmen. Er schüttelte nachdrücklich den Kopf. »Halten Sie es denn für möglich, dass Jack the Ripper tot ist? Bisher hatten Sie nicht diesen Eindruck!«

Der Punkt ging an ihn, trotzdem war ich nicht bereit aufzugeben. »Okay, vielleicht ist Jack nicht der Mann, den Sie kannten, aber er könnte mit ihm verwandt sein, was die Ähnlichkeit erklären würde. Sie sollten diesem Verdacht nachgehen! Wie ist der Name des Mannes, an den die Zeichnung Sie erinnert hat?«

»Das ist nicht von Bedeutung«, wich er mir aus. »Ich muss mich so schnell wie möglich darum kümmern, dass die Bilder gedruckt und in der Stadt verteilt werden. Zuvor muss ich meinen Vorgesetzten dazu bringen, eine Belohnung für Hinweise zu einem Diebstahl auszusetzen, den es nicht gegeben hat. Kommen Sie zu mir, wenn Sie etwas Neues wissen, ja?«

Enttäuschung und Wut kämpften in mir gleichermaßen um die Vorherrschaft. Es tat weh, von ihm ausgeschlossen zu werden, zugleich fühlte ich mich von seiner Zurückweisung gedemütigt. Als wir zusammen den Zeichner aufgesucht hatten, war bei mir der Eindruck entstanden, wir könnten mehr als Verbündete sein – ein Team. Er hatte mich ernst genommen und mich behandelt, als wären wir einander ebenbürtig, nur um jetzt wieder von oben herab mit mir zu sprechen. Zum ersten Mal machte mir die Aussicht, dass Jack gefasst werden könnte, Angst. Ihm stand die Todesstrafe bevor. Was würde, bis diese vollstreckt war, aus den anderen und mir werden? Könnten wir uns im Besitz unserer Herzen auch weiterhin unter den Lebenden bewegen oder würde ohne Jack die Magie erlöschen, die uns in dieser Welt hielt?

Abberline schien nichts davon zu interessieren – ihm ging es nur darum, einen Mörder zu fassen. Ich durfte ihm das nicht vorwerfen, immerhin kannten wir einander nicht, aber ich wünschte mir, es wäre anders. Mir lag etwas an ihm, nicht nur, weil er meinen Fall lösen sollte, sondern auch an ihm als Mensch, der zu viel Dunkelheit in seinem Leben hatte ertragen müssen. Es war für mich neu, mit einem Mann auf ein gemeinsames Ziel hinzuarbeiten, das nichts mit Körperlichkeit zu tun hatte – ich fand Gefallen daran. Es gab meiner Existenz einen Sinn. Umso mehr schmerzte es jetzt, von ihm abgewimmelt zu werden, als wäre ich lediglich eine Informantin, ein Mittel zum Zweck.

»Dann werde ich nicht länger Ihre wertvolle Zeit verschwenden, Inspektor«, entgegnete ich knapp und wechselte die Straßenseite, ehe er etwas erwidern konnte. Ein Teil von mir wartete darauf, dass er mich zurückrief oder mir nachkam, aber als ich einen Blick über die Schulter warf, war er bereits davongeeilt. Sollte ich nach meinem Tod tatsächlich noch erfahren, wie es war, wenn die eigene Zuneigung nicht erwidert wurde? War ich nicht schon genug bestraft?

Den nächsten Tag verbrachte ich damit, durch die Straßen des East End zu streifen und besorgt Ausschau nach Plakaten mit Jacks Gesicht zu halten. Wenn er selbst eines davon zu sehen bekäme, würde sein Weg unweigerlich zum Handwarenladen führen. Ich konnte mich nicht vor ihm verstecken und fürchtete mich vor der Konfrontation. Er würde nicht wissen, dass ich dafür verantwortlich war, aber ich konnte nicht einschätzen, wie weit die Loyalität der anderen reichte. Polly hatte mir immerhin schon angedroht, mich zu verraten, sollte ich etwas gegen Jack unternehmen. Wie würde es sich wohl anfühlen, meine körperliche Präsenz zu verlieren?

Erst als die Dämmerung heraufzog, wagte ich mich zurück in die Dorset Street. Fast empfand ich Erleichterung darüber, dass mir noch ein Tag Aufschub gewährt worden war. Als ich mich auf der zerfetzten Couch in der Stube niederließ, kam Catherine hinzu und setzte sich neben mich. »Er ist da«, wisperte sie mir aufgeregt zu. Hatten die Plakate womöglich doch noch einen Weg an die Öffentlichkeit gefunden oder trieb Jack ein anderes Anliegen zu uns? Unser Überfall auf den Politiker lag zwei Tage zurück. Obwohl sein Münzbeutel prall gefüllt gewesen war, mussten wir noch mehr Pfund auftreiben, um Jack die geforderte Summe aushändigen zu können. Kam Jack früher als erwartet, um unsere vermeintliche Schuld einzutreiben? Das Lächeln, das Catherines Lippen umspielte, irritierte mich.

»Wer?«, hauchte ich zurück. Vor den verrammelten Fenstern des Handwarenladens streiften Nachtschwärmer umher: manche eilig, andere beschwipst.

»Albert.« Sie sprach seinen Namen aus, als wäre er eine Offenbarung. Eine nervöse Vorfreude stand ihr ins Gesicht geschrieben. »Ich habe das Gerücht aufgeschnappt, im *Queen's Head* soll sich ein Adliger aufhalten. Das ist *unser* Pub. Es muss einfach Albert sein. Ich bin mir ganz sicher.« Vor Aufregung überschlug sich ihre Stimme beinahe, und sie presste sich eine Hand auf die Brust, als spürte sie seine Anwesenheit an der leeren Stelle, wo sich einst ihr Herz befunden hatte.

»Na, dann sollten wir uns wohl besser beeilen, damit er nicht ohne uns verschwindet«, erwiderte ich mit einem verschwörerischen Grinsen und erhob mich. Was ich nicht sagte, war, dass ich befürchtete, er könnte mit einer anderen gehen.

Catherine hakte sich bei mir unter, als wir auf die Dorset Street hinaustraten. »Wie sehe ich aus?«, erkundigte sie sich. Sie hatte ihr Gesicht verändert: Ihre Nase war etwas größer, umrahmt von niedlichen Sommersprossen, und ihre Lippen weniger voll.

»Hinreißend wie eh und je«, schmeichelte ich ihr und versetzte ihr einen sanften Stoß in die Seite. »Erkennen wird er dich trotzdem nicht.« Ich tat es ihr gleich und ließ ebenfalls meine Gesichtszüge verschwimmen.

Die Klänge des *Queen's Head* schallten bis auf die Straße hinaus. Es war eine wilde Mischung aus Gelächter, Gegröle und dem Spiel einer Geige, die in der Lautstärke beinahe unterging. Vor dem Eingang hatte sich eine Menschentraube gebildet, weil es im Inneren bereits so voll war. Wir schoben uns an einer fünfköpfigen Männergruppe vorbei, die uns aufforderte, ihnen Gesellschaft zu leisten, weder Catherine noch ich reagierten darauf. Einer der Männer hielt mich am Ärmel meiner Bluse zurück.

»Hey, ich rede mit dir«, fuhr er mich lallend an. Er lachte, um seinen Worten die Schärfe zu nehmen, doch seine Kränkung war nicht zu übersehen. Es kam mir vor, als könnte ich seine Gedanken hören: *Wie kann sie es wagen, mich zu ignorieren? Für wen hält sich diese Hure?*

Ruhig, aber bestimmt streifte ich seine Hand von meinem Arm. »Fass mich nicht an«, wies ich ihn zurecht, was die anderen Männer dazu veranlasste, ihren Kumpan auszulachen. Sein Gesicht lief rot an, ob vor Scham oder Wut, konnte ich nicht sagen. Vielleicht war es auch eine gefährliche Mischung aus beidem.

Beschwichtigend hob er seine Hände. »Dachte, du wolltest dir etwas verdienen«, nuschelte er, als bestünde kein Zweifel an meiner Käuflichkeit.

Es lag mir auf der Zunge, zu erwidern, dass ich lieber verhungern würde, als meine Zeit mit ihm zu verschwenden, aber dadurch hätte er sich wohl dazu genötigt gefühlt, seinen Stolz vor seinen Kollegen zu verteidigen. Fast sehnte ich mich nach Pollys Anwesenheit, so sehr ich ihre Brutalität sonst auch verabscheute. Ich war nicht auf Streit aus, deshalb ließ ich es damit auf sich beruhen und folgte Catherine in das Innere. Sie reckte ihr Kinn empor, das etwas spitzer zulief als bei ihrem eigentlichen Gesicht, und hielt Ausschau nach ihrem Prinzen. Überall waren Menschen, was die Suche erschwerte. Das entmutigte Catherine jedoch nicht. Wie ein Spürhund, der eine Witterung aufgenommen hat, bewegte sie sich zielstrebig durch die Menge.

Als wir an der Bar vorbeikamen, ließ ich meinen Blick über die Gäste schweifen, die sich um die Theke versammelt hatten. Abberlines dunklen Haarschopf entdeckte ich nicht unter ihnen. Einerseits war ich froh, weil das dafürsprach, dass er sich an unsere Vereinbarung, keinen Alkohol mehr bis zu Lösung des Falls zu trinken, hielt. Andererseits hätte ich ihn gern gesehen, mir fehlte jedoch der Mut, ihm einen Besuch abzustatten. Er hatte sich klar ausgedrückt: Solange ich keine neuen Informationen für ihn hatte, brauchte ich mich nicht bei ihm blicken zu lassen.

Ich hatte es kaum für möglich gehalten, aber plötzlich hielt Catherine inne und zupfte mich am Ärmel. »Dahinten ist er«, flüsterte sie und deutete zu einer Sitzecke, in der drei Männer mit zwei Frauen saßen. »Das ist *unser* Stammplatz.«

Ich verstand sie kaum, doch das Funkeln in ihren Augen verriet mir alles. Ich betrachtete die Gruppe etwas genauer. Es war nicht schwer, den Prinzen unter den Personen auszumachen. Seine Kleidung mochte zwar jener seiner beiden Begleiter gleichen, aber es war die Art, wie er seinen Kopf erhoben trug, die ihn enttarnte.

Er war mit der Erwartung aufgewachsen, dass andere sich vor ihm verneigten. Sein blondes Haar fiel ihm vor seine hohe Stirn, als er in sein leeres Bierglas sah. Keine Ringe zierten seine Finger, doch seine Haut war frei von jeglichen Schwielen, wie sie für Männer des East End üblich waren. Unter seinen Nägeln hatte sich nicht einmal etwas Schmutz angesammelt. Körperliche Arbeit musste ihm gänzlich fremd sein. Er war so rein wie ein Neugeborenes.

»Was soll ich jetzt tun?«, zischte Catherine mir zu. Nervös fuhr sie sich mit den Händen über ihr verändertes Gesicht.

»Sprich ihn an und versuch ihn wegzulocken«, riet ich ihr, woraufhin sie energisch den Kopf schüttelte.

»Er wird mich an meiner Stimme erkennen!«

Das bezweifelte ich, denn er würde nicht erwarten, von einer Toten angesprochen zu werden, die zudem ein fremdes Gesicht trug. Ihre Stimme würde ihm höchstens bekannt vorkommen, mehr nicht.

Flehentlich sah Catherine mich an. »Kannst du ihn nicht dazu bringen, mit dir rauszugehen? Ich kann dort auf euch warten und dann dazukommen.«

Ihre Bitte hatte etwas Widersprüchliches, denn bei einem unserer vorherigen Gespräche hatte sie noch die feste Überzeugung vertreten, Alberts Trauer um sie sei zu groß, um sich auf eine andere einzulassen – sei es auch nur für eine Nacht. Hatte sie ihre Meinung, jetzt, wo sie ihn hier in Gesellschaft von zwei jungen Damen sah, geändert?

»Ich bin mir sicher, er würde eher auf dich als mich anspringen, immerhin hast du schon einmal sein Interesse geweckt«, versuchte ich ihr gut zuzureden, doch sie ließ sich nicht umstimmen.

»Bitte, Mary!«, drängte sie mich. »Bist du je einem Mann begegnet, der dir widerstehen konnte?«

Nicht zu meinen Lebzeiten, dachte ich zerknirscht und verspürte einen Stich in der Brust bei der Erinnerung an den vergangenen Abend und Abberlines schroffe Abweisung. Resigniert rollte ich mit den Augen. Um ehrlich zu sein, hatte ich in den letzten Jahren wenig mit Männern zu tun gehabt, die an mehr als meinem Körper interessiert gewesen waren. Albert bildete da gewiss keine Ausnahme, trotzdem missfiel es mir, auf mein Äußeres reduziert zu werden. Catherine sollte das verstehen, auch wenn sie es nicht böse gemeint hatte.

»Na gut«, gab ich nach. »Warte in der Gasse, rechts vom Pub.«

Erleichtert strahlte sie mich an und drückte meine Hand, ehe sie sich durch die Menge zum Ausgang schob. Ich konnte das Gefühl, ihr Lächeln würde in dieser Nacht erlöschen, nicht abschütteln, als ich mich dem Tisch mit den fünf Personen näherte.

»Einen guten Abend den Herren«, sprach ich die Gruppe an, wobei ich die anwesenden Frauen wissentlich ignorierte, was nicht unbedingt höflich, aber üblich in unserem Gewerbe war. Ich stützte mich mit den Händen auf dem feuchten Tisch ab und beugte mich ein Stück zu ihnen vor, wodurch meine Oberweite von meinem Mieder in Szene gerückt wurde. Die Jahre auf den Straßen des East End hatten mich gelehrt, meinen Körper als Mittel zum Zweck einzusetzen.

Die Anwesenden sahen neugierig zu mir. »Guten Abend«, erwiderte Albert meinen Gruß und lehnte sich erwartungsvoll auf der Bank zurück. Ich suchte in seinem Gesicht vergeblich nach Anzeichen von Trauer. Ganz im Gegenteil: Ein vorwitziges Grinsen umspielte seine Mundwinkel.

»Du hast das Mitleid meiner Freundin und mir geweckt, weil du wie das fünfte Rad am Wagen in dieser Runde wirkst«, behauptete ich frech. Meiner Erfahrung nach mochten Männer, die das East End aufsuchten, Frauen mit losem Mundwerk, weil es eine erfreuliche Abwechslung zu den adligen Damen bot, denen Demut gelehrt wurde.

Das schalkhafte Funkeln in seinen Augen verriet mir, ich hatte mit meiner Einschätzung richtiggelegen. »Und wo ist deine Freundin? Oder ist sie etwa unsichtbar?«

»Sie ist schüchtern, deshalb hat sie mich vorgeschickt, um dich aus deinem Elend zu erretten.« Ich konnte die feindseligen Blicke der beiden anwesenden Frauen auf mir spüren, aber sie unternahmen keinen Versuch, um den möglichen Freier bei sich zu halten. Vielleicht lag es daran, dass immer noch zwei für sie übrig blieben, da ich ihnen lediglich einen der drei abspenstig machen wollte.

»Mein Elend?« Er hob die Augenbrauen und lachte laut. »Und wie stellt ihr euch vor, mich zu erretten?«

Ich beugte mich noch etwas weiter in seine Richtung und streichelte mit meiner Hand über seine Wange. »Eigentlich ist es genau andersherum. Wir hoffen, du bist Manns genug, um es mit uns beiden aufzunehmen. Wir sind unzertrennlich, musst du wissen, und die meisten sind damit überfordert. Du auch?«

Der Einladung zu einer *Ménage-à-trois,* wie die Franzosen eine Liebe zu dritt nannten, konnten die wenigsten Männer widerstehen. Das war mein Trumpf.

Erregung spiegelte sich in dem erhitzten Gesicht des Prinzen, als er meine Hand berührte. »Und was soll mich das Vergnügen kosten?«

In gespielter Empörung griff ich mir an die Brust. »Für was hältst du mich! Ich bin eine Dame von Ehre, ebenso wie meine Freundin. Kannst du etwa nicht mit einer Frau umgehen, die weiß, was sie will, und es sich nimmt?«

Das war zu gut, um wahr zu sein. Jedes Wort von mir war treffsicher gewählt. Eine Scharade, um die Fantasie eines jeden Mannes dieses überfüllten Pubs zu beflügeln. Das sollte dem Prinzen zu denken geben, aber meine Versprechungen hatten ihn bereits eingewickelt. Es war längst zu spät für ihn, um noch einen klaren Gedanken fassen zu können.

»Ihr habt genau den Richtigen gefunden«, beteuerte Albert selbstbewusst, als er sich von seinem Platz erhob. Seine beiden Begleiter machten Anstalten, ebenfalls aufzustehen, doch der Prinz gab ihnen mit einem knappen Handzeichen zu verstehen, dass sie hier auf ihn warten sollten. Glücklich wirkten sie nicht darüber. Ihre düsteren Mienen hellten sich erst auf, als die beiden Damen näher zu ihnen rückten und sich dadurch unwissentlich zu meinen Komplizinnen machten.

»Sieht deine Freundin genauso gut aus wie du?«, war alles, was Albert wissen wollte, als er mir durch den Schankraum folgte.

»Noch besser«, gurrte ich vielversprechend. »Sie ist blond.«

Sollte ich bedauern, wie enttäuscht er sein würde, wenn er den wahren Grund für meine Anwesenheit erfuhr?

Nein.

Sobald wir das *Queen's Head* verlassen hatten, schlang Albert von hinten seine Arme um meine Taille und drückte mich an sich. Auch wenn sich alles in mir dagegen sträubte, stieß ich ein heuchlerisches Kichern aus und ließ ihn glauben, ich würde seine Nähe genießen und wäre genauso von Vorfreude erfüllt wie er.

»Meine Freundin wartet in der Gasse. Wir sind gleich da«, raunte ich ihm verführerisch zu und nahm ihn bei der Hand. Seine Finger waren feucht vor Schweiß.

Erwartungsvoll fuhr Catherine zu uns herum, als Schritte sie aufhorchen ließen. Wie ein braves Hündchen hatte sie gewartet, um sich von mir ihrem vermeintlichen Herrchen übergeben zu lassen. Ein Herrchen, das sie ohne Skrupel an den nächsten Laternenpfahl binden und einfach verschwinden würde. Die Erkenntnis würde sie zutiefst verletzen, aber sie war unausweichlich.

Voller Hingabe lächelte sie ihn an und kam uns entgegen. Sie zog ihn in eine herzliche Umarmung. »Albert«, seufzte sie glücklich seinen Namen, als sie ihre Wange an seine Schulter schmiegte.

Irritiert wich er vor ihr zurück und hielt sie eine Armeslänge auf Abstand. »Woher weißt du, wie ich heiße?«

Sie lachte, als hätte er einen Scherz gemacht, und verschränkte ihre Hände in seinem Nacken. »Liebling, erkennst du mich denn nicht?«

Erst runzelte er verständnislos die Stirn, dann weiteten sich seine Augen, als er sah, wie ihre Gesichtszüge zu verschwimmen begannen. Innerhalb von Sekunden stand ihm eine andere Frau gegenüber. Eine, die er sehr gut kannte.

Entsetzt befreite er sich aus ihrer Umklammerung und taumelte rückwärts gegen die Wand in seinem Rücken. »Nein, das ist unmöglich!«, stieß er aus und erbleichte. »Mir wurde versichert, du wärst tot!«

Das klingt, als hätte er ihren Tod gewollt, schoss es mir bestürzt durch den Kopf, doch Catherine bemerkte seine Wortwahl gar nicht.

Verzweifelt überbrückte sie die Distanz zwischen ihnen und krallte sich flehentlich in seine Jacke. »Das ist nur ein Missverständnis. Ich bin immer noch hier, Liebling! Freust du dich denn gar nicht, mich zu sehen?«

Er kniff die Augen zusammen und schüttelte den Kopf, als handelte es sich bei ihr um nicht mehr als eine Erscheinung, erzeugt von zu viel Alkohol. Sie verschwand nicht, sondern blieb, wo sie war.

Hilfe suchend sah er sich zu mir um. Auch ich hatte meine Maske der Anonymität abgestreift. Mein Gesicht war das einer Toten, das selbst ihm aus der Presse bekannt sein dürfte.

»Was ist das für ein Komplott?«, verlangte er zu erfahren und befreite sich ein weiteres Mal aus Catherines Griff. Er machte ein paar Schritte auf mich zu, als wollte er in den Pub zurückkehren, um seine Begleiter zu Hilfe zu holen. Entschieden versperrte ich ihm den Weg.

»Albert«, jammerte Catherine verzweifelt und kam ihm nach. »Ich verstehe, wie erschreckend das für dich sein muss, bitte lass es mich erklären!« Es gab keine Erklärung, die er verstehen könnte, doch Catherine schien gehofft zu haben, er würde auch keine brauchen. Alles, was für ihn zählen sollte, war sie.

Lebendig. Mehr oder weniger.

»Was willst du mir erklären?«, blaffte er und wirbelte zu ihr herum. Ich konnte in seinen Augen keinerlei Zuneigung erkennen, nur Verachtung und … Furcht. Catherines Gegenwart machte ihm Angst. Warum?

Sie hob erneut die Hände, um ihn zu halten, aber ließ sie wieder hängen. Entkräftet. »Wir lieben uns doch und können immer noch zusammen sein«, klagte sie. Ihre Hoffnung war alles, was ihr blieb, und sie klammerte sich daran wie an einen Grashalm im Wind. Es tat mir weh, sie so zu sehen.

Verdutzt musterte er sie, dann brach er in schallendes Gelächter aus – jedes hässliche Glucksen kam einem Schlag ins Gesicht gleich. »Ich bin der Thronfolger von England«, prahlte er mit stolzgeschwellter Brust. »Glaubst du wirklich, eine Hure könnte die nächste Königin werden?«

Ihre flache Hand traf mit einem Knall auf seine Wange. Innerlich jubilierte ich und gratulierte ihr dazu, dass sie zumindest um einen letzten Rest ihrer Würde kämpfte. »Das ist, was du mir versprochen hast. Du hast damit angefangen. Du warst es, der mir erzählt hat, er könne sich ein Leben ohne mich nicht vorstellen. Deine Liebe hast du mir geschworen!« Ihr Schluchzen war herzzerreißend, aber ihre Wangen blieben trocken. Keine Träne floss aus ihren blauen Augen.

Albert schnaubte herablassend. »Jemand wie du weiß doch, dass das nur Worte für den Augenblick waren. Gewiss bin ich nicht der erste Mann, der dir Versprechen gemacht und sie nicht gehalten hat. Wir hatten eine schöne Zeit, sie begann und endete, wenn ich das Etablissement verließ.«

Vor Wut ballte ich meine Hände zu Fäusten. Wegen Männern wie ihm zog Polly jede Nacht auf Rachefeldzug. Auch eine Krone auf seinem Kopf würde nicht ändern, dass er Abschaum war.

Zutiefst verletzt schlang sich Catherine die Arme um den Leib, um das Zittern ihrer aufgewühlten Emotionen unter Kontrolle zu halten. Sie bebte am ganzen Körper vor Schmerz. »Du warst der erste Mann, den ich geliebt habe!«, brüllte sie ihm die Wahrheit, eine für sie unumstößliche Wahrheit ins Gesicht. »Ich liebe dich, Albert!«

Ihre Seelenqualen waren unübersehbar, den Prinzen ließen sie kalt. »Du liebst meinen Reichtum und meinen Status, nicht mehr«, spie er ihr entgegen. »Verkauf mich nicht für dumm, Catherine.«

Sie wand sich unter seinen Worten und schüttelte immer wieder den Kopf. Am liebsten wäre ich zu ihr gegangen, hätte meine Arme um sie geschlungen und diesem Dreckskerl seine Nase gebrochen. Aber ich riss mich zusammen – um ihretwillen. Das war ihr Kampf, und sie musste ihn allein ausfechten, wie auch immer er ausgehen würde.

»Das ist nicht wahr!«, verteidigte sie sich aufgebracht. »Ich liebte auch das Kind, das ich von dir unter meinem Herzen trug. Bedeutet dir das denn gar nichts?« In einer liebevollen Geste streichelte sie sich über den Bauch, trauerte um das ungeborene Leben noch mehr als um ihr eigenes.

Sein Gesicht verzog sich vor Abscheu. »Du hättest niemals schwanger werden dürfen! Damit hast du alles kaputtgemacht«, warf er ihr vor und deutete mit erhobenem Zeigefinger auf sie. »Niemals hätte ich mir die Schmach eines Bastards gegeben!«

Ich hoffte, sie würde ihm noch eine runterhauen für diese Unverschämtheit. Eine einzige Ohrfeige war für einen Dreckskerl wie ihn längst nicht genug. Sie starrte ihn nur wie vor den Kopf gestoßen an. Die Augen groß vor Schreck. »Was soll das heißen?«

Unruhig begann Albert auf und ab zu laufen und raufte sich sein glattes blondes Haar. »Als ich von deiner Schwangerschaft hörte, habe ich den königlichen Leibarzt alarmiert und ihn losgeschickt, um sich des Problems anzunehmen. Aber bevor er sich um dich kümmern konnte, hat sich bereits ein anderer deiner entledigt.« Er knirschte mit den Zähnen. »Das war jedenfalls, was er mir berichtete.«

Catherine starrte ihn an, als hätte er ihr soeben ein Messer in den Leib gerammt. Ein Keuchen drang aus ihrer Kehle, das mir die Brust zuschnürte.

»Du Monster!«, entfuhr es mir, und ich schnellte auf ihn zu, weil ich mich nicht länger zurückhalten konnte. Mit einem einzigen Hieb stieß ich ihn gegen die Wand. »Du wolltest sie töten lassen!«

Meine Faust fand sein Gesicht, begleitet von einem zufriedenstellenden Knacken. Blut sprudelte aus seiner Nase hervor, während er sich stöhnend zusammenkrümmte.

»Wer spricht denn gleich von Mord?«, rechtfertigte er sich nuschelnd. »Ich wollte uns beiden einen Gefallen tun. Nicht viele Männer sind großzügig genug, für die Entfernung eines unerwünschten Balgs zu blechen.«

Ich hätte ihn direkt wieder geschlagen, wenn Catherine mich nicht zurückgehalten hätte. »Nicht«, bat sie kläglich.

»Willst du dich darum kümmern?«, forderte ich sie auf, aber sie senkte nur zutiefst gedemütigt und verletzt den Kopf.

»Ich will gehen«, brachte sie krächzend hervor. Sie war nicht wie Polly, die es mit allen aufnahm, die ihr je unrecht getan hatten. Keine Rache hätte den Kummer zu stillen vermocht, der in ihrer Brust wütete. Trotz der unzähligen verbalen Klingen, die Albert heute gegen sie ausgeteilt hatte, liebte sie ihn. Vielleicht würde ihre Liebe irgendwann zu Hass werden, der schlimmsten Sorte von Hass, doch noch war es nicht so weit. Alles, was sie wollte, war, sich in die Dunkelheit zurückzuziehen und die Augen vor der Welt zu verschließen, in der ihr das Glück verwehrt worden war.

Meine Finger zuckten unter dem Wunsch, dem Prinzen eine Lektion zu erteilen, die er nie vergessen würde. Aber Catherine war mir wichtiger als dieser Mistkerl. Behutsam legte ich ihr den Arm um die Schultern und zog sie an mich. Zusammen kehrten wir dem Scherbenhaufen ihres einstigen Lebens den Rücken und tauchten in den Nebelschwaden unter, die sich wie Geister über London ausbreiteten. Trotzdem ließen mich die Worte des Prinzen nicht los. Er hatte den königlichen Leibarzt zu Catherine geschickt, und am nächsten Morgen war ihre Leiche gefunden worden. Zwar behauptete der Arzt ihm gegenüber, er habe sie bereits tot vorgefunden, doch das könnte eine Lüge gewesen sein. Handelte es sich bei dem königlichen Leibarzt um Jack the Ripper? Ich wusste nicht, wie dieser Mann aussah, Abberline vielleicht schon. Hatte er ihn vielleicht sogar auf der Zeichnung erkannt und geschwiegen, weil der Fall zu heikel war? Was, wenn die Plakate noch nicht hingen, weil Abberlines Vorgesetzter beschlossen hatte, der Verdacht diskret zu behandeln?

Die nagende Ungewissheit ließ mir auch am nächsten Tag keine Ruhe. Unablässig dachte ich darüber nach, ob es im Bereich des Möglichen lag, dass es sich bei Jack um den königlichen Leibarzt handelte. Es gab einiges, das dagegensprach. Wenn er eine solch angesehene Stellung bei Hof haben sollte, warum interessierte er sich dann für das Schicksal der einfachen Leute und war bereit, eine Revolution anzuführen? Zudem hätte er jede Menge Gelegenheiten, um der Königin nahe zu kommen, und brauchte dafür keinen Maskenball. Andererseits musste er über Kenntnisse bezüglich des höfischen Ablaufs verfügen, um sich überhaupt auf einen Ball einschleichen zu können. Aber wofür brauchte er dann das viele Geld?

Ich kam zu keiner eindeutigen Lösung und war gegen Abend bereit, meinen Verdacht mit Abberline zu teilen. Als ich aufbrechen wollte, stieß ich jedoch beinahe mit Polly zusammen, die zur Tür hereingestürmt kam. Ein Blick in ihr Gesicht genügte mir, um zu erkennen, wie aufgewühlt sie war. An ihre Brust presste sie einen Stapel Papier.

»Sie suchen nach Jack«, stieß sie fassungslos aus, drängte sich an mir vorbei in die Stube und knallte die Flugblätter auf den Tisch.

Also war sein Porträt doch noch veröffentlich worden! Lag ich demnach mit meinem Verdacht falsch? Ich empfand keine Erleichterung darüber, sondern spürte Angst in mir emporsteigen.

Die anderen Frauen hatten sich um Polly versammelt und begutachteten den Zettel. Obwohl ich das Bild kannte, immerhin war es durch meine Beschreibung entstanden, griff ich mir eines der Blätter, um den Schein zu wahren.

»Er ist gut getroffen«, räumte Liz schmunzelnd ein.

Catherine hingegen lachte laut auf. »Juwelenraub?«, las sie spöttisch vor. »Jetzt wissen wir, was Jack so treibt, wenn er nicht hier ist.«

»Das ist nicht lustig!«, fuhr Polly sie entrüstet an. »Wenn die ganze Stadt nach ihm sucht, lassen sie uns womöglich nicht auf den Maskenball!«

»Ist vielleicht besser so«, murrte Dark Annie. Zu Beginn hatte sie sich von der Vorfreude der anderen noch mitreißen lassen, davon war allerdings nichts mehr bei ihr übrig. Sie schien diesen besonderen Abend nur als eine weitere Verpflichtung anzusehen, die sie hinter sich bringen musste.

Polly stemmte erbost die Hände in die Hüften. »Es tut mir leid für dich, dass du jede Lebensfreude verloren hast, Annie, aber es ist nicht fair, wenn du uns deshalb keinen Spaß mehr gönnst.«

Annie duckte sich unter ihrem Vorwurf. »Wir sind tot, Polly«, konterte sie leise. »Freude und Spaß sind den Lebenden vorbehalten. Was immer Jack vorhat, wird alles nur noch schlimmer machen.«

Das sah ich genauso, bevor ich mich dahingehend jedoch äußern konnte, hörte ich die Tür mit einem lauten Knall aufschwingen. Die Schritte von schweren Stiefeln folgten, und Jacks Gestalt erhob sich im Türrahmen. Der Schatten seines Zylinders verhüllte seine Augen, aber sein Mund war vor Zorn verzerrt. Mit seinen schwarzen Lederhandschuhen umschloss er ein zerknülltes Flugblatt.

»Wer von euch ist dafür verantwortlich?«, donnerte er zugleich los, woraufhin wir alle schockiert vor ihm zurückwichen.

»Wir haben gerade erst selbst davon erfahren«, beteuerte Polly. »Es muss sich um eine Verwechslung handeln. Du bist doch kein Dieb, Jack!«

»Geht in den Keller!«, knurrte Jack und deutete mit ausgestrecktem Arm auf den Flur. Es fiel ihm schwer, seine Wut unter Kontrolle zu halten. Wahrscheinlich fürchtete er, das Geschrei könnte von außen gehört werden und unerwünschte Aufmerksamkeit auf den Handwarenladen lenken.

Polly hastete als Erste an ihm vorbei, gefolgt von Liz und Annie, die so viel Abstand wie möglich zu ihm hielten. Danach kam ich und zuletzt Catherine, die sich ängstlich vor ihm duckte. Das schien ihn zu reizen, denn er packte sie grob am Oberarm, was ihr einen erschrockenen Aufschrei entlockte.

»Warst du es?«, brüllte er sie an und schüttelte sie. »Hast du mich verraten?«

»Nein, warum sollte ich so etwas tun?«, wimmerte sie hilflos und versuchte sich aus seinem Griff zu befreien.

Mein schlechtes Gewissen schürte mir die Kehle zu, aber ich war zu feige, um zu meiner Tat zu stehen. Es bestand kein Zweifel daran, was er dann mit mir machen würde. Solange er nicht wusste, wer geredet hatte, bestand zumindest noch Hoffnung, dass ich damit durchkommen würde.

Verachtend stieß er sie von sich, geradewegs in meine Arme. Tröstend drückte ich Catherine an mich, die verzweifelt schluchzte. Zusammen eilten wir die Treppe in den Gewölbekeller hinab, in dem die anderen bereits Kerzen entzündet hatten, damit wir uns nicht in kompletter Finsternis befanden. Uns hätte das nicht einmal etwas ausgemacht, aber es hätte Jack wohl zusätzlich erzürnt, wenn er uns auch noch Befehle erteilen musste.

Er stapfte die Stufen hinab und positionierte sich in der Mitte des Raums, während wir uns an die Wände drängten. Außer sich vor Wut warf er den Zettel mit seinem Porträt auf den Boden. »Eine von euch muss mit den Bobbys gesprochen haben«, mutmaßte er vollkommen richtig. »Ich will jetzt wissen, wer von euch das war!«

Ich wagte nicht, in Pollys Richtung oder zu einer der anderen Frauen zu sehen, sondern hielt meinen Blick stur auf Jack gerichtet. Catherine klammerte sich mit ihrem zitternden Körper an meinen Arm. Ahnte sie, dass sie gerade Schutz bei der Person suchte, die ihnen das eingebrockt hatte?

»Wirst du sie sterben lassen?«, wisperte Annie. Es sollte sorgenvoll klingen, aber mir entging nicht der Hauch von Sehnsucht, der in ihrer Stimme mitschwang.

Jack schoss sofort auf sie zu und baute sich bedrohlich vor ihr auf. »Natürlich nicht! Ich werde ihre Seele zu einer körperlosen, einsamen Ewigkeit verdammen! Sie wird dabei zusehen können, wie diese Welt einem Wandel unterzogen wird, ohne je Teil davon sein zu können. Niemand wird sie sehen! Niemand wird sie hören! Es wird sein, als wäre sie nicht da!«

Die Vorstellung war entsetzlich, und ich schloss meine Arme etwas fester um Catherine. Ich brauchte ihren Trost genauso sehr wie sie meinen. Wenn Jack mir jetzt die Magie entzog, die meinen Körper in der Welt der Lebenden hielt, würde ich mich nicht einmal von Abberline verabschieden können. Ich könnte ihm nicht mehr sagen, wie viel mir unsere Zusammenarbeit bedeutet hatte. Würde er überhaupt nach mir suchen?

»Wir wissen von nichts«, behauptete Liz und bot Jack die Stirn. »Ist es denn wahr?«

Er schnellte zu ihr herum und funkelte sie feindselig an. »Was ist wahr?«

Sie ließ sich von seinem lodernden Zorn nicht einschüchtern und deutete auf den großen roten Stein, der an einer Kette von seiner Weste baumelte. »Bist du ein Dieb?«

Er ballte seine Hand zur Faust, und für einen schrecklichen Moment dachte ich, er würde Liz schlagen, aber er riss sich zusammen. »Wie kannst du es wagen, mir so etwas zu unterstellen?«, schrie er sie an und riss sich das Schmuckstück ab, um es in seiner Manteltasche verschwinden zu lassen. »Meine Ambitionen sind von höherem Wert als blankem Eigennutz! Dank mir wir das 19. Jahrhundert mit einem lauten Knall enden und die Gesellschaft auf den Kopf gestellt werden. Es wird nie wieder so sein wie zuvor.«

Lügner! Das war alles, was ich denken konnte. Er hatte vielleicht kein Juwel geraubt, aber unsere Herzen. Alles, was er tat, diente nicht dem Wohl anderer, sondern seinem eigenen. Sein Narzissmus machte ihn blind, und er glaubte selbst an das, was er von sich gab.

»Daran zweifelt keine von uns«, mischte sich Polly ein. »Wir glauben an dich, Jack, und tun unser Bestes, um dich zu unterstützen! Wir haben die Summe zusammenbekommen, die du haben wolltest.« Es war ein geschickter Versuch ihrerseits, ihn von dem Verrat abzulenken. Eilig lief sie in die Ecke, in der wir die Münzbeutel verstaut hatten, und reckte sie triumphierend in die Höhe.

Ihre Hörigkeit erinnerte mich an jene Zeit, in der ich unter einem Zuhälter gearbeitet hatte. Ein Mann, der mir ein Dach über dem Kopf, warmes Essen und Schutz versprochen hatte, aber mich letztlich öfter schlug als jeder Freier. Natürlich nie ins Gesicht, das wäre schließlich schlecht fürs Geschäft. Es hatte mich viel Mühe gekostet, mich aus den Fängen dieses Dreckskerls wieder zu befreien. Danach hatte ich mir geschworen, mich nie wieder unter die Kontrolle einer anderen Person zu begeben.

Tja. Jetzt stahlen die anderen Frauen und ich, um unseren Mörder für eine Existenz zu bezahlen, um die keine von uns je gebeten hatte.

Jack zögerte und ließ seinen Blick durch den Raum wandern, von einer zur anderen, bei mir verharrte er.

»Du hast noch gar nichts gesagt, Mary«, erkannte er argwöhnisch. »Du hast dich geweigert, das Geld für die Revolution aufzutreiben. Ist es möglich, dass du bei den Bobbys warst, um dich davor zu drücken?«

»Mary hat ihre Meinung geändert«, behauptete Polly, bevor ich auch nur zu Wort kommen konnte. »Wir haben einen Politiker überfallen, und sie war es, die das Messer auf ihn gerichtet hat. Zweifle nicht an ihr, Jack! Dies ist genauso ihr Kampf wie unserer!«

Das entsprach nicht der Wahrheit, aber ich wusste Pollys Einsatz für mich zu schätzen. Entgegen dem, was sie mir angedroht hatte, versuchte sie mich zu beschützen.

Jack war jedoch nicht überzeugt. »Stimmt das?«, hakte er nach und schritt auf mich zu. »Willst du London brennen sehen?«

Ich musste lügen. Mir blieb nichts anderes übrig. Nachdem ich ihn verraten hatte, musste ich nun auch meine eigenen Überzeugungen verraten. »Ja«, presste ich hervor. »Diesen Mann zu überfallen, hat mir gezeigt, wie gut es sich anfühlt, Macht über jemanden zu haben. Das Gefühl kannte ich nicht!«

Er stand nun direkt vor mir, sodass ich sehen konnte, wie er seine buschigen grauen Augenbrauen hob. »Berauschend, nicht wahr?«

Es klang nach einer Fangfrage, und ich nickte gehorsam. Sein Blick war so scharf wie die Klinge eines Messers, das er mir wiederholt in den Leib rammte. Sein Misstrauen blieb, trotzdem ließ er von mir ab und nahm die beiden Geldsäcke entgegen. Er wog sie in seinen Händen ab, als wäre er nicht sicher gewesen, ob wir es wirklich schaffen würden, die von ihm geforderte Summe aufzutreiben. »Muss ich nachzählen?«, hakte er an Polly gewandt nach, die vor ihm wie ein kleines Schulmädchen stand, das ein auswendig gelerntes Gedicht fehlerfrei vorgetragen hatte und sich nun ein Lob des Lehrers erhoffte. Ich konnte kaum glauben, dass er die Suche nach der Verantwortlichen für den Flugzettel wirklich fallen ließ. Vielleicht wollte er uns nur in Sicherheit wähnen, um die Schuldige zu einem späteren Zeitpunkt zu überführen. Keinesfalls würde er diesen Verrat vergessen.

»Mach ruhig«, forderte sie ihn triumphierend auf. »Dann wirst du feststellen, es sind sogar ein paar Pfund mehr. Fünfundfünfzig, um genau zu sein. Fünfundfünfzig Pfund.« Glücklich strahlte sie ihn an. Das war mehr, als je eine von uns besessen hatte. In unseren vorherigen Leben wären wir uns wie reiche Damen vorgekommen, hätten wir einen solchen Betrag in die Hände bekommen.

Er machte eine wegwerfende Handbewegung. »Schon gut, ich glaube euch.« Er schnalzte mit der Zunge und verstaute die Beutel in seinem Mantel, der daraufhin etwas schwerer an seinen Schultern hing. »Geht doch! Warum nicht gleich so? Ich habe euch doch nicht so viel Macht geschenkt, damit ihr sie ungenutzt verkommen lasst. Manche Leute muss man dazu zwingen, ihr Potenzial auszuschöpfen, weil sie sonst wie Ratten vor sich hin vegetieren.« Seine Unverschämtheit, uns mit Nagetieren zu vergleichen, ließ mich Fäuste ballen, so fest, dass meine Fingernägel kleine Sicheln in meinen Handflächen hinterließen.

»Also steht dem Besuch des königlichen Maskenballs nichts mehr im Weg?«, vergewisserte sich Liz. Seit unserem ersten Überfall auf den Politiker hatte sie Gefallen daran gefunden, Männer winseln zu lassen. Sie tötete sie nicht wie Polly, sondern jagte ihnen nur etwas Angst ein. Ihrer Ansicht nach trug sie dadurch zu einer besseren Welt bei. Auch ich hatte das berauschende Gefühl genossen, dass jemand sich zur Abwechslung mal vor mir fürchtete, in diesem Punkt hatte ich Jack nicht belogen, ich wusste allerdings, niemand ließ sich gern erniedrigen. Die Männer, die wir überfielen, konnten sich zwar nicht gegen uns zur Wehr setzen, dafür würden sie ihre Hand vielleicht gegen jemand anderen, jemand Schwächeren erheben, um sich wieder stark zu fühlen. Ich glaubte Liz, dass sie es gut meinte, aber sie konnte nicht wissen, was sich hinter geschlossenen Türen abspielte.

Jack betrachtete sie kritisch. »Da würdest du wirklich gern hin, nicht wahr?« Er nahm jede Einzelne von uns in Augenschein. »Ihr alle, oder?« Das war, als würde er eine prall gefüllte Bonboniere vor eines der zahlreichen unterernährten Kinder des East End halten und fragen, ob sie mal hineingreifen wollten. Natürlich wollten wir auf den Ball. Ich kannte kaum eine Frau, die als Mädchen nicht davon geträumt hatte, in einem pompösen Kleid durch einen Ballsaal gewirbelt zu werden. Die meisten von uns hatten diese Vorstellung längst verworfen, zugunsten von erreichbareren Zielen, wie zum Beispiel eine Möglichkeit zum Geldverdienen zu finden, die nicht erforderte, dafür unsere Beine zu spreizen.

»Der Maskenball war dein Vorschlag«, erinnerte ihn Liz. Verärgerung schwang in ihrer Stimme mit, als fürchtete sie, er könnte sein Wort brechen. »Du hast gesagt, er würde uns dabei helfen, die Gesellschaft auf die Missstände des Landes aufmerksam zu machen.«

Das war nicht ganz, was er gesagt hatte. *Ihr alle sollt Zeugen des Moments sein, wenn ich die Welt für immer verändern werde*, war sein genauer Wortlaut gewesen. Damals wie heute war mir nicht klar, was er damit meinte. Es klang bedrohlich.

Besänftigend hob Jack die Hände. »Ganz ruhig! Der Ball ist eine Gelegenheit, die wir uns nicht entgehen lassen dürfen. Nur dort können wir uns unbemerkt Königin Victoria nähern. Sie ist das ausschlaggebende Gewicht, das darüber entscheidet, ob das Reich steht oder fällt. Mit ihr auf unserer Seite können wir ganz England in Brand stecken.« Leidenschaft flackerte in seinen Augen auf, wie ich sie zuletzt nur in meiner ersten Nacht in dem Keller des Handwarenladens erlebt hatte. Jene Nacht, die zugleich meine letzte als Sterbliche gewesen war. Ihn trieb ein Verlangen an, das sich nur schwer in Worte fassen ließ und sich von dem der meisten anderen Männer unterschied. Er strebte nicht einfach nur nach Macht, sondern nach Herrschaft. Die ganze Welt sollte sich ihm unterwerfen. *Megalomanie* nannten es die Ärzte. Größenwahn war der Begriff, den das einfache Volk für diesen krankhaften Geisteszustand verwendete.

»Wie sollen wir sie dazu bringen, uns zuzuhören?«, wollte Annie von ihm wissen. Die Vorstellung, auch nur eine von uns würde mit der Königin sprechen, war absurd. Obwohl wir in derselben Stadt lebten, war sie für uns so unerreichbar wie der Mond.

Einhalt gebietend hob Jack den Zeigefinger. Wie üblich steckten seine Hände in schwarzen Lederhandschuhen. »So weit sind wir noch nicht. Bevor wir die Details besprechen, müssen wir erst einmal dafür sorgen, Zutritt zum Buckingham Palace zu erhalten. Der Privatsekretär der Königin ist für die Einladungen zuständig. Sein Name ist George Anson. Ihr müsst ihn davon überzeugen, dass ihr des Balls würdig seid.«

Ein verschlagenes Grinsen breitete sich unter Jacks dünnem Schnurrbart aus. Eine weitere Herausforderung, um uns auf die Probe zu stellen. In diesem Moment wurde mir bewusst, er suchte nur deshalb nicht weiter nach der Verräterin, weil er uns brauchte. Wir waren seine kleinen gehorsamen Soldaten, die die Drecksarbeit für ihn erledigten. Er konnte sich keine Revolte in den eigenen Reihen leisten. Wie eine Schlange würde er darauf lauern, dass sich die Schuldige zu erkennen gab, um dann hervorzuschnellen und sie auszuschalten. Ich musste vorsichtig sein. Er hatte mich schon einmal aus der Dunkelheit heraus beobachtet, ohne dass ich es bemerkt hatte. Wenn er es wieder tat und mitbekam, wie ich mich mit Abberline traf, wüsste er Bescheid.

Verärgert stemmte Liz die Hände in die Hüften. »Das ist unmöglich! Dieser Mann wird uns nicht anhören, geschweige denn irgendwohin einladen. Wir wissen doch nicht einmal, wo er wohnt!«

»Mäßige dein Temperament, Liz, oder es wird dich irgendwann noch teuer zu stehen kommen«, wies Jack sie knurrend zurecht. »Natürlich ist mir bekannt, in welchem Anwesen der Privatsekretär residiert.«

»Dann sollten wir ihm wohl mal einen Besuch abstatten«, meinte Polly entgegenkommend. »Wir finden schon einen Weg, ihn zu überzeugen!« Ihr diabolisches Lächeln jagte mir einen Schauder über den Rücken, da ich mir vorstellen konnte, dass eine Menge Blut dabei vergossen werden würde und Leichen nicht auszuschließen wären.

»Ich würde euch den morgigen Abend empfehlen. Freitags gehen Mister Anson und seine Gemahlin aus. Nur ihr drei Monate altes Baby bleibt mit der Amme zu Hause«, berichtete Jack ihnen mit einer Gleichgültigkeit, als beriete er sie zu der Wahl eines Pubs und nicht zu einem Überfall in einem Herrenhaus. »Nehmt den wertvollsten Schatz der Familie an euch und hinterlasst dem Hausherrn eine Nachricht mit euren Forderungen. Ihr werdet sehen, es wird nicht lange dauern, bis er uns geradezu anfleht, mit ihm zu verhandeln. Was sind schon sechs ungebetene Gäste im Gegensatz zu einem Menschenleben?«

Sein Plan war nicht nur skrupellos, sondern grausam. Für einen Moment verschlug der Schock uns allen die Sprache.

»Das Baby hat nichts damit zu tun!«, rief Annie schließlich empört aus. »Wir dürfen es nicht in etwas verwickeln, das nur seinen Vater betrifft! Außerdem wird sich die Amme das Kind nicht einfach abnehmen lassen!«

»Das sollte unser geringstes Problem sein«, konterte Polly ungerührt, obwohl ich ihr zugutehalten musste, dass sie erst genauso entsetzt von Jacks Vorschlag gewesen war wie wir alle. Nun stellte sie sich allerdings wieder auf seine Seite.

»Ich habe dir nie zum Vorwurf gemacht, dass du dich an Menschen, die es verdient haben, gerächt hast, aber diese Amme hat niemandem etwas getan«, argumentierte Annie weiter. »Sie ist nur eine Frau, die ihre Arbeit macht! Willst du ihr das zum Vorwurf machen?«

Polly verschränkte beleidigt die Arme vor der Brust. »Wir werden sie freundlich bitten, uns das Kind zu überreichen; wenn sie sich weigert, ist sie selbst schuld. Um etwas Großes zu verändern, müssen nun einmal Opfer erbracht werden.«

Jack stimmte ihr mit einem zufriedenen Nicken zu. Sie war seine beste Schülerin und saugte alles, was er sagte, auf wie ein Schwamm das Wasser.

»Wenn ihr mich fragt, schaffen wir es gar nicht erst zu der Amme, weil das Haus sicher auch in Abwesenheit der Herrschaften bewacht wird«, gab ich zu bedenken. »Wir können es mit einem einzelnen Mann oder vielleicht auch zweien aufnehmen, aber eine ganze Wachgruppe? Das übersteigt sogar unsere Fähigkeiten!«

»Sie werden die Gesetzeshüter alarmieren«, pflichtete Liz mir bei. »Wenn die uns schnappen, haben wir ein gewaltiges Problem!«

»Wir können unsere Gesichter verändern«, beharrte Polly unnachgiebig. »Keiner wird uns erkennen!«

»Wie lange kannst du den Gesichtswechsel aufrechterhalten? Hast du es je länger als eine Stunde versucht? Ich wette, dir ist es auch schon passiert, dass du die Kontrolle verloren hast und dein wahres Gesicht zum Vorschein gekommen ist«, widersprach ihr Liz. Keine von uns hatte je die Grenzen unserer Magie ausgetestet. Sie war wie ein Gummiband, das man ein gewisses Stück dehnen konnte, aber entzweiriss, wenn die Spannung zu groß wurde. Inspektor Abberline hatte mich in dem Pub nur deshalb erkannt, weil ich unachtsam gewesen war. Ich hatte nicht einmal gemerkt, dass die Veränderungen in meinem Gesicht verschwunden gewesen waren. Seitdem hatte ich zwar einiges dazugelernt, aber sollte ich im Gewahrsam der Gesetzeshüter landen, würde ich mich früher oder später zu erkennen geben müssen – genauso wie jede von uns.

Jack hielt sich aus der Diskussion raus, unsere Uneinigkeit schien ihm zu gefallen. Er wollte uns nicht als Einheit, die beschließen könnte, sich gegen ihn zu verbünden, sondern als folgsame Hunde, die alle gleichermaßen um seine Aufmerksamkeit buhlten.

Die Einzige, die sich bisher nicht geäußert hatte, war Catherine. Seit dem Treffen mit Albert zog sie sich noch mehr zurück als zuvor und sprach mit keiner von uns. Ich hatte dem Prinzen die Nase gebrochen, aber er hatte ihr jeglichen Lebenswillen genommen.

»Ich mache das nicht«, sagte sie nun entschieden, ohne irgendjemand anzusehen.

Ihre Weigerung zwang Jack zu einer Reaktion. Mit einem Satz baute er sich vor ihr auf. »Das steht nicht zur Verhandlung, Catherine«, zischte er. »Wir brauchen die Einladungen, um Zutritt zu dem Maskenball zu erhalten. Nur dort kannst du deinen Prinzen wiedersehen und dich mit ihm aussprechen.«

Das Lächeln, das in meinen Mundwinkeln kitzelte, war unangebracht, aber ich war machtlos gegen das Gefühl des Triumphs darüber, dass Jack einmal nicht alles über uns wusste. Er ahnte nichts von Catherines und Alberts Begegnung – ganz ohne sein Zutun oder seine Einwilligung. Sie hatte diese Entscheidung wie ein freier Mensch getroffen, auch wenn sie sie rückblickend vielleicht bereute. Zuvor hatte sie sich zumindest an eine Hoffnung klammern können, der sie nun beraubt worden war.

Catherine reckte furchtlos das Kinn und sah Jack in seine kohlschwarzen Augen. »Mich interessiert dieser Maskenball nicht! Selbst wenn die Königin höchstpersönlich mit ihrer Kutsche bei uns vorfahren und mich bitten würde, sie zu begleiten, würde ich ablehnen. Das ist eine Veranstaltung voller Lügner und Heuchler. Damit bin ich durch!«

Nun erkannte auch Jack, dass ihm irgendetwas entgangen sein musste. Für einen Augenblick wirkte er ratlos, ehe er in den Angriff überging und Catherines Kinn grob mit Daumen und Zeigefinger umschloss. »Warst du es doch, die mich verraten hat? Du zwingst mich, dich daran zu erinnern, dass du es nur mir verdankst, noch unter uns zu weilen! Wenn du nicht bereit bist, dich für den Kampf um Gerechtigkeit einzusetzen, bist du wertlos für mich!«, brüllte er sie an, wobei Tropfen seiner Spucke ihr Gesicht benetzten.

Angewidert verzog sie die Miene. »Du spielst dich als unser Retter auf, dabei bist du nichts anderes als ein narzisstischer Mörder.«

Er schlug ihr so fest auf die Wange, dass sie das Gleichgewicht verlor und ihr die Beine wegsackten. Der Knall ging wie ein Ruck durch meinen eigenen Körper, als wäre ein Stromstoß in mich gefahren. Jack stieß sie von sich und baute sich vor ihrer zusammengekrümmten Gestalt auf, um zum nächsten Angriff überzugehen, doch dazu kam es nicht. Liz rammte ihn zur Seite und stellte sich schützend vor Catherine, während ich neben sie auf den Boden sank.

»Mach das nie wieder!«, fauchte Liz, wobei ihr Körper vor Anspannung bebte. »Du behauptest, du hättest uns von der Last unserer Leben befreit, damit wir uns gegen Männer zur Wehr setzen können, aber du bist keinen Deut besser. Ein Schlag gegen eine von uns ist ein Schlag gegen alle!«

Behutsam nahm ich Catherines Kopf zwischen meine Hände und untersuchte sie nach einer Verletzung, ihre Haut war jedoch weder geschwollen noch blutete sie. Nicht einmal Jack konnte ihr körperlichen Schmerz zufügen.

Jack starrte uns entrüstet an, während Polly allein dastand, hin- und hergerissen zwischen den Frauen, denen sie sich verbunden fühlte, und dem Mann, der ihr zu einer blutigen Form von Gerechtigkeit verholfen hatte.

Ein ungläubiges Gelächter löste sich aus Jacks Kehle. »Das ist lächerlich«, höhnte er. »Denkt ihr ernsthaft, ihr könntet euch gegen mich erheben? Ich bin es, der euch erschaffen hat! Jederzeit kann ich euch eure materielle Existenz nehmen, wenn es mir beliebt. Auch jetzt. Sofort!« Demonstrierend schnipste er mit den Fingern.

Catherine hielt seinem Einschüchterungsversuch stand. »Glaubst du, das kümmert mich? Was macht es für einen Unterschied, ob ich einen Körper habe, wenn ich mich doch ohnehin wie ein Geist fühle? Na los, befrei mich von deinem Einfluss!«

Zornesfalten bildeten sich auf Jacks Stirn, weil seine Drohung keine Wirkung zeigte. Er brauchte Catherine, dessen war ich mir sicher. Es konnte kein Zufall sein, dass er genau die Frau getötet hatte, die eine Affäre mit Prinz Albert, dem Thronerben, hatte. Sie war es, die er benutzen wollte, um sich die Aufmerksamkeit der Königin zu sichern.

Liz schien für ihn von weniger Bedeutung zu sein, denn sie war es, die er nun packte, herumwirbelte und vor sich stellte wie einen Schutzschild. Von hinten schlang er ihr den Arm um die Kehle. Sie wehrte sich zwar nach Leibeskräften, aber kam nicht gegen ihn an. All ihre Tritte und Hiebe verfehlten ihn. Unser Tod machte keinen Unterschied, allein waren mir gegen einen Mann genauso wehrlos wie eh und je.

»Dir mag deine Existenz vielleicht gleichgültig sein, aber gilt das auch für sie?«, fuhr Jack Catherine an. »Denkst du, sie ist auch bereit, als Geist zu leben?«

»Fick dich!«, fauchte Liz, ihre sinnlosen Befreiungsversuche wurden jedoch schwächer.

Mit seinem freien Arm deutete Jack auf mich. »Oder sie? Was, wenn ich ihr anstatt dir die körperliche Präsenz nehme? Könntest du bis in alle Ewigkeit mit der Schuld leben, sie nicht nur zum Tod, sondern auch noch zu einem unerfüllten Dasein als Geist verdammt zu haben?«

Ich schüttelte den Kopf, auch wenn ich mich davor fürchtete, was Jack als Nächstes tun würde. »Das ist nicht wahr, Catherine. Er trifft die Entscheidungen, nicht du.« Nicht der Tod machte mir Angst, sondern die Aussicht, niemals Frieden finden zu können.

Er zeigte erst auf Annie, dann auf Polly. »Ich könnte auch sie anstelle von dir bestrafen. Du triffst die Wahl, Catherine.«

Bestürzt schnappte Polly nach Luft. »Das würdest du mir niemals antun! Wir kämpfen auf derselben Seite, Jack! Warum solltest du mich auslöschen? Du findest keine treuere Verbündete als mich!«

Nur kurz zögerte er. »Ihr existiert alle nur meinetwegen, Polly. Ohne mich gäbe es euch nicht mehr. Jede Einzelne von euch ist austauschbar! Das dürft ihr niemals vergessen!« Er wandte sich wieder Catherine zu. »Willst du immer noch alles aufgeben, was ich dir zum Geschenk gemacht habe? Bist du rücksichtslos genug, um andere mit ins Verderben zu reißen?«

Verzweifelt schüttelte Polly den Kopf. »Catherine, lass das nicht zu!«, flehte sie. »Ich habe mich immer für dich eingesetzt.«

Geknickt senkte Catherine das Haupt. »Niemand soll meinetwegen leiden müssen. Wenn es das ist, was du willst, Jack, werde ich mich bei dem Einbruch beteiligen und mit euch den Maskenball besuchen.«

Jack hatte ihren Aufstand niedergeschlagen, indem er sich ihre Empathie zunutze machte. Etwas, was er nicht besaß. Wenn wir je frei von ihm sein wollten, mussten wir zusammenarbeiten. Alle. Vielleicht wäre Polly jetzt, nachdem sie erlebt hatte, wie wenig Wertschätzung Jack ihr entgegenbrachte, bereit dazu. Es genügte allerdings nicht, uns aus seiner Kontrolle zu befreien, wir mussten auch dafür sorgen, dass er nie wieder Macht über jemanden erlangen konnte. Nur wenn er mit uns unterging, wären London und der Rest des Landes sicher vor ihm. Jack the Ripper musste enttarnt werden!

George Anson wohnte in einem großen, verzierten Anwesen in einer gepflegten Gegend von Blackfriars. Ein Zaun trennte den Gehweg von der Straße, die Pflastersteine glänzten im gelben Schein einer Straßenlaterne. Die Fenster waren dunkel und bestätigten Jacks Angabe, dass der königliche Privatsekretär und seine Gattin das Haus verlassen hatten. Die Amme hatte sich mit dem Kind vermutlich in ein Zimmer zurückgezogen, das zur Gartenseite ausgerichtet war, oder wachte im Dunkeln, um den Schlaf ihres Schützlings nicht zu stören. Zur Straße hin hatte das Gebäude einen kleinen Eingang. Jack hatte uns angewiesen, diesen nicht zu nutzen, sondern uns stattdessen durch ein eisernes Tor zu schleichen, das in eine düstere Remise führte, die leer stand. Gewiss hatten die Herrschaften die Kutsche genommen, die den Platz dort sonst belegte. Regale mit allerlei Gerätschaften zeichneten sich an den hohen Wänden ab.

Liz sah sich die Ansammlung etwas genauer an. Sie schloss ihre Finger um einen Hammer. »Vielleicht sollten wir uns eine Waffe mitnehmen, nur zur Sicherheit«, gab sie zu bedenken.

»Wir sind nicht hier, um einen Kampf auszufechten, sondern um ein Baby zu stehlen«, widersprach ihr Annie, die sich bei dem Gedanken sichtlich unwohl fühlte.

»Unsere untote Magie sollte zur Durchsetzung unseres Plans genügen«, stimmte ich ihr zu und versuchte Liz etwas zu beruhigen, auch wenn ich selbst am liebsten die Flucht ergreifen würde.

Sie wirkte nur wenig überzeugt, dennoch legte sie den Hammer zurück. Zusammen spähten wir über den Hof und hielten Ausschau nach Wachleuten. Es waren keine zu sehen, was nicht bedeutete, dass es keine gab. Gut möglich, dass sie sich im Inneren aufhielten, anstatt sich in der Kälte die Beine in den Bauch zu stehen.

»Eine von uns sollte unter einem Vorwand an der Vordertür klingeln und für Ablenkung sorgen, damit sich die anderen von hinten Zutritt verschaffen können«, schlug Polly vor.

»Ich kümmere mich darum«, bot Catherine an. Pollys Wahl wäre wahrscheinlich ohnehin auf sie gefallen, da sich Männer am leichtesten von einer jungen hübschen Frau in ein Gespräch verwickeln ließen.

Polly nickte zufrieden. »Wir lassen die Tür einen Spalt auf, dann kannst du später nachkommen.«

Catherine zeigte ihre Einwilligung, indem sie ihre Gesichtszüge verschwimmen ließ. Die Veränderung war dieses Mal nicht groß, zumal wir bezweifelten, dass sich Bewohner von Blackfriars ausgiebig mit den Ripper-Morden beschäftigten. Vermutlich hätten sie Catherine auch nicht mit ihrem eigenen Gesicht erkannt. Sie zupfte das Tuch, das sie über ihrem blonden Haar trug, zurecht und trat durch das Tor auf die Straße zurück.

Um keine Zeit zu verschwenden, eilten wir geduckt über den gepflasterten Boden zu einer Treppe, die zu einer herrschaftlichen Doppeltür aus Eiche führte. Liz zog zwei Haarnadeln aus ihrer Frisur hervor, bereit für den Einsatz, während wir mit angehaltenem Atem auf Geräusche aus dem Inneren lauschten. Es verstrichen einige Sekunden, bis wir leise das Klingeln einer Türglocke vernahmen. Daraufhin folgten gemächliche Schritte, und schließlich waren gedämpfte Stimmen zu hören.

Beherzt drehte Liz am Griff, der unerwartet nachgab und uns Einlass gewährte. Die Tür war nicht einmal abgeschlossen, so sicher fühlten sich die Ansons in ihrem Domizil. Diese Nacht würde ihre Behaglichkeit für immer erschüttern. In gewisser Weise war es nur fair, dass auch Menschen mit Geld vor Augen geführt bekamen, dass sie nicht über alles erhaben waren. Trotzdem hätte ich bei der Erteilung dieser Lektion auf die Entführung eines Kindes verzichten können.

Polly lachte leise auf. »Die halten sich wohl für unantastbar«, sprach sie zischend aus, was ich dachte, ehe sie in das Innere schlüpfte.

Vorsichtig folgten wir ihr. Es war nicht einmal nötig, die Tür mit etwas, das unser Eindringen hätte verraten können, offen zu halten. Catherine würde uns auch so problemlos folgen können.

Staunend bewunderte ich die eleganten Paneele der Eingangshalle, die von einem Kronleuchter hoch über uns geziert wurde, der sogar in der Dunkelheit schimmerte. Dichte grüne Pflanzen waren an sämtlichen Ecken als Blickfänge platziert und verliehen dem Ort etwas tropischen Charme in der grauen Tristesse Londons. Erschrocken zuckte ich zusammen, als ich in einem Schatten glaubte, die Gestalt eines Mannes auszumachen. Bei genauerem Hinsehen stellte es sich jedoch als leerer Hutständer heraus. Leise lachte ich über mich selbst und presste mir eine Hand auf die Brust, obwohl dort schon seit einer Weile kein Herz mehr schlug.

Treppen schraubten sich von dem Foyer aus in die Höhe. Die Straßenlaternen schienen durch das bunte Fensterglas und hüllten die Stufen in einen grünlichen Schimmer. Aus den oberen Stockwerken war nichts zu vernehmen. Das einzige Geräusch war das Ticken einer großen Standuhr, das sogar die leisen Gesprächsfetzen von der Eingangstür übertönte.

»Da wären wir«, wisperte Polly andächtig und berührte mit ihrer Hand das aufwendig geschnitzte Treppengeländer. Auch wenn sich Catherine gewiss alle Mühe geben würde, den Wachmann so lang wie möglich abzulenken, könnte jederzeit jemand hier entlangkommen und uns entdecken. Wir durften uns von der Pracht nicht blenden lassen, sondern mussten handeln.

Bedacht bahnten wir uns einen Weg über die Stufen. Selbst wenn es knarrende Dielen gab, würden sie unsere Anwesenheit nicht verraten. Unsere Körper mochten gewöhnlich erscheinen, aber sie waren schwerelos. Sterbliche konnten uns berühren, uns festhalten, nicht jedoch verletzen. So viel unterschied uns von Geistern gar nicht. Dennoch war die Vorstellung, von niemandem mehr wahrgenommen werden zu können, beängstigend.

Im oberen Stockwerk angelangt, erstreckte sich ein Korridor zu beiden Seiten. Es gab etwa zehn Türen, die alle geschlossen waren.

Wenn wir jede einzeln öffneten, liefen wir Gefahr, dass die Amme uns bemerkte und Alarm schlug. Vielleicht würde sie sich sogar mit dem Baby in einem der Zimmer verbarrikadieren, und wir hätten keine Möglichkeit mehr, das Kind an uns zu nehmen. Anders als Geister konnten wir nämlich nicht durch Wände gehen.

»Was sollen wir jetzt machen?«, flüsterte Annie und sah erwartungsvoll zu Polly, die bei sämtlichen Aktionen die Leitung übernahm. Es lag nicht nur daran, dass sie schon am längsten tot war, sondern auch an ihrer Willensstärke. Sie gefiel sich in der Rolle der Anführerin. In ihrem vorherigen Leben war sie wahrscheinlich nur selten nach ihrer Meinung gefragt worden. Von uns bekam sie den Respekt, der ihr zuvor verwehrt geblieben war.

»Wir müssen rausfinden, in welchem Zimmer sich die Amme aufhält. Dafür müssen wir sie rauslocken«, sagte Polly überlegend. »Am ehesten gelingt uns das, wenn wir für ein Geräusch sorgen, das sie neugierig macht, aber nicht ängstigt. Irgendetwas, das sie dazu bringt nachzusehen.«

»Wir könnten etwas umwerfen«, schlug Annie vor. »Irgendetwas, das Krach macht.«

»Damit würden wir nicht nur die Amme auf uns aufmerksam machen, sondern auch alle anderen Anwesenden«, widersprach Polly ihr sogleich.

Angestrengt dachten wir über eine Lösung nach.

»Wenn wir nicht für Einbrecher gehalten werden sollen, dürfen wir uns nicht wie welche benehmen«, meldete ich mich zu Wort. »Wenn wir ihren Namen wüssten, könnten wir sie direkt ansprechen. Das würde niemand tun, der nicht bemerkt werden will.«

»Aber wir kennen ihren Namen nicht«, konterte Polly. Ich hegte die Vermutung, dass sie an dem Vorschlag wahrscheinlich nur störte, ihn nicht selbst gemacht zu haben. Obwohl sie mich nicht an Jack verraten hatte, glaubte ich zu spüren, dass das Auftauchen des Plakats einen Riss zwischen uns verursacht hatte. Seitdem verhielt sich Polly sehr distanziert mir gegenüber, als loderte unter ihrer Oberfläche ein Groll, der irgendwann ausbrechen würde.

»Das müssen wir auch nicht«, entgegnete Liz. »Ich hatte eine Freundin, die als Kammerzofe in einem Anwesen gearbeitet hat und sich regelmäßig bei mir darüber beklagt hat, dass die Herrschaften es nicht für nötig hielten, sich ihren Namen zu merken. Sie nannten sie immer nur *Miss*, so wie alle anderen Bediensteten auch.«

»Einen Versuch wäre es wert«, stimmte ich ihr zu.

Polly wirkte noch nicht überzeugt. »Wir haben nur einen Versuch.«

»Richtig, aber auch nicht unbegrenzt Zeit. Wenn das das Beste ist, was uns einfällt, sollten wir Gebrauch davon machen, bevor einer der Wachmänner auf die Idee kommt, einen Rundgang zu machen, und uns entdeckt«, gab Liz zu bedenken.

Widerwillig nickte Polly. »In Ordnung, dann machen wir es so. Wer spricht sie an?«

»Ich kann das übernehmen«, erklärte sich Liz bereit, wofür ich dankbar war. Ich bezweifelte, dass sie der Frau etwas antun würde, bei Polly war ich mir da nicht so sicher.

»Okay, dann verstecken wir uns, bis die Amme das Zimmer verlassen hat«, entschied Polly und sah sich um. Am Ende der beiden Korridore gab es jeweils ein Fenster, das links und rechts von wuchtigen Vorhängen eingerahmt wurde. Es war kein guter Rückzugsort, aber sollte für den Augenblick genügen. Annie und ich drängten uns hinter den einen Stoffschleier, während Polly auf der anderen Seite Stellung bezog.

Liz nickte uns kurz zu, ehe sie den Flur entlangschritt.

»Miss!«, rief sie, gerade so laut, dass die Amme sie hören konnte, jedoch verhalten genug, damit ihre Stimme nicht auch durch das Erdgeschoss hallte.

Keine der Türen öffnete sich.

»Miss!«, setzte sie noch einmal hinterher. Dieses Mal etwas drängender. Sie schritt auf die erste geschlossene Tür zu und drückte sie auf, so wie es auch eine Person machen würde, die tatsächlich auf der Suche nach jemandem war. »Miss, wo sind Sie? Ich brauche Ihre Hilfe!«

Gerade als sie ihre Hand auf die zweite Klinke legte, öffnete sich die gegenüberliegende Tür und das Gesicht einer jungen Frau, eher noch ein Mädchen, wurde sichtbar. »Ja?«, fragte sie mit piepsiger Stimme. »Suchen Sie mich?«

»Sind Sie die Amme?«, erkundigte sich Liz, um sicherzugehen. Die Frau hatte die Tür nur einen schmalen Spaltbreit geöffnet und versperrte den Blick in das dahinter liegende Zimmer mit ihrem Körper.

»Das bin ich«, bestätigte sie misstrauisch. »Aber wer sind Sie? Ich habe Sie hier noch nie gesehen!«

»Das können Sie auch nicht, weil ich für einen anderen Haushalt tätig bin«, behauptete Liz schamlos. Lügen fiel keiner von uns schwer – das gehörte sozusagen zu unserem Beruf. »Ihre Madame schickt mich! Sie sollen mir ein anderes Paar Schuhe mitgeben, weil ihr ein Absatz abgebrochen ist.«

Skeptisch runzelte das Mädchen die Stirn. »Warum wenden Sie sich damit nicht an ihre Kammerzofe? Ich kenne mich mit der Garderobe der Madame doch gar nicht aus.«

Liz setzte ein verlegenes Gesicht auf. »Die Kammerzofe befindet sich gerade in einer etwas unpassenden Lage.« Sie räusperte sich. »Mit einem der Wachmänner, wenn Sie verstehen, was ich meine. Ich wollte sie lieber nicht stören!« Leise lachte sie auf. »Ein bisschen Privatsphäre tut uns doch allen gut, und wir haben viel zu selten Gelegenheit dazu.« Es war ein Schuss ins Blaue, denn es könnte auch sein, dass die Kammerzofe eine strenge ältere Dame war, die sich gewiss auf kein Tête-à-Tête mit einem Mann einlassen würde.

Die Art, wie sich die Augen der Amme weiteten, verriet Liz, dass ihre Behauptung nicht gänzlich abwegig war. »Oh«, machte sie verschämt.

»Können Sie mir bitte helfen, Miss?«, hakte Liz noch einmal nach. »Sie wissen doch, wie die Herrschaften sind. Die warten nicht gern!«

Kurz zögerte das Mädchen, dann nickte es und verließ das Zimmer, dessen Tür sie behutsam schloss.

Polly, Annie und ich wagten uns aus dem Versteck hervor, als die beiden in einen angrenzenden Raum verschwanden. Schnell tapsten wir über den Flur und schlichen uns in das vermeintliche Kinderzimmer. Die Wiege aus weiß gestrichenem Holz bestätigte unsere Vermutung. Daneben stand ein Schaukelstuhl, in dem zuvor die Amme über das schlafende Baby gewacht haben musste. Vorhänge aus gehäkelter Spitze zierten das Fenster. Eine Kommode ließ eine reiche Ausstattung an Kleidung erahnen. Der Wickeltisch war bestückt mit Puderdöschen und Cremes, als müsste der kleine Mensch für einen Schönheitswettbewerb vorbereitet werden.

Obwohl uns die Zeit im Nacken saß, wagten wir uns nur langsam an die Wiege heran. In Gegenwart dieses kleinen, unschuldigen Geschöpfs fühlte ich mich mehr denn je wie eine Kriminelle. Es war nicht recht, es aus seiner gewohnten Umgebung zu reißen und mit uns in die Kälte zu nehmen. Sein Anblick erzeugte ein Engegefühl in meiner Brust. Es war hinreißend, mit runden, rosigen Wangen und einem zarten Flaum auf dem Köpfchen. Friedlich schlummerte es, gekleidet in einen hellblauen Strampelanzug – demnach wohl ein Junge. Ein Stammhalter. Der ganze Stolz seines Vaters. Mister Anson musste zufrieden mit seiner Gemahlin sein.

Die Tatsache, dass keine von uns Anstalten machte, ihre Hände nach dem Kind auszustrecken und es aus seinem Schlaf zu reißen, ließ mich die Hoffnung schöpfen, sie hegten ebenso Skrupel wie ich.

»Wir sollten das nicht tun«, äußerte ich meine Bedenken. »Lasst uns irgendetwas anderes mitnehmen. Sicher besitzt die Frau eine große Schmucksammlung. Wir können ihren Mann auch damit erpressen.«

Annie nickte erleichtert. »Ja, bestimmt gehören auch Familienerbstücke dazu, die über Generationen weitergegeben wurden. Die werden sie zurückhaben wollen! Die Amme kann uns zeigen, wo sie sie aufbewahren.« Sie machte einen Schritt rückwärts, als wollte sie so viel Abstand wie möglich zwischen sich und das Kind bringen.

»Nichts ist wertvoller als ein Kind«, unterbrach uns Polly. »Jack hat uns nicht ohne Grund aufgetragen, das Baby mitzunehmen. Wir werden tun, was er uns gesagt hat!« Entschlossen trat sie einen Schritt näher an die Wiege und hob die Arme, bereit, das Kind an sich zu nehmen. Ihre zitternden Finger verrieten mir jedoch ihre Skrupel, so gut sie diese auch zu verstecken versuchte.

Eindringlich berührte ich sie an der Schulter. »Wir sind ihm nicht hörig, Polly! Wir treffen unsere eigenen Entscheidungen.

Wenn Jack dieses Kind will, soll er es selbst entführen und nicht uns vorschicken.« Ich bereute meine Worte, sobald ich sie ausgesprochen hatte. Die Vorstellung, Jack könnte ein hilfloses Baby in seine Gewalt bringen, war schrecklich. Jemand, der Frauen zerstückelte, sollte nicht in die Nähe eines Kindes kommen.

»Wir sind Verbündete«, widersprach sie mir. »Für den Kampf um Gerechtigkeit muss jeder seinen Beitrag leisten. Jack hat uns nicht geschickt, weil er selbst dazu nicht in der Lage wäre, sondern weil es für uns leichter ist, dank der Fähigkeiten, die er uns verliehen hat.«

Traurig schüttelte ich den Kopf. »Hast du vergessen, was er gesagt hat? Wir sind alle für ihn austauschbar! Er war bereit, dich auszulöschen, nur damit sich Catherine seinem Willen fügt!« Es tat mir leid, sie daran erinnern zu müssen, aber anders würde sie es nicht verstehen.

Wütend presste sie die Lippen aufeinander. »Das war doch nur ein Trick«, fauchte sie gekränkt. »Niemals hätte er mich aufgegeben!« Das war es, was sie glauben wollte. Entgegen jeder Vernunft hielt sie daran fest. Ich hatte wirklich gehofft, ihre Einstellung hätte sich geändert. Uns lief die Zeit davon. Liz konnte die Amme nicht ewig ablenken. Wenn diese in das Zimmer ihres Schützlings zurückkehrte und uns hier vorfand, würde sie die Wachen rufen.

»Was muss er noch tun, damit du siehst, dass der Einzige, für den er sich interessiert, er selbst ist?«, warf ich ihr enttäuscht vor.

»Du irrst dich in ihm«, beteuerte sie, woraufhin sie sich Annie zuwandte. »Wir bleiben bei unserem Plan. Nimm das Baby und schaff es hier raus!«

Unentschlossen blickte Annie von ihr zu mir.

»Wir haben die Wahl, Annie!«, beschwor ich sie. »Wir sind nur so lang Jacks Marionetten, wie wir uns von ihm dazu machen lassen.«

»Wenn wir nicht sofort etwas unternehmen, haben wir uns umsonst in dieses Haus eingeschlichen. Willst du das?«, fuhr Polly sie an. »Jack wird das nicht auf sich beruhen lassen! Wir brauchen diese Einladungskarten, und wenn wir sie nicht bekommen, wird er sich andere Verbündete suchen. Möchtest du etwa als Geist enden?«

Annie war hin- und hergerissen. »Ich will nicht, dass dem Baby etwas passiert –«, setzte sie zaghaft an, wurde aber von Polly unterbrochen.

»Dem Baby passiert nichts, wenn du auf es aufpasst! Jetzt nimm das Kind und verlass das Haus! Sofort!«

Kurz zögerte sie noch, dann griff sie nach einer Decke, die auf dem Schaukelstuhl lag, und beugte sich behutsam über die Wiege. Vorsichtig hob sie den kleinen Jungen an und wickelte ihn in den Stoff ein. Dabei ging sie so sanft vor, dass er nur ein leises Seufzen von sich gab, aber nicht erwachte. Sie drückte das Bündel an sich und bedachte mich mit einem entschuldigenden Ausdruck, ehe sie aus der Tür schlüpfte.

Triumphierend funkelte mich Polly an und zog den Brief, den Jack für uns geschrieben hatte, aus ihrem Kleid hervor. Darin waren sämtliche Forderungen enthalten, ebenso wie der Treffpunkt für die Übergabe. So eine wichtige Angelegenheit überließ Jack natürlich nicht uns, zumal er davon ausging, dass die Mehrheit von uns weder des Schreibens noch Lesens mächtig war. Die Nachricht war versiegelt. Polly wollte den Umschlag in die Wiege legen, doch ich wagte einen letzten Versuch, sie aufzuhalten, indem ich die Hand auf ihren Arm legte.

»Lass uns wenigstens den Brief lesen, bevor wir ihn hierlassen«, bat ich sie eindringlich. »Wenn wir wissen, wo die Übergabe stattfindet, können wir Jack beobachten und ihn ver–«

»Nein!«, fiel sie mir scharf ins Wort. »Es reicht, Mary! Du gefährdest die ganze Mission! Ich habe dich schon einmal gewarnt, ich werde nicht zulassen, dass du gegen Jack agierst! Trotzdem hast du dabei geholfen, diese Plakate von ihm entwerfen zu lassen!« Ich holte Luft, um ihr zu widersprechen, aber sie brachte mich mit erhobener Hand zum Schweigen. »Du brauchst es nicht abzustreiten, ich weiß es! Kannst du dir vorstellen, in was für eine Situation du mich damit bringst? Hättest du wirklich zugelassen, dass eine andere für deinen Verrat büßt?«

Jedes Leugnen war zwecklos. »Nein, natürlich nicht«, beschwor ich sie mit hängenden Schultern. Ihre Drohungen waren das eine, in dem Moment jedoch, als es darauf angekommen war, hatte ihre Loyalität mir gegolten. Das gab mir zu hoffen. »Willst du gar nicht wissen, wer er ist?« Sosehr ich mich auch bemühte, ich kam einfach nicht gegen sie an. Trotz unserer Meinungsverschiedenheiten war sie mir wichtig, weil sie letztlich ein Opfer wie wir alle war. Ich hielt sie nicht einmal für einen schlechten Menschen, sondern nur für jemanden, der zu viel Schmerz in seinem Leben erfahren hatte und daran zerbrochen war.

Gleichgültig zuckte sie mit den Schultern. »Er wird uns seine Identität verraten, wenn er es für richtig hält. Mir ist nicht wichtig, wie er heißt, sondern wofür er steht. Jack ist der Erste, der nicht auf mich herabblickt, sondern mir die Chance gibt, mehr aus mir zu machen. Er glaubt an mich! Das hat zuvor noch nie jemand. Ich werde ihm beweisen, dass er sich nicht in mir geirrt hat.« Mit diesen Worten schob sie meine Hand weg und legte den Brief in die verwaiste Babywiege. »Zeit zu gehen!«

Ich könnte mich gegen sie auflehnen, versuchen, die Nachricht an mich zu nehmen und sie gegen ihren Willen öffnen. Aber ich bezweifelte, dass sie das zulassen würde. Wir würden miteinander kämpfen und riskieren, erwischt zu werden. Das war es mir nicht wert! Annie hatte das Baby fortgebracht, und somit war es ohnehin zu spät, um einen Rückzieher zu machen.

Wir verließen das Zimmer und traten auf den dunklen Korridor hinaus. Leise war Liz' Stimme aus einem der angrenzenden Räume zu hören. Sie bestand darauf, die Hausherrin habe nach einem ganz bestimmten Paar Schuhe verlangt, das die Amme nicht finden konnte. Wenn Liz etwas wollte, konnte sie äußerst hartnäckig sein. Mir tat das Mädchen fast ein bisschen leid.

Polly und ich hatten gerade die Treppe erreicht, als plötzlich eine Tür zugeschlagen wurde und hektische Schritte im Foyer erklangen.

»Guten Abend, Madame, Guten Abend, Sir. Wir hatten Sie später zurückerwartet«, sagte eine männliche Stimme höflich.

»Ach, mir ist plötzlich schlecht geworden. Sicher war etwas mit dem Kaviar der Babingtons nicht in Ordnung«, erwiderte eine Frau, wobei sie sich weiter in unsere Richtung bewegte.

Panisch starrten Polly und ich uns an, ehe wir hastig zurück hinter die Vorhänge flohen. Es war ausgeschlossen, dass wir es unbemerkt durch die Eingangshalle schaffen würden. In dem Moment verließen auch Liz und die Amme, die ebenfalls etwas von der Rückkehr der Hausbesitzer mitbekommen hatte, das Zimmer.

»Unser Problem scheint sich gerade von selbst gelöst zu haben«, verkündete die Amme heiter, während Liz das Entsetzen ins Gesicht geschrieben stand. Ratlos, wie sie sich verhalten sollte, beobachtete sie, wie sich die junge Frau dem Kinderzimmer näherte.

»Warte«, bat sie sie mit bebender Stimme und eilte ihr nach.

Fragend drehte sich das Mädchen zu ihr um. Ehe es begriff, was geschah, drückte Liz sie gegen die Wand und presste ihr eine Hand auf den Mund. »Sei still«, raunte sie ihr zu. »Ich will dir nicht wehtun, aber ich werde es tun, wenn ich muss.«

Verständnislosigkeit gemischt mit Furcht spiegelte sich in den Augen der Amme. Sie nickte, trotzdem ließ Liz sie nicht los.

Polly trat hinter dem Vorhang hervor und gab mir mit einem Handzeichen zu verstehen, dass ich ihr folgen sollte. Gemeinsam eilten wir zu Liz. Bei unserem Anblick stieß die Amme ein Wimmern aus. Sie begriff: Irgendetwas stimmte nicht.

»Wir müssen hier raus«, meinte Polly drängend. »Gibt es einen Weg, ohne das Foyer durchqueren zu müssen?«

Aus dem unteren Stockwerk waren Schritte und Stimmen zu hören, die immer näher kamen. Nicht mehr lange und sie würden die Treppe erklimmen.

Die junge Frau schüttelte den Kopf.

Polly glaubte ihr nicht und drängte Liz zur Seite. Sogleich stieß die Amme einen grellen Schrei aus. Sie verstummte schlagartig, als Polly aus ihrem Unterrock ein Messer hervorzog. Die Klinge funkelte gefährlich im einfallenden Licht der Straßenlaterne, bevor sie es ihrem Opfer an die Kehle hielt.

»Noch einen Ton und du bist tot«, fauchte Polly bedrohlich. »Wage es nicht, mich noch einmal anzulügen. Irgendwo muss es hier einen Balkon oder ein Fenster, dicht an einem Baum, geben. Wenn dir dein Leben lieb ist, denkst du besser scharf nach!«

Tränen lösten sich aus den Augen des Mädchens, das am ganzen Körper zitterte. »Da-da-das Ki-ki-nderzimmer«, stotterte sie. »Es li-liegt über de-dem Vordach de-de-der Veranda.«

Grob packte Polly sie am Oberarm und zerrte sie mit sich zu besagtem Raum. Als sie an der Babywiege vorbeikamen, schluchzte die junge Frau laut auf. »Jonathan! Wo ist er?«

Wortlos fuhr Polly zu ihr herum und schlitzte ihr mit einem einzigen Hieb die Kehle durch. Es ging zu schnell, als dass Liz oder ich irgendetwas dagegen hätten unternehmen können. Blut sprudelte aus der Wunde hervor. Die Amme presste ihre Hände über den Schnitt, es war zwecklos. In ihrem Blick stand die Erkenntnis ihres bevorstehenden Todes, als sie zu Boden sank.

Mit einem Ruck schob Polly das Fenster hoch und streckte ihren Kopf in die kühle Nachtluft. Nur etwas tiefer erstreckte sich ein kleines Vordach, wie das Mädchen gesagt hatte. Es wäre uns aufgefallen, hätten wir zuvor auch nur einen Blick aus dem Fenster geworfen. Aber wir waren so in unserem Plan gefangen gewesen, dass wir keine andere Möglichkeit sahen, selbst wenn sie direkt vor uns lag.

Schritte näherten sich über die Treppe. Die Tür des Kinderzimmers stand offen, der erste Weg der Hausherrin würde unweigerlich hierherführen – zu ihrem kleinen Liebling.

Anstatt selbst die Flucht anzutreten, legte Polly mir ermutigend ihre Hand auf den Rücken. »Los, Mary!«

Sie war skrupellos zu ihren Feinden, doch trotz unseres Streits schien sie sich für mich verantwortlich zu fühlen. Sosehr ich sie auch für den unnötigen Tod der Amme verachten wollte, ich konnte es nicht. Es gab nur wenige Menschen, die sich je in meinem Leben um mich gekümmert hatten.

Ich raffte die Röcke und hob gerade den ersten Fuß über die Fensterbank, als Lady Anson in der Tür auftauchte. In ihrer Hand hielt sie eine Petroleumlampe, die ein flackerndes Licht auf ihr Gesicht warf, das sich zu einer Fratze verzerrte, als sie die tote Bedienstete entdeckte. Sie kam nicht einmal dazu zu schreien, da stürzte sich Polly schon auf sie. Die Lampe fiel der Frau aus den Händen, und das Glas zerbrach am Boden. Flüssigkeit tränkte den Teppich, der sogleich Feuer fing.

Die Madame begann um Hilfe zu schreien, während sie mit Polly rang. Gepolter war aus dem Hintergrund zu hören. Jeden Moment würden der Hausherr und die Wachmänner hinzukommen.

»Beeil dich!«, drängte mich Liz. »Wir müssen hier weg!«

»Wir können sie nicht zurücklassen«, widersprach ich ihr kopfschüttelnd und sah verzweifelt zu Polly, die gerade mit ihrem Messer Lady Ansons Handfläche durchbohrte. Unsere Blicke begegneten sich. »Verschwindet!«, brüllte sie mir zu.

Liz versetzte mir einen kräftigen Stoß, der mich das Gleichgewicht verlieren ließ. Ich fiel aus dem Fenster und knallte auf das Vordach. Es war kein tiefer Sturz, trotzdem schnappte ich erschrocken nach Luft. Bestürzt sah ich nach oben und entdeckte Liz, die von zwei starken Armen zurückgerissen wurde, als sie mir folgen wollte. Das lodernde Licht des Feuers, das sich mit rasanter Geschwindigkeit im Inneren ausbreitete, hüllte mich in seinen orangefarbenen Schein. Schreie und ein Handgemenge waren zu hören. Das Gesicht eines Wachmannes tauchte über mir auf. Ohne jede Warnung zielte er mit seiner Waffe auf mich. Der Schuss verfehlte nur knapp meinen Kopf und schlug hinter mir ins Holz. Mein Instinkt übernahm die Kontrolle, auch wenn mein Verstand wusste, ich konnte nicht verletzt, geschweige denn getötet werden.

Schnell rappelte ich mich auf und taumelte auf wackligen Beinen zum Rand des Daches. Eine Kugel jagte an meiner Schulter vorbei, als ich absprang und im nassen Gras des Gartens landete.

»Bleib stehen!«, schrie der Wachmann und schoss weiter, ohne mich zu treffen, während ich orientierungslos umherrannte. In der Dunkelheit waren nur Umrisse auszumachen, und ich brauchte einen Moment, um das Tor zu finden, das mich auf den Hof führte. Die Remise war nicht weit, doch bevor ich sie erreicht hatte, kam ein weiterer Mann aus dem Haus gerannt und warf mich zu Boden. Verzweifelt trat ich mit den Füßen nach ihm und schlug mit den Händen um mich, aber er war stärker als ich und thronte auf mir. Um meine Gegenwehr einzustellen, zog er seine Pistole und richtete sie auf meine Stirn. Lebend hätte das unweigerlich zu meiner Kapitulation geführt, jetzt musste ich es darauf ankommen lassen. Entgegen seiner Warnung bäumte ich mich auf, worauf sich ein laut knallender Schuss löste. Ich spürte, wie sich eine Kugel mit einem Ruck in meinen Kopf drängte. Es tat nicht weh, sorgte lediglich für ein unangenehmes Kitzeln, als mein untoter Körper bereits in den Heilprozess verfiel.

Der Wachmann starrte mich schockiert an, als ich nicht regungslos zusammensackte, sondern ihm einen Stoß gegen die Brust verpasste. Er musste die Eintrittsstelle auf meiner Stirn sehen, bemerkte das Fehlen jeglichen Blutes und konnte nicht verstehen, dass ich in der Lage war, mich zu rühren. Seine Verwirrung genügte, um ihn zu überrumpeln und mich unter ihm hervorzuwinden. Hastig rappelte ich mich wieder auf, doch er bekam mich am Knöchel zu fassen und brachte mich erneut zu Fall. Mit dem Kinn schlug ich auf die Pflastersteine auf, und es jagte eine Vibration durch meinen Schädel. Ich hatte mir auf die Zunge gebissen, aber schmeckte kein Blut.

»Was für ein Geschöpf der Hölle bist du?«, brüllte er mich an, als er mich zu sich herumriss und sich über mir aufbaute. Ihm war anzurechnen, wie gewissenhaft er seinen Job erledigte. Nicht jeder hätte gewagt, sich auf ein übernatürliches Wesen zu stürzen. Mit der Faust schlug er mir ins Gesicht. Die Erschütterung ließ die Kugel aus meiner Stirn fallen, während sich meine Haut zu schließen begann. Verzweiflung drohte mich zu überwältigen. Irgendetwas musste ich tun. Ich durfte mich nicht von ihm festhalten lassen, bis die Polizei eintraf.

Bevor ich mir überlegen konnte, was ich tun sollte, sackte der Mann plötzlich über mir zusammen. Hinter ihm ragte Catherine auf, die ihn mit einem Stück Holz niedergeschlagen hatte. Sie reichte mir die Hand und zog mich auf die Beine.

»Wo sind Annie und das Baby?«, keuchte ich atemlos.

»Sie ist auf dem Weg zur Dorset Street. Ich habe sie gesehen, als sie aus dem Haus gekommen ist, und bin geblieben, um auf euch zu warten. Was ist mit Polly und Liz?«

»Sie haben sie geschnappt«, gestand ich ihr reuevoll. Es fühlte sich falsch an, hier draußen zu sein, während ihnen im Inneren des Hauses weiß Gott was bevorstand. Beschämt ließ ich den Blick an der Fassade entlanggleiten. Im oberen Stock war das flackernde Licht des Feuers nun auch zu sehen, obwohl das Kinderzimmer auf der Rückseite des Hauses lag.

»Sollen wir rein und ihnen helfen?«, hakte Catherine unsicher nach.

Das war es, was ich tun wollte. Was nützte es uns, unsterblich zu sein, wenn wir jene, die uns wichtig waren, nicht beschützen konnten? Zugleich bestand die Gefahr, dass keine von uns es wieder aus dem Haus schaffen würde.

Ich wollte zu einer Antwort ansetzen, meine Stimme ging jedoch in dem lauten Geheul einer Sirene unter, die von der Straße her erklang. Schnell zogen Catherine und ich uns in die Schatten der Remise zurück. Durch das Tor spähten wir hinaus und entdeckten mehrere Gesetzeshüter und Löschmänner samt Dampfspritze. Die Feuerwehr war in der Nähe stationiert, weshalb sie es nicht weit gehabt hatten. Blackfriars galt unter anderem deshalb als eine der besten Wohngegenden Londons.

Gerade noch rechtzeitig duckten wir uns hinter eine Schubkarre, als einige Personen durch die Remise auf den Innenhof des Anwesens strömten.

»Das Feuer ist auf der Rückseite!«, hörte ich einen von ihnen rufen, während sie die schwere Dampfspritze mühsam durch das Tor wuchteten.

»Haltet Sie!«, schrie da plötzlich jemand von der Straßenseite, und es brach Tumult unter den Männern aus. Catherine und ich nutzten das Chaos, um aus der Remise zu schlüpfen. Nicht weit von uns entfernt rannte Polly über die Straße, eine Horde von Uniformierten hinter ihr her, die sie bis in eine enge Gasse verfolgten. In dem dekadenten Eingang des Hauses entdeckten wir Liz, die von gleich vier Gesetzeshütern in Schach gehalten wurde. Ihre Arme waren auf ihren Rücken gefesselt. Panik stand ihr ins Gesicht geschrieben.

»Wir können ihnen nicht mehr helfen«, zischte Catherine mir unglücklich zu. »Hauen wir ab, bevor die Bobbys uns bemerken.«

Es widerstrebte mir, Frauen, die sich für mich eingesetzt hatten, im Stich zu lassen, aber uns blieb kaum etwas anderes übrig. Geknickt traten wir den Rückzug an, raus aus der Welt der Schönen und Reichen, die wir in dieser Nacht erschüttert hatten, zurück in das Elend des East End.

Ein kalter Regenschauer ergoss sich über Whitechapel, der die Nachtschwärmer in die Pubs und Hauseingänge trieb. Catherine und ich hatten den ganzen Weg von Blackfriars zu Fuß zurückgelegt. Dabei ließ mich der Gedanke an Liz und Polly nicht los. Es musste irgendetwas geben, was ich für sie tun konnte. Jack durfte nicht unsere einzige Hoffnung sein. Nach dem unschönen Ende meines letzten Treffens mit Abberline widerstrebte es mir, den Inspektor aufzusuchen und ihn um Hilfe zu bitten, aber mein Vertrauen in ihn war immer noch größer als in Jack. Immerhin arbeitete er bei der Polizei und könnte herausfinden, wo die beiden festgehalten wurden. Er könnte ihnen zur Flucht verhelfen; ob er das tun würde, wagte ich allerdings zu bezweifeln. Trotzdem war er meine beste Option.

Die Dorset Street war bereits in Sichtweite, als ich zögerlich stehen blieb. Catherine drehte sich mit fragendem Gesichtsausdruck zu mir herum.

»Eine ehemalige Bekannte von mir putzt hin und wieder im Polizeirevier. Ich werde zu ihr gehen und sie bitten, sich mal umzuhören«, schwindelte ich.

»Jetzt?«, wunderte sich Catherine. »Es ist Mitten in der Nacht. Deine Bekannte wird längst schlafen, außerdem darfst du dich ihr nicht zu erkennen geben.«

»Das habe ich auch nicht vor«, versicherte ich ihr. »Für ein paar Münzen wird sie gewiss auch einer Fremden behilflich sein.« Ich schenkte ihr ein schiefes Lächeln. »Ich muss irgendetwas tun und kann nicht einfach nur abwarten, das bin ich Polly und Liz schuldig. Selbst wenn es nichts bringt, habe ich es dann wenigstens versucht.«

Catherine legte tröstend die Hand auf meinen Oberarm. »Das verstehe ich, aber Jack erwartet uns im Handwarenladen. Wenn du dort nicht auftauchst, wird er misstrauisch werden. Er verdächtigt ohnehin jede von uns seit der Sache mit dem Plakat.«

Anders als Polly beschuldigte sie mich nicht, dafür verantwortlich zu sein, dabei musste auch sie schon die Vermutung gehabt haben. Ich wünschte, ich hätte ihr die Wahrheit sagen können. Nicht nur über das Porträt, sondern vor allem über Abberline und unsere gemeinsamen Ziele. Ich glaubte sogar, Catherine wollte dasselbe wie ich, sie einzuweihen hätte sie jedoch zur Mitverschwörerin gemacht. Das wollte ich ihr nicht zumuten.

»Ich werde nicht lange wegbleiben«, versprach ich. »Sollte Jack schon dort sein, sagst du ihm, wir wurden bei der Flucht getrennt. Tust du das für mich?«

»Natürlich.« Sie zog mich in eine feste Umarmung. »Pass auf dich auf, Mary!«

»Du auch auf dich!« Wir lösten uns voneinander und gingen in unterschiedliche Richtungen weiter. Es war lange her, dass ich mich jemandem so verbunden gefühlt hatte wie Catherine und den anderen. Zu meinen Lebzeiten war ich lieber für mich geblieben und hatte andere auf Distanz gehalten, um nicht verletzt zu werden. Nach meinem Tod schien es, als hätte ich nichts mehr zu verlieren. Erst jetzt konnte ich mich öffnen. Selbst wenn unsere Existenz nicht mehr von langer Dauer sein sollte, war ich dankbar für die Zeit, die ich mit den anderen Frauen hatte erleben dürfen. Ihre Nähe und unser Zusammenhalt waren mein Licht in der Dunkelheit, in die Jack mich hinabgestoßen hatte.

Nervös schritt ich durch den Regen und überlegte mir, was ich Abberline sagen sollte, um ihn dazu zu bringen, mir zu helfen. Er sollte nicht wissen, was wir getan hatten, aber mir war bewusst, jedes Leugnen wäre zwecklos. Sobald er sich nach Liz oder Polly erkundigen würde, käme die Wahrheit unweigerlich heraus. Es gab keine Rechtfertigung für eine tote Frau und ein verschwundenes Baby.

Mein Arm fühlte sich schwer an, als ich ihn hob und gegen die Tür des Inspektors klopfte. Was, wenn er nicht da war? Was, wenn es ihn wieder an den Tresen eines Pubs gezogen hatte? Was, wenn er zu betrunken war, um mir helfen zu können?

Angestrengt lauschte ich auf irgendein Geräusch aus der Wohnung und atmete erleichtert auf, als Schritte hinter der Tür zu vernehmen waren. Abberline öffnete sie nur einen schmalen Spaltbreit und spähte zu mir heraus. Als er mich erkannte, ließ er seine Vorsicht ein Stück weit fallen.

»Miss Kelly, was führt Sie zu mir? Gibt es Neuigkeiten?« Er musterte mich eingehend und schien den Kummer in meinem Gesicht zu bemerken, denn ein sorgenvoller Ausdruck schlich sich in seine Miene. Seine Haare waren zerzaust und sein langärmeliges Unterhemd zerknittert. Offenbar hatte ich ihn aus dem Bett geworfen.

Obwohl ich gewusst hatte, dass ich ehrlich zu ihm sein musste, fiel es mir schwer, ihm zu gestehen, was am Abend vorgefallen war. Bisher waren die anderen und ich für ihn Opfer gewesen. Dieses Bild von mir sollte nicht zerstört werden. Aus irgendeinem Grund war es mir wichtig, was er von mir hielt.

»Polly und Liz wurden festgenommen, als wir bei einem Einbruch erwischt wurden«, offenbarte ich ihm geradeheraus. Meine Stimme bebte vor Angst und überschlug sich. »Bitte helfen Sie ihnen! Niemand darf herausfinden, wer sie wirklich sind.«

Verschlafen fuhr er sich über die Augen und versuchte zu verstehen, was ich ihm gerade anvertraut hatte. »Kommen Sie erst einmal herein!«, forderte er und gab mir den Weg in seine Stube frei.

Bedächtig setzte ich einen Fuß vor den anderen und versuchte nicht zu offensichtlich auf sein Bett zu starren, dessen Laken zerwühlt waren. Mein roter Seidenschal lag immer noch auf seinem Nachttisch. Ob ihm wohl noch der Duft meines Parfums anhaftete? Immerhin hatte ich ihn in der Nacht meines Todes getragen. Jack musste ihn an sich genommen haben, als er meinen zerstückelten Leichnam am Tatort zurückließ, nur um ihn mir erneut umzulegen. In gewisser Weise hatte er mich damit als seinen Besitz gekennzeichnet. Mir gefiel die Vorstellung, dass sein Geschenk nun zu einem Bindeglied zwischen Abberline und mir geworden war. Das beraubte Jack seiner Macht über mich.

»Also noch einmal von vorn«, bat der Inspektor und ließ sich auf einem Stuhl nieder. »Von was für einem Einbruch sprechen Sie?«

Wenn ich ihm früher erzählt hätte, dass Jack Geld von uns erpresste, würde mir das Gespräch jetzt leichterfallen, aber dafür war es zu spät. »Wir haben uns in das Haus des Privatsekretärs der Königin geschlichen und sein Baby entführt, damit Jack ihn damit erpressen kann.« Abberlines entsetzter Gesichtsausdruck ließ mich innerlich schrumpfen. »Eigentlich lief alles gut, dann kamen der Mann und seine Frau früher als erwartet zurück. Wir wurden entdeckt, es kam zum Kampf und ein Feuer brach aus. Catherine und mir gelang die Flucht, aber die Bobbys haben sich Liz und Polly geschnappt. Wenn sie …«

Abberline hob die Hand, um mich zum Innehalten zu bewegen. »Gibt es Tote?«

Schuldbewusst senkte ich den Blick. »Die Amme.«

Er sog scharf Luft ein. Es war ein entsetzlicher Laut. Ich hörte in ihm all seine Enttäuschung, seine Fassungslosigkeit und seine Wut. Die Tat wäre nicht weniger abscheulich, wenn ich ihm sagte, dass ich das nicht gewollt hatte. Nicht ich hatte sie getötet. Es war genauso meine Anwesenheit wie die der anderen Frauen, die letztlich zum Tod der jungen Frau geführt hatten. Ich konnte mich nicht frei von Schuld sprechen, nur weil ich das Messer nicht geführt hatte.

»Was ist mit dem Kind? Wo ist es jetzt?« Eine Härte lag in seinen Worten, die ich bisher nicht von ihm gekannt hatte. Keine Spur von Mitgefühl. Kein Anzeichen dafür, dass er mir helfen würde.

»Annie ist mit ihm gegangen, bevor alles schiefging. Wir wollten uns in unserem Versteck –«

»Du sagst mir sofort, wo sich dieses Versteck befindet!«, fiel er mir ins Wort und sprang vom Stuhl auf. Ich wusste nicht, ob er mich absichtlich duzte oder es gar nicht bemerkte – es tat auch nichts zur Sache.

Zögerlich sah ich ihn an, stellte mich der Verachtung in seinen braunen Augen, die ich lieb gewonnen hatte, und schüttelte stur den

Kopf. »Nein, das kann ich nicht! Jack hat die Plakate gesehen und weiß, dass eine von uns etwas damit zu tun haben muss. Wenn er herausfindet, dass ich es war, wird er mir meine körperliche Präsenz nehmen. Mein Körper wird verblassen, und ich werde keinen Kontakt mehr zu dir aufnehmen können. Dann kann ich dir nicht mehr helfen, ihn zu überführen.«

Mein Geständnis machte ihn sprachlos. Für einen Moment starrte er mich schockiert an, ehe er den Kopf schüttelte. »Wusstest du das? Wusstest du, dass er dir so etwas antun kann, als du eingewilligt hast, eine Zeichnung von ihm anfertigen zu lassen? Oder hast du das erst jetzt erfahren?«

Was machte das für einen Unterschied? »Ich kannte das Risiko«, gab ich zu, um ihn nicht noch mehr zu verärgern.

Bestürzt fuhr er sich mit der Hand durchs Haar. »Warum hast du es mir nicht gesagt?«

»Du brauchtest einen Fortschritt«, platzte es aus mir heraus, bevor ich mich korrigieren konnte. »Wir brauchten einen Fortschritt.«

Es war zu spät. Dieser eine Satz hatte ihm mehr über meine Beweggründe verraten, als mir lieb war. Ich hatte nicht um meinetwillen der Porträtzeichnung zugestimmt, sondern ihm zuliebe. Er sollte wissen, ich war zu allem bereit.

Ich ertrug die Eindringlichkeit seines Blickes, den ich nicht zu deuten vermochte, nicht und lenkte das Gespräch zurück auf den eigentlichen Grund für meine Anwesenheit. »Bitte hilf Liz und Polly!«, flehte ich. »Du kannst zum Polizeirevier gehen und dafür sorg–«

»Nein!«, unterbrach er mich streng. Der Themenwechsel hatte ihn wieder an seine Wut erinnert, die sich jetzt mit voller Kraft zurück an die Oberfläche kämpfte. »Ihr habt ein unschuldiges Kind entführt und eine Frau getötet!« Er stockte, und seine Augen weiteten sich vor Entsetzen. »Ist es das erste Mal? Oder gibt es noch mehr Tote?«

Ein Engegefühl breitete sich in meiner Kehle aus, als ich an Pollys Vermieter dachte, der verdreht auf den Pflastersteinen gelegen hatte. Er war nur einer von vielen gewesen – ein Name auf einer endlosen Liste.

Mein Schweigen war Abberline Antwort genug, und er schüttelte fassungslos den Kopf. »Ich dachte, ihr wärt Opfer, stattdessen seid ihr genauso schlimm wie euer Mörder!«, warf er mir anklagend vor und deutete mit zitterndem Zeigefinger auf mich. »Wie konnte ich mich nur so in dir täuschen?«

Seine Anschuldigung schmerzte. Jedes seiner Worte fühlte sich an wie eine Klinge, die er mir in die Seele rammte. Ich hatte geahnt, dass es so kommen würde, wenn er die Wahrheit kannte. Diesen Moment zu erleben war schlimmer, als ich es mir hatte vorstellen können. Verzweifelt sehnte ich mich nach Tränen, die nicht kommen wollten. Schluchzend legte ich mir die Hände vor die Augen und drehte mich von ihm weg. »Es tut mir leid«, beschwor ich ihn und auch mich selbst. »Ich wollte das nicht. Es ist Jacks Einfluss, der uns in Monster verwandelt. Seine Finsternis ist wie Gift. Je länger wir ihm ausgesetzt sind, desto weniger erkennen wir uns selbst wieder.«

Abberlines Arme, die er plötzlich von hinten um mich legte, kamen gänzlich unerwartet. Erschrocken zuckte ich zusammen, wirbelte zu ihm herum und beruhigte mich erst, als ich den feuchten Glanz in seinen Augen bemerkte. Seine Wut und seine Verachtung waren Trauer gewichen – Trauer um mich. Verzweifelt schlang ich die Hände um seinen Nacken und schmiegte mich an ihn, ließ zu, dass er mich hielt. Meine Gefühle wirbelten durcheinander. Wie konnte er mich hassen und gleichzeitig trösten?

»Das warst nicht du«, wisperte er in mein Haar. »Ich habe vorschnell geurteilt. Hätte ich nur eine Sekunde überlegt, wäre mir bewusst gewesen, dass nichts davon deine Idee gewesen sein kann. Dafür bist du zu mitfühlend. Selbst nach deinem Tod sorgst du dich um das Wohl anderer. Du hättest jeden Grund, wütend zu sein, stattdessen ist das Einzige, was du verlangst, Gerechtigkeit. Ganz gleich, wie stark der Sturm auch sein mag, du lässt dich nicht von deinem Weg abbringen. Du trotzt dem Wind, blickst ihm erhobenen Hauptes entgegen und setzt einen Fuß vor den anderen. Mir ist nie jemand Stärkeres als du begegnet!«

Seine Rede war wie eine Melodie, die sich in mein Innerstes schlich und sich dort wiederholte. Angelockt von dem Klang seiner

Stimme, hob ich den Kopf und suchte in seinem Blick nach Bestätigung für das Gehörte. Es gab Menschen, die mit Worten malen konnten, ohne zu meinen, was sie sagten. Aber Abberline geizte mit Zuneigungsbekundungen. Jeder Satz kam einem Eingeständnis gleich, das er sich hatte abringen müssen. Ich war es gewohnt, von Männern Komplimente für mein Aussehen zu bekommen, nie hatten sie hinter die hübsche Fassade gesehen, nicht einmal Joseph. Er sah in mir ein zartes Pflänzlein, das seine Wurzeln in den falschen Fleck Erde geschlagen hatte und beschützt werden musste. So hilflos, wie er sich gern einredete, war ich nicht. Letztendlich verband uns nicht mehr als unsere Einsamkeit. Wir waren beide Außenseiter, die mit Vorurteilen kämpfen mussten, die die Gesellschaft gegen uns erhob. Das machte uns zu Leidensgenossen, nicht zu Liebenden. Nicht was mich anging.

»Du solltest wohl mehr unter Menschen gehen«, spottete ich. Ich konnte damit umgehen, wenn jemand mir sagte, wie schön mein Haar sei oder wie toll meine Figur, aber es fiel mir schwer zu glauben, jemand könnte mehr in mir sehen. Ich hatte mich nie stark gefühlt – mein ganzes Leben nicht. Statt etwas zu ändern, harrte ich immer nur aus, bis es zu spät war. Jede Chance war vertan.

Abberline ließ sich nicht beirren, sondern hielt mich mit beiden Händen fest. »Ich weiß nicht, wer du gewesen bist, bevor du auf so grausame Weise aus dem Leben gerissen wurdest, aber ich sehe dich jetzt, Mary! All der Schmerz, der dir unweigerlich widerfahren ist, hat dich nicht verbittern lassen, sondern abgehärtet. Du könntest dich dem Elend hingeben, stattdessen konzentrierst du dich auf das Gute. Wenn die Trauer dich zu übermannen droht, begegnest du ihr mit einem Lied.«

Früher hatte ich oft gesungen, nicht unbedingt gut, aber gern. Es lenkte mich von meinen eigenen Sorgen ab, mich auf den Text und die Gefühle einer anderen Person zu konzentrieren. Manchmal hatten die Nachbarn schon gegen die Wände geklopft, damit ich endlich verstummte. Das konnte Abberline nicht wissen, umso mehr traf es mich, wie gut er mich kannte. Er las mich wie ein offenes Buch. Ich brauchte ihm nicht meine Lebensgeschichte zu erzählen, für ihn genügte es, meine kleinen, unbedachten Äußerungen wie Puzzleteile zu sammeln, um daraus ein Bild zu formen. Er achtete auf jedes Detail, was ihn zu einem besseren Inspektor machte, als ich geahnt hatte. Seine Fähigkeit, mich zu durchschauen, war beängstigend und beruhigend zugleich. Einerseits fühlte ich mich bloßgestellt, enthüllt und verletzlich. Andererseits war es schön zu wissen, dass, wenn ich kein Teil mehr von dieser Welt wäre, es zumindest einen Menschen geben würde, der wusste, dass ich mehr als eine Hure gewesen war.

»Es tut gut zu hören, wie gut du über mich denkst.« Mehr als ein schwaches Lächeln brachte ich nicht zustande. Es reichte nicht, um auszudrücken, wie viel mir seine Zuneigung wirklich bedeutete. »Aber ich bin nicht die Einzige, der übel mitgespielt wurde. Keine der Frauen, die Jack umgebracht hat, hatte es leicht. Wir mögen unterschiedlich damit umgehen, aber wir tragen alle dasselbe Schicksal. Jede von uns hat Gerechtigkeit und Frieden verdient!«

Abberline nickte einsichtig. »Ich werde zum Polizeirevier gehen und sehen, was ich für Polly und Liz tun kann.« Als er meine Erleichterung bemerkte, hob er warnend die Hände und trat einen Schritt von mir zurück. »Zur Flucht werde ich ihnen nicht verhelfen, das muss dir klar sein! Vielleicht kann ich sie dennoch in Schutz nehmen, immerhin sind sie wichtige Zeuginnen in einer Mordermittlung, auch wenn die genauen Hintergründe niemand erfahren wird.«

Jetzt kannte er die Wahrheit und wandte sich trotzdem nicht von mir ab. Am liebsten hätte ich ihn wieder an mich gezogen, mich an ihn geschmiegt und seinem Herz gelauscht, das kräftig genug für uns beide schlug.

»Ich vertraue dir!« Zum ersten Mal meinte ich es auch so.

Er nickte und griff nach seiner Uniformjacke, die über dem Stuhl hing. »Komm heute Abend wieder, dann …« Er stockte und kratzte sich verlegen am Hinterkopf. »Ich meine, bitte kommen Sie heute Abend wieder, Miss Kelly! Entschuldigen Sie bitte meine Respektlosigkeit. Vor lauter Aufregung habe ich wohl meine Manieren vergessen.« Erst jetzt fiel ihm auf, dass er vom Sie ins Du gewechselt hatte. Röteten sich etwa seine Ohren vor Scham?

Seine Bitte um Verzeihung entlockte mir ein Lächeln. »Sorgen Sie sich nicht, Mister Abberline, Sie haben mich mit mehr Respekt behandelt als die meisten, und wenn es nach mir ginge, dürften Sie Ihre Manieren ruhig weiterhin vergessen. Im East End siezen wir uns ohnehin nicht.« Ich streckte ihm die Hand entgegen. »Ich bin Mary!«

Er betrachtete mich, als überlegte er, wie er sich wieder aus dieser Situation bringen könnte, dann gab er sich jedoch einen Ruck und ergriff meine Hand. »Frederick.«

Mir entschlüpfte ein leises Lachen. Ich wusste nicht, was ich erwartet hatte, wie sein Vorname lauten könnte, es wäre gewiss nicht Frederick gewesen. Das klang nach einem kleinen Jungen, der von seiner Mutter gerügt werden musste, weil er sich in Albernheiten verlor. Vielleicht war er irgendwann einmal dieses Kind gewesen, bevor die Realität ihn eingeholt hatte.

»Sehen wir uns später, Mary?«, hakte er nach und erwiderte zaghaft mein Lächeln. Ich konnte ihm ansehen, wie viel Überwindung ihn das kostete.

»Wenn ich nichts Besseres vorhabe, Rick«, scherzte ich und amüsierte mich über seinen entrüsteten Gesichtsausdruck angesichts des Spitznamens, den ich ihm verpasst hatte. Ob ihm Fredy lieber wäre? Sicher bereute er schon, mir seinen Vornamen verraten zu haben. Insgeheim würde er wohl immer Abberline für mich bleiben.

Dicke Tropfen prasselten gegen die mit Holzbrettern verrammelten Fenster des Handwarenladens, als ich durch die Hintertür ins Innere schlüpfte. Von der Straße aus war nichts zu hören gewesen, sobald ich aber die Stube betrat, vernahm ich das herzzerreißende Weinen eines Babys. Offenbar war der kleine Jonathan aufgewacht und fühlte sich alles andere als wohl in seiner neuen Umgebung. Wer konnte es ihm verübeln? Sein klägliches Schreien ließ mich auf der Stelle verharren und schmerzte in meiner Brust. Dies war kein Ort für ein Baby, und wir waren nicht die geeignete Gesellschaft – am wenigsten Jack.

Obwohl sich alles in mir dagegen sträubte, stieg ich die Treppenstufen in den Keller hinab. Zu meinem Erstaunen waren nicht nur Jack, Catherine und Annie, die alles versuchte, um das krähende Kind zu beruhigen, anwesend, sondern auch Polly. Sie saß mit übereinandergeschlagenen Beinen in einem mottenzerfressenen Sessel und begegnete mir mit stolz erhobenem Kinn.

»Lässt du dich auch endlich mal blicken?«, neckte sie mich.

Polly war eine gewissenlose Mörderin, die, ohne zu zögern, einer unschuldigen Frau die Kehle aufgeschlitzt hatte, trotzdem war ich froh, sie wohlbehalten hier anzutreffen.

»Es ist schön, dich zu sehen«, versicherte ich ihr erleichtert, was sie mit einer wegwischenden Handbewegung abtat. »Wie konntest du den Bobbys entkommen? Als ich dich zuletzt gesehen habe, war eine ganze Horde von ihnen hinter dir her.«

»Ich habe sie in die Irre geführt«, behauptete Polly leichthin. »Wenn sich diese Mistkerle mit weniger Kuchen vollstopfen würden, könnten sie vielleicht schneller laufen. Sobald ich sie abgeschüttelt hatte, habe ich mir eine Kutsche genommen.« Demonstrativ ließ sie ihren Blick an mir auf und ab gleiten. »Hättest du auch besser mal gemacht, dann wärst du früher hier eingetroffen.«

Weder Catherine noch ich waren auf unserem Marsch durch Blackfriars auch nur auf die Idee gekommen, ein Gefährt zu nehmen. Es war nichts, was wir normalerweise taten. In unseren vorherigen Leben hatten wir nie das nötige Kleingeld für solch einen Luxus besessen.

»Bring dieses Balg zum Verstummen! So kann ja kein Mensch nachdenken«, herrschte Jack Annie an. Ich war mir nicht sicher, ob seine schlechte Laune wirklich an dem Geschrei des Babys lag oder ihm nur missfiel, dass meine Aufmerksamkeit Polly und nicht ihm galt.

Annie ging nervös auf und ab und wiegte das weinende Kind in ihren Armen. Sanft gurrte sie ihm geflüsterte Worte ins Ohr, aber der Kleine wollte sich einfach nicht beruhigen lassen. »Er braucht Milch und eine frische Windel!«, fauchte sie. »Außerdem ist es hier zu kalt für ein Baby! Wir müssen den Ofen in der Stube anmachen, sonst erfriert der Kleine!«

»Kommt nicht infrage«, widersprach Jack sofort, offenbar nicht zum ersten Mal. »Dieser Schreihals würde nur die Aufmerksamkeit irgendwelcher Schnüffler erregen. Das Balg bleibt im Keller! Wenn du dich so um sein Wohlergehen sorgst, wickele es in noch eine Decke. Oben liegen genug herum!«

»Die sind alle klamm, so wie alles in diesem Rattenloch«, protestierte Annie. »Wenn die Kälte den Kleinen nicht umbringt, dann der Schimmel, der aus allen Ecken sprießt. Wenn du dem Privatsekretär der Königin ein totes Baby zurückbringst, hält ihn nichts davon ab, Rache an dir zu üben.« Ich hatte Annie noch nie so aufgebracht erlebt. Für gewöhnlich hielt sie sich aus sämtlichen Diskussionen heraus und wirkte jeden Lebensmutes beraubt. Aber an dem kleinen Jonathan schien ihr etwas zu liegen. Er war ein unschuldiges Kind, das nichts für die Dekadenz seiner Eltern konnte.

Verärgert knirschte Jack mit den Zähnen. »Wenn ihr euren Auftrag so ausgeführt hättet, wie ich es befohlen habe, müsste ich mich jetzt nicht um eine tote Hure in den Händen der Bobbys kümmern.«

Liz. *Ihr Name ist Liz*, lag mir auf der Zunge, ihm zu entgegnen. Meine Spitzfindigkeit hätte auch nichts an der Tatsache geändert, sie verloren zu haben. Die anderen hatten ihm offenbar schon von ihrer Festnahme berichtet.

»Wir konnten nicht wissen, dass der Hausherrin von ihrem ekelhaften Kaviar schlecht werden würde«, ergriff Polly verteidigend das Wort. »Wäre sie doch nur daran erstickt!«

Ich war froh, dass sie Jack nichts von meiner Einmischung erzählte. Wenn ich nicht versucht hätte, Annie und sie davon zu überzeugen, das Baby zu lassen, wo es war, und den Brief zu lesen, hätten wir das Anwesen früher verlassen. Vielleicht gerade früh genug, um nicht den Ansons zu begegnen. Dann wäre Liz jetzt noch bei uns.

»Du wirst ihr doch helfen, oder?«, hakte ich besorgt nach. Abberline würde alles in seiner Macht Stehende tun, um Liz zu schützen, aber seine Hilfe unterlag Grenzen. Er konnte sie nicht aus einer Zelle befreien – Jack hingegen verfügte über Magie. Wenn er Tote zum Leben erwecken konnte, sollte das für ihn ein Kinderspiel sein.

Unzufrieden verzog Jack das Gesicht und griff sich an die Nasenwurzel. »Wäre eine von euch wohl so gut und würde etwas Milch besorgen gehen, damit wir diesem unsäglichen Balg endlich das Maul stopfen können?«, knurrte er. Meine Frage ließ er unbeantwortet.

Annie warf ihm einen feindseligen Blick zu, streichelte Jonathan über seinen Haarflaum und drückte das Baby Catherine in den Arm, die erst aussah, als wollte sie sich weigern.

»Ich komme so schnell wie ich kann zurück«, versprach Annie. »Geh behutsam mit ihm um. Kinder spüren Unruhe!«

Catherine nickte, wirkte aber immer noch überfordert. Unsicher wiegte sie das schreiende Kind in ihrem Armen, als Annie über die Treppenstufen den Keller verließ.

Jack stieß ein entnervtes Stöhnen aus. »Wenn ich Liz helfen soll, brauche ich ihr Herz.« Drohend hob er seine behandschuhten

Finger. »Solange dieses Balg schreit, bleibt es im Keller! Diejenige, die ich mit diesem Ungetüm in der Stube erwische, verliert ihre körperliche Präsenz.« Er schnipste. Auch wenn das Geräusch durch das Leder der Handschuhe nahezu verschluckt wurde, war seine Geste unmissverständlich. »Sofort!«

Hastig, als ertrüge er die Gegenwart eines unschuldigen Babys nicht länger, floh er aus dem Keller. Das war meine Chance! Wenn ich wissen wollte, wo Jack unsere Herzen aufbewahrte, musste ich ihm jetzt nachgehen. Ich lenkte meine Schritte ihm nach, doch noch bevor ich die erste Stufe erreicht hatte, stellte sich Polly mir in den Weg.

»Wo willst du hin?«, fuhr sie mich an – die Antwort kannte sie bereits.

Flehend suchte ich ihren Blick. »Das ist vielleicht unsere einzige Gelegenheit, herauszufinden, wer er ist. Wenn wir wissen, wo er unsere Herzen versteckt, verliert er seine Macht über uns. Bist du es nicht auch leid, ständig von ihm damit erpresst zu werden, uns unsere Körper zu nehmen?«

Polly verengte ihre Augen zu schmalen Schlitzen. »Jack ist nicht dumm! Er wird bemerken, dass du ihn verfolgst. Dadurch gefährdest du Liz' Rettung. Ist dir das gleichgültig?«

Energisch schüttelte ich den Kopf. »Natürlich nicht! Ich werde vorsichtig sein. Liz will sich auch nicht länger von ihm herumkommand–«

»Nein!«, fiel Polly mir harsch ins Wort. »Du hältst dich für so schlau! Schlauer als Jack und schlauer als jede Einzelne von uns, aber das bist du nicht! Ich werde nicht zulassen, dass du Liz' Sicherheit gefährdest, nur um dir selbst etwas zu beweisen.«

Ich schluckte gegen meine aufkommende Furcht an und zwang mich, nicht vor ihr zurückzuweichen. »Wie willst du mich aufhalten?«

Spöttisch hob Polly die Augenbrauen. »Das fragst du noch? Ich werde mit dir gehen, und sobald Jack auch nur in der Nähe ist, werde ich ihm alles verraten, was du in den letzten Tagen gegen ihn unternommen hast.« Sie versetzte mir mit beiden Händen einen Stoß, der mich rückwärts taumeln ließ. »Begreif endlich, dass ich keine leeren Drohungen ausspreche! Ich mag dich, Mary, aber meine Sympathie hat ihre Grenzen. Wenn du mich zwingst, zwischen dir und Jack zu wählen, ziehst du den Kürzeren!«

Die Entschlossenheit loderte in ihren Augen wie die Flammen der Kerzen, die ihr flackerndes Licht auf die kalten Kellerwände warfen.

»Bitte bleib, Mary«, bat mich Catherine, der es irgendwie gelungen war, Jonathan zu beruhigen, denn er wimmerte nur noch leise. Vielleicht war er auch zu erschöpft, um weiter laut zu krakeelen. »Liz zuliebe! Ich traue Jack durchaus zu, sie zum Geist zu machen, nur um dich zu bestrafen.«

Das traute ich ihm auch zu. Ergeben hob ich die Hände, um Polly zu signalisieren, dass sie gewonnen hatte. Dabei konnte ich sie nicht ansehen, weil ich ihr triumphierendes Grinsen nicht ertragen hätte.

Es dauerte eine Weile, bis Annie zurückkehrte. Frische Milch war im East End nicht leicht aufzutreiben, nicht einmal, wenn man genug Geld besaß. Irgendwann war sie bei einer Frau gelandet, die zwei Ziegen im Hinterhof ihres Hauses hielt. Nun entfachte Annie ein Feuer in dem Stubenofen, ungeachtet Jacks Warnung, um die Milch in einem Kessel zu erwärmen. Nicht einmal Polly hatte dagegen protestiert. Derweil wechselte Catherine dem Baby, das erneut zu quengeln begonnen hatte, als könnte es die Nahrung riechen, die Windel.

»Sein Körper ist so zerbrechlich«, wisperte sie ehrfürchtig. Ihre Handgriffe waren zaghaft, als fürchtete sie, eine falsche Bewegung könnte dem Kind Schaden zufügen.

Sobald die Flammen ihre Hitze abgaben und frische Leinentücher Jonathans Po bedeckten, entspannte er sich. Zufrieden nuckelte er an einem Handtuch, das Annie immer wieder in die warme Milch tunkte. Zu viert saßen wir um ihn herum und sahen ihm dabei zu, wie er trank. Der Moment hatte etwas unerwartet Behagliches. Im Schein des Feuers fühlte sich die Stube zum ersten Mal wie ein Ort an, der den Begriff eines Zuhauses verdiente, und nicht wie ein Versteck. Andächtig lauschten wir dem Saugen seiner kleinen Lippen. Sein regelmäßiger Atem erfüllte uns mit einer inneren Ruhe und Zufriedenheit.

»Ich wünschte, ich hätte die Möglichkeit gehabt, mich um meine Kinder zu kümmern«, gestand Annie leise und streichelte Jonathan über sein flaumbedecktes Köpfchen. »Mein Mann war ein Trunkenbold, der jeden Pence versoff. Kaum hatte ich mir die Kinder aus dem Leib gepresst, musste ich auch schon wieder auf die Straße, wenn ich etwas zu essen haben wollte.«

Das war hart. Ich hatte nicht gewusst, dass Annie Mutter war. Jetzt, wo ich sah, wie fürsorglich sie sich um das Baby kümmerte, war es offensichtlich.

»Was ist aus den Kindern geworden?«, wagte Polly nachzufragen. Das Leben im East End war ohnehin nicht leicht, aber die Verantwortung für ein Kind zu tragen war mehr, als sich die meisten leisten konnten.

»Meine Tochter starb, bevor sie auch nur ein Jahr alt wurde«, vertraute Annie uns traurig an. »Ich hatte nicht genug Milch, um sie ernähren zu können. Als ich eines Nachts von einem Freier heimkehrte, lag sie tot in ihrem Bett.« Annies Stimme brach und ihre Unterlippe bebte. »Sie starb allein. Ganz allein. Als hätte es niemand auf der Welt gegeben, der sie liebte.«

Polly legte ihr tröstend den Arm um die Schulter und zog sie an sich. »Das war nicht deine Schuld, sondern die der Gesellschaft, die dich dazu zwang, dein kleines Mädchen allein zu Hause zu lassen. Du hattest keine andere Wahl.«

In diesem Punkt stimmte ich ihr zu und legte behutsam meine Hand über Annies, die das Baby in ihren Amen wiegte. Zuvor hatte sie nicht nur von einem Kind gesprochen, aber ich wollte sie nicht dazu drängen, mehr zu erzählen, als sie verkraften konnte. Vielleicht war es ihren anderen Kindern genauso ergangen. Jedes Mal war ein Stück von Annie mitgestorben, bis kaum noch etwas von ihr übrig blieb.

»Ich habe davon geträumt, Albert würde mich heiraten, bevor ich unser Kind zur Welt bringe, oder er würde mich zumindest zu sich in den Buckingham Palace holen«, gab Catherine zerknirscht zu. Ihre Miene war vor Wut verzerrt. Nicht Wut auf Albert, wie ich wusste, sondern Wut auf sich selbst, weil sie ihm geglaubt hatte. »Aber das wäre nie geschehen. Wahrscheinlich wäre es mir nicht anders als dir ergangen, Annie. Vielleicht ist es deshalb sogar besser, dass dieses Kind nie das Licht der Welt erblickt hat, sondern mit mir gestorben ist. Das hat ihm viel Leid erspart.«

»Sag das nicht«, widersprach ich ihr. »Vielleicht hättest du einen Weg gefunden.«

Sie ballte die Hände zu Fäusten. »Das Traurige ist, ich wäre egoistisch genug gewesen, um es auszuprobieren. Selbst wenn ich gewusst hätte, dass Albert mich fallen lassen würde, hätte ich unser Kind gewollt. Ich habe es von dem Moment an geliebt, als ich von seiner Existenz erfahren habe. Lieber wäre ich gestorben, als es zu verlieren.«

Die Stille der Stube, nur unterbrochen von dem Knistern der Flammen und dem beruhigenden Nuckeln des Babys, gab uns einen Raum, um uns einander zu öffnen. All unsere großen und kleinen Geheimnisse, die wir mit uns herumtrugen, die unsere Seele belasteten, konnten hier ausgesprochen werden. Es gab nichts, wofür wir uns schämen mussten. Keine verurteilte die andere. Auch wenn wir nicht die gleichen Erfahrungen gemacht hatten, so verstanden wir einander. Zwischen uns war ein Band, geknüpft aus Verlust und Kummer, das uns zusammenhielt. Dieses Band verbot mir, mich gegen Polly zu stellen, und es hielt sie ebenso davon ab, mich an Jack zu verraten.

Aus dem Augenwinkel nahm ich eine Bewegung wahr. Im Türrahmen stand Liz – wie aus dem Nichts. Ohne jegliches Geräusch zu verursachen, hatte sie sich uns genähert. Ich hatte nicht einmal gehört, wie sich die Hintertür geöffnet hatte, die sonst ein Knarren von sich gab. Tiefe Verzweiflung trübte Liz' Miene.

»Könnt ihr mich sehen?«, fragte sie mit großen, schreckgeweiteten Augen und zittriger Stimme.

»Aber natürlich!«, rief ich aus und lief ihr entgegen. Erleichtert, sie zurückzuhaben, schlang ich die Arme um sie und drückte sie an mich. Für den Moment war mir einerlei, wem sie ihre Freilassung verdankte.

Sie ließ sich geradezu in mich hineinfallen und klammerte sich an mich. »Gott sei Dank«, seufzte sie. »Ich dachte schon, es wäre vorbei mit mir!«

»Was ist passiert?«, hakte Catherine nach, die Liz ebenfalls zur Begrüßung umarmte. »Wir haben gesehen, wie die Bobbys dich festgenommen haben.«

Liz ließ sich von uns in die Stube führen und nahm in unserer Mitte Platz. Auch wenn sie sich langsam wieder beruhigte, so stand ihr der Schreck noch ins Gesicht geschrieben.

»Sie haben mich mit auf ihr Revier genommen und mir lauter Fragen zur Entführung gestellt, aber ich habe mich geweigert, ihnen zu antworten –«

»Haben sie dich erkannt?«, unterbrach sie Polly.

»Als sie mich geschnappt haben, war ich so aufgeregt, dass ich nicht an die Verwandlung gedacht habe. Trotzdem schienen sie mich nicht zu erkennen. Wer würde auch davon ausgehen, dass eine tote Frau ein Baby entführt?« Sie stieß ein freudloses Lachen aus. »Später, als sie bei dem Verhör nicht weiterkamen, kam ein Inspektor Abberline hinzu. Er wusste genau, wer ich bin.« Bestürzt fuhr sie sich übers Gesicht. Der Gedanke an den Inspektor ließ meine Haut vor Nervosität kribbeln. Ob er sie über unsere Zusammenarbeit eingeweiht hatte?

»Hast du ihm irgendetwas verraten?«, wollte Polly alarmiert wissen.

Liz schüttelte den Kopf. »Nein, natürlich nicht! Aber es war seltsam, denn er wusste vieles schon.«

Offenbar hatte er nicht meinen Namen genannt, doch es war unwahrscheinlich, nahezu unmöglich, dass er sich unsere *Wiederauferstehung* selbst zusammengereimt haben könnte.

»Was wusste er?« Polly starrte sie ungeduldig an.

»Anders als die anderen hat er mich nicht bedroht oder geschlagen, sondern war sehr behutsam. Er sagte mir, er wüsste, was Jack mir angetan habe, und der Tod sei nicht das Ende, wenn dunkle Magie im Spiel sei.« Sie erschauderte und rieb sich über die Arme. »Woher weiß er das?«

Schockiert sog Polly Luft ein. »Offenbar sind die Gesetzeshüter Jack dichter auf den Fersen, als wir bisher dachten. Wir müssen ihn unbedingt warnen!«

Das konnte ich nicht verhindern, ohne mich selbst zu verraten. Um die anderen wieder von Jack abzulenken, lenkte ich das Thema zurück auf Liz. »Wie hast du die Bobbys dazu gebracht, dich wieder gehen zu lassen?«

Ich hatte es gut gemeint, doch die Frage traf bei ihr einen wunden Punkt. Sie erstarrte vor Angst. »Gar nicht. Als ich sie davon überzeugt habe, dass ich ihnen keine Antworten liefere, haben sie mich in eine Zelle gesperrt. Ich weiß nicht, wie viel Zeit verging, aber plötzlich fühlte ich mich ganz seltsam. Mir war schwummrig, und ich wollte mich nur an der Wand abstützen, da bemerkte ich, dass ich hindurchgreifen konnte. Einfach so.« Entsetzen erfüllte ihre großen blauen Augen, als sie mit der Hand durch die Luft wedelte. »Ich dachte, ich verliere den Verstand. Ich bin durch die Tür gegangen und in das Büro der Bobbys spaziert, aber sie haben mich überhaupt nicht bemerkt. Nicht einmal, wenn ich mich direkt vor sie gestellt habe. Einen habe ich sogar angefasst, meine Hand glitt durch ihn hindurch, als wäre er nur Nebel.« Sie schüttelte verstört den Kopf. »Draußen auf der Straße war es nicht anders. Keiner hat mich wahrgenommen! Die Leute haben nicht einmal reagiert, wenn ich sie direkt angesprochen habe.« Panik erschütterte ihren Körper, und sie wiegte sich verzweifelt vor und zurück. »Bin ich ein Geist? Hat Jack seine Drohung wahr gemacht, liegt es daran?«

Es klang ganz danach, aber das ergab keinen Sinn. Wir konnten Liz doch sehen und sogar berühren! Jack hatte uns zugesagt, ihr zu helfen, als er den Keller verlassen hatte.

»Wenn es so ist, dann gewiss nur vorübergehend«, versuchte Polly sie zu beruhigen. »Jack wird sich darum kümmern! Er hat dir schon einmal geholfen, und er wird es wieder tun. Hab Vertrauen, Liz!«

Sie wirkte nicht überzeugt, was ich gut nachvollziehen konnte. Es war nicht leicht, einem Mann zu vertrauen, der einem das Leben mit einer Klinge entrissen hatte. Trotzdem klammerte sich Liz an diese Hoffnung, denn die Vorstellung, eine Ewigkeit als Geist fristen zu müssen, war unerträglich.

Es verging ein quälender Tag, an dem sich Jack nicht blicken oder von sich hören ließ. Wir wussten nicht, welche Forderung Jack an den Privatsekretär gestellt hatte oder wann die Übergabe der Einladungen erfolgen sollte, deshalb blieb uns nur abzuwarten, auch wenn die Ungewissheit nur schwer auszuhalten war. Ich konnte den Gedanken nicht abschütteln, dass wir zumindest etwas schlauer wären, wenn Polly mich den Brief hätte öffnen lassen.

Als sich Polly am Abend auf Streifzug begab, verließ ich ebenfalls unsere Unterkunft, während Liz mit Annie und Catherine zurückblieb, die sich abwechselnd um das Baby kümmerten. Ein feiner Schneeregen prasselte aus dem dunklen Himmel herab, der die Leute von der Straße fernhielt. Auf meinem Weg durch das East End begegnete ich nur wenigen Passanten. Diese eilten mit geneigten Köpfen an mir vorbei, ohne mich eines zweiten Blickes zu würdigen. Hin und wieder fiel mir eines der Plakate mit Jacks Gesicht auf, die mehrere Laternenpfähle und Hauswände zierten. Ob schon Hinweise zu ihm bei den Gesetzeshütern eingegangen waren? Abberline würde es mir verraten können. Wenn ich ehrlich zu mir selbst war, trieb mich nicht nur der Informationsaustausch zu dem Inspektor, sondern auch das Verlangen nach seiner Gesellschaft. In seiner Gegenwart fühlte ich mich weniger tot. Was für ein absurder Gedanke! Es lag an der Art, wie er mich behandelte: Als wäre es noch nicht zu spät, als gäbe es noch Hoffnung für mich, als könnte ich noch gerettet werden. Natürlich war das unmöglich, aber ich genoss es, mich der Illusion hinzugeben.

Auf mein Klopfen gegen seine Wohnungstür reagierte er schneller als die Male davor. Er hatte mich bereits erwartet. Schnell winkte er mich ins Innere, wo ein Feuer im Kamin brannte. Der Anblick war ungewohnt, zumal er sich diese Mühe meinetwegen nicht hätte machen müssen. Das flackernde Licht der Flammen hüllte die Stube in einen warmen Schimmer und verlieh ihr ein Gefühl von Behaglichkeit. Abberline hatte sogar Tee gekocht, und ein paar Kartoffeln mit Fisch warteten darauf, verzehrt zu werden.

»Möchtest du auch etwas?«, bot er mir an und verstärkte damit meinen Eindruck, wir gäben uns beide einer unrealistischen Vorstellung hin, wie diese Geschichte enden könnte.

Noch war ich nicht bereit, diesen Traum platzen zu lassen, und tat lieber weiter so als ob. »Ich nehme gern einen Tee.« Lächelnd ließ ich mich ihm gegenüber an dem Tisch nieder und nippte an der Flüssigkeit, bei der es sich genauso gut um Pfützenwasser hätte handeln können.

»Ich habe mit Liz gesprochen«, berichtete Abberline mir, was ich bereits wusste. Er zerteilte die Kartoffeln gewissenhaft mit seinem Besteck und steckte sich ein Stück nach dem anderen in den Mund. »Bevor sie verschwunden ist, hat sie mir von einem Mann erzählt, den sie für den Ripper hielt, und mich gebeten, ihn zu überprüfen, weil er illegale Abtreibungen durchführt, bei denen viele Frauen sterben.«

Severin Klosowski. Ihr Wunsch nach Gerechtigkeit ließ sie nach wie vor nicht los – verständlicherweise. Allerdings hatte sie den anderen und mir gegenüber nichts davon erzählt, dass sie auch mit dem Inspektor über ihn gesprochen hatte. Obwohl sie es abgestritten hatte, musste Abberline irgendwie ihr Vertrauen gewonnen haben.

»Dieser Mann sollte unbedingt aufgehalten werden«, stimmte ich ihm zu. »Aber er ist nicht Jack. Der hat Liz ihre körperliche Präsenz genommen, weshalb es ihr möglich war, das Polizeirevier zu verlassen. Vielleicht stand sie direkt vor dir, aber du konntest sie nicht sehen.«

Abberline verharrte mit der Gabel vor dem Mund und ließ diese schockiert wieder sinken. »Können du und die anderen sie denn noch sehen?«

»Ja, wir hoffen alle, dass es sich nur um einen vorübergehenden Zustand handelt. Ich hasse es, auf Jack angewiesen zu sein, aber er ist der Einzige, der ihr helfen kann. Ich sollte auch nicht zu lange bleiben, denn falls er wiederkommt und ich nicht da bin, wird das sein Misstrauen mir gegenüber nur verstärken.«

Vielleicht war es nur das, was ich sehen wollte, aber ich glaubte einen Hauch von Enttäuschung über Abberlines Miene huschen zu sehen. Es war schön, mit ihm an diesem Tisch zu sitzen und sich über den Tag auszutauschen. So hatte ich mir eine Ehe immer vorgestellt. Zwei Menschen, die sich liebten, mussten nicht jede Stunde miteinander verbringen. Wichtig war nur, es gab einen Ort, an dem sie zusammenkamen – ein Zuhause.

»Wenn er dir dasselbe antut wie Liz, könntest du mir dann zumindest eine Nachricht zukommen lassen?« Sein restliches Essen blieb auf dem Teller liegen. Der Appetit war ihm wohl vergangen.

Ich schüttelte bedauernd den Kopf. »Nein, Liz kann keine Gegenstände greifen. Ich müsste dann eine der anderen Frauen bitten, das für mich zu tun, aber sie wissen nichts von uns … unserem Bündnis.«

Bündnis. Das Wort fühlte sich nicht richtig an, um zu beschreiben, was sich zwischen uns entwickelt hatte. Vielleicht war es das zu Beginn mal gewesen, jetzt erschien es mir wie mehr. Freundschaft. Zuneigung.

»Vertraust du ihnen nicht?«, hakte ich nach.

Ich vertraue niemandem, lag mir auf der Zunge zu erwidern, weil es meine bisherige Einstellung gewesen war. Aber das war es nicht mehr. »Ich will sie nicht gefährden. Mich dir zu stellen, war meine Entscheidung. Wenn Jack etwas davon erfährt, werde ich die Konsequenzen dafür tragen müssen. Allein. Niemand außer mir soll dafür bestraft werden.« Ein Seufzen entwich meiner Kehle, das meine Angst widerspiegelte. Es würde unweigerlich der Tag kommen, an dem Abberline und ich beenden mussten, was immer zwischen uns begonnen hatte, noch war ich nicht bereit dafür. »Sind Hinweise zu den Plakaten eingegangen?«, wechselte ich stattdessen das Thema.

Auch er wirkte froh darüber, sich auf etwas anderes als unseren bevorstehenden Abschied konzentrieren zu können, auch wenn dieser natürlich in Verbindung mit der Ergreifung von Jack the Ripper stand. »Ja, einige Personen haben sich gemeldet, die den Mann gesehen haben. Wir gehen ihren Aussagen nach, aber nicht alle sind glaubhaft. Manche wollen sich nur wichtigmachen oder sind scharf auf das Geld.«

Ich nickte und unterdrückte den widersprüchlichen Gefühlsstrudel aus Enttäuschung und Erleichterung. Obwohl ich nicht gehen wollte, erhob ich mich von dem Stuhl. »Ich komme wieder, wenn ich mehr weiß.«

Abberline stand ebenfalls auf und kam um den Tisch herum. »Lass dich nicht von Jack erwischen!«

Sorgte er sich um mich? Ein verhaltenes Lächeln kitzelte auf meinen Lippen, als ich ihm den Rücken zukehrte und zur Wohnungstür ging. Als ich mich noch einmal zu ihm umdrehte, war ich mir für den Moment nicht sicher, ob er mich umarmen wollte. Er tat es nicht, sondern hob nur unbeholfen den Arm zum Abschied. Ich erwiderte die Geste und schlüpfte in den Schneeregen hinaus. »Iss dein Essen auf, sonst gibt es schlechtes Wetter«, scherzte ich noch, bevor er die Tür schloss.

Zurück im Handwarenladen, hatte Jack sich nach wie vor nicht blicken lassen, und Polly war ebenfalls noch unterwegs. Das verlieh mir ein Gefühl von Sicherheit, da beide nichts von meiner Abwesenheit mitbekommen hatten. Während Liz ein nervliches Wrack war, schienen sich Catherine und vor allem Annie mit der neuen Situation besser zu arrangieren, als ich erwartet hatte.

Es bereitete ihnen Freude, sich um den kleinen Jonathan zu kümmern, der mit ausreichend Milch im Bäuchlein, einer trockenen Windel und einer warmen Stube nicht mehr ganz so quengelig war wie in den ersten Stunden nach seiner Ankunft. Wenn er nicht schlief, sah er sich neugierig mit seinen großen blauen Augen um oder gab niedliche glucksende Geräusche von sich. Er schrie nur noch, wenn er Hunger hatte oder ihm etwas anderes fehlte. Dann waren Catherine und Annie schnell zur Stelle. Die meiste Zeit trug eine von ihnen das Baby ohnehin mit sich herum. Es erfüllte sie mit Entzücken, wenn der Kleine seine Hand um einen ihrer Finger schloss und festhielt.

»Du bist aber ein starker kleiner Mann«, gurrte Annie dann mit einem seligen Lächeln und kitzelte ihm den Bauch. Einerseits war es schön, sie einmal so zufrieden zu erleben, andererseits wusste ich, ihr würde der Abschied nur umso schwererfallen, je mehr sie sich mit dem Kind beschäftigte. Zu Beginn hatten sich sowohl Annie als auch Catherine dagegen gesträubt, Jonathan zu halten, und nun wollten sie ihn kaum aus ihren Armen geben. Manchmal fürchtete man sich vor dem, was das Herz sehnlichst begehrte, am meisten aus Angst vor dem Schmerz, es wieder zu verlieren.

Niemand erwartete Jacks Rückkehr mehr als Liz. In unserer Gesellschaft fiel der Verlust ihrer körperlichen Präsenz kaum auf, weil wir sie nicht nur sehen, sondern auch einander berühren konnten. Sobald sie den Handwarenladen jedoch verließ, war sie praktisch unsichtbar. Die Sterblichen schenkten ihr keinerlei Beachtung, ganz gleich, was sie tat, um ihre Aufmerksamkeit zu erregen: Sie konnte sich direkt vor eine Person stellen, sie an den Schultern packen und aus voller Kehle brüllen, aber ihre Finger glitten durch den Körper hindurch und ihre Schreie blieben ungehört. Es war frustrierend für sie. Am schlimmsten war die Tatsache, dass, je mehr Zeit verstrich, ihre Umrisse sich aufzulösen begannen. Schon jetzt waren ihre Ränder durchscheinend. Wenn es so weiterging, würde Liz irgendwann nicht einmal mehr für uns zu erkennen sein, während ihre Seele in der Welt der Sterblichen gefangen blieb, ohne eine Chance auf Erlösung.

Am Abend des nächsten Tages schlüpfte Jack endlich durch die Tür. Liz fing ihn ab, bevor er auch nur einen Fuß in die Stube gesetzt hatte. »Hilf mir«, bat sie ihn verzweifelt und wollte ihn an seinem Kragen festhalten, aber sie bekam ihn nicht zu packen. »Gib mir meinen Körper zurück, und ich tue, was immer du willst.«

Kurz schien sie zu befürchten, dass er sie auch nicht mehr sehen könnte, doch er sah sie direkt an, als er sie mit einem gemurmelten »Später« abwimmelte und einfach durch sie hindurchtrat.

Mit vor Zorn funkelnden Augen baute er sich im Raum auf, der von einem warmen Feuer erhellt wurde. Energisch schnappte er sich die Schaufel vom Kaminsims und stieß sie in den Eimer mit Sand, der danebenstand. Die Flammen zischten, als der Sand sie zu ersticken drohte. Nach zwei weiteren Schippen blieb nicht mehr als eine Rauchfahne.

Wütend fuhr Jack zu uns herum. »Habe ich euch nicht verboten, ein Feuer zu entzünden?«, knurrte er vorwurfsvoll. »Das Licht ist durch die Ritzen der Bretter auf der Straße zu sehen! Was, wenn sich jemand ins Innere verirrt hätte und dort auf fünf tote Frauen gestoßen wäre?«

»Hätte, wäre. Nichts davon ist passiert. Tatsache ist, Jonathan braucht ein Feuer, um nicht zu erfrieren«, fauchte Annie zurück. Die Gegenwart des Babys schien ihr Mut zu verleihen, denn bisher hatte ich nicht erlebt, dass sie Jack je Widerworte gegeben hätte.

»Damit ist jetzt Schluss!«, entschied Jack. »Anson war vernünftig genug, unsere Forderung ernst zu nehmen, und hat uns auf die Gästeliste des königlichen Maskenballs geschmuggelt, natürlich unter falschen Namen.« Triumphierend schnalzte er mit der Zunge und wartete auf Applaus, der jedoch ausblieb. Obwohl wir alle aufgeregt gewesen waren, als er das erste Mal den Maskenball erwähnt hatte, freuten wir uns nicht so sehr darüber, wie er es erwartete. Der Preis, den wir dafür zahlen mussten, war hoch. Jack hatte uns nicht nur zu Dieben, sondern auch zu Kindesentführern und Mördern gemacht. Die arme Amme war nur unseretwegen tot. Zudem wäre Liz nicht von der Polizei geschnappt worden, wenn wir uns nie dem Anwesen des Privatsekretärs genährt hätten. »Was ist los mit euch? Ich öffne für euch die Türen des verdammten Buckingham Palace, und ihr könnt nicht einmal etwas Begeisterung zeigen?«, schimpfte er beleidigt, woraufhin das Baby zu weinen begann.

»Natürlich freuen wir uns«, versicherte ihm Polly beschwichtigend. »Wir machen uns nur Sorgen um Liz. Du wirst ihr doch helfen, nicht wahr?«

Anstatt ihr zu antworten, presste er sich die Hände auf die Ohren. »Bis der Maskenball vorbei ist, wird das Balg woanders bleiben«, brüllte er genervt. »Ihr verliert in seiner Gegenwart offenbar den Verstand, deshalb habe ich eine Frau beauftragt, sich um das Baby zu kümmern und es erst rauszurücken, wenn ich es ihr sage! Das wird Anson davon abhalten, unüberlegte Entscheidungen zu treffen.« Ungeduldig streckte er seine Hände nach dem Kind aus. »Na los, gib es mir, Annie!«

Behütend schlang sie die Arme um das Kind. »Jonathan geht es gut bei uns! Was soll das überhaupt für eine Frau sein, die einfach ein fremdes Kind bei sich aufnimmt? Sie könnte dich verraten!«

»Dafür müsste sie erst einmal wissen, wer ich bin«, konterte Jack ungerührt und machte einen bedrohlichen Schritt auf Annie zu. Nichts regte ihn mehr auf als Soldaten, die seine Befehle infrage stellten. Soldaten. Schachfiguren. Mehr waren wir nicht für ihn. »Sie hat genug Mäuler zu stopfen. Die Summe, die ich ihr zahle, damit sie ein weiteres in ihre Obhut nimmt, kommt ihr gerade recht. Sie wird sich hüten, irgendjemandem davon zu erzählen. Ihr wisst doch, wie das läuft, im East End ist das Schweigen nur eine Frage des Preises!«

Annie wirkte nicht überzeugt. Zu wissen, dass Jonathan bei einer Frau untergebracht werden würde, die selbst Mutter war, sollte sie beruhigen, aber es gefiel ihr nicht, das Kind Jack auch nur für eine Minute anzuvertrauen. »Lass mich Jonathan zu ihr bringen«, bat sie eindringlich. »Ich will mich nur vergewissern, dass es ihm dort gut geht.«

»Her mit dem Balg!«, brüllte Jack außer sich vor Zorn. Seine dunklen Augen glühten rot und loderten vor Magie. »Du bist wohl wahnsinnig! Ich treffe hier die Entscheidungen und sonst niemand!«

Die Wut in Jacks Stimme jagte Jonathan Angst ein, und er begann laut zu weinen. Mutig bot Annie Jack die Stirn, während sie das Baby sanft hin und her wiegte. »Können wir Jonathan nicht bei uns behalten? Jetzt, wo seine Amme tot ist, wird er sonst sicher einsam sein. Bei uns hat er es gut, und er würde unseren Leben einen Sinn verlei–«

Sie hatte noch nicht ausgesprochen, da brach Jack in ein lautes, hässliches Gelächter aus. »Das ist ein guter Scherz! Ich habe selten etwas Amüsanteres gehört! Fünf tote Huren, die sich um ein Baby kümmern!«

Er schlug sich vor Belustigung auf die Beine, ohne zu merken, wie sehr er dadurch Annie kränkte, die den Vorschlag durchaus ernst gemeint hatte. Wahrscheinlich interessierten ihn ihre Gefühle einfach nicht.

»Was spricht dagegen?«, unterstützte nun auch noch Catherine ihren Vorschlag. »Wir würden dafür sorgen, dass er es immer warm und genug zu ess–«

»Nein!«, fiel Jack ihr nachdrücklich ins Wort. »Glaubst du etwa, ich hätte dich auserwählt, damit du die Mutter irgendeines Balgs spielst? Für dich ist eine höhere Bestimmung vorgesehen!«

»Was könnte erfüllender sein, als einen anderen Menschen zu beschützen und auf das Leben vorzubereiten?«, hielt Annie dagegen. Ihre Stimme bebte vor Emotionen, weil sie ahnte, dass sie diesen Kampf nur verlieren konnte. Wir alle wussten das, trotzdem war es herzzerreißend, sie ihn gegen jede Vernunft ausfechten zu sehen.

Angewidert wandte Jack das Gesicht von ihr ab. »Polly, besorg mir das Balg oder ich nehme es mir mit Gewalt! Das ist meine letzte Warnung!«

»Er ist ein Kind, und sein Name ist Jonathan«, kreischte Annie schluchzend und presste das weinende Baby dichter an ihre Brust.

Mit unglücklicher Miene trat Polly auf sie zu und streckte die Arme aus. »Annie, bitte gib ihn mir! Mach es uns nicht schwerer als nötig. Du weißt, wir können ihn nicht behalten.«

»Bitte, Annie«, bat auch Catherine sie, die ihren Arm um Annies Schultern gelegt hatte.

Annies Augen blieben trocken, der Schmerz verzerrte ihr Gesicht, als sie einen letzten Blick auf das schreiende Baby warf. Es war nicht zu übersehen, wie schwer ihr der Abschied von Jonathan fiel. »Möge Gott dich beschützen«, wisperte sie, ehe sie Polly das kleine Bündel in die Arme drückte.

Sanft nahm diese das Kind an sich und wollte es Jack übergeben, der winkte jedoch ab. »Warte draußen mit diesem schreienden Ungetüm! Ich habe hier noch etwas zu klären.« Kurz hielt Polly tröstend Annies Hand, ehe sie den Handwarenladen verließ.

Ohne das Baby legte sich eine bedrückende Stille über die Stube, die nur von dem erleichterten Seufzen unterbrochen wurde, das Jack ausstieß. »Endlich!«

Er war ein herzloses Monster. Ich hatte es zuvor geahnt, jetzt hegte ich keinen Zweifel mehr. Welcher Mensch würde schon mit solch einer Verachtung und Gleichgültigkeit über ein wehrloses Kind sprechen?

Verlegen räusperte sich Liz. »Mir ist bewusst, dass du in den letzten Tagen viel zu tun hattest«, setzte sie höflich an. »Ich möchte wirklich gern meinen Beitrag zu der Revolution leisten, dafür brauche ich meinen Körper. Kannst du ihn mir bitte zurückgeben?«

Es war erstaunlich, wie sehr uns der Überfall auf die Ansons verändert hatte. Während Annie durch Jonathan den Mut gefunden hatte, für sich einzustehen, war Liz im wahrsten Sinne des Wortes zu einem Schatten ihrer selbst verblasst. Die Demut, mit der sie Jack nun begegnete, war enttäuschend, auch wenn ich ihr dafür keinen Vorwurf machen wollte. Vielleicht hätte ich mich in ihrer Situation genauso verhalten! Es machte mich traurig zu sehen, wie gebrochen die einst so starke und unbeugsame Liz war.

Einen quälend langen Moment betrachtete Jack sie, ehe er kühl erwiderte: »Dafür ist es zu spät.«

Uneinsichtig schüttelte Liz den Kopf. »Du hast mich schon einmal von den Toten zurückgeholt! Du kannst mit meinem Herz das Ritual wiederholen und mich –«

»Dein Blut ist kalt«, unterbrach er sie mitleidslos. »Selbst wenn ich wollte, könnte ich dir nicht helfen. Ich habe dir einmal die Chance der Unsterblichkeit verliehen, und du hast sie nicht genutzt. Du hast dich durch deine eigene Schuld schnappen lassen!«

Bestürzt schnappte Liz nach Luft und schlang die Arme um ihren zitternden Oberkörper, als müsste sie sich selbst zusammenhalten, um nicht auseinanderzufallen und noch mehr zu verblassen.

»Sie wurde nur erwischt, weil du uns befohlen hast, diesen Auftrag auszuführen«, ergriff ich Partei für sie. Liz hatte nichts falsch gemacht, und sie verdiente es nicht, von ihm im Stich gelassen zu werden. Nicht nachdem er ihr schon einmal ihr Leben entrissen hatte. Es war seine verdammte Pflicht, ihr ihre materielle Kraft zurückzugeben. Das war das Mindeste, was er für sie tun konnte.

»Ich habe sie aus der Gewalt der Gesetzeshüter befreit, oder?«, konterte Jack und zuckte desinteressiert mit den Schultern. »Mehr kann ich nicht für sie tun.«

»Bitte hilf mir«, flehte Liz und sank vor ihm auf die Knie. Sie wollte ihn am Saum seines Mantels festhalten, aber ihre Finger glitten erneut durch ihn hindurch. Es schmerzte mich, sie so gedemütigt zu sehen, zumal ich an Jacks kalter Miene ablesen konnte, dass nichts, was sie tat oder sagte, ihn umstimmen würde.

»Dann gib ihr wenigstens ihr Herz zurück, damit ihre Seele Frieden finden kann«, forderte Catherine. »Verdamme sie nicht zu einer einsamen Ewigkeit!«

Jack wich ihnen aus und begann unruhig auf und ab zu gehen. »Ich habe euch gewarnt, dass es dazu kommen kann, wenn ihr nicht auf mich hört«, zischte er und hob bedrohlich den Zeigefinger. »Das wird euch anderen eine Lehre sein!«

»Wir brauchen Liz im Kampf um Gerechtigkeit«, argumentierte nun auch Annie. »Sie ist einfühlsam, und die Menschen hören ihr zu. Sie kann andere von unserer Sache überzeugen und dazu bringen, uns zu unterstützen. Bitte, Jack! Liz hat noch so viel zu geben.«

Er hielt in seinem Marsch inne und musterte eine nach der anderen. »Ihr habt recht, wir können diesen Kampf nicht allein ausfechten. Ich werde mich nach einem Ersatz für Liz umsehen.«

»Nein!«, entfuhr es mir schockiert. Liz zu verlieren war schrecklich, aber ich wollte um jeden Preis verhindern, dass noch eine weitere Frau unser Schicksal ereilte. »Das darfst du nicht!«

Belustigt hob Jack die Augenbrauen. »Ich darf nicht? Wer sollte mich davon abhalten? Etwa du?« Hilfloser denn je stand ich ihm gegenüber. Es gab nichts, was ich tun konnte, um ihn aufzuhalten. Sollte ich irgendetwas gegen ihn unternehmen, würde er mich wie Liz zu einem Geist machen. Er lachte über mein Schweigen. »Dachte ich mir!« Mit dem Zeigefinger tippte er sich gegen den Zylinder. »Ich wünsche den Damen noch einen vergnüglichen Abend, mich ruft die Pflicht! East End, nimm dich in Acht, Jack the Ripper ist wieder unterwegs!« Ein diabolisches Grinsen lugte unter seinem Schnurrbart hervor, als er uns den Rücken kehrte und auf die Dorset Street hinaustrat. Für einen Moment war das hilflose Schreien des kleinen Jonathan zu vernehmen, ehe es immer leiser wurde, als Jack mit dem Baby in die Dunkelheit verschwand. Mir schnürte sich die Kehle zu, und mir wurde eiskalt.

Polly kehrte nicht in die Stube zurück, was mich wunderte. Gestattete Jack ihr, ihn zu begleiten, als kleines Zeichen seiner Anerkennung? Es würde ihm ähnlichsehen, ihr einen kleinen Brotkrümel hinzuwerfen, in dem Wissen, wie viel Bedeutung Polly dem beimessen würde. Genug, um mich doch noch an ihn zu verraten? Aber es ging nicht länger nur um mich.

Bitte, lieber Gott, war alles, was ich denken konnte. *Bitte behüte die Frauen von Whitechapel. Lass nicht noch eine ihm zum Opfer fallen!*

Aber tief in meinem Inneren wusste ich, keine Gebete könnten Jack aufhalten, nur ein Mensch. Jemand, der sich ihm ohne Furcht entgegenstellte. Jemand, der das Gesetz auf seiner Seite hatte. Ich durfte nicht länger an einem unerfüllbaren Traum festhalten, sondern musste Inspektor Abberline seine Arbeit tun lassen, auch wenn das mein Ende bedeutete.

23

Am liebsten wäre ich Jack direkt nachgegangen. Das Einzige, was mich davon abhielt, war Liz' Verzweiflung. Ich brachte es nicht über mich, sie in dem Moment, als sie mich am dringendsten brauchte, zurückzulassen. Sie war es gewesen, die am Morgen nach meiner Ermordung nach mir gesehen hatte. Seitdem hatte sie stets ein offenes Ohr für mich gehabt und mich nie für irgendeine Ansicht verurteilt. Ihr Tod hatte sie nicht hart gemacht wie Polly, sondern ihre Stärken noch mehr zum Vorschein gebracht. Sie war eine mutige Person, die sich für diejenigen einsetzte, die ihr etwas bedeuteten. Ich wünschte, ich hätte irgendetwas für sie tun können. Annie und Catherine wirkten nicht weniger betroffen. Wir versammelten uns um Liz und hielten sie in unserer Mitte – nicht bereit, sie aufzugeben.

»Dieser Dreckskerl«, begann sie zu fluchen, als ihre Schluchzer abebbten.

Ich ging davon aus, sie meinte Jack, der sich ihrer entledigte wie eines kaputten Werkzeugs. »Das ist der Anfang von seinem Ende! Ich werde herausfinden, wer er ist, und uns unsere Herzen zurückholen. Während unsere Seelen Frieden finden werden, wird seine direkt zur Hölle fahren!«

Liz schüttelte den Kopf. »Ich meine nicht Jack, obwohl er definitiv in die Hölle gehört!« Sie knirschte mit den Zähnen. »Mir geht es um Klosowski. Ich dachte, ich hätte eine Ewigkeit, um ihn für seine Taten bluten zu lassen. Jetzt sind mir im wahrsten Sinne die Hände gebunden, und ich kann ihm kein Haar krümmen.«

Erstaunt runzelte ich die Stirn. »Der Barbier?« Der Gedanke an ihn schien sie nicht loszulassen. Erst erzählte sie Abberline von ihm, und nun brachte sie ihn erneut zur Sprache. Er schnitt nicht nur Haare, sondern führte nach Ladenschluss auch Operationen durch, unter anderem Abtreibungen. Dabei ging er so rücksichtslos vor, dass Liz' Freundin gestorben war.

»Ich ertrage den Gedanken nicht, ihn ungestraft davonkommen zu lassen! Ich hätte es wie Polly machen und mich um ihn kümmern sollen, sobald ich die Gelegenheit dazu hatte.« Entmutigt ließ sie den Kopf hängen. »Jetzt ist es zu spät.«

Ich konnte kaum ertragen, sie so zu erleben: ihrer Stärke beraubt. Zuvor war sie jemand gewesen, der niemals aufgab. Zögerlich suchte ich den Blick von Annie und Catherine. In ihren Augen las ich dieselbe Entschlossenheit, die ich in meinem Inneren verspürte, und nickte ihnen zu.

»Dieser Klosowski bleibt ein rücksichtsloses Schwein, dem jemand das Handwerk legen muss«, fand Annie. Der Kummer über den Verlust von Jonathan stand ihr noch ins Gesicht geschrieben. Es war für sie eine Erleichterung, ihre Trauer in Wut umlenken zu können. »Wenn du es nicht mehr tun kannst, muss sich jemand anderes seiner annehmen.«

Das ließ Liz aufhorchen. »Das würdet ihr für mich tun? Ich will euch keinesfalls zu einem Mord überreden.«

»Es wäre nicht nur für dich, sondern für alle Frauen, die wir dadurch vor ihm schützen können«, bekräftigte ich. »Du hast recht, wir hätten nicht so lange warten dürfen. Wer weiß, wie viel Zeit uns noch bleibt, bis Jack sich entschließt, sich unserer zu entledigen. Wir müssen unsere Macht nutzen, solange wir über sie verfügen.« Just in diesem Moment könnte Polly mich an ihn verraten.

»Wenn uns das Leben eines gelehrt hat, dann sollte es sein, es ohne Reue zu führen«, pflichtete Annie mir bei. »Wir müssen die Chancen nutzen, wie sie uns gegeben werden. Jetzt oder nie.«

Ein warmes Gefühl breitete sich in meiner Mitte aus, als ich sah, wie sich ein verschwörerisches Lächeln auf Liz' Lippen ausbreitete. Es war erstaunlich, wie die Aussicht auf den Tod eines anderen ihre

Stimmung zu heben vermochte. »Mir scheint diese Nacht ein guter Zeitpunkt zu sein, um das East End von einem Monster zu befreien.«

»Worauf warten wir dann noch?«, meinte Dark Annie und grinste in die Runde. »Lasst uns tun, wofür Jack uns erschaffen hat, und Angst und Schrecken verbreiten!«

Catherine hatte sich bisher nicht dazu geäußert, aber wirkte nun verunsichert, wie sie sich die langen blonden Haare aus dem Gesicht strich. »Jetzt sofort? Sollten wir nicht wenigstens auf Polly warten? Für sie wäre es ein Leichtes, sich um einen Mistkerl zu kümmern.« Nervös lachte sie auf. »Immerhin hat sie in den letzten Wochen Erfahrung gesammelt.«

»Nein, wenn wir Klosowskis Tod beschließen, dann sollten wir es auch sein, die ihn umbringen«, lehnte ich ab. Seitdem ich Polly kannte, hatte sie mir immer wieder vorgeworfen, ich würde mich für etwas Besseres halten. Ich hatte das bestritten, sie insgeheim aber für das Blut, das an ihren Händen klebte, verurteilt. Es war mir falsch vorgekommen, ohne das Warum je hinterfragt zu haben. *Du sollst nicht töten*, lehrte die Bibel, doch sie sagte einem nicht, wie man sich gegen Menschen zur Wehr setzen sollte, die anderen Leid zufügten. Ihnen etwa die andere Wange hinhalten? Das war lächerlich! Auf diese Weise würden sich die Monster unter uns nur vermehren. Vielleicht hatte Polly etwas begriffen, was mir erst jetzt bewusst wurde: Böses ließ sich nur mit Bösem bekämpfen. Wenn wir Polly mit dem Mord beauftragen würden, würde sie Liz diesen Gefallen ohne Zweifel erweisen, aber wir wären nicht besser als Jack, der sie für seine Zwecke ausnutzte. Wir durften uns nicht hinter ihr verstecken, sondern mussten selbst zur Tat schreiten.

»Du musst nicht mitkommen, wenn du dich nicht wohl dabei fühlst«, wandte Liz sich an Catherine. Sogar als Geist war sie voller Verständnis für andere.

Kurz zögerte Catherine noch, dann schüttelte sie entschieden den Kopf. »Nein, ich lasse dich nicht im Stich! Wenn ich deine Hilfe brauchen würde, wärst du auch für mich da. Die Umstände, unter denen wir uns kennengelernt haben, könnten nicht schlimmer sein, trotzdem bin ich für diese eine Sache dankbar. Für euch. Ich hatte noch nie jemanden an meiner Seite, der bedingungslos zu mir gehalten hat. Offenbar musste ich erst sterben, um die Schwestern zu bekommen, die ich mir immer gewünscht habe.«

Die Wärme in meinem Inneren nahm weiter zu. War sie zuvor ein kleines Flämmchen gewesen, loderte sie nun strahlend hell auf. Catherine brachte auf den Punkt, was ich selbst mit jedem Tag mehr spürte: diese Verbundenheit.

Liz seufzte gerührt auf und schloss Catherine in ihre Arme. »Ich liebe dich, Kleines!« Ihre Stimme war brüchig. »Ich liebe euch alle!«

Der Moment war an Kitsch kaum zu übertreffen, aber unsere Zuneigung war unser einziges Licht in der Finsternis, die Jack über uns ausgebreitet hatte.

Regen ergoss sich über Whitechapel. Dicke Tropfen prasselten auf den Asphalt, durchtränkten unsere Kleidung und klebten uns die Haare an die blassen Gesichter. Der Friseurladen lag in der West India Dock Road. Die großen Schaufenster, die zur Straße rausgingen, wirkten auf den ersten Blick dunkel. Bei genauerem Hinsehen war im hinteren Bereich ein Licht auszumachen. Noch schockierender als das war, dass Liz kein Spiegelbild mehr hatte. Während sich die Umrisse von Annie, Catherine und mir in der Scheibe zeigten, klaffte zwischen uns, dort, wo Liz stand, eine Lücke – als wäre sie nicht mehr Teil dieser Welt. Von dieser Tatsache ließ sie sich allerdings nicht belasten, sondern schöpfte daraus die Entschlossenheit, den Machenschaften von Klosowski ein Ende zu bereiten. Neben dem Gebäude führte eine schmale Gasse in einen Innenhof, wo er Kunden für medizinische Anliegen am Hintereingang empfing.

Vorsichtig schlichen wir durch die Dunkelheit, wichen den Pfützen am Boden aus und hielten uns in den Schatten verborgen. Das Licht einer Petroleumlampe warf ihren flackernden Schein auf die nass glänzenden Pflastersteine. Eine beängstigende Stille, die nur von dem Plätschern des Regens unterbrochen wurde, lag über den Fassaden der Häuser, die mit ihren verriegelten Fensterläden den Blick von dem Schrecken abgewandt hatten, der sich hinter geschlossenen Türen ereignete.

Geduckt wagten wir uns an die Tür, die für einige Frauen bereits die Pforte zur Hölle bedeutet hatte. Liz, die als Einzige von uns unbemerkt bleiben würde, spähte durch das schmutzige Glas. »Ich weiß, dass er die Operationen in einem Hinterzimmer durchführt. Eigentlich ist es für Kunden von Rang und Namen reserviert, die von der Straße aus nicht gesehen werden wollen, wenn sie sich den Bart schneiden lassen. Aber welche Persönlichkeiten verirren sich schon nach Whitechapel für eine neue Rasur?« Spöttisch lachte sie auf. »Deshalb nutzt Klosowski den Bereich für seine Zwecke.«

»Kannst du denn etwas erkennen?«, hakte Annie gespannt nach. Der Nervenkitzel lenkte sie von der Trauer um das verlorene Kind ab, das nie ihres gewesen war.

»Die Tür steht einen Spalt auf. Ich sehe zwar niemanden, aber es bewegen sich Schatten. Irgendjemand muss also da sein.«

»Er könnte gerade Kundschaft haben. Wollen wir ihn wirklich im Beisein von Zeugen umbringen?«, wandte Catherine ein.

»Sollte er gerade Kundschaft haben, ist es umso dringender, einzugreifen«, konterte Liz. »Oder wollt ihr miterleben, wie eine weitere Frau stirbt, nur weil wir zu viel Anstand hatten, um ihn bei seiner *Arbeit* zu stören? Genau deshalb sind wir doch hier, oder?«

»Gut, wie gehen wir vor?«, willigte Catherine ein.

»Ich könnte klopfen und mich als Frau in anderen Umständen ausgeben«, schlug ich vor. »Vermutlich wittert er eine Chance auf Verdienst und lässt mich ein.«

»Sollen wir dich begleiten?«, hakte Annie nach.

Ich schüttelte den Kopf. »Nein, wenn es zu viele Personen sind, könnte er misstrauisch werden und uns wegschicken. Am besten wartet ihr hier irgendwo, und sobald ich ihn unter Kontrolle habe, öffne ich euch die Tür.«

Wir hatten nicht darüber gesprochen, wie Klosowski sterben sollte. Ein schneller Schnitt durch die Kehle war nichts, was Liz Genugtuung verschaffen würde, nachdem dieser Mann ihre Freundin auf seinem Tisch mit aufgeschlitzter Bauchdecke hatte verbluten lassen. Es musste etwas Qualvolleres sein. Etwas, was einige Stunden in Anspruch nehmen konnte. Die Details überließen wir Liz.

Sie war einverstanden mit dem Vorgehen und nickte. Catherine und Annie wichen schnell in die Gasse zurück. Bevor ich zu viel darüber nachdenken konnte, atmete ich einmal tief durch. Ich spürte das vertraute Kribbeln unter meiner Haut, als sich meine Gesichtszüge verformten. Meine Nase machte ich etwas kleiner und runder, das Kinn weniger forsch und die Augen größer – naiver. Klosowski sollte mich für eine ahnungslose junge Frau halten, die sich in einer hoffnungslosen Situation an ihn wandte. Zögerlich klopfte ich gegen die Tür, wie es jemand gepeinigt von Angst und Verzweiflung tun würde.

Liz beobachtete das Geschehen weiter durchs Fenster und gab mir mit einer Handbewegung zu verstehen, dass sie ihn nun sehen konnte und er auf mich zukam.

Keine zwei Sekunden später öffnete sich die Tür und ich stand einem großen, breitschultrigen Mann mit dichtem dunklem Haar gegenüber, dessen Gesicht von einem voluminösen Schnauzbart dominiert wurde. Eine blutverschmierte Schürze spannte sich über seinen Bauch. »Ja?«

Ich wich vor ihm zurück in gespieltem Schock vor seiner imposanten Erscheinung. »I-ich brauche Hilfe«, setzte ich stammelnd an. »Also medi-di-zinische Hilfe.«

Seine buschigen Augenbrauen hoben sich. »Schwanger?«, fragte er nur in gebrochenem Englisch, als gäbe es keinen anderen Grund, weshalb sich Frauen an ihn wandten.

Schüchtern nickte ich, nur um sogleich den Kopf zu schütteln. »Aber ich will es nicht. Können Sie mir helfen?«

»Kostet«, entgegnete er mir und rieb Daumen, Zeige- und Mittelfinger aneinander. »Wie viel hast du?«

Es erstaunte mich, dass er mir keinen festen Preis nannte. Vermutlich nahm er es mit der Bezahlung nicht allzu genau, weil die wenigsten seiner Kundinnen überlebten. Ich kramte in meiner Rocktasche nach ein paar Münzen und hielt sie ihm dann hin. »Reicht das?«

Er rümpfte die große Nase, klaubte aber das Geld aus meiner Hand und winkte mich ins Innere. »Du musst warten, erst ist eine andere dran.«

Ich sah, wie Liz angewidert ihr Gesicht verzog und ihre Hände zu Fäusten ballte, als ich über die Türschwelle trat. Klosowski nahm sie keines Blickes wahr. Unbekümmert drehte er uns den Rücken zu und stampfte zurück in den Hinterraum, aus dem er gekommen war. Dort entdeckte ich die verschreckte Miene einer jungen Frau, die sich beide Arme um den Oberkörper geschlungen hatte. Ich ahnte, was sie zu dem Barbier führte, doch in dieser Nacht würde er ihr nicht helfen können. Am nächsten Morgen hätte sie zwar immer noch ein Problem, aber wäre zumindest am Leben.

Für eine letzte Rücksicherung wandte ich mich Liz zu. *Bereit?*

Mit einem entschlossenen Ausdruck gab sie mir zu verstehen, dass sie Klosowski tot sehen wollte – mehr denn je.

Ich streifte die Maske des fremden Antlitzes ab und spürte, wie meine Gesichtszüge in ihre ursprüngliche Form zurückkehrten. Eine Maskierung war nicht länger nötig. Klosowski sollte sehen können, wer seinem Leben ein Ende setzte. Ich würde ihn wissen lassen, dass jeder meiner Handgriffe dem Willen von Liz unterlag. Catherine, Annie und ich würden ihm antun, wozu sie selbst nicht mehr in der Lage war.

Zielstrebig steuerte ich auf die Tür zu, die er hinter sich geschlossen hatte. Mit einem Ruck riss ich sie auf und entdeckte die junge Frau zitternd in der Mitte des kleinen Zimmers auf einer Liege. Sie hatte ihre Beine angewinkelt, während ihre Augen vor Panik geweitet waren. Klosowski hockte zu ihren Füßen – ein Skalpell in der Hand. Neben ihm stand eine angebrochene Schnapsflasche. Ich bezweifelte allerdings, dass sie zur Desinfektion seines Werkzeugs gedient hatte.

»Raus! Ich sage dir, wenn du dran bist!«, schrie er mich an und bedeutete mir, zu verschwinden.

»Tut mir leid, Miss, dieser Mann wird Ihnen heute und auch an keinem anderen Tag helfen«, richtete ich das Wort an die Fremde. Ohne den Barbier zu beachten, ging ich auf sie zu und reichte ihre meine Hand, um ihr aufzuhelfen.

»Gib ihr Geld«, bat mich Liz. »Sie soll zu einem anständigen Arzt gehen!«

Bevor ich irgendetwas unternehmen konnte, sprang Klosowski auf und wollte mich packen, um mich eigenhändig aus dem Raum zu werfen. Geschickt wich ich ihm aus. Er fluchte in einer mir unbekannten Sprache und holte erneut nach mir aus. Dieses Mal hielt ich still, ließ seine Faust auf mich zuschnellen und fing sie mit meiner Wange ab. Würde noch ein Herz in meiner Brust schlagen, hätte mich dieser Hieb gewiss ausgeknockt. Die Vibration erschütterte meine Haut, aber löste keinen Schmerz aus. Unbeirrt wandte ich ihm erneut mein Gesicht zu und zwang mich zu einem herablassenden Lächeln. »Du kannst mich nicht verletzen«, ließ ich ihn wissen. »Erkennst du mich nicht?«

Irritiert starrte er mich an und runzelte die Stirn. »Du siehst anders aus«, ließ er seinen Gedanken freien Lauf und schnappte schockiert nach Luft, als ihm die Erkenntnis kam. »Ich habe dich in der Zeitung gesehen! Du bist eine von diesen toten Huren.«

Ich nutzte den Moment seiner Verwirrung und stürzte mich auf eines der Messer, die er auf einem Tisch bereitgelegt hatte. Schnell schnappte ich mir das größte von ihnen und richtete es auf ihn. »Genau, ich bin tot, und deshalb habe ich nichts mehr zu verlieren. Setz dich dorthin oder ich schlitze dich auf!«, drohte ich ihm und deutete auf den freien Friseurstuhl.

Beschwichtigend hob er die Hände und kam zögerlich meiner Forderung nach. »Was willst du?«

Ich sah mich nach etwas um, mit dem ich ihn an den Stuhl fesseln konnte, bevor ich Annie und Catherine dazuholen würde. Die junge Frau kletterte derweil von der Liege und stand hin- und hergerissen zwischen dem Drang zu fliehen und zugleich fasziniert von meiner Stärke im Raum.

»Da!«, sagte sie plötzlich und deutete auf einen Gürtel, der zusammengerollt in einem Regal lag.

»Gib ihn mir«, bat ich sie.

Klosowksi, dem nun dämmerte, was ich vorhatte, nahm seine Gegenwehr wieder auf und sprang hoch. »Verrückte Schlampe«, beleidigte er mich laut.

Bevor er die Flucht ergreifen oder sich eine Waffe besorgen konnte, schnellte ich auf ihn zu und hielt ihm das Messer an die Kehle. Seine Augen weiteten sich vor Schreck, und er rührte sich kein Stück mehr.

Die junge Frau überreichte mir derweil den Gürtel und machte sich dadurch in gewisser Weise zu meiner Komplizin.

»Frag ihn nach dem Geld«, erinnerte mich Liz, die nervös auf und ab ging. Ich konnte ihr ansehen, wie sehr es sie quälte, selbst nichts unternehmen, sondern nur zusehen zu können.

Eilig drückte ich ihn zurück auf den Stuhl. »Streck die Arme nach hinten!«, befahl ich ihm und war selbst überrascht von der Strenge in meiner Stimme. Murrend gehorchte er, während er mich in einer Sprache beschimpfte, die ich nicht verstand. Ungerührt dessen machte ich mich daran, seine Handgelenke mit dem Gürtel zu fesseln. Dabei war ich absichtlich etwas grob und zog das Leder fester, als es vielleicht nötig gewesen wäre. Sicher war sicher. Sobald ich damit fertig war, richtete ich mich wieder auf. Der Mistkerl konnte sich auf eine lange Nacht gefasst machen – eine ewig währende Nacht.

»Wo ist das Geld?«, brüllte ich.

»Du kriegst keinen Pence von mir«, schimpfte er und drehte den Kopf in meine Richtung, nur um mir ins Gesicht spucken zu können. Ich holte nach ihm aus, wie es mir selbst schon oft widerfahren war, wenn ich einem Freier mit Widerworten begegnet war oder eine Forderung abgelehnt hatte. Es ging ganz schnell. Aus einem Impuls heraus. Zack! Meine Faust hinterließ einen roten Abdruck auf seiner Haut. Es war kein besonders fester Schlag, aber die Tatsache, dass ich überhaupt zurückschlug, schien ihn zu schockieren. Kurz verschlug es ihm die Sprache.

Liz klatschte vor Begeisterung in die Hände. »Das ist erst der Anfang, du Mistkerl!«, jubilierte sie, obwohl er sie nicht hören konnte.

»Das Geld«, zischte ich nachdrücklich. »Wo ist es?«

Verdattert starrte er zu mir empor. »In der Schublade«, hörte ich ihn zu meinem Erstaunen murmeln. Wie schnell er nachgab! Eine Frau, die wusste, was sie wollte, jagte ihm wohl Angst ein.

Ich entdeckte einen schmalen Schrank, in dem ich Friseurutensilien vermutete, und eilte darauf zu. Beherzt zog ich ein Schubfach nach dem anderen auf, bis ich in der Mitte lose hineingeworfene Münzen fand. Entweder war der Barbier den Abend über schon fleißig gewesen – die Vorstellung erfüllte mich mit einem Schaudern –, oder dort hatte sich der Verdienst mehrere Tage angesammelt. Ich griff hinein und schöpfte so viele Münzen, wie ich mit einer Hand packen konnte, wieder heraus. Damit schritt ich auf die junge Frau zu und drückte sie ihr entgegen.

»Das soll ich dir von meiner Freundin Liz überreichen. Sie möchte, dass du zu einem richtigen Arzt gehst!«

Verwirrt starrte sie mich an und schüttelte benommen den Kopf. »Ich kenne keine Liz. Das kann ich nicht annehmen«, wehrte sie ab, obwohl sie das Geld bereits an ihre Brust drückte. »Was, wenn er die Bobbys ruft?« Verängstigt blickte sie in Richtung des gefesselten Mannes.

Gehässig lachte ich auf. »Mach dir um den keine Sorgen! Der ist bei mir in guten Händen und wird weder dir noch sonst jemandem etwas zuleide tun.«

Kurz zögerte sie, dann schien sie zu beschließen, die unerwartete finanzielle Unterstützung als Geschenk anzunehmen und nicht zu hinterfragen. »Danke! Auch an deine Freundin!«, beteuerte sie noch, ehe sie aus dem Laden eilte.

Klosowski schrie vor Zorn, als ich mich wieder zu ihm umdrehte, und rüttelte an seiner Fessel. »Was willst du von mir?«

Wurde Zeit, ihn zu knebeln, bevor er noch ungebetene Besucher anlockte. Ich nahm mir eines von den Tüchern, die er freundlicherweise für mich bereitgelegt hatte, und rollte es zusammen. »Es geht heute nicht um mich, sondern um meine Freundin. Liz Stride ist ihr Name. Das sagt dir vermutlich nichts, aber das sollte es, denn du hast wiederum eine ihrer Freundinnen auf dem Gewissen. Du hast ihr den Bauch aufgeschlitzt, anstatt eine Abtreibung bei ihr durchzuführen! Lag es an mangelndem Wissen oder bist du einfach ein Sadist?«, fauchte ich verachtend und hielt ihm das Tuch vors Gesicht, bereit, es ihm zwischen die Zähne zu rammen. Bei genauerer Betrachtung fielen mir die dunklen Flecken darauf auf. Er hatte sich nicht einmal die Mühe gemacht, es ordentlich zu waschen. Geschah ihm ganz recht, dass er gleich das eingetrocknete Blut und den Schweiß seiner vorherigen Opfer zu schmecken bekam.

Fassungslos starrte er zu mir auf. Seine Augen weiteten sich, als die Erkenntnis einsetzte. »Das war ein Versehen!«, beteuerte er. Es ließ sich nicht erahnen, ob er sich an die Frau, die auf seiner Liege gestorben war, erinnerte oder ob es schon häufiger vorgekommen war. »Ich will den Frauen doch nur helfen! Sonst tut es keiner!«

Das klang erschreckend nach Jack, der mich mit der Begründung zerstückelt hatte, mich aus meinem Elend befreien zu wollen. Seufzend drückte ich ihm den Stoff vor den Mund und band in seinem Nacken einen Knoten, seine Gegenwehr ignorierend. Liz stand direkt vor ihm, ohne dass er sie sehen konnte. Ein Ausdruck von Genugtuung lag auf ihrem Gesicht.

»Hältst du mich für dumm oder glaubst du deine Lügen selbst?«, raunte ich dem Barbier zu, was Liz ein heiteres Lachen entlockte.

Er brüllte in das Tuch und warf sich vor und zurück, als ich mich zu seinen Füßen bückte, um diese ebenfalls zu fesseln. Es kostete mich einige Mühe, sie zu fassen zu bekommen und lang genug festzuhalten, um sie mit einem Seil verschnüren zu können, das ich in einer der Schubladen entdeckt hatte. Den einen oder anderen Tritt fing ich mir dabei ein, aber was machte das schon?

Zufrieden richtete ich mich auf, stemmte die Hände in die Hüften und blickte auf den knurrenden Mann vor mir herab, der immer noch nicht begriffen hatte, dass es für ihn kein Entkommen aus dieser Situation geben würde.

»So, ich hole jetzt zwei Gäste dazu, damit es noch vergnüglicher wird«, ließ ich ihn wissen und spürte wieder wie dieses berauschende Gefühl der Macht, das sich durch meine Adern wand, wie ich es bisher nur bei dem Überfall auf den Politiker gespürt hatte. Es tat gut, bösen Menschen Böses zuzufügen, wenn es einem gelang, alle Hemmungen abzulegen. Ein bisschen fühlte ich mich dabei wie Polly, aber Gewissensbisse konnte ich mir in dieser Situation nicht leisten.

Als ich die Tür öffnete, standen meine beiden Verbündeten schon wartend davor. »Wir haben gesehen, wie die Frau das Haus verlassen hat«, sagte Catherine. »Läuft alles nach Plan?« Unsicherheit schwang in ihrer Stimme mit.

»Absolut«, bejahte ich zufrieden. »Kommt rein, der Braten ist bereits verschnürt.«

Das entlockte Annie ein leises Grunzen, während es Catherine nicht gelang, ihre Nervosität abzulegen. Gewiss würde das geschehen, wenn sie erst einmal selbst wieder in den Genuss der Überlegenheit gelangte.

In dem Hinterzimmer zerrte Klosowski an seinen Fesseln und versuchte sich zu befreien. Liz stand vor ihm und starrte hasserfüllt auf ihn herab. »Wir sollten dich aufschlitzen, so wie du es mit deinen Opfern gemacht hast«, zischte sie ihm zu, obwohl er sie nicht hören konnte. Vielleicht spürte er ihre Anwesenheit dennoch, denn seine einstige Arroganz hatte sich verflüchtigt. Seine Augen weiteten sich vor Schreck, als er hinter mir noch zwei weitere Frauen erblickte. Hilflos brüllte er in seinen Knebel.

Annie entdeckte auf einem Beistelltisch die Messer, die der Barbier normalerweise für die Rasur seiner Kunden verwendete. Sie nahm eines davon in die Hand und drehte es im Schein der Petroleumlampe, sodass die Klinge funkelte. »Deine Stunde der Rache ist gekommen, Liz! Was sollen wir als Erstes mit ihm anstellen?«

Die Skrupel, die Liz bisher davon abgehalten hatten, selbst Gerechtigkeit zu verüben, waren mit ihrer Materie verschwunden. Ihr Wunsch nach Vergeltung war alles, was ihr geblieben war. »Er hat keinen schnellen Tod verdient. Ich soll genug Zeit haben, sich bewusst zu machen, dass er das, was mit ihm geschehen wird, verdient. Schneidet ihm ein Ohr ab! Er braucht es nicht. Für das Flehen seiner Opfer war er ohnehin taub.«

»Dein Wunsch sei mir Befehl«, erwiderte Dark Annie lächelnd und machte einen Schritt in Richtung von Klosowski, der vor Angst zitterte. Er musste glauben, er habe den Verstand verloren, denn anders ließ sich nicht erklären, dass sich drei tote Frauen in seinem Laden versammelt hatten und mit einer vierten Person, die er weder hören noch sehen konnte, darüber berieten, wie sie ihn am besten foltern konnten.

Annie brachte sich mit gezücktem Messer neben ihm in Position, als uns ein Knarren vom Hintereingang innehalten ließ. Hastige Schritte folgten über die Dielen, und im nächsten Moment wurde die Tür aufgestoßen. Inspektor Abberline trat mit erhobener Pistole ein. Im Bruchteil einer Sekunde erfasste er die Situation und richtete die Waffe auf Annie.

»Hände hoch und zurücktreten!«, rief er selbstbewusst. Anders als Klosowski schien es ihn nicht zu ängstigen, sich in einem Raum mit drei toten Frauen zu befinden. Andererseits hatte er auch schon Zeit gehabt, sich an die Erkenntnis, dass der Tod nicht unbedingt das Ende bedeuten musste, zu gewöhnen.

Nicht einmal Monate als Untote reichten aus, um Annies inneren Fluchtreflex zu verbannen, der in Gegenwart eines Gesetzeshüters ausgelöst wurde. Ohne auch nur darüber nachzudenken, gehorchte sie seinem Befehl, wich zurück und ließ das Messer fallen.

»Was ist hier los?«, verlangte Abberline zu erfahren. Seine Waffe schwenkte er von Annie zu Catherine, die ebenfalls ihre Hände erhoben hatte, und zuletzt zu mir. Er wirkte nicht im Mindesten überrascht, mich hier zu sehen. Ich schrumpfte allerdings unter seinem strafenden Blick zusammen. Zu gut erinnerte ich mich an seine Vorwürfe, auch wenn er sie wieder zurückgenommen hatte. Bereute er das nun?

Ich sah zu Liz, die mit geballten Fäusten neben Klosowski verharrte. Ihre Lippen waren fest aufeinandergepresst, während der Mann verzweifelt wimmerte. Die Anwesenheit des Inspektors ließ ihn hoffen, seine Rettung stünde kurz bevor.

Nachdem keine von uns bereit war, ihm zu antworten, übernahm er weiterhin das Reden. »Ich nehme an, Sie drei sind nicht allein hier, sondern Liz Stride ist mit von der Partie«, spekulierte er und sah sich suchend um, ehe ich auf die Stelle vor Klosowski deutete, wo sie stand. Nun richtete Abberline seine Worte direkt an sie. »Miss Stride, ich weiß nicht, was Ihnen widerfahren ist, aber ich habe Ihre Anschuldigungen ernst genommen, deshalb bin ich hier.

Lassen Sie mich meine Arbeit erledigen und diesen Mann verhaften, um ihn seiner gerechten Strafe zuzuführen. Das ist es doch, was Sie wollten, oder?«

Ich war froh, nicht vom ihm als Quelle für seine Informationen genannt zu werden. Zugleich berührte mich sein Versuch, Liz helfen zu wollen.

Auch wenn sie es nicht zeigen wollte, schien es ihr ähnlich zu gehen. Allein die Tatsache, dass sich der Inspektor die Mühe machte, mit ihr zu sprechen, obwohl er sie nicht sehen oder hören konnte, war ein Zeichen seines Respekts.

Störrisch schüttelte sie allerdings den Kopf. »Er wird den Mistkerl wieder laufen lassen – aus Mangel an Beweisen«, fürchtete sie. »Ich weiß doch, wie das läuft.« Zu oft war sie von den Bobbys schon enttäuscht worden, um nun einem von ihnen uneingeschränkt vertrauen zu können.

»Selbst wenn Sie Klosowski verhaften, werden Sie uns nicht einfach laufen lassen«, ergriff Catherine das Wort. »Immerhin wurden Sie Zeuge eines Verbrechens. Es ist Ihre Pflicht, uns festzunehmen.« Bitterkeit schwang in ihrer Stimme mit. Sie war gewohnt, dass Gerechtigkeit eine Frage der Auslegung war.

»So wie ich das sehe, habe ich keine Wahl«, behauptete Abberline. »Ich bin hier allein, und es übersteigt meine Fähigkeiten, fünf Personen gleichzeitig festzunehmen, wobei ich eine von ihnen nicht einmal sehen kann.« Verlegen lachte er und nickte in die Richtung, in der er Liz vermutete. Ich rechnete ihm hoch an, dass er sie miteinbezog und nicht einfach so tat, als wäre sie nicht anwesend. »Deshalb werde ich mich auf einen Verdächtigen konzentrieren müssen.« Er deutete mit der Pistole auf den Barbier, der ihn durch vom Knebel gedämpfte Schreie dazu bringen wollte, ihn endlich aus seiner misslichen Lage zu befreien.

Seine Antwort überraschte Catherine sichtlich, und ich konnte ihr ansehen, wie sie geneigt war, ihm zu glauben.

Liz hatte er allerdings noch nicht überzeugt. »Selbst wenn er uns nicht belügt, wird es Wochen dauern, bis sie Klosowski für seine Taten hängen, wenn überhaupt«, gab Liz zu bedenken. »Glaubt ihr etwa, er wird in dieser Zeit darüber schweigen, was hier gerade passiert ist? Er wird jedem davon erzählen, und obwohl ihm niemand glauben wird, besteht die Gefahr, dass die Presse davon erfährt und darüber berichtet. Jack wird diese Aufmerksamkeit nicht gefallen und euch dafür bestrafen! Wollt ihr dieses Risiko eingehen?«

»Wir könnten unter der Bedingung zustimmen, ihm zuvor die Zunge rauszuschneiden, damit er niemandem erzählen kann, was er gesehen oder gehört hat«, schlug Dark Annie vor.

Klosowski wehrte sich heftig in seiner gefesselten Haltung, da er ahnte, dass es dabei um ihn ging.

»Niemand bekommt hier irgendetwas abgeschnitten«, widersprach Abberline vehement und richtete seine Waffe auf Annie. »Wenn Sie fürchten, dieser Mann könnte etwas über Ihre Existenz verraten, kann ich Ihnen versichern, dass niemand ihm Glauben schenken wird. Sein Wort würde gegen meines stehen.«

»Die Allgemeinheit ist uns gleichgültig. Es geht uns nur um den, der uns getötet hat«, versuchte ich ihm zu erklären. »Er könnte diese Zusammenkunft als Gefahr für seine Mission ansehen und uns allen deshalb dasselbe antun wie Liz.«

Jene kam einer Erwiderung des Inspektors zuvor. »Weder Klosowski noch er können uns etwas anhaben. Bringen wir zu Ende, was wir begonnen haben!«

»Ich kann dafür sorgen, dass nichts von dem, was er aussagt, an die Öffentlichkeit gelangt«, versicherte Abberline. »Zugleich werde ich alles dafür tun, um seine Hinrichtung zu beschleunigen. Alles, was ich brauche, ist ein Beweis. Können Sie mir dabei behilflich sein? Gibt es irgendetwas, womit ich ihn des Mordes überführen kann?« Er gab sich wirklich Mühe, aber Annie hörte ihm gar nicht richtig zu, sondern konzentrierte sich ganz auf Liz. »Und der Inspektor? Sollen wir den etwa direkt mit umbringen?« Ihr Zögern, ihm etwas anzutun, beruhigte mich. Anders als Klosowski war er kein schlechter Mensch. Sogar Untote befolgten einen moralischen Kodex.

Das verleitete Abberline dazu, seine Waffe erneut von einer zu anderen zu schwenken, obwohl er wissen sollte, dass sie ihn nicht vor uns schützen konnte.

»Schlagt ihn nieder«, drängte uns Liz. »Wenn er wieder zu sich kommt, ist es längst geschehen und wir sind verschwunden. Bitte lasst mich nicht im Stich!«

Abberline beobachtete uns aufmerksam, während er sich durch das Zimmer bewegte. »Ganz ruhig! Niemand muss verletzt werden!«

»Selbst wenn er uns nicht aufhalten kann, wird er wissen, dass wir es waren«, widersprach Catherine Liz und ignorierte die Anwesenheit des Gesetzeshüters. »Dadurch würden wir von Opfern zu Tätern! Das ist nicht das Andenken, das ich hinterlassen möchte. Tut mir leid, Liz.« Sie trat einen Schritt zurück in Richtung Tür.

Verzweifelt sah Liz zu Annie, die sie nur entschuldigend anblickte und sich ebenfalls langsam zurückzog. »Wenn der Inspektor nicht Wort hält, kommen wir wieder«, versuchte sie sie zu trösten und richtete zugleich eine Drohung an Abberline.

»Ich werde mein Bestes geben«, versprach dieser und erkannte mit Erleichterung, dass der Kampf vorbei war. Er unternahm keinen Versuch, Catherine und Annie aufzuhalten.

Liz schüttelte enttäuscht den Kopf. »Die Bobbys werden ihn in Gewahrsam nehmen, dann kommen wir nicht mehr an ihn ran. Mary, bitte! Du weißt, es ist das Richtige! Wenn wir ihn nicht ausschalten, wird er weiter Frauen ermorden. Wenn die Gesetzeshüter ihren Job gemacht hätten, müssten wir uns nicht darum kümmern.«

»Dafür ist es noch nicht zu spät«, versuchte ich sie zu überzeugen. »Hab Vertrauen!«

Verzweifelt schluchzte sie auf und schüttelte den Kopf. »So wie ich Vertrauen haben sollte, dass Jack mich aus meinem Dasein als Geist befreien würde?! Klosowski tot zu sehen ist mein letzter Wunsch. Ihr habt mir euer Wort gegeben! Polly würde nicht zögern! Bei ihr wäre Klosowski längst tot und der Inspektor dazu!«

Aus ihr sprachen Wut und Enttäuschung. Das war nicht die Liz, die ich kannte. »Würdest du das wollen? Noch ein toter Unschuldiger?«

»Niemand stirbt heute«, rief Abberline entschieden dazwischen, der sich hinter dem Barbier aufbaute.

»Niemand ist unschuldig«, entgegnete Liz bedauernd und durchschritt das Hinterzimmer. Sie sah ein, dass sie uns nicht dazu bringen konnte, weiter an unserem Vorhaben festzuhalten, und gab auf. »Lasst uns gehen! Soll der Inspektor den Helden für ein Monster spielen!« Verbitterung, die von uns verursacht wurde, schwang in ihrer Stimme mit. Es tat mir leid, sie zu enttäuschen. Ich konnte nur hoffen, sie würde es verstehen, wenn sie etwas Zeit gehabt hatte, um darüber nachzudenken.

Abberline musterte uns eingehend, als wir uns alle auf der anderen Seite des Raums befanden, während er sich hinter Klosowski in Stellung gebracht hatte. Kurz zögerte er, dann steckte er die Waffe weg und machte sich daran, den Mann von seinem Knebel zu befreien.

»Ein junge Frau war hier, als wir ankamen«, weihte ich den Inspektor ein. »Klosowski hätte sie operiert, wenn wir nicht gekommen wären. Ist nicht allein das schon ein Verbrechen?«

Abberline nickte und tauschte den Gürtel an Klosowskis Handgelenken gegen Handschellen aus. »Ich werde sie suchen und dazu bringen, eine Aussage zu machen. Das wird reichen, um ihn zu verurteilen, bis ich genug Beweise habe, die ihn eines Mordes überführen. Dann hängt er!«

Der Barbier sträubte sich gegen seine Fesseln und brüllte unterdrückt gegen den Knebel. Er musste dies für einen schlechten Traum halten. Es war schwer zu glauben, dass drei tote Frauen über ihn herfielen, aber ein Inspektor, der sich auch noch auf ihre Seite stellte, musste ihn an seinem Verstand zweifeln lassen.

»Mary, komm!«, forderte mich Liz ungeduldig auf.

Gern wäre ich bei Abberline geblieben, doch es gab nichts, womit ich das vor ihr hätte rechtfertigen können, ohne mich verdächtig zu machen. Mit erhobenen Händen gab ich ihr nach und folgte ihr aus dem Raum. Die Tatsache, dass der Inspektor uns ziehen ließ, sollte ihr Hoffnung schenken, er würde sich auch an alles andere halten, was er ihr zugesagt hatte.

Wir verließen das Haus und flohen in die schmale Gasse, die aus dem Innenhof führte.

»Klang ganz schön vertraut, wie du mit dem Inspektor gesprochen hast«, meinte Liz misstrauisch. »Du hast ihn sogar geduzt.«

Ich fühlte mich ertappt und war froh, nicht mehr erröten zu können, auch wenn Liz das in der Dunkelheit vermutlich ohnehin nicht gesehen hätte. »Ist mir gar nicht aufgefallen. Macht der Gewohnheit.« Unschuldig zuckte ich mit den Schultern.

Ihr Blick verriet mir, sie glaubte mir kein Wort, aber sie sagte nichts mehr dazu, als wir bei Annie und Catherine ankamen. »Wir sollten uns aufteilen«, schlug sie stattdessen vor. »Falls der Inspektor doch noch Verstärkung anfordert und nach uns suchen lässt.«

»Ich glaube nicht, dass er das tun wird«, meinte Catherine, aber hob beschwichtigend beide Hände, als sie Liz' verärgerten Blick bemerkte. »Schaden kann es nicht«, lenkte sie schnell ein. »Nur zur Sicherheit!«

Catherine nahm die Straße, von der wir gekommen waren, während Annie und Liz in die entgegengesetzte Richtung davongingen. Mir blieb die Flucht in eine weitere Seitengasse. Es fühlte sich falsch an, getrennte Wege zu gehen. Zu Beginn der Nacht war unser Gemeinschaftsgefühl so stark gewesen, und nun war nichts mehr davon übrig. Ob Liz uns verzeihen würde, wenn Klosowski in Haft saß und der Termin für seine Hinrichtung bekannt gegeben wurde? Oder blieb ihr nicht mehr so viel Zeit? Mit jeder Stunde schien sie immer mehr zu verblassen.

Zurück im Handwarenladen, traf ich alle Frauen außer Annie an. Auf meine Frage, wo sie sei, zuckte Liz nur mit den Schultern. Annie und sie waren zusammen geflohen, auch wenn sie sich danach getrennt hatten. Liz' Enttäuschung darüber, dass wir Klosowski nicht getötet hatten, blieb bestehen.

Polly seufzte gedehnt. »So geht das schon die ganze Zeit«, klagte sie. »Wäre eine bitte so gütig, mich darüber aufzuklären, was los ist?«

Liz hatte ihr also nichts von unserem Vorhaben erzählt. Vielleicht wollte sie Klosowskis Tod doch nicht genug, um Polly einzuweihen. Es war besser so.

»Nur eine Meinungsverschiedenheit«, behauptete ich, worauf Liz verächtlich schnaubte.

»Dann sagt es mir eben nicht«, schmollte Polly und rollte genervt mit den Augen. »Vielleicht interessiert es euch zu wissen, dass das Baby gut versorgt wird. Jack hat mir gestattet, ihn zu der Frau zu begleiten, die sich bis nach dem Maskenball um es kümmern wird. Sie ist Mutter von fünf Kindern und kann das Geld gut gebrauchen. Die würde sich lieber die Zunge abbeißen, als Jack zu verraten. Er hielt es für besser, mich ins Vertrauen zu ziehen, falls es zu Komplikationen kommt«, berichtete sie uns stolz. Sollte sie glauben, irgendeine von uns würde sie um ihre Nähe zu Jack beneiden, täuschte sie sich. Es war so, wie ich es mir gedacht hatte, und Jack hatte sich ihre Zuneigung gesichert, indem er sie in einen winzigen Teil seines großen Plans einweihte, damit sie sich wichtig vorkam. Sie gab sich als toughe Frau, die ihre einstigen Peiniger nacheinander zur Rechenschaft zog, zugleich war sie einem Mann hörig, der bereit war, sie jederzeit zu ersetzen, auch wenn Polly das nicht wahrhaben wollte.

Catherine atmete erleichtert auf. Auch ich war froh, Jonathan in Sicherheit zu wissen, aber meine Sorge galt weiterhin Liz. Ihr Umriss erschienen mir noch etwas mehr verblasst als vor wenigen Stunden. War das der wahre Grund für ihre Unzufriedenheit?

Die Stimmung war aufgeladen wie grollende Wolken vor einem Gewitter. Ungesagtes stand zwischen uns, das in unserem Schweigen gärte und alle anderen Gefühle verdrängte.

»Ich mache einen Spaziergang«, murmelte Catherine und erhob sich von der alten Couch. Kurz überlegte ich, sie zu begleiten, zog mich dann aber lieber in eines der angrenzenden Zimmer zurück. Ich wollte nicht riskieren, Jack zu verpassen, falls er uns einen spontanen Besuch abstattete. Solange ich keinen Anhaltspunkt hatte, wo er sich aufhielt, konnte ich nichts anderes tun, als abzuwarten.

Minuten wurden zu Stunden, die träge ineinanderflossen. Der Morgen wich einem grauen Mittag. Ich hörte Liz nicht kommen und bemerkte sie erst, als sie im Türrahmen stand. Ein bedrückter Ausdruck lag auf ihrem Gesicht.

»Ich mache mir Sorgen um Annie«, gestand sie mir und riss mich damit aus meiner Lethargie. Ich hatte nichts anderes getan, als von einer mottenzerfressenen Matratze am Fußboden an die Decke zu starren. Nun setzte ich mich auf.

»Sie ist schon eine Weile weg«, stimmte ich ihr zu. Das sah Annie nicht ähnlich. Sonst verließ sie selten das Haus ohne Begleitung und selbst dann nur widerwillig. Am liebsten zog sie sich zurück. Sie sagte immer, es gebe dort draußen nichts, was sie reize.

Betreten sah Liz an mir vorbei auf einen schwarzen Schimmelfleck an der Wand hinter mir. »Nach Klosowski habe ich einige Dinge gesagt, die ich nicht so gemeint habe. Ich war wütend, eigentlich nicht auf sie oder überhaupt eine von euch, nicht einmal auf den Dreckskerl, sondern eher auf Jack, wegen der ganzen Situation. Ich habe Angst vor dem Moment, in dem ich verblassen und nicht mehr als eine Zuschauerin sein werde. Schon jetzt muss ich mich manchmal konzentrieren, um euch überhaupt verstehen zu können.

Da ist so ein stetiges Rauschen im Hintergrund, das immer lauter wird und alle anderen Geräusche verschluckt.«

Bestürzt sah ich sie an. Ich hatte gewusst, dass es schlimm um sie stand, aber mir war nicht klar gewesen, dass sie auch noch dabei war, ihren Gehörsinn zu verlieren. Dieser war einer der wenigen Dinge, die uns nach unserem Tod geblieben waren. »Warum hast du nichts gesagt?«

»Was hätte das geändert?«, konterte sie unglücklich. »Dieser Zustand ist nicht eure Schuld, und es gibt nichts, was ihr dagegen tun könntet. Ihr seid doch selbst gefangen!«

»Aber ich will wissen, wie es dir geht!«, widersprach ich ihr nachdrücklich. »Du bist mir wichtig! Gibt es noch mehr Veränderungen, die du vor uns zurückhältst?«

Ich sah, wie sie gegen einen Kloß in ihrer Kehle anschluckte. Noch immer zögerte sie, sich mir zu öffnen, nicht aus mangelndem Vertrauen, sondern um mich nicht zu belasten. »Nicht nur ich verblasse, sondern auch die Farben um mich herum«, räumte sie ein. »Dein Haar, es war so leuchtend, als ich dich das erste Mal sah, jetzt hat es nur noch einen schwachen kupferfarbenen Schimmer, bis auch dieser verschwunden sein wird und meine Welt nur noch aus Grautönen besteht.« Sie seufzte gequält. »Ich dachte, umgebracht zu werden sei das Schlimmste, was einem passieren könnte. Tja, ich habe mich getäuscht.« Deprimiert zuckte sie mit den Schultern. Von ihrem Zorn war nichts mehr übrig. Die beklemmende Stille hatte sie zur Vernunft gebracht. Ich hätte ihr gern geholfen, war aber auch froh, dass sie wieder sie selbst war.

»Ich habe es ernst gemeint, als ich vorgeschlagen habe, unsere Herzen von Jack zurückzuholen. Dadurch können wir unseren Tod nicht ungeschehen machen, aber wir werden frei sein und Frieden finden. Keine Ahnung, ob danach noch etwas kommt, aber wir können es zusammen herausfinden.« Das war der einzige Trost, den ich ihr schenken konnte. Ich nahm ihr die Vorwürfe, die sie gegen mich im Haus des Barbiers erhoben hatte, nicht übel. Liz hatte jeden Grund, frustriert zu sein – noch mehr jetzt, wo ich wusste, wie sehr sie wirklich unter dem Verlust ihrer materiellen Kraft zu leiden hatte. Sie wurde bestraft, ohne etwas verbrochen zu haben.

»Wenn das mal so einfach wäre«, klagte sie und ließ sich neben mir nieder.

»Ich bin mir sicher, Annie ist dir nicht böse. Wahrscheinlich braucht sie nur etwas Abstand von dieser Bude.« Ich verzog den Mund zu einem schiefen Grinsen und machte eine ausholende Handbewegung. »Manchmal kommt es mir vor, als würde der ganze Schimmel nicht nur die Luft, sondern auch die Gedanken verpesten. Je länger wir in diesem Loch sitzen, umso trübsinniger werden wir.«

Liz lächelte zaghaft, war aber nicht überzeugt. »In einem unserer ersten Gespräche habe ich dir von den Phasen der Trauer erzählt, die nicht nur den Verlust eines geliebten Menschen betreffen, sondern in unserem Fall auch den eigenen Tod: das Leugnen, die Wut, die Resignation und schließlich die Akzeptanz. Annie hat es nie bis zum letzten Schritt geschafft. Seitdem ich sie kenne, nagt die Schuld an ihr.« Bebend holte sie Luft. »Es wäre nicht das erste Mal, wenn sie versucht sich umzubringen. Sie hat es schon auf viele Weisen probiert: Pulsadern aufschlitzen, Gift, Erhängen.« Unglücklich schüttelte Liz den Kopf. »Nichts davon hat funktioniert. Ganz gleich, was sie ihrem Körper auch antut, er existiert weiter, solange Jack unsere Herzen hat. Wir können weder ihm noch unserem Dasein entkommen.«

Schockiert sah ich zu Liz und kämpfte gegen den Schmerz an, der sich in meiner Brust sammelte. Ich hatte gewusst, dass Annie depressiv war, es war nicht zu übersehen, aber ich hatte nicht geahnt, wie groß ihre Verzweiflung war. »Jonathan gab ihrer Existenz einen Sinn, wenn auch nur für kurze Zeit«, erinnerte ich mich. »Sie konnte sich um ihn kümmern und wurde gebraucht. Jetzt, wo er wieder weg ist, fühlt sie sich wahrscheinlich verloren. Hast du eine Idee, wo sie hingegangen sein könnte?«

Liz nickte nachdenklich. »Sie hat uns von ihrer Tochter erzählt, die starb, bevor sie auch nur ein Jahr alt wurde. Aber sie war nicht ihr einziges Kind. Es gibt noch einen Sohn, den sie unmittelbar nach der Geburt in ein Heim gab, weil er missgebildet war. Sie ist nicht stolz darauf, gerade deshalb könnte ich mir vorstellen, dass Jonathan sie vielleicht an ihn erinnert hat und sie nun nach ihm sehen will.«

»Ja, das erscheint mir logisch«, stimmte ich ihr zu. »Weißt du, wo sich dieses Heim befindet?«

»Ich denke schon, denn soweit ich weiß, gibt es in London nur eine Einrichtung, die Kinder mit Behinderungen aufnimmt. Es ist nicht einmal weit von hier.« Ein verächtliches Lachen entschlüpfte ihren Lippen. »Wo wären Krüppel schließlich besser aufgehoben als im East End bei dem ganzen anderen Gesindel?« Dies entsprach nicht ihrer eigenen Ansicht, sondern jener der Gesellschaft, die Menschen, die anders waren, seit jeher verstieß. Ich hatte es bei Joseph, der intelligenter als die meisten war, sich aber wegen seines Sprachfehlers nicht ausdrücken konnte, immer wieder erlebt.

»Das ist ein guter Ausgangspunkt. Wenn wir sie dort nicht finden, können wir weiter überlegen.« Ich stand vom Boden auf und reichte ihr die Hand. Als sie diese jedoch ergreifen wollte, glitten ihre Finger durch mich hindurch. Entsetzt starrten wir einander an. Der Prozess ihres Verschwindens schritt schnell voran. Wie lange würde es dauern, bis ich sie nicht einmal mehr sehen konnte? Wochen? Tage? Vielleicht nur Stunden?

Statt in Panik zu verfallen, presste Liz die Lippen aufeinander, als würde sie sich selbst sagen, dass Annie gerade wichtiger war, und rappelte sich auf. »Schon gut«, murmelte sie an mich gerichtet. Sie wartete nicht einmal auf eine Erwiderung meinerseits. Es gab nichts, was es hätte besser machen können. Wortlos verließen wir den Handwarenladen, in den Catherine bisher nicht zurückgekehrt war. Polly blieb allein in der Stube – Jacks treueste Soldatin.

Das Waisenhaus befand sich zwischen einem Spirituosenladen und einem Metzger. Von außen ließ nichts darauf schließen, dass in diesem erbärmlichen Gebäude Kinder behütet wurden. Die schmutzige Fassade war rissig und die Fenster fleckig von dem Smog, der unablässig durch die Straßen des East End waberte. Nicht einmal das Geschrei von Kindern, die vielleicht in einem Innenhof spielten, war zu hören. Lediglich ein Schild an der Tür mit der Aufschrift *Krüppelfürsorge* verriet uns, dass wir hier richtig waren.

Ratlos sah ich zu Liz, die als Geist zumindest ihr Gesicht nicht mehr zu verwandeln brauchte, weil sie außer mir ohnehin niemand sehen konnte. Obwohl ich nur Kleinigkeiten veränderte, wie etwa meine Wangen voller zu gestalten oder die Augen etwas kleiner, fühlte es sich jedes Mal ungewohnt an. Es war meine Haut und doch eine Maske, von der ich froh war, wenn ich sie abstreifen konnte.

»Sollen wir reingehen?«, hakte ich nach, ungeachtet dessen, dass Passanten glauben würden, ich führte Selbstgespräche.

»Dir bleibt kaum etwas anderes übrig, wenn du nicht darauf warten willst, ob sie wieder rauskommt. Vielleicht war sie gar nicht hier«, gab sie zu bedenken. Mir entging nicht, dass sie nur noch von mir statt uns sprach, obwohl sie mich begleitete. Ebenso war mir aufgefallen, dass sie auf dem Weg hierher nicht einmal mehr versucht hatte, den Leuten auszuweichen. Jeden, der ihr entgegenkam, hatte sie einfach durch sich hindurchschreiten lassen. Wir wussten beide, dass es für sie keine Rettung gab, aber ich konnte nur schwer verkraften, dabei zuzusehen, wie sie sich aufgab.

»Na gut«, willigte ich ein und behielt den Rest meiner Gedanken für mich. Vorsichtig drückte ich gegen das morsche Holz der Tür, die unter meiner Berührung nachgab und nach innen aufschwang. Vor mir erstreckte sich ein schmaler, schlecht beleuchteter Gang. Spuren von schmutzigen Schuhen verrieten mir, dass heute schon mehrfach jemand das Gebäude betreten und wieder verlassen hatte. Von irgendwoher waren Geschirrgeklapper, Stimmengewirr und andere menschliche Geräusche zu vernehmen. Die Wände waren kahl, und in den Ecken bildeten sich Stockflecken. Es gab keine selbst gemalten Bilder, wie ich es von einem Ort, an dem Kinder lebten, erwartet hätte. Insgesamt bot der Eingangsbereich einen nicht weniger trostlosen Anblick als die Außenansicht.

Langsam liefen wir durch den Flur, bis wir die erste Tür erreichten, die als *Direktion* gekennzeichnet war. Von hier aus konnte ich einen Blick auf die Treppe erhaschen, die in die oberen Stockwerke führte. Ein Mädchen von vielleicht acht Jahren saß auf der unteren

Stufe und spielte mit einer Puppe, der jemand die Haare abgeschnitten hatte. Auf den ersten Blick ließ sich nicht erkennen, was dem Kind fehlen könnte, das es von anderen in seinem Alter unterschied. Erst bei genauerem Hinsehen bemerkte ich: Dort, wo ihre Hände hätten sein müssen, waren nur Stümpfe. Es war mir nicht direkt aufgefallen, weil es sie nicht im Geringsten einschränkte. Irgendwie schaffte sie es trotzdem, die Puppe mit ihrem Arm festzuhalten und zu bewegen. Als das Mädchen den Kopf hob und in meine Richtung sah, winkte ich ihm lächelnd zu. Meine Freundlichkeit irritierte sie, denn ihre Augen weiteten sich vor Schreck und sie floh über die Treppe in den nächsten Stock. Fremde jagten ihr offenbar Angst ein. Trotz ihres jungen Alters hatte sie wohl schon so manche schlimme Erfahrung verkraften müssen.

Liz kicherte neben mir. »Wie gut, dass du dich nicht um Jonathan gekümmert hast. Bei dir hätte er wohl nie aufgehört zu weinen.«

Zumindest diente ich ihrer Erheiterung. Ich streckte ihr die Zunge raus, ehe ich gegen die Tür klopfte.

»Herein«, rief eine weibliche Stimme aus dem Inneren, woraufhin ich die Klinke runterdrückte und eintrat. Mich erwartete eine Dame um die fünfzig, die an einem Schreibtisch saß, der mit einer Schreibmaschine und einem Telefon bestückt war.

»Guten Tag«, begrüßte sie mich gut gelaunt. »Was führt Sie zu mir?«

Es war etwas seltsam, in all dem Elend einer derart heiteren Person zu begegnen. Andererseits brauchte es vielleicht gerade an solch einem Ort jemanden, der etwas Freude in das Leben der Bewohner brachte.

»Guten Tag«, erwiderte ich ihren Gruß höflich. »Ich bin auf der Suche nach einer Freundin und habe mich gefragt, ob sie vielleicht hier bei Ihnen war«, blieb ich bei der Wahrheit, aber stockte dann, weil ich mir nicht sicher war, ob ich ihren Vornamen nennen sollte. Vermutlich hatte Annie einen anderen verwendet und ihr Äußeres verändert. Es war schwer, jemanden zu beschreiben, wenn man nicht wusste, wie dieser gerade aussah.

»Wie heißt Ihre Freundin denn?«, erkundigte sich die Dame erwartungsgemäß.

Ich hatte darauf gesetzt, dass sich nicht viele Leute hierherverirrten und es reichen würde, eine Frau zu erwähnen. Offenbar war das nicht der Fall, deshalb überging ich ihre Frage und blieb bei den Fakten, die unabänderlich waren, selbst für eine Untote. »Sie ist mittleren Alters, eher klein und rundlich. Wahrscheinlich hat sie eine weiße Haube getragen.«

Meine Beschreibung schien der Dame tatsächlich etwas zu sagen, denn ihre Augen weiteten sich vor Überraschung. »So jemand war vor nicht einmal einer Stunde hier. Ein Engel von einer Frau«, schwärmte sie. »Sie hat mir die größte Spende überreicht, die diesem Haus je zuteilwurde, und wollte mir nicht einmal ihren Namen nennen. *Den Kindern soll es an nichts fehlen,* war alles, was sie sagte. Ich kann immer noch kaum glauben, dass das wirklich passiert ist.« Lachend schüttelte sie den Kopf. Ihre gute Laune ließ sich nun nachvollziehen. Auch wenn es keine Garantie war, klang das nach Annie. Wahrscheinlich hatte sie irgendjemanden überfallen und die Beute dann hier abgegeben, statt sie für sich zu beanspruchen. Vielleicht als Wiedergutmachung dafür, sich nicht um ihren Sohn gekümmert zu haben.

»Wissen Sie, wo die Frau danach hin ist?«

»Ich habe sie zur Tür begleitet und ihr nachgesehen, als sie weiter die Straße runtergegangen ist. Irgendwie habe ich wohl gedacht, ihr würden Flügel wachsen und sie würde sich in den Himmel erheben.« Sie lachte ungläubig auf. »Wenn ich mich nicht täusche, ist sie nach links abgebogen zum Themseufer.«

Das war ein guter Hinweis. »Vielen Dank! Dann werde ich dort weiter nach ihr suchen.« Ich wandte mich zum Gehen, drehte mich dann doch noch einmal zu der Leiterin des Heims um. »Der Name meiner Freundin ist übrigens Annie, falls Sie den Kindern sagen möchten, wem sie die nächste warme Mahlzeit zu verdanken haben. Bitte verwalten Sie das Geld in Ihrem Interesse!«

Die Dame verstand, worauf ich anspielte, aber zeigte sich nicht empört, wie manch einer es getan hätte. Nicht nur im East End, sondern überall gab es schlechte Menschen, die sich an anderen bereicherten, sogar an Kindern, denen das Leben ohnehin schon übel mitgespielt hat. Es war keinesfalls selbstverständlich, dass Spendengelder auch bei denen ankamen, für die sie bestimmt waren. Statt mich für meine Dreistigkeit zu rügen, erhob sich die Dame lächelnd von ihrem Stuhl, stützte sich auf einen Gehstock und trat hinter ihrem Schreibtisch hervor. Unter ihrem langen Rock schaute die Spitze eines einzelnen Schuhs hervor – keine zwei. »Keine Sorge, ich weiß, wie es ist, in einer Welt bestehen zu müssen, die für Krüppel nichts übrighat.«

Ich sollte mich für die Erleichterung, die ich bei ihrem Anblick empfand, schämen, stattdessen nickte ich nur und verließ ihr Büro. Erst auf der Straße wurde ich mir wieder Liz' Gegenwart bewusst. Sie hatte sich aus dem Gespräch rausgehalten, als wäre sie bereits unsichtbar. Die Direktorin hätte sie zwar ohnehin nicht hören können, aber ich. Nicht nur sie hatte Angst davor, zu verschwinden, sondern auch ich, sie zu verlieren. Wir kannten uns erst seit Kurzem, trotzdem fühlte ich mich ihr näher als den meisten Menschen, die ich jahrelang gekannt hatte. Ich wünschte, ich hätte ihre Hand nehmen und sie festhalten können. Sie ging direkt neben mir, und ich vermisste sie bereits.

Die Themse war die Lebensader von London. Durch die ganze Stadt zog sie sich, machte keinen Unterschied zwischen Reich und Arm. Seit Jahrhunderten sorgte sie gleichermaßen für Wachstum wie Verderben. Rücksichtslos hatte sie schon so manche Krankheit verbreitet, getarnt in ihren grauen Fluten. Durch Westminster floss sie an vornehmen Promenaden entlang, an denen Lords und Ladys mit weißen Schirmen flanierten. Verirrten sich Sonnenstrahlen durch die Wolkendecke, ließen sie ihr Wasser golden schimmern. Dieser Glanz verlor sich, sobald die Themse die Ufer des East End erreichte. Das Elend machte auch vor einem Fluss nicht halt und färbte alles Gold schwarz. Dort war sie nicht mehr als eine gewaltige Abwasserrinne. Der ganze Dreck der größten Stadt der Welt floss ungefiltert in ihr Gewässer, verschmutzte und vergiftete sie. Ungehindert dessen dienten die Brücken als beliebter Unterstand für all jene, die kein Dach über dem Kopf hatten. Dort handelten sie mit der Ware, die sie anderen abgeluchst hatten. Suchte man jemanden für einen Job, der weder Skrupel noch Scham kannte, wurde man hier fündig. Dem Verderben zum Trotz spielten dennoch im Sommer Kinder an ihrem Ufer – mit nackten Füßen, den Gestank ignorierend.

Ich war froh um den Verlust meines Geruchssinns, als Liz und ich die Stufen zur Böschung hinabstiegen, denn die Themse stank schlimmer als jede Kloake. Früher hatte ich diese Gegend gemieden, weil sie stets Übelkeit in mir hervorrief. In alter Gewohnheit presste ich mir die Hand vor Mund und Nase, während ich nach Annie Ausschau hielt. Trotz des kürzlichen Schneefalls war die Themse nicht zugefroren und floss in trügerischer Trägheit dahin. Ihre Strömung war jedoch reißend. Wer in sie geriet, war verloren. Selbst wenn es demjenigen wie durch ein Wunder gelingen sollte, die Böschung zu erreichen, würde ihn das geschluckte Wasser von innen heraus umbringen.

Ein paar verlumpte Gestalten trieben sich am Ufer herum und begutachteten, was die Wassermassen an Land gespült hatten. Manchmal verbargen sich Schätze zwischen dem Schlick, und so manche Leiche war schon ihres Hab und Guts erleichtert worden, bevor die Gesetzeshüter sie auch nur zu Gesicht bekommen hatten. Gerade beugten sie sich über ein Stoffbündel und tippten es mit ihren Schuhspitzen an, als dieses sich plötzlich regte.

Liz keuchte neben mir schockiert auf. »Das ist sie«, stieß sie hervor. »Das ist Annie.«

Jetzt, wo sie es sagte, glaubte ich die weiße Haube zu erkennen, die ihr vom grau gesträhnten Haar gerutscht war. Hastig begann ich über die nassen Steine zu rennen, wobei Ratten meinen Weg kreuzten.

»Verschwindet!«, brüllte ich den Fremden zu. »Lasst sie in Ruhe!«

Die Gestalten hoben ihre Köpfe und starrten in meine Richtung. Ohne Protest zu erheben, zogen sie sich zurück. Annie trug nichts von Wert bei sich, und der Kampf lohnte sich nicht.

Liz erreichte sie vor mir und ließ sich neben ihr im Kies nieder. Instinktiv versuchte sie, ihre Freundin an sich zu ziehen, aber ihre Hände glitten durch sie hindurch, was ihr ein herzzerreißendes Heulen entlockte. Es war furchtbar für Liz, ihr nicht helfen zu können.

Schlitternd kam ich bei ihnen an, glitt durch das Wasser, ohne es auch nur im Geringsten aufzuwühlen, und sank in die Knie. Annies Gesicht war leichenblass, und ihr nasses Haar klebte ihr an der Haut. Es bestand kein Zweifel daran, dass sie ein Bad in der Themse genommen hatte. Ich rüttelte an ihren Schultern, was ihr ein gequältes Stöhnen entlockte.

»Annie, wach auf!«, schrie ich sie verzweifelt an und griff unter ihre Arme, um sie aufzurichten.

»Ich will nicht«, wimmerte sie kläglich und versuchte mich mit den Händen abzuwehren. Ihre Bewegungen waren fahrig, wie von jemandem, der zu viel Alkohol getrunken hatte. Annie war trunken vor Trauer.

»Komm schon, Liebes, mach es uns nicht so schwer«, bat Liz.

Unnachgiebig zerrte ich an Annie, bis ich mich hinter sie setzen konnte. Mit dem Rücken lehnte sie an meiner Brust – ihr Gesicht an meinem. Tröstend strich ich ihr das Haar aus der Stirn und streichelte über ihre eiskalte Haut. »Was machst du nur?«, fragte ich bestürzt, obwohl ich die Antwort kannte. Sie war nicht versehentlich in die Themse gefallen.

»Ich kann nicht mehr«, schluchzte sie nun und erbebte am ganzen Körper. Ihr Zittern ging auf mich über – ihr Kummer fühlte sich wie meiner an. »Es soll endlich vorbei sein.«

Ich schlang die Arme um sie und drückte sie fest an mich, ließ sie all die Zuneigung spüren, die ich für sie hegte.

Liz hockte sich vor sie und legte ihre Hände an Annies Wangen, auch wenn diese ihre Berührung nicht spüren konnte. »Annie, Liebes, sieh mich an!«

Geschüttelt von Verzweiflung begann diese zu husten, ehe sie Liz' Forderung nachkam und die Augen öffnete, die sie zuvor zusammengepresst hatte, um nichts mehr von der Welt sehen zu müssen. »Warum tut er mir das an?«, klagte sie. »Warum hat er mir die Ewigkeit aufgezwungen, obwohl ich schon zu Lebzeiten sterben wollte? Als er mir das Messer in die Brust rammte, empfand ich Dankbarkeit. Ich dachte, es wäre endlich vorbei!«

Ihr Geständnis schnürte mir die Kehle zu. Ich war unfähig, Worte des Trostes zu finden.

»Vielleicht wollte Jack dir die Chance geben, alles anders zu machen«, meinte Liz überlegend.

»Ich habe keine zweite Chance verdient«, wehrte Annie ab. »Das wurde mir bewusst, als ich den kleinen Jonathan wieder abgeben musste. Ich hatte meine Chance, mehr als eine, und jedes Mal habe ich es vermasselt. Meine Tochter starb, weil ich nicht in der Lage war, sie zu ernähren. Meinen Sohn verstieß ich, nur weil er nicht dem Ideal entsprach. Was für eine Mutter würde so etwas tun? Wie hätte ich mich um jemand anderen kümmern sollen, wenn ich nicht einmal in der Lage bin, für mich selbst zu sorgen? Ich bin schwach, so schwach. Es ist erbärmlich!« Die Worte sprudelten wie Gift aus ihr hervor. Im Gegensatz zu Polly, die einen Hass auf die Welt in sich trug, verachtete Annie niemanden mehr als sich selbst.

»Hör auf damit«, herrschte Liz sie an. »Ich will nicht hören, dass du so von dir sprichst! Du bist eine gute Seele, die nie jemandem etwas Böses wollte. Das Leben hat dir übel mitgespielt, und du bist daran zerbrochen. Das ist nicht deine Schuld!«

»Jack hätte jemand anderen auswählen sollen«, beharrte Annie nicht mehr ganz so aufgelöst, eher resigniert. »Seit jeher fällt es mir schwer, das Gute zu sehen, weshalb die Leute mich auch Dark Annie nannten. Ich kann mich kaum an einen glücklichen Moment erinnern, weil alles von der Dunkelheit überschattet wird, die ich in mir trage. Mein einziger Wunsch ist es zu sterben, stattdessen hat Jack mein Leid nur verlängert.«

Im Gegensatz zu Liz nahm ich nicht an, Jack wäre es je um etwas anderes als seinen eigenen Vorteil gegangen. Er wählte uns aus, weil er glaubte, in uns, denen sich das Leben von seiner hässlichsten Seite gezeigt hatte, willige Racheengel zu finden. Dabei ließ er außer Acht, dass wir keine Maschinen, sondern Menschen mit eigenem Willen waren.

»Das muss nicht unser Ende sein«, beschwor ich sowohl Annie als auch Liz. »Wir sind tot, nicht machtlos. Wenn wir zusammenhalten, können wir Jack überlisten und uns unsere Herzen zurückholen. Sie sind der Schlüssel zu unserer Freiheit.«

Annie schniefte leise. »Hast du einen Plan?«

»Ich werde Jack the Ripper überführen. Ganz London soll erfahren, wer er ist und was er getan hat. Helft ihr mir dabei?«

Annie und Liz sahen einander an. Bisher hatte keine von ihnen sich dazu bereit erklärt, etwas gegen Jack zu unternehmen, aber vielleicht war jetzt endlich der Zeitpunkt gekommen, an dem sich die Monster, die er erschaffen hatte, gegen ihn wenden würden.

»Ich habe nichts mehr zu verlieren«, entschied Liz. »Was immer du vorhast, ich bin dabei.«

»Wer Feuer entfacht, sollte damit rechnen, dass die Flammen um sich schlagen«, stimmte Annie zu. »Holen wir uns zurück, was uns gehört!«

Als wir in den Handwarenladen zurückkehrten, hatte sich die Dunkelheit über Whitechapel gelegt. Polly hob bei unserem Eintreten skeptisch die Augenbrauen. »Wo kommt ihr denn her?«

»Wir waren baden«, murmelte Liz und entledigte sich ihrer löchrigen Stiefel, als wären jene nass geworden. Was für eine absurde Behauptung! Aber was gab es schon Absurderes als fünf tote Frauen, die mit ihrem Mörder planten, einen Maskenball zu besuchen?

»Deine Schuhe«, stieß Polly erstaunt hervor und deutete zu Liz' durchscheinenden Füßen. Sobald ihre Galoschen nicht länger ihren Körper berührten, wurden diese sichtbar.

Liz versuchte nach ihnen zu greifen, um sie sich wieder überzustreifen, vielleicht in der Hoffnung, sie wäre selbst dann auch wieder zu sehen, aber sie bekam das Leder nicht mehr zu fassen. Die Stiefel waren nicht länger ein Teil von ihr. Resigniert zuckte sie mit den Schultern. »Dann bin ich jetzt eben barfuß unterwegs, macht auch keinen Unterschied!«

Sie tat die Erkenntnis ab, aber mir machte der Anblick ihrer Schuhe bewusst, dass unsere Kleidung alles wäre, was von uns blieb. Die Stoffe waren gewöhnlich und wurden nur so lang zu etwas Magischem, wie wir sie am Leib trugen.

»Zumindest scheint ihr euch wieder vertragen zu haben, was auch immer los war«, wechselte Polly das Thema, um Liz' Trauer abzumildern.

Nichts brachte einen näher zusammen als ein gemeinsamer Feind. Aus demselben Grund klaffte zwischen Polly und uns ein

Riss, weil wir nicht das Gefühl hatten, uns ihr öffnen zu können, wenn es um Jack ging. Spürte sie diese Distanz? Kränkte es sie? Mehr als einmal hatte sie zum Ausdruck gebracht, wem ihre Loyalität galt.

»Ach, übrigens«, wandte sich Polly nun direkt an Liz. »Die Bobbys haben heute Nacht diesen Barbier einkassiert, der deine Freundin auf dem Gewissen hat.«

Sofort hatte sie Liz' ganze Aufmerksamkeit. »Von der Festnahme habe ich gehört, ich dachte eigentlich, sie würden ihn direkt wieder laufen lassen. Was werfen sie ihm vor?«

»Illegale Abtreibungen«, erwiderte Polly mit einem zufriedenen Lächeln. »Es gibt wohl eine Zeugin. Außerdem wurde eine Belohnung ausgesetzt für jeden, der Hinweise geben kann. Keine Ahnung, wer da seine Geldkasse geöffnet hat, aber irgendjemand will den Kerl genauso gern hinter Gittern sehen wie du.«

Ich konnte mir da jemanden vorstellen. Anders als Liz hatte ich zwar nicht an Abberlines Absichten gezweifelt, dennoch machte es mich stolz zu sehen, wie er diesem Verbrechen nachging und Gerechtigkeit walten ließ. Ob seine neu entdeckte Gewissenhaftigkeit auch etwas an meinem Einfluss lag? Ein Teil von mir wünschte sich, er wäre zu meinen Lebzeiten schon so engagiert gewesen. Es musste noch mehr Opfer wie Liz' Freundin geben. Irgendjemand wusste davon, und diese Personen mussten sich nun melden – eine Belohnung könnte den nötigen Anreiz darstellen. Das wusste auch Liz.

»Das sind gute Neuigkeiten«, seufzte sie erleichtert. Der Hass, der sie in den letzten Tagen gegrämt hatte, wich wieder von ihr. Es war ungewiss, wie lange ihr noch blieb, bis wir den Kontakt zu ihr verloren, zumindest wüsste ich dann, dass ihr letzter Wunsch erfüllt wurde. Jede von uns hatte etwas, wonach sie sich sehnte: Rache, Versöhnung, Liebe.

»Ist Catherine noch unterwegs?«, hakte ich nach, weil ich sie nirgends entdecken konnte.

Ein Schmunzeln erhellte Pollys düstere Miene. »Sie war kurz noch mal hier, um sich herauszuputzen. Offenbar hat sie beschlossen, nicht länger Trübsal zu blasen, sondern ihrem Leben wieder einen Sinn zu geben.«

Verwirrt sah ich sie an und versuchte die tiefere Bedeutung hinter ihren Worten zu entschlüsseln.

»Was soll das heißen?«, kam Liz mir zuvor.

»Sie war äußerst vergnügt und sagte mir, alles würde nun gut. Wenn ihr mich fragt, steckt da ein Mann dahinter.« Verschwörerisch zwinkerte sie in die Runde.

Ausgeschlossen! Ich hatte erlebt, wie sehr sie Alberts Beleidigungen getroffen hatten. Auf keinen Fall würde sie sich so schnell wieder auf einen Neuen einlassen, schon gar nicht unter diesen Umständen. Die letzten Tage in Jonathans Gegenwart mussten ihr zudem vor Augen geführt haben, wie es hätte sein können, wenn sie ihr Baby bekommen hätte und nicht zuvor von Jack umgebracht worden wäre. Polly täuschte sich!

Es sei denn, es wäre kein neuer Mann für ihren Stimmungswechsel verantwortlich, sondern Albert. Was, wenn sie ihn noch einmal getroffen hatte? Was, wenn sie beschlossen hatte, doch Rache an ihm zu üben? Es wäre ihr kaum vorzuwerfen, aber ich konnte mir nicht vorstellen, dass es das war, was sie wollte. Sollte sie jetzt aus einem Impuls heraus handeln, würde sie es später bereuen.

»Weißt du, wo sie hinwollte?«, erkundigte ich mich. Sorge schwang in meiner Stimme mit, die Polly aufhorchen ließ.

»Warum reagierst du so alarmiert? Gönn ihr doch etwas Vergnügen!«

Ich schüttelte den Kopf. »Darum geht es nicht! Ich befürchte, sie ist im Begriff, etwas Dummes zu tun, das Konsequenzen für uns alle nach sich ziehen könnte.« Immerhin war Albert nicht irgendein Zuhälter oder Bewohner des East End, sondern der Thronerbe. Sollte ihm etwas zustoßen, würde es Nachforschungen geben. Königin Victoria würde dafür sorgen, dass kein Stein auf dem anderen blieb, bis der Mörder ihres Enkels gefasst wäre.

»Sie wollte zu einem Pub«, räumte Polly ein. »Worum geht es hier?« Sie erkannte, wie ernst es mir war. Auch die anderen musterten mich beunruhigt.

Ich bezweifelte nicht, dass Jack den Prinzen tot sehen wollte, aber in einem von ihm bestimmten Rahmen. Vermutlich plante er die Ermordung als großen Akt für den Maskenball und nicht in irgendeinem Hinterhof, wo seine Leiche unter Abfällen verscharrt werden würde. Niemand würde annehmen, Jack the Ripper wäre dafür verantwortlich. Alle Zeitungen würden sich nur noch auf den Tod des Prinzen stürzen, und der Mörder von Whitechapel würde aus der öffentlichen Aufmerksamkeit verdrängt werden. Das würde ihm nicht gefallen.

In diesem Punkt konnte ich auch Polly vertrauen, deshalb erzählte ich ihr und den anderen von dem Treffen zwischen Catherine und Albert vor wenigen Tagen und äußerte meine Bedenken ihre möglichen Rachepläne betreffend. Erst tat Polly diese, wie zu erwarten, ab, aber als ich Jack ins Spiel brachte, erkannte auch sie, dass wir etwas unternehmen mussten.

»Ich denke, sie wird Albert in dem Pub treffen wollen, in dem sie sich kennengelernt haben«, überlegte ich laut.

»Worauf warten wir dann noch? Lasst uns zu ihr gehen!«, forderte Liz uns auf und steuerte auf die Tür zu. Es war verstörend zu sehen, wie sie einfach durch diese hindurchglitt, ohne sie öffnen zu müssen. Daran würde ich mich nicht gewöhnen, auch wenn mir schon bald dasselbe Schicksal bevorstehen könnte.

Das *Queen's Head* war nicht ganz so überfüllt wie bei unserem letzten Besuch, was daran liegen könnte, dass es sich um einen Wochentag handelte und es zudem noch etwas früh am Abend war. Gewiss würde Catherine ihre Gesichtszüge verändert haben, trotzdem wäre es uns ein Leichtes, sie zu erkennen, denn ihre hellen blonden Haare könnte sie höchstens unter einem Tuch verbergen, und selbst dann würde einem ihre zierliche Figur auffallen. Sie war eine Schönheit, ganz gleich, welches Gesicht sie trug. Schnell suchten wir die Schankstube nach ihr ab, ohne fündig zu werden. Ob sie Albert schon getroffen hatte? Wir konnten den Barmann schlecht fragen, ob zufällig der Thronerbe heute zu Gast gewesen war. Sollte er da gewesen sein, würde er sich kaum als jener zu erkennen gegeben haben. Aber wir konnten uns nach Catherine erkundigen, in der Hoffnung, dass sie dem Mann aufgefallen war.

»Ihr solltet den Barmann nach ihr fragen«, sprach Liz meinen Gedanken aus. »Oder andere Gäste. Wenn sie hier war, hat sie vielleicht jemand gesehen.«

Polly nickte zustimmend und steuerte geradewegs auf den Tresen zu. »Guten Abend, Sir«, sprach sie den Barmann an, der gerade dabei war, ein Glas zu polieren. Polly hatte ihre Gesichtszüge geglättet und wirkte jünger, als sie eigentlich war. »Ich suche eine Freundin, die heute Abend hier gewesen sein könnte. Sie ist etwas kleiner als ich, hat lange blonde Haare und ist sehr schlank. Wenn sie hier war, ist sie Ihnen bestimmt aufgefallen. Können Sie sich an so jemanden erinnern?«

Der Mann musterte sie skeptisch, wischte über das Glas, das bereits glänzte, und stellte es zurück, ehe er seine Arbeit an einem weiteren fortsetzte. »Kann schon sein, dass so jemand hier war.«

»Wann war das etwa? Können Sie sich erinnern, ob sie allein oder in Begleitung gegangen ist?«, hakte Polly weiter nach.

»Ich bin keine Auskunft, Miss«, entgegnete der Mann kaltschnäuzig und kehrte uns den Rücken zu. Polly ballte die Hände zu Fäusten. Unter ihrer Oberfläche brodelte es, aber es würde keinem helfen, wenn sie auf den Barmann losging. Beschwichtigend legte ich ihr eine Hand auf den Arm.

Annie räusperte sich. »Diese Information wäre uns natürlich etwas wert, Sir.« Sie suchte in ihrer Rocktasche, fand jedoch wohl keine Münzen, denn sie gab mir mit einem Handzeichen zu verstehen, ich sollte ihr aushelfen. Schnell kramte ich das letzte Geld, das ich besaß, hervor und legte es vor dem Barmann auf den Tresen, der sich uns wieder interessiert zugewandt hatte.

Die Anzahl der Münzen schien ihn zu überzeugen. Zumindest packte er sie direkt ein.

»Vor etwa fünfzehn Minuten war eine junge Frau hier, auf die eure Beschreibung passen könnte. Sie verließ das Lokal mit einem älteren Herrn. Wenn ihr noch etwas wartet, kommt sie wahrscheinlich zurück. Es sah mir nicht aus, als ob es lange dauern würde.« Er wusste genau, was wir waren. Ganz gleich, welche Gesichter wir überstreiften, unser Äußeres verriet stets die Art, wie wir unser Geld verdienten. Die Menschen steckten uns in eine Schublade, ohne auch nur unseren Namen zu kennen. Der Mann, den der Barmann gesehen hatte, hätte theoretisch Catherines Vater sein können, aber er ging automatisch von einem Freier aus. Diese Annahme war ihm nicht zu verübeln, denn so lief es im East End nun einmal. Es überraschte mich allerdings, dass er glaubte, sie mit einem *älteren* Herrn gesehen zu haben. Entweder war es nicht Catherine gewesen oder etwas an meiner Vermutung passte nicht.

»Ich gehe schon einmal vor«, entschied Liz und marschierte geradewegs durch den Tresen, den Barmann und die Wand in seinem Rücken. Ich hasste, wenn sie das tat. In solchen Augenblicken konnte ich nicht leugnen, sie bald zu verlieren.

»Danke für Ihre Hilfe, Sir«, zeigte sich Annie erkenntlich, und zusammen verließen wir den Pub. Sowohl rechter als auch linker Hand gab es Gassen, in die Catherine sich zurückgezogen haben könnte. Wenn sie mit Albert das Lokal verlassen hätte, würde ich annehmen, sie habe ihn unter einem Vorwand rausgelockt. Beim letzten Mal hatte er ihr deutlich gesagt, was er von ihr hielt. Freiwillig würde er sich auf kein weiteres Gespräch mit ihr einlassen – so viel stand fest. Nachdem er seiner toten Freundin gegenübergestanden hatte, erschien es mir sogar unwahrscheinlich, dass er sich noch einmal in das *Queen's Head* verirren würde. Aber die meisten Männer, die ich kennengelernt hatte, waren in dieser Hinsicht etwas einfältig und dachten weniger mit ihrem Kopf als einem bestimmten anderen Körperteil.

»Nach links?«, schlug Polly vor. In diese Richtung war Liz vorausgegangen.

Unschlüssig erhoben Annie und ich keine Einwände und folgten ihr. Sobald wir den Lichtkegel der Straßenlaterne verlassen hatten und in die dunkle Gasse traten, erspähten wir zwei Personen, die dicht beieinanderstanden. Ihre Bewegungen ließen keinen Zweifel daran, dass sie gerade nicht gestört werden wollten. Das Grunzen des Mannes jagte mir einen Schauder über den Rücken. Der Blick der Frau begegnete uns kurz, als wir an ihnen vorbeischlichen. Sie war nicht Catherine.

»Wir könnten uns den Mistkerl vorknöpfen«, zischte Polly. Für sie waren mittlerweile alle Männer, die den Dienst einer Prostituierten aufsuchten, schlecht. Dabei vergaß sie, dass es ebenjene Männer waren, deren Bezahlung uns über Jahre ein Dach über dem Kopf und Nahrung gewährt hatte. Wenn es niemanden gäbe, der zu Prostituierten gehen würde, wovon hätten wir dann leben sollen? Die Arbeit war gewiss nicht schön gewesen, aber war es besser, zwölf Stunden und mehr in einer Fabrik vor einer Nähmaschine zu sitzen? Ich für meinen Teil hatte meine Wahl selbst getroffen. Nicht dass mir viele Möglichkeiten offen gestanden hätten …

»Das geht uns nichts an«, widersprach ich ihr. »Die Frau scheint mir nicht in Not zu sein, und wir wollen Catherine finden, sonst nichts.«

Widerwillig ging Polly weiter. Ihr war anzusehen, wie gern sie sich den Typ geschnappt hätte. Der ganze Hass, den Polly in sich trug, machte sie krank. Alles Gute, was sie einst ausgemacht hatte, wurde von ihrer negativen Einstellung vergiftet. Wusste sie überhaupt, wie es war, glücklich zu sein?

Wir hatten das Ende der Gasse noch nicht erreicht, als Liz angelaufen kam. »Schnell!«, schrie sie aufgebracht. »Dahinten ist Catherine, und ein Typ will sie in eine Kutsche zerren!«

Alarmiert stürzten wir los. Unsere Absätze donnerten über die Pflastersteine, ohne auch nur ein Geräusch zu verursachen. Wir erreichten eine der Hauptstraßen, auf denen tagsüber ein wildes Getümmel herrschte, die aber nachts in Schatten gehüllt waren. Auf der gegenüberliegenden Straßenseite stand eine schwarze Kutsche. Die beiden Pferde, die das Gefährt zogen, traten unruhig von einem Huf auf den anderen. Das Schreien einer Frau war zu vernehmen.

Eilig rannten wir zu ihr. Dort war Catherine, die sich nach Leibeskräften gegen zwei Männer zur Wehr setzte. Einer von ihnen trug die Livree eines Kutschers, während der ältere mit schwarzem Mantel und Zylinder ausgestattet war. Er hatte die fünfzig bereits überschritten, wie der Barmann gesagt hatte. In einer Hand hielt er ein weißes Tuch, und zu seinen Füßen lag eine zerbrochene Phiole. Eine durchsichtige Flüssigkeit tränkte den Rinnstein. Hatte er etwa versucht, Catherine zu betäuben?

»Lasst sie sofort los, ihr Dreckschweine!«, fauchte Polly und zückte ihr Messer.

Unser Auftauchen zeigte nicht die gewünschte Wirkung.

»In die Kutsche mit ihr«, ächzte der Ältere, worauf der Kutscher nach Catherine ausholte, um ihr mit einem Fausthieb das Bewusstsein zu rauben, doch ihre Wange fing seinen Schlag wie Beton ab. Fluchend hielt er sich die Hand.

Wir hatten ihn gerade erreicht, da griff Polly ihn auch schon von hinten an. Die Klinge ihrer Waffe glitt durch seine Kehle. Blut spritzte Catherine und dem Fremden ins Gesicht, der schockiert seine behandschuhten Finger von Catherines Arm löste, die entsetzt nach Luft schnappte. Der Zylinderträger wollte sich auf den Kutschbock schwingen, doch Annie stellte sich ihm entgegen. Zu dritt umzingelten wir ihn, sodass er nicht entkommen konnte. Die Leiche des Kutschers landete zu unseren Füßen.

»Du bleibst hier, Freundchen«, zischte Polly und wandte sich an Catherine. »Was ist hier los?«

Aufgewühlt wischte sie sich das noch warme Blut von der Haut, streifte sich ihre Haare zurück und fuhr sich immer wieder über das Handgelenk, an dem der Mann sie festgehalten hatte, als hätte sie Schmerzen. »Er hat mich im *Queen's Head* bei meinem richtigen Namen angesprochen, obwohl ich mein Gesicht verändert hatte, und gesagt, er komme im Auftrag von Albert.« Vor Schock musste sie ihre Maskerade fallen gelassen haben. Keuchend stieß sie Luft aus und schüttelte benommen den Kopf. »Ich bin so dumm! Als er behauptete, Albert wolle mit mir sprechen, weil ihm alles so leidtäte, habe ich ihm geglaubt und bin mit ihm gegangen.« Sie schlug sich schluchzend die Hände vor die Augen. »Wie konnte ich nur so naiv sein? Hier ist kein Albert, stattdessen hat er mir einen Auftragsmörder auf den Hals gehetzt!«

Der Mann hob beschwichtigend die Hände. »Arzt«, korrigierte er sie, als würde das einen Unterschied machen. »Ich bin der Leibarzt der königlichen Familie und hier, um dem unsäglichen Gerede endlich ein Ende zu bereiten! Sie haben sich die Lage, in die Sie sich manövriert haben, selbst zuzuschreiben. Ihre Lügen werden Sie den Kopf kosten!«

Sieh an, der königliche Leibarzt höchstpersönlich, dachte ich mit etwas Enttäuschung, immerhin hatte ich ihn verdächtigt, unser Mörder zu sein. Nachdem sich diese Vermutung offensichtlich als falsch herausstellte, war ich wieder so ratlos wie eh und je, was Jacks Identität anging.

Fassungslos lachte Liz laut auf. »Kapiert der Typ nicht, dass wir ihm zahlenmäßig überlegen sind? Der denkt ernsthaft, noch etwas ausrichten zu können!«

»Was hatten Sie denn mit Ihrem Zaubermittel vor?«, hakte ich herausfordernd nach und deutete auf die zerbrochene Flasche am Boden. »Wollten Sie unsere Freundin vergiften?«

Der Mann schüttelte bestimmt den Kopf. »Ich wollte sie betäuben und mit mir nehmen, um herauszufinden, was es mit ihr auf sich hat, immerhin gilt sie als tot.« Er stockte und blickte von einer Frau zur anderen. Wir hatten alle keine veränderten Gesichter mehr, und erst jetzt fiel ihm auf, dass wir ihm alle bekannt vorkamen. Er schluckte gegen die schockierende Erkenntnis an. »Wie Sie alle«, räumte er benommen ein. »Offenbar sind Sie immun gegen Anästhetika.«

»Nicht nur dagegen«, konterte Polly mit einem boshaften Grinsen und rückte mit erhobenem Messer einen Schritt näher auf ihn zu. »Würde ich mir diese Klinge ins Herz rammen, täte das nicht einmal weh. Denn ich habe gar kein Herz!« Sie lachte übertrieben auf und kam dabei sogar mir wahnsinnig vor.

Der Leibarzt wich vor ihr zurück und stieß gegen die Kutsche in seinem Rücken. »Wie ist das möglich?«, stammelte er. Seine Neugier überwog seine Furcht.

»Magie«, hauchte Polly ihm entgegen. »Schon bald wird sich die ganze Stadt vor uns verneigen. Schade, dass du es nicht mehr miterleben wirst!«

»Halt!«, rief Catherine dazwischen, die ahnte, dass Polly kurz davor war, den Mann zu töten. »Hat Albert Sie geschickt oder sind Sie aus eigenem Interesse hier?«

Ein mitleidiges Lächeln zeichnete sich hinter seinem grauen Bart ab. »Armes Ding, glaubst du wirklich, ein Prinz würde sich in eine Hure verlieben? Das Einzige, was er will, ist, dass du für immer verschwindest! Es ist ihm einerlei, was ich mit deiner Leiche anstelle. *Eine Spende für die Forschung*, nannte er dich.«

Catherine reagierte schneller, als irgendeine von uns es ihr zugetraut hätte. Sie entriss Polly das Messer und rammte es dem Arzt von unten ins Kinn, ehe sie es wieder herausriss. Er begann zu gurgeln und Blut sprudelte aus seinem Mund, während er uns entsetzt anstarrte. Bis zu seinem bitteren Ende hatte er geglaubt, uns überlegen zu sein.

Polly nahm Catherine die dunkelrot gefärbte Klinge aus der Hand und stach dem Leibarzt damit in den Bauch, der ein hilfloses Keuchen von sich gab und zu Boden sackte. Danach reichte Polly die Waffe weiter an Annie, die sie, ohne zu zögern, ergriff und die Brust des Mannes durchbohrte. Seine Augen weiteten sich vor Entsetzen und Schmerz. Er wimmerte wie ein verletztes Tier, das seine letzten Atemzüge nahm.

Annie hielt mir das Messer entgegen. Wir sollten diesen Mord gemeinsam begehen – für Catherine. Ich hatte sie falsch eingeschätzt und geglaubt, sie wolle sich an Albert rächen, tatsächlich liebte sie ihn so sehr, dass sie trotz allem, was er zu ihr gesagt hatte, bereit gewesen wäre, ihm zu verzeihen. Nur um erneut von ihm hintergangen zu werden. Dieser Mann war nicht Albert, aber er war kein Stück besser. Wir konnten ihn nicht am Leben lassen und riskieren, dass er Nachforschungen anstellte. Wäre es ihm gelungen, Catherine mit sich zu nehmen, hätte er Tests an ihr durchgeführt und sie der Welt als medizinisches Wunder präsentiert – jedenfalls so lange, bis Jack sie zu einem Geist gemacht hätte.

»Wir machen es zusammen«, ermutigte mich Liz und legte ihre Hand über meine, als ich meine Finger um den Griff der Waffe schloss. Ich spürte ihre Berührung nicht, es genügte, sie bei mir zu wissen. Entschlossen nickte ich ihr zu, bevor ich die Klinge durch die Kehle des Arztes lenkte und dem Ganzen ein Ende bereitete.

»Er hat es verdient«, versicherte uns Polly, während wir über ihm standen und unser Werk begutachteten. Es fehlte noch, sie sagen zu hören, wie stolz Jack auf uns wäre. Wir hatten nicht in seinem Auftrag gehandelt, und trotzdem fühlte es sich an, als wären wir wie

Werkzeuge von ihm geführt worden. Sein dunkler Einfluss ließ sich nicht abschütteln. Annie, Liz und ich hatten uns geschworen, ihn aufzuhalten, stattdessen halfen wir ihm dabei, Angst und Schrecken zu verbreiten. Das berauschende Gefühl, das ich nach dem Überfall auf den Politiker empfunden hatte, blieb aus. Bestimmt hatte der Mann den Tod verdient, doch ich wollte nicht diejenige sein, die darüber entschied.

»Was machen wir mit den Leichen?«, hakte Annie beunruhigt nach. Jederzeit könnte jemand die Straße entlangkommen und uns sehen.

Polly zuckte desinteressiert mit den Schultern. »Lassen wir sie dort liegen. Irgendjemand wird sie schon finden und sich um sie kümmern.«

»Der Kutscher ist kein Problem, aber der Arzt ist nicht gewöhnlich«, widersprach Catherine ihr, die langsam wieder klar denken konnte, nachdem der Schock sie losließ. »Er steht der königlichen Familie nahe, und sein Tod wird Ermittlungen nach sich ziehen. Ist es das, was wir wollen?«

»Packen wir sie beide in die Kutsche«, schlug ich vor. »Ich kenne jemanden, der uns helfen kann.« Auch wenn dieser Jemand gewiss nicht erfreut sein würde, mitten in der Nacht zwei Leichen von mir überreicht zu bekommen. Aber wer konnte besser Tote verschwinden lassen als ein Gesetzeshüter?

Die Kutsche glitt durch den dichten Nebel des East End. Klappernd kündigte sie meine Ankunft an. Nie zuvor hatte ich ein Gefährt gelenkt, aber es fühlte sich gut an, auf dem Kutschbock zu sitzen und auf alle herabzublicken. Meine toten Fahrgäste in der Kabine tränkten den Boden mit ihrem Blut. Ich hatte mir den schwarzen Mantel des Arztes übergestreift, damit niemandem meine rot verschmierte Kleidung auffiel. Die anderen Frauen hatten angeboten, mich zu begleiten, vor allem Polly war sehr interessiert daran gewesen, zu erfahren, wen ich kannte, der Leichen entsorgen konnte. Ich hatte sie unter dem Vorwand abgewimmelt, derjenige würde mir nicht helfen, wenn es zu viele Mitwisser gebe. Obwohl Annie und Liz Jack nun ebenfalls überführen wollten, war ich mir nicht sicher, was sie von der Beteiligung eines Gesetzeshüters halten würden.

»Denen ist nicht zu trauen«, sagten die Leute in Whitechapel stets über die Bobbys. Auch ich hatte das geglaubt, aber meine verzweifelte Lage erlaubte es mir nicht, kritisch in der Wahl meiner Verbündeten zu sein. Zumal ich Abberline mittlerweile als Freund ansah.

Mit angezogenen Zügeln brachte ich die Pferde vor dem Reihenhaus des Inspektors zum Stehen. Ich sprang vom Kutschbock, stieg die Treppenstufen zur Tiefparterre hinab und klopfte verhalten gegen die Tür, um keine Nachbarn zu wecken. Ein paar angespannte Atemzüge verstrichen, bis er öffnete. Im Hintergrund konnte ich in der Stube ein Licht brennen sehen, was mich vermuten ließ, er hatte noch nicht geschlafen, auch wenn sein Haar einen reichlich zerzausten Eindruck machte. Er trug ein weißes, zerknittertes Hemd, dessen Ärmel er hochgerollt hatte. Die obersten Knöpfe standen offen und gaben Einblick auf das Unterhemd, das er darunter trug, sowie seine Brustbehaarung, die daraus hervorschaute. Überrascht musterte er mich, wobei sein Blick an dem fremden Mantel hängen blieb. »Sosehr ich mich auch freue, dich zu sehen, kommst du selten ohne Anlass zu mir. Was ist es dieses Mal?« Seine Stimme hatte einen rauen Klang, der mir unter die Haut ging. Jedes Mal, wenn er sprach, spürte ich, wie sich sämtliche Härchen in meinem Nacken aufrichteten und ein angenehmes Kribbeln über meinen Rücken jagten.

»Ich brauche deine Hilfe«, gestand ich. Langsam wurde es zur Gewohnheit, bei ihm aufzutauchen, wenn ich nicht mehr weiterwusste.

»Komm rein. Was auch immer mir die Ehre deines Besuchs verschafft, ist gewiss nichts, was zwischen Tür und Angel besprochen werden sollte.« Er trat einen Schritt zurück und bat mich mit einer Handbewegung ins Innere. Es reizte mich, seiner Einladung zu folgen, sei es nur, um mich erneut der Illusion hinzugeben, für uns könnte es eine Zukunft geben. Aber ich war nicht hier für einen vergnüglichen Zeitvertreib, obwohl die beiden Herrschaften im Inneren des Gefährts gewiss nicht die Flucht ergreifen würden.

»Bevor ich mit dir gehe, solltest du besser einen Blick in die Kutsche werfen«, riet ich ihm widerwillig. Beim letzten Mal hatte ich ihm lediglich gestanden, dass es Morde gegeben hatte, und nun lieferte ich ihm die Leichen schon vor die Tür. Sicher würde er nicht erfreut darüber sein.

Argwöhnisch runzelte er die Stirn und folgte mir ins Freie. »Möchte ich wissen, weshalb du diesen Mantel trägst und wie du in den Besitz einer Kutsche gelangt bist?«

»Beides nur ausgeliehen«, erwiderte ich leichthin. »Meine eigene Kleidung befindet sich in einem Zustand, der mir nicht angemessen für einen nächtlichen Besuch erschien.« Ich öffnete den Mantel gerade weit genug, um ihn das Blut auf meiner Bluse erkennen zu lassen. Seine Skepsis wuchs, und die Furchen auf seiner Stirn vertieften sich. Er drückte die Klinke der Kutschkabine runter und riskierte einen Blick in das Innere, ehe er sie wieder schloss.

»Wenn es sich hierbei nicht um Jack the Ripper handelt, verstehe ich nicht, weshalb du damit zu mir kommst«, zischte er aufgebracht. Eine Gänsehaut bildete sich auf seinen nackten Unterarmen. Er fror.

»Ich wünschte, es wäre Jack«, räumte ich ein und widerstand dem Drang, seinen Arm zu berühren. Meine kalten Hände hätten ihn nur zusätzlich frösteln lassen. Ich konnte niemandem mehr Wärme schenken. »Aber einer dieser Männer ist nicht weniger bedeutsam.« Ich beugte mich zu ihm vor und brachte meinen Mund dicht an sein Ohr. »Es ist der königliche Leibarzt.«

Fassungslos wich er vor mir zurück und starrte mich empört an. »Was hast du angestellt? Erst erwische ich dich dabei, wie du und die anderen beabsichtigt einen Mann zu Tode zu foltern wolltet, und jetzt stellst du mich vor vollendete Tatsachen! Ich dachte, ich hätte dir meine Meinung dazu deutlich zu verstehen gegeben.«

»Ich wäre nicht hier, wenn ich mir anders zu helfen wüsste«, drängte ich ihn flehend. »Wer wüsste besser als du, wie man eine Leiche verschwinden lässt?«

Der Blick seiner dunklen, unergründlichen Augen bohrte sich in mich. Es war mir unmöglich zu erahnen, was er über mich dachte. Er könnte mich davonjagen und mir sagen, ich solle mich erst wieder sehen lassen, wenn ich Informationen zu Jack hätte. Etwas anderes hatten wir nicht vereinbart. Kurz schien er seine Möglichkeiten abzuwägen, dann kehrte er mit einem tiefen Seufzen in seine Wohnung zurück.

»Jemand schuldet mir noch einen Gefallen«, murrte er. »Bevor wir loskönnen, musst du dich umziehen. Immerhin trägst du ein Beweismittel.«

Ein nervöses Kribbeln breitete sich in meiner Brust aus, als ich ihm ins Innere folgte und die Tür hinter mir schloss. In der Stube brannte wie beim letzten Mal ein knisterndes Feuer im Kamin, das die Wände in einen trüben Lichtschein hüllte. An einer von ihnen befand sich eine Sammlung von Zeitungsausschnitten, die alle den Fall *Jack the Ripper* betrafen. Das war neu. Offenbar nutzte er seine Schlaflosigkeit nun für die Arbeit. Auf einem der Bilder entdeckte ich meinen verstümmelten Körper. Es störte mich, dass dies alles war, was er sah, wenn er an mich dachte.

»Das Foto wird mir nicht gerecht«, verkündete ich scherzhaft und sah in seine Richtung. Er war damit beschäftigt, in einer Kiste zu wühlen, hielt nun jedoch inne.

Humor gehörte nicht zu seinen Stärken. »Es erinnert mich daran, was er dir und den anderen angetan hat.«

»Aber ich bin mehr als nur ein Opfer«, beharrte ich. »Ich bin ein Mensch mit Gedanken und Gefühlen. Dieses Bild zeigt nichts von mir, nicht einmal mein Ende.« Zorn schlich sich in meine Stimme.

»Manchmal fällt es mir schwer, dich mit der Person auf dieser Fotografie in Einklang zu bringen«, gab er zu. »Du wirkst auf mich lebendig und steckst voller Energie, dabei vergesse ich manchmal, was dich zu mir führt. Ich bin es nicht gewohnt, von Toten aufgesucht zu werden, um mir bei der Suche nach ihrem Mörder zu helfen.«

Versuchte er, witzig zu sein? Ich musterte ihn eingehend und hielt Ausschau nach einem winzigen Lächeln, ohne fündig zu werden. Anstatt etwas zu sagen, griff ich nach einem unbeschriebenen Blatt Papier, das auf seinem Tisch zwischen den Zeitungen lag, und tunkte die Feder in das Tintenfässchen. Mit wenigen Strichen zeichnete ich ihm ein weibliches Gesicht mit langen Haaren. Das fertige Porträt nahm ich und heftete es mit einem Nagel an die Wand – über die Fotografie meines zerstückelten Körpers.

Zufrieden trat ich einen Schritt zurück und betrachtete mein Werk. »Jetzt kannst du mich ansehen!«

»An dir ist keine Künstlerin verloren gegangen«, erwiderte er nüchtern, woraufhin ich entrüstet zu ihm herumfuhr. Das Schmunzeln auf seinen Lippen versöhnte mich augenblicklich. Es war mir tatsächlich gelungen, ihm eines zu entlocken. Er reichte mir ein Bündel Kleidung. »Das kannst du anziehen.«

Überrascht stellte ich fest: Es handelte sich dabei um eine Bluse und einen Rock. Beides musste seiner verstorbenen Frau gehört haben. Ob er noch wusste, dass er mir von ihr erzählt hatte? Immerhin war er betrunken gewesen. Abwehrend hob ich die Hände. »Das kann ich nicht annehmen!«

»Bitte! Sie braucht es nicht mehr und kommt nicht zurück, um es zurückzufordern.« Er wusste also noch von unserem Gespräch. Ein gequälter Ausdruck lag in seinem Gesicht. Fast kam es mir vor, als wäre es für ihn ein willkommener Vorwand, sich der Kleidung zu entledigen, um nicht mehr an den schmerzlichen Freitod seiner Frau erinnert zu werden. Die Stücke waren ganz unten in einer Kiste gewesen.

Zögerlich nahm ich den Stapel entgegen. »Danke«, hauchte ich mit belegter Stimme.

Er zuckte mit den Achseln, als wäre es keine große Sache, und ging zu seinem Stuhl, über dem die Jacke seiner Uniform hing, wobei er mir den Rücken zukehrte. Bedächtig machte er sich daran, die Ärmel seines Hemdes nach unten zu rollen.

»Beeil dich, wenn du die Leichen noch heute Nacht loswerden willst«, ermahnte er mich nach einer Weile, wobei er sich nicht zu mir umdrehte.

Erst jetzt begriff ich, warum er sich von mir abgewandt hatte: Er wollte mir etwas Privatsphäre einräumen, damit ich meine Kleidung wechseln konnte. Fast hätte ich gelacht. So etwas war mir noch nie passiert! Für gewöhnlich bezahlten mich Männer dafür, mir entweder selbst meine Kleidung abzustreifen oder zumindest dabei zusehen zu dürfen, wie ich es tat. Verlegen zog ich mich etwas weiter in die Stube zurück und legte den schwarzen Mantel des Arztes ab. Während ich meine Bluse aufknöpfte, ließ ich Abberline nicht aus den Augen. Er unternahm nicht einmal den Versuch, sich in meine Richtung zu drehen. War er denn gar nicht neugierig? Wollte er nicht wenigstens einen kurzen Blick auf mich erhaschen? Gefiel ich ihm nicht? Sollte mich seine Zurückhaltung kränken? Oder lag es daran, dass er in mir nicht mehr als eine wandelnde Leiche sehen konnte?

Ich schlüpfte aus meinem Rock, stand nur noch in Unterwäsche da. Der Inspektor hatte inzwischen seine Jacke angezogen und wartete geduldig mit dem Rücken zu mir. Wir sprachen beide kein Wort, umso lauter waren meine Gedanken. Spürte er auch dieses Knistern in der Luft? Kostete es ihn Überwindung, dort auszuharren und sich nicht zu mir umzudrehen?

Ich könnte ihn dazu auffordern, mich anzusehen, so wie ich es mit schüchternen Freiern tat, um sie lockerer zu machen. Aber er war kein Freier. Sein Interesse an mir beruhte einzig und allein darauf, meinen Mörder zu fassen. Das durfte ich nicht vergessen, so schwer es mir auch zu glauben fiel. Fühlte ich mich vielleicht gerade deshalb so sehr zu ihm hingezogen, weil er nicht meinem Charme erlag?

Verunsichert streifte ich mir die Bluse über und steckte sie in den Rock. Beides war aus einem guten Material gefertigt, das sich weich an meine Haut schmiegte. »Ich bin fertig.«

Langsam drehte er sich zu mir herum. Sein Blick flackerte, als er ihn an mir auf und ab gleiten ließ. Erinnerte ich ihn an seine verstorbene Frau? Oder schmerzte es ihn, mich in ihrer Kleidung zu sehen?

»Etwas fehlt noch«, murmelte er und räusperte sich verlegen. Er senkte den Kopf und trat um den Tisch herum. Von seinem Nachtschrank schnappte er sich meinen roten Seidenschal und hielt ihn mir entgegen. »Den sollte ich dir wohl zurückgeben.«

Es klang nicht, als ob er das wollte. Ich trat auf ihn zu und hob meine langen Haare hoch, damit er mir den Stoff umlegen konnte. Seine Finger zitterten kaum merklich, als er meine Haut streifte und mir das Tuch sanft um den Hals wickelte – bloß nicht zu fest, als hätte er Angst, mich zu verletzen. Machte ihn meine Nähe nervös?

Unsere Blicke begegneten sich, und ich spürte eine Hitze in mir emporlodern, von der ich geglaubt hatte, sie nie wieder empfinden zu können. Ich brannte vor Verlangen. Lag es an ihm oder an der Tatsache, dass sich Menschen stets nach dem sehnten, was sie nicht haben konnten? Begehrte ich ihn nur deshalb, weil ich mich ein letztes Mal lebendig fühlen wollte?

Er war es, der zuerst wegsah und mit hastigen Schritten davonging. Schnell schnappte er sich meine abgelegte Kleidung sowie den schwarzen Mantel und trug beides hinaus. Obwohl meine Haut eiskalt war, hatte ich das Gefühl, meine Wangen würden glühen, als ich ihm nachlief. Er schloss die Tür hinter mir ab, warf die Kleidung in die Kutsche und stieg auf den Kutschbock, danach streckte er mir galant die Hand entgegen. Als ich meine Finger in seine legte, spürte ich weder seine Wärme noch die Schwielen an seinen Händen.

Meine Fingerspitzen waren taub – unempfänglich für die Feinheiten zwischenmenschlicher Nähe. Diese Erkenntnis versetzte mir einen Stich in die Brust, als ich mich neben ihm niederließ. Was immer ich mir ersehnte, das zwischen uns sein könnte, es durfte nicht sein. Ich hatte ihm nichts zu geben, nur Schmerz. Er hatte schon genug Verluste erleiden müssen und sollte nicht auch um mich trauern müssen. Meine Zeit war fast vorbei. Sie würde mit der Enthüllung von Jacks Identität enden. Das war unser gemeinsames Ziel.

Abberline schnalzte mit der Zunge und versetzte die Pferde mit den Zügeln in Bewegung. Gehorsam trabten sie an und zogen die Kutsche durch die Nacht.

Mit einer beeindruckenden Selbstverständlichkeit lenkte Abberline die Kutsche samt den zwei Toten in ihrem Inneren an dem Polizeirevier vorbei, als wäre er täglich mit der Entsorgung von Leichen betraut. Um dem Ganzen noch eins draufzusetzen, nickte er seinen diensthabenden Kollegen höflich zu. Mir war übel vor Nervosität. Ich krallte die Hände in die Bank auf dem Kutschbock, während ich freundlich lächelte. Ich hatte keine Ahnung, was er vorhatte, bis er das Gefährt aus den engen Gassen von Whitechapel in Richtung der Fabriken steuerte. Selbst bei Nacht dampfte Qualm aus den hohen Schornsteinen, die sich wie Türme in den nächtlichen, sternenlosen Himmel emporstreckten. Das Rattern von Maschinen war zu vernehmen, und ich bildete mir ein, das Ächzen der Arbeiter zu hören, die ihren erschöpften Körpern Höchstleistungen abverlangten. London schlief nie. Es gab immer Leute, die dann schuften mussten, wenn andere ruhten.

Für gewöhnlich mied ich diesen Stadtteil, weil es hier nichts für mich gab und mich die Trostlosigkeit bedrückte. Sie erinnerte mich daran, weshalb ich es vorgezogen hatte, als Prostituierte zu arbeiten, anstatt mir in irgendeiner gewaltigen Lagerhalle, eingepfercht mit hundert anderen Frauen, die Finger als Näherin blutig zu piksen. Ich hatte von Frauen gehört, die sechzehn Stunden am Stück arbeiteten und sich dennoch nicht mehr als eine warme Mahlzeit und ein Dach über dem Kopf leisten konnten. Diese Vorstellung war mir stets zuwider gewesen – zumindest hatte ich mir meine Arbeitszeiten selbst einteilen können.

Ich war froh, dass Abberline nicht eines der großen Tore passierte, die auf ein Fabrikgelände führten, sondern die Kutsche in den Hinterhof eines eher unscheinbaren kleineren Hauses lenkte. Ein schwacher Lichtschein, der aus einem zylinderförmigen Bauwerk drang, erhellte die Dunkelheit. Hinter geschlossenen Türen war das Rumoren von Arbeitern zu vernehmen. Dampfschwaden drangen aus der spitz zulaufenden Öffnung – so etwas hatte ich nie zuvor gesehen. Abberline stieg ab und marschierte nicht auf das seltsame Gebäude zu, sondern klopfte gegen die Tür des Hauses davor. Im Inneren war alles finster, vermutlich schlief der Bewohner. Das hielt Abberline nicht davon ab, erneut mit der Faust gegen das Holz zu hämmern. Dieses Mal etwas bestimmter und ungeduldiger.

Es kam mir schrecklich vor, an einem Ort wie diesem zu leben und täglich diese Dämpfe einzuatmen. Nicht dass es auf der Dorset Street schön gewesen wäre, aber dort erstreckten sich die Schornsteine zumindest nur am Horizont. Wenn man nicht allzu genau hinsah, gelang es einem, sie zu verdrängen.

Die Hartnäckigkeit des Inspektors zeigte Wirkung, denn hinter einem der Fenster im ersten Stock flammte der schwache Schein einer Petroleumlampe auf, die daraufhin bewegt und durch das Innere getragen wurde. Nur wenige Sekunden später wurde die Tür einen schmalen Spaltbreit geöffnet und das verschlafene Gesicht eines älteren Mannes kam zum Vorschein. Erst wirkte er beunruhigt, doch sobald er Abberline erkannte, zog er verärgert die buschigen Augenbrauen zusammen.

»Hast du den Verstand verloren, mich um diese Uhrzeit zu stören?«, blaffte er ihn an. Zumindest duzte er ihn, was mir verriet: Sie mussten einander gut kennen.

»Ich stünde nicht hier, wenn es nicht dringend wäre«, entgegnete Abberline ruhig. »Ich brauche deinen Ofen.«

»Jetzt?« Das Misstrauen des Mannes wuchs. »Ich habe Aufträge zu erledigen. Die Jungs halten das Feuer am Brennen. Die kann ich jetzt nicht einfach wegschicken! Leg mir die Leiche in den Schuppen und ich kümmere mich später darum. Bei den Temperaturen fängt sie auch nicht an zu stinken.«

Wie bitte?, schoss es mir fassungslos durch den Kopf. Dieser Mann brauchte keinerlei Erklärungen. Er sah Abberline mitten in der Nacht und wusste direkt, dass er eine Leiche im Gepäck hatte, die entsorgt werden musste. Hatte ich mich in dem Inspektor getäuscht? War er in Wirklichkeit ein Ganove?

»Ich bin nicht im Auftrag des Reviers hier, sondern privat«, stellte Abberline knurrend klar. Es war ihm sichtlich unwohl, den Mann vor sich um einen Gefallen bitten zu müssen. Trotzdem tat er es. Mir zuliebe.

Im Auftrag des Reviers? Meine Gedanken drehten sich. Ließen die Gesetzeshüter Leichen verschwinden?

Der Hausbesitzer hob die Augenbrauen. »Du bist immer für eine Überraschung gut, Abberline«, feixte er anerkennend. Während des Gesprächs hatte er die Tür etwas weiter geöffnet, gewährte mir unbewusst Einblick auf seinen weißen Nachtkittel. Nun nahm er auch mich wahr, wie ich angespannt auf dem Kutschbock saß. »Was hat die Kleine damit zu tun?«

»Nichts«, behauptete Abberline wenig glaubwürdig. Wahrscheinlich bereute er gerade, mich mitgenommen und sich nicht allein um die Angelegenheit gekümmert zu haben.

»Aha«, meinte der Mann trocken und griff sich einen Mantel von einem Kleiderständer neben der Tür, den er sich überzog. In Schlappen schlurfte er über den Hof zu dem zylinderförmigen Gebäude. Schnell kletterte ich von der Kutsche und ging ihm und Abberline nach.

Der Fremde zog beherzt die Doppeltür auf und gestattete mir Einblick in eine Werkstatt, die mich entfernt an eine Schmiede erinnerte. An den runden Wänden entdeckte ich mehrere Werkbänke mit einem Sammelsurium von Werkzeugen, darunter Zangen, Hammer und Klammern. Es gab einen Haufen Brennholz sowie jede Menge Kohle, die sich quer durch den gesamten Raum verteilte. Eine Regalreihe enthielt eine Vielzahl von gläsernen Gegenständen.

Dies ist keine Schmiede, sondern eine Glashütte, erkannte ich beeindruckt und ahnte, was Abberline vorhatte – offenbar nicht zum ersten Mal. War dies das gängige Verfahren der Gesetzeshüter, mit Leichen umzugehen, die sie nicht gebrauchen konnten? Sie einfach verbrennen?

In der Mitte befand sich ein riesiger Ofen, in dem unten ein Feuer loderte, das von den anwesenden Burschen angeheizt wurde, die sich nun fragend mit rußverschmierten Gesichtern zu uns umdrehten. Sie waren es wohl nicht gewohnt, mitten in der Nacht bei der Arbeit unterbrochen zu werden.

»Pause«, rief der Chef seinen Angestellten zu und klatschte ungeduldig in die Hände. »Kommt in zwei Stunden wieder!«

Verdutzt starrten ihn die jungen Männer an, als hätte er den Verstand verloren. »Aber das Feuer«, stammelte einer von ihnen.

»Darum kümmert sich mein Freund hier«, verkündete der Alte und klopfte Abberline etwas zu fest auf den Rücken. »Dem ist der Dienst des Gesetzeshüters nicht herausfordernd genug.«

Das entlockte den Burschen ein verhaltenes Grinsen, ehe sie sich davonmachten, nicht ohne uns neugierig in Augenschein zu nehmen.

Alles potenzielle Zeugen, schoss es mir durch den Kopf. Plötzlich hatte ich Angst, Abberline könnte meinetwegen Schwierigkeiten bekommen. Aber welchen Grund sollten sie haben, uns bei den Bobbys zu melden, wo doch ein Inspektor für die Unterbrechung ihrer Arbeit verantwortlich war? Zwei Stunden waren nicht viel, sicher dennoch willkommen bei so einer anstrengenden Tätigkeit.

»Lass ja nicht das Feuer ausgehen«, wies der Alte Abberline grimmig an, sobald wir unter uns waren. »Ich will mit deiner Leiche nichts zu schaffen haben. Sieh zu, dass du alles, was sie am Körper trägt, auch verbrennst.«

»Je weniger du weißt, desto besser.«

Der Mann grunzte zustimmend und hob drohend den Zeigefinger. »Damit sind wir quitt!«

Schlurfend verließ er die Werkstatt wieder, während Abberline sich seiner Jacke und seines Hemdes entledigte, bis er im Unterhemd vor mir stand.

»Holen wir die Leichen«, entschied er und ging hinaus. Er führte die Pferde so nah wie möglich an das Gebäude und öffnete dann erst die Tür zu der Kutschkabine. Er bekam den Kutscher an den Füßen zu fassen und zerrte ihn aus dem Inneren. Sein Körper fiel wie ein Sack polternd zu Boden. Die Augen des Mannes standen offen – im Moment seines Todes erstarrt. Jegliches Leben war aus ihnen gewichen, nur der Schreck wie in Stein gemeißelt. Ich ertrug seinen starrenden Blick nicht. Sein einziges mir bekanntes Verbrechen war gewesen, im Dienst eines unmoralischen Herrn gestanden zu haben. Er hatte nur getan, was ihm befohlen worden war. Machte ihn das zu einem schlechten Menschen?

Abberline zuckte nicht mit der Wimper, als er ihn unter den Achseln packte und in Richtung des Ofens schleifte. In seinem Leben musste er schon viele Tote gesehen haben – manche von ihnen waren Opfer, andere Täter. Schuld und Unschuld ließen sich oft kaum voneinander unterscheiden.

Nachdem er den Kutscher auf einer Werkbank abgelegt hatte, kehrte er nach draußen zurück und nahm sich den Arzt vor. Ächzend hievte er dessen Körper aus der Kutsche, wobei nur der Zylinder, sein Mantel und meine verschmutzte Kleidung in einer Blutlache zurückblieben.

»Das müssen wir auch verbrennen«, erklärte er mir, was wohl so viel hieß wie *Dafür bist du verantwortlich.* Vorsichtig kletterte ich ins Innere, darauf bedacht, kein Blut an meine Stiefel zu bekommen, und fischte mit spitzen Fingern die Sachen vom Boden auf. Ich hielt sie so weit wie möglich von meinem Körper, als ich sie zu den Flammen trug.

Nur die Schweißperlen, die Abberline unablässig von der Stirn rannen, und das Hemd, das ihm feucht am Oberkörper klebte, verrieten mir, wie heiß es mittlerweile sein musste. Mit einem Nicken gab er mir zu verstehen, ich solle die Beweisstücke ins Feuer werfen, während er Kohle nachschippte.

Als Erstes entledigte ich mich meiner alten Kleidung, danach des schwarzen Mantels. Der Zylinder folgte als Letztes. Jack besaß ein ähnliches Modell. Könnte es so einfach sein? Als Abberline mich gefragt hatte, ob ich ihm die Leiche von Jack bringen würde, brachte mich das auf die Idee, dass Annie, Liz und ich ihn umbringen könnten. Bisher war es uns immer darum gegangen, ihn zu überführen, aber ihn zu töten wäre eine genauso effiziente Möglichkeit, um ihn aufzuhalten. Was würde dann mit uns geschehen? Konnten wir ohne ihn weiterexistieren?

Ich sah dabei zu, wie sich die Flammen des Zylinders bemächtigten. Erst leckten sie an seinen Rändern, bis er in sich zusammenfiel und nicht mehr als Asche von ihm übrig blieb.

Abberline platzierte den Kutscher auf einer Schiene, ehe er ihn in das Innere des Ofens schob. Wir wollten beide nicht sehen, wie sein Körper verbrannte, und wandten uns ab.

So einfach war das also. Wenn die Gesetzeshüter jemanden loswerden wollten, brauchten sie nur der Glashütte einen Besuch abzustatten. Das war schlimmer als alles, was ich mir hätte vorstellen können.

»Verrätst du mir, wie der königliche Leibarzt in dein Messer fallen konnte?«, hakte er nach und stemmte sich keuchend die Hände in die Hüften.

Es wunderte mich, dass er nicht früher gefragt hatte. Ich schuldete ihm die Wahrheit für seine Hilfe. »Er war im Auftrag des Thronerben hier, und das nicht zum ersten Mal«, weihte ich ihn ein. »Catherine war schwanger von Prinz Albert, und der Leibarzt sollte in der Nacht ihres Todes eine Abtreibung bei ihr durchführen, natürlich gegen ihren Willen. Jack kam ihm lediglich zuvor.« Bedauernd schüttelte ich den Kopf. »Catherine glaubte daran, Albert und sie würden sich lieben. Nach ihrem Tod suchte sie ihn auf. Erst da erfuhr sie, dass er sie hatte loswerden wollen.«

»Schweinehund«, entfuhr es Abberline leise, der wütend die Lippen aufeinandergepresst hatte. Es berührte mich, dass er Alberts Benehmen verurteilte, und erinnerte mich daran, dass nicht alle Männer schlecht waren. Davon ermutigt, vertraute ich ihm auch die restliche Geschichte an. Obwohl er als Gesetzeshüter mein Verhalten hätte verurteilen müssen, erweckte er nicht diesen Eindruck bei mir.

»Die Reichen glauben, sie könnten sich alles erlauben und keine ihrer Handlungen würde Konsequenzen nach sich ziehen«, schimpfte er abfällig und klang dabei fast wie Jack. »Es gibt immer wieder Leute, die dem Polizeidirektor Geld zustecken, nur damit Verbrechen nicht weiter nachverfolgt werden. Eine Schande ist das!«

»Natürlich lässt sich der Polizeidirektor bestechen«, fauchte ich aufgebracht, da es nur das bestätigte, was ich ohnehin seit Jahren vermutete.

»Täte er es nicht, wäre er die längste Zeit Direktor gewesen«, ergänzte Abberline resigniert. Vielleicht hatte er einmal mehr Elan besessen und war zur Polizei gegangen, um andere Menschen zu beschützen. Aber wenn man dort täglich miterlebte, wie Personen sich mit Geld Gerechtigkeit erkauften, verlor irgendwann jeder seine Überzeugung.

Als Nächstes war der Arzt an der Reihe. Abberline platzierte ihn auf einer weiteren Schiene, und zusammen wuchteten wir ihn in die Flammen. Bald wäre nicht mehr als etwas Asche von ihm übrig. Das Feuer verzehrte ihn komplett, als hätte er nie existiert. Es tat mir um ihn nicht leid, trotzdem machte ich mir Sorgen, sein Verschwinden würde nicht unbemerkt bleiben. Um sämtliche Spuren zu beseitigen, riss Abberline aus der Kutsche auch noch den blutgetränkten Teppich heraus, den er ebenfalls dem Feuer übergab.

»Was, wenn er eine Frau hatte?«, gab ich zu bedenken. Für einen Mann von seiner gesellschaftlichen Stellung wäre es eher ungewöhnlich, unverheiratet zu sein. »Oder Kinder? Sie werden wissen, dass er nicht einfach abgehauen ist!«

»Warum?«, entgegnete Abberline prompt. »Er wäre nicht der erste Mann, der seine Familie im Stich lässt!« Ich hörte die Bitterkeit in seiner Stimme, und mir fiel wieder ein, wie er mir betrunken von seinem Vater erzählt hatte, der abgehauen war, woraufhin seine Mutter sich das Leben nahm.

»Die Königin wird nicht glauben, dass er seine Stellung bei Hof aufgegeben hat, und nach ihm suchen lassen«, beharrte ich unbeirrt. »Prinz Albert wird vermuten, das Verschwinden des Arztes könnte etwas mit Catherine zu tun haben. Aber ich bezweifle, dass er seiner Großmutter das sagen wird. Er würde nicht wollen, dass sie von seinen Ausflügen ins East End erfährt.«

»Sie werden ihn nicht finden«, beteuerte Abberline nachdrücklich. »Wir müssen noch die Kutsche loswerden!« Seine Hände waren rußverschmiert und hinterließen einen schwarzen Film auf seiner Haut, als er sich eine Haarsträhne von seiner schweißfeuchten Stirn streifte. Ich widerstand dem Drang, ihm den Schmutz aus dem Gesicht zu wischen. Wir hatten zusammen zwei Leichen verbrannt, das schien die Intimität zwischen uns verstärkt zu haben. Ich hatte mich selten einem Menschen näher gefühlt als ihm in diesem Moment.

Im Morgengrauen erreichten wir den Hafen, spannten die Pferde aus und versenkten die Kutsche im Schutz des wabernden Nebels im Wasser. Blubbernd sank sie in die Tiefe und nahm die Erinnerung an das Verbrechen mit sich. Auf dem Grund der Themse lagerte so mancher Gegenstand, der nicht gefunden werden sollte.

Die Pferde verschwanden trottend im Nebel. Schon bald würde sich jemand der edlen Tiere annehmen. Im East End wechselten Dinge von Wert schnell ihren Besitzer, ohne dass jemand fragte, woher sie stammten.

»Hast du schon viele Leichen auf diese Weise verschwinden lassen?«, wagte ich mich zu fragen. Eigentlich hatte ich nicht weiter nachhaken wollen, mir war bewusst, mich nicht in der Position zu befinden, irgendjemanden für sein Verhalten rügen zu können. Aber es ließ mich nicht los, dass ausgerechnet jene Menschen, die sich treuer an die Gesetze halten sollten als jeder andere, diese offenbar beugten, wie es ihnen beliebte.

Sein verkniffener Gesichtsausdruck verriet mir, dass ich besser geschwiegen hätte. Dies war ein Teil seiner Arbeit, über den er ungern sprach. »Hin und wieder«, gab er sich vage. »Manchmal kommt es zu Unfällen bei den Verhören oder Beweismittel sind nicht auffindbar, dann ist dies eine effiziente Lösung, um unnötige Fragen zu verhindern.«

Es ärgerte mich, wie er es einfach abtat. Wenn Verdächtige bei der Vernehmung so sehr verprügelt wurden, dass sie an ihren Verletzungen starben, war das nichts anderes als Mord. »Ist das deine persönliche Ansicht oder fügst du dich nur dem Willen anderer?«, hakte ich nach.

Ich hatte nicht anklagend klingen wollen, so fasste er es jedoch auf. Seine Stirn runzelte sich vor Verärgerung. »Es ist dein Glück, dass ich meinem moralischen Kompass nicht immer folge, denn sonst hätte ich dich heute Nacht mit deinen Leichen allein gelassen«, rügte er mich, aber war längst noch nicht fertig. »Wenn ich Klosowski auf diese Weise verschwinden ließe, wäre dir das doch ganz recht! Findest du das nicht etwas selbstgerecht?«

Beleidigt verschränkte ich die Arme vor der Brust. »Das habe ich nie von dir verlangt!«

»Ach nein? Warst du es nicht, die mich als ihren Partner bezeichnete? Ist es dann nicht meine Pflicht, dir beizustehen?« Sein Vorwurf war unüberhörbar und kränkte mich.

»Mir war nicht bewusst, eine solche Belastung für dich zu sein!«, rief ich empört aus. Wie konnte ich mich in dem einen Augenblick ihm noch so nah fühlen und im nächsten das Gefühl haben, als würde ein Abgrund zwischen uns klaffen? Mir kam es vor, als wollte er mich absichtlich falsch verstehen.

»Im Gegensatz zu dir muss ich jetzt einer Arbeit nachgehen und komme nicht ohne Schlaf aus.« Ohne auf mich zu warten, stapfte er davon.

»Ich habe mir nicht ausgesucht zu sterben«, fauchte ich ihm zornig nach und reckte mein Kinn vor. »Falls es dir nichts ausmacht, würdest du mir bitte noch verraten, auf welchem Friedhof ich beerdigt bin? Ich möchte meine unendliche Zeit sinnvoll nutzen und mein Grab aufsuchen!« Ich konnte nicht sagen, woher das plötzlich kam. Schon eine Weile hegte ich den Wunsch, zu sehen, wo mein Körper begraben lag. Bisher hatte ich mich nicht getraut, dem nachzugehen, weil es meinen Tod endgültig machen würde. Zwar wusste ich auch so, dass ich nicht mehr am Leben war, aber es war etwas anderes, den eigenen Namen auf einem Grabstein zu lesen. Gleichzeitig brauchte ich diesen Abschluss.

Meine Worte trafen ihn wie eine Ohrfeige. Bestürzt fuhr er zu mir herum. »Dein Grab?«, wiederholte er verständnislos.

»Ja, oder habt ihr meine Leiche auch in einer Glashütte verschwinden lassen?«, konterte ich herausfordernd. Vielleicht verdienten Menschen wie ich keine Ruhestätte, weil niemand um uns trauerte. Es wäre kostengünstiger, uns einfach den Flammen zu übergeben.

»Natürlich nicht!«, erwiderte er entrüstet. »Du bist auf dem St Patrick's Friedhof beerdigt worden.«

Allein dass ich die Möglichkeit, anonym verbrannt worden zu sein, in Erwägung zog, schien ihn zu treffen. Gut so!

St Patrick's war ein katholischer Friedhof, den ich schon einige Male besucht hatte, weil auch meine Eltern dort ihre Gräber hatten – so wie viele irische Einwanderer. An diesem Ort die letzte Ruhe zu finden, war fast ein bisschen wie in meine Heimat zurückzukehren, zumindest war es das, was dem am nächsten kam.

»Danke, wir sehen uns dann«, presste ich mühsam hervor, ehe ich auf dem Absatz kehrtmachte und in die entgegengesetzte Richtung davonging. Er sollte nicht zu sehen bekommen, wie sehr mich unser unnötiger Streit verletzte.

Ich war noch nicht weit gegangen, als er auf einmal »Warte!« rief und seine Schritte mir nachkamen. Aus Trotz und gekränktem Stolz blieb ich nicht stehen, sondern lief weiter, bis er mich am Arm zurückhielt.

»Mary«, sprach er mich sanft bei meinem Vornamen an. Die Art, wie er ihn aussprach, so vertraut und liebevoll, ließ mich erschauern. Der Klang seiner Stimme ging mir unter die Haut und traf mich an der leeren Stelle, wo sich einst mein Herz befunden hatte. »Es ist sicher schwer, vor dem eigenen Grab zu stehen. Lass mich dich begleiten!«

Er sorgte sich um mich. Eine andere Erklärung gab es für seinen Sinneswandel nicht. Wie konnte man sich um jemanden sorgen und ihn gleichzeitig von sich stoßen? Ich war noch nicht bereit, ihm zu verzeihen. »Du hast Wichtigeres zu tun, als dich mit so einer Lappalie zu beschäftigen«, wies ich ihn ab. Es war kleinlich und kindisch, aber niemand hatte behauptet, der Tod mache einen weiser.

»Ich nehme mir die Zeit«, beharrte er und stellte sich mir in den Weg. Er hielt mich an beiden Armen fest, sodass ich gar nicht anders konnte, als ihm in die Augen zu sehen. Ich hatte gewusst, ein Blick von ihm würde ausreichen, um meinen Widerstand zu brechen. Seine braunen Iriden waren wie ein Sog, der mich in die Tiefe seiner Seele hinabriss. Dort war es finster, aber am Ende des Tunnels wartete ein Licht. Es war dieses Licht, das mich magisch anzog.

»Wenn du darauf bestehst«, knickte ich kleinlaut ein.

»Das tue ich«, bekräftigte er und ließ mich wieder los. Zusammen ließen wir den Hafen hinter uns und kehrten auf eine der Hauptstraßen zurück. Dort winkte Abberline eine Kutsche herbei. Wie es aussah, würde ich doch keinen mehrstündigen Fußmarsch auf mich nehmen müssen, um den Friedhof zu erreichen, der meinen Körper beherbergte.

Nach dem Friedhofstor führte eine gepflasterte Straße, die zu beiden Seiten mit Bäumen bepflanzt war, über das Gelände. Ein Grabstein reihte sich an den nächsten. Es hatte etwas Berührendes, all diese Namen zu lesen, die längst nicht mehr unter den Lebenden weilten. Manche Gräber waren verfallen, die Grabinschriften mit Moos überwuchert. Andere gehörten erst kürzlich Verstorbenen. Frische Blumen säumten die Kreuze. Eine andächtige Stille lag über dem Ort, die einen auf das besinnen sollte, was im Leben wichtig war: Familie, Freunde, Liebe.

Für mich kam diese Einsicht zu spät.

Abberline führte mich von dem Hauptweg auf einen der Nebenpfade. Seine Kenntnis verriet mir, dass er schon einmal an meinem Grab gewesen sein musste. Vielleicht bei meiner Beerdigung, in der Hoffnung, dort dem Mörder zu begegnen? Konnte es sein, dass Jack zugegen gewesen und Abberline nicht aufgefallen war?

Ich rechnete nicht damit, dass meine Ruhestätte besonders geschmückt sein würde. Die meisten Kontakte, die ich gepflegt hatte, waren von oberflächlicher Natur gewesen. Die einzigen beiden Menschen, die mir nähergestanden hatten, waren Maurice und Joseph gewesen, aber beide mussten davon ausgehen, bei meinem Tod handelte es sich um ein großes Missverständnis. Es gab keinen Grund, warum sie hierherkommen und um mich trauern sollten. Trotzdem stach mein Grab aus dem trostlosen Grau der anderen Gedenkstätten hervor. Zahlreiche Blumen, Kränze und Sträuße zierten das schlichte schwarze Holzkreuz, in das mein Name sowie mein

Geburtsjahr und mein Todestag geschnitzt worden waren. Damit hatte ich nicht gerechnet.

Fassungslos hielt ich mir die Hände vor den Mund und betrachtete die Farbenpracht des Blütenmeeres. Von wem kamen all diese Blumen? Wer hatte sich die Mühe gemacht, mir diese letzte Würde zu erweisen?

Abberline bemerkte meine Betroffenheit und legte mir tröstend die Hand auf die Schulter. »Die Menschen vergessen dich nicht.«

Meine anfängliche Ergriffenheit schwand, als mir bewusst wurde, dass sie nicht um mich trauerten, sondern um das, wofür ich stand: das letzte Opfer von Jack the Ripper. Ihre Furcht trieb sie an mein Grab. Jede Frau aus dem East End könnte die nächste sein. Jeder Mann könnte seine Geliebte, seine Gemahlin oder seine Tochter an dieses grausame Ungeheuer verlieren. Es tat ihnen leid, was mir angetan wurde, zugleich empfanden sie Erleichterung darüber, dass es niemandem der Ihren widerfahren war.

»Sie kannten mich nicht«, murmelte ich leise.

»Nein«, stimmte Abberline mir zu, ohne seine Hand wegzunehmen. »Aber vielleicht bedauern sie, nie die Chance gehabt zu haben, dich besser kennenzulernen. Vielleicht wüssten sie gern, was deine Lieblingsblumen waren, damit sie sie auf dein Grab legen könnten. Oder wovon du geträumt hast, was aber nicht mehr in Erfüllung geh–«

Ich riss mich von ihm los und wirbelte zu ihm herum. »Niemand will das wissen!«, fiel ich ihm ins Wort. »Es ist nicht von Bedeutung, denn ich bin tot!«

Er zuckte vor der Härte in meiner Stimme zusammen. »Es ist von Bedeutung«, widersprach er mir eindringlich. »Du bist von Bedeutung! Wir reden immer nur über Jack, nie über dich. Ich weiß, welche Organe er deinem Körper entnommen und mit wie vielen Stichen er dich getötet hat, aber ich weiß nicht, ob du ein Lieblingslied hattest oder ob du Schokolade mochtest. Ich möchte wissen, wer du bist.«

Eine Gänsehaut jagte mir über den Körper, die meinen Nacken kribbeln ließ. »Wozu? Sobald wir Jack the Ripper enttarnt haben, werden die anderen Frauen und ich frei sein, diese Welt zu verlassen. Nichts wird uns mehr hier halten!«

»Ist es das, was ihr möchtet? Sterben?« Er klang enttäuscht, als gäbe es für mich eine andere Wahl.

»Das ist mein unausweichliches Schicksal!«, zischte ich nachdrücklich. »Ich lebe schon länger, als ich sollte.«

Er machte einen Schritt auf mich zu, hob seine Hand, als wollte er sie nach mir ausstrecken, aber wagte es nicht, mich zu berühren. »Sosehr ich diesen Mann auch verachte, kann ich nicht abstreiten, Dankbarkeit dafür zu empfinden, dir begegnet zu sein. Erst seitdem du in mein Leben getreten bist, fühle ich mich wieder lebendig. Ist das nicht absurd?« Er lachte auf, in seinen Augen stand keine Freude, sondern Schmerz. Verzweifelt raufte er sich die Haare. »Du gibst meinem Leben einen Sinn, und ich ertrage die Vorstellung nicht, dich wieder zu verlieren, obwohl es genau das ist, was passieren wird, was passieren muss. Es gibt keinen Weg, das Monster auszuschalten und dich –«

»Tu das nicht!«, unterbrach ich ihn bestimmt und griff nach seiner Hand. Er quälte damit nicht nur sich, sondern auch mich. »Tu nicht so, als ob wir je mehr hätten sein können. Wenn Jack mich nicht getötet hätte, wären wir einander vermutlich nie begegnet. Und selbst wenn, hätten wir einander keine Aufmerksamkeit geschenkt. Du wärst immer noch ein Bobby gewesen, ein ignoranter Arsch wie alle deiner Sippe, und ich wäre für dich nie mehr als eine Hure gewesen.« Zwischen uns war nicht mehr als etwas Sentimentalität, die mir den Kopf verdrehte.

»Nein!« Er schüttelte hartnäckig den Kopf, als könnte er dadurch ungeschehen machen, was wir waren. Wer wir waren. Mit einem Ruck zog er mich an seine Brust und schlang seine Arme um mich – hielt mich fest. »Du bist mehr als das! Schon immer gewesen. Es ist nicht deine Schuld, dass die Leute nicht in der Lage waren, das zu sehen.«

»Ich habe das Leben gelebt, das ich leben wollte. Selbst wenn ich die Zeit zurückdrehen könnte, würde ich nichts anders machen. Natürlich hätte ich mir gewünscht, meine Eltern hätten länger gelebt, aber das ist nichts, was ich hätte beeinflussen können. Für jemanden wie dich muss mein Leben wie ein einziger Fehler erscheinen, aber ich bereue nichts.« Als ich es aussprach, erkannte ich, dass es stimmte, und fand darin Frieden. Ich brauchte nicht die Vergebung von irgendjemand anderem, nur meine eigene. Es war nicht meine Schuld, was mir angetan worden war.

»Wenn du keine Prostituierte gewesen wärst, dann –«, setzte er an, doch ich ließ ihn nicht ausreden.

»Dann wäre ich vielleicht auf andere Weise gestorben. Es gibt eine Reihe von Möglichkeiten, umzukommen, ganz besonders im East End. Reue bringt niemanden weiter, Rick.« Zärtlich legte ich die Hand an seine Wange. Ich wusste nicht, wie viel Zeit mir noch blieb, aber ich wollte vermeiden, dass er sich irgendwann die Schuld dafür geben würde, mich nicht hatte retten zu können. Es war mir nicht vorherbestimmt, gerettet zu werden. »Du kannst die Vergangenheit nicht ändern, nur die Zukunft.«

Trauer erfüllte seine dunklen Augen. »Schmerzt es dich denn gar nicht, dass es für dich keine Zukunft gibt?«

Es wäre gelogen, das zu leugnen. Je mehr Zeit ich mit ihm verbrachte, desto mehr sehnte ich mich danach, verweilen zu können. Das Einzige, was mir half, war, mir in Erinnerung zu rufen, dass ich bereits mehr erlebte, als mir zustand. »Ich habe das Jetzt, das ist mehr, als ich mir erhofft habe.«

Ich lehnte meine Stirn an seine und genoss es, das Heben und Senken seiner Brust zu spüren. Sein Atem streifte meine Lippen, als wäre es meiner. Sein Herz schlug vor Verlangen und Bedauern stark genug für uns beide. Ich wollte ihm nicht wehtun, zugleich sehnte ich mich nach seiner Nähe. Es gab keine Liebe ohne Schmerz, ganz gleich, wie lang die gemeinsame Zeit auch sein mochte, einer blieb immer allein zurück. Er wusste, er würde leiden, denn er kannte die Qual des Verlustes wahrscheinlich besser als die meisten, trotzdem hielt ihn das nicht davon ab, seinen Mund auf meinen zu legen. Ich hatte in meinem Leben schon viele Männer geküsst, mehr, als ich zählen konnte. Manche Küsse waren mir als grauenhaft in Erinnerung geblieben, wozu auch der erste zählte: unbeholfen und viel zu feucht. Andere waren schön gewesen, was weniger eine Frage von Talent war, sondern mehr damit zu tun hatte, wen man küsste und was man für diesen Jemand empfand. Eines hatten jedoch alle Küsse gemeinsam: Ich fühlte sie.

Nach nichts hatte ich mich mehr verzehrt als nach diesem Kuss mit Abberline. Ich hatte ihn gewollt, um mich ein letztes Mal lebendig zu fühlen – allem Wissen zum Trotz. *Wenn seine Lippen auf meinen liegen, gelingt es mir, meinen Tod zu vergessen*, hatte ich geglaubt. Aber so war es nicht. All das, was einen Kuss ausmachte, fehlte: Ich konnte ihn nicht riechen. Ich konnte ihn nicht schmecken. Ich konnte die Feinheiten seiner Berührungen nicht spüren. Meine Wangen glühten nicht vor Vorfreude und Begierde. Mein Herz schlug mir nicht bis zum Hals. Es schlug überhaupt nicht mehr. Für niemanden.

ICH. WAR. TOT.

Ganz gleich, wie oft ich mir das zuvor auch gesagt hatte, ich erkannte es erst jetzt auf frustrierende Weise. Wofür lohnte es sich noch zu leben, wenn ich nicht mehr lieben konnte? Wahrscheinlich hatte ich nie jemanden mehr küssen wollen als ihn, ausgerechnet dieser Kuss wurde mir verwehrt. Alles, was uns blieb, war eine Sehnsucht, die niemals gestillt werden konnte. Nichts schmerzte mehr als eine unerfüllte Liebe und die quälende Frage, was hätte sein können, wenn alles anders gekommen wäre.

Er spürte meine Zurückhaltung und löste sich schnell von mir. Mein Gesicht hielt er mit beiden Händen umschlossen. Es war zu spät, um ihm Leid zu ersparen.

»Veilchen«, hauchte ich, um von dem Schmerz über das, was nicht sein konnte, abzulenken. »Meine Lieblingsblumen sind Veilchen.«

28

Nach dem Friedhofsbesuch begab sich Abberline zum Polizeirevier, während ich ruhelos durch London streifte. Ein letztes Mal wollte ich all jene Orte besuchen, die ich mit guten Erinnerungen verband. In der Nähe der Saint Paul's Cathedral gab es eine Bäckerei, die Zuckerblumen verkaufte. Bestimmt zehn Minuten verbrachte ich damit, die Auslage zu bewundern. Wie gern hätte ich mir eines dieser zarten Blütenblätter auf die Zunge gelegt und die Süße geschmeckt. Ein besonders spendabler Freier hatte mir einmal eine geschenkt.

Danach spazierte ich weiter zum Hyde Park. Regentropfen wühlten den See in seiner Mitte auf, dessen Ufer im Sommer von verliebten Paaren oder Familien mit Kindern gesäumt waren. Oft hatte ich mir vorgestellt, eines Tages auch eine dieser feinen Damen zu sein, die weiße Sonnenhüte trugen und sich auf Picknickdecken niederließen, die mehr kosteten als jedes Kleid, das ich besaß. Diese Leute konnten es sich leisten, hartes Brot an Enten zu verfüttern. Mein Magen hatte bei dem Anblick oft geschmerzt. Als Kind hatte ich mir manchmal gewünscht, eine Ente zu sein.

In der überdachten Markthalle von Covent Garden lauschte ich einem einsamen Opernsäger, der eine Arie vortrug. Zumindest diese Form des Genusses war mir geblieben – noch. Sollte es mir wie Liz ergehen, würde ich langsam auch mein Hörvermögen verlieren. Welche Freuden blieben mir dann überhaupt noch?

Als ich die Westminster Bridge erreichte, schlug Big Ben gerade zur sechsten Abendstunde. Ich hatte es nicht eilig, ins East End zurückzukehren. Der missglückte Kuss mit Abberline hatte mir deutlich gemacht: Mein Leben war vorbei. Es gab nichts mehr, wofür es sich zu leben lohnte, und ich war bereit loszulassen. Die wenigsten Menschen hatten das Glück, Abschied nehmen zu können, bevor sie starben. Alles, was ich noch wollte, war, Jack zu überführen. Selbst wenn ich mit ihm in der Hölle landen sollte, täte ich dies guten Gewissens, weil dann wenigstens die Lebenden sicher vor ihm wären.

Bis ich die Dorset Street erreichte, war es finster. Lediglich das Licht der Pubs erhellte die Nacht. Die Gestalten, die sich in den Räumen vor den Fenstern tummelten, warfen zuckende Schatten – wie Monster, die einem Albtraum entstiegen waren. Aus den angrenzenden Gassen waren Getuschel und andere Geräusche zu vernehmen, die den Eindruck vermittelten, als wäre die Finsternis ein eigenständiges Lebewesen, das all jene verschluckte, die sich ihr zu lang aussetzten. Schaudernd rieb ich mir über die Arme, obwohl ich nicht fror. Es war eine Kälte, die aus meinem Inneren kam. Eine Erinnerung an all die Nächte, in denen ich frierend und ängstlich allein durch die Straßen des East End geirrt war. So oft hatte ich mich hilflos gefühlt. So oft einsam. So oft verloren. Regentropfen rannen mir über meine Wangen wie ungeweinte Tränen. Der Kummer hatte sich wie ein Geschwür in meiner Brust eingenistet. Stechend verdrängte es jedes andere Gefühl.

Ich sah die Hand nicht kommen, die mich plötzlich von hinten am Haar packte und zurückriss: raus aus dem Lichtkegel der Straßenlaterne, in die Dunkelheit einer schmalen Gasse. Keuchend schnappte ich nach Atem, als ich gegen die Wand gedrängt wurde und sich Finger über meinen Mund legten.

Jack verschmolz beinahe mit der Nacht. Sein Zylinder, sein Mantel, seine Stiefel – alles war schwarz, nur sein Gesicht hob sich bleich wie eine Fratze ab. Seine Augen waren hart wie Onyx. Keinerlei Wärme, keinerlei Mitgefühl lag in ihnen.

»Ich bin dir gefolgt und habe dich mit dem Inspektor gesehen« zischte er außer sich, und ich wusste sogleich, es war für mich vorbei. Sein Schnurrbart hüpfte vor Zorn auf und ab. Jedes Leugnen meinerseits war zwecklos. Er kannte die Wahrheit, und es würde mir nicht gelingen, ihn davon abzubringen, ganz gleich, was ich zu meiner Verteidigung sagte. »Ich habe dich davor gewarnt, mir nicht in die Quere zu kommen, aber du musstest dich mit dem Feind einlassen«, ächzte er. »Du hast wohl nicht verstanden, dass du ohne mich gar nichts bist! Dieselbe Macht, die dir ein Leben nach dem Tod schenkte, kann dir dieses auch wieder nehmen!« Seine Fingernägel grub er in meine Haut, hinterließ dort ihre Abdrücke, ehe er mich losließ und sich von mir abstieß, als wäre ich ihm zuwider.

»Lässt du mich sterben?«, fragte ich ihn. Die Hoffnung in meiner Stimme verriet meine Sehnsucht.

Er lachte nur über mich. Er lachte mich aus wie ein dummes, naives Mädchen – mehr war ich nicht für ihn, nie gewesen.

»Nein, du sollst die Ewigkeit haben«, raunte er bedrohlich und drückte mir seinen behandschuhten Zeigefinger gegen die Brust. »Eine Ewigkeit voller Einsamkeit. Eine Ewigkeit, in der dich niemand sehen, hören oder fühlen kann. Du hast versucht, mich zu sabotieren, anstatt mir dabei zu helfen, die reichen Leute kaputtzumachen und das System zu zerstören! Dafür trägst du die Konsequenzen. Ich werde die Welt in Brand setzen, und es gibt nichts, was du dagegen tun kannst.«

Jedes Wort von ihm schnürte mir weiter die Kehle zu. Vor meinem inneren Auge entstand ein Szenario, das ich nicht miterleben wollte, von dem ich aber auch nicht wollte, dass es irgendjemand anderes erleben musste. Jacks Seele war schwarz wie Pech, unempfänglich für jedes Glück. Es war seine eigene Dunkelheit, mit der er London überziehen wollte, damit alle so verdorben wurden wie er.

Langsam nahm er den Finger von meiner Brust und holte aus seiner Manteltasche den roten Rubin hervor, den er nicht mehr protzig an einer goldenen Kette an seiner Hüfte trug, sondern im Verborgenen aufbewahrte. Die Gefahr, auf den Plakaten wiedererkannt zu werden, war ihm offenbar zu hoch. Zumindest so viel hatte ich erreicht. Er schloss die Hand um den Edelstein und hielt ihn mir vors Gesicht. Ein Zerren ging von ihm aus, erst nicht mehr als ein harmloses Ziepen, aber je weiter er sich von mir entfernte, umso mehr nahm der Druck zu. Etwas riss an mir, nicht an meiner Haut, sondern an meinem Inneren. Ein unerträgliches Ziehen erfasste mich, als würden alle Facetten meines Seins auseinandergerissen. Ich wollte schreien, konnte meine Stimme jedoch nicht kontrollieren. Schicht für Schicht spaltete sich. All das, was das Leben zusammengeführt hatte, wurde entzweit.

Zitternd sank ich auf die Knie, blickte zu meinem Mörder empor und starrte geradewegs in seine Augen, die so rot glühten wie der Rubin. Er stahl mir meine Präsenz. Das Geschenk, das er mir einst gegen meinen Willen aufgezwängt hatte, entriss er mir nun wieder. Liz war dasselbe widerfahren, aber sie hatte mir nichts von dem Leid erzählt, das damit einherging. Es war kein körperlicher Schmerz, sondern einer, der in der Seele saß, sie vergiftete und dunkel färbte. Flehend erhob ich die Hände, aber seine Miene blieb erbarmungslos. Erst als seine Tat vollendet war, erlosch die Glut in seinen Iriden. Dem Stein in seiner Hand wohnte ein eigentümliches Leuchten inne, ehe er diesen zurück in seine Manteltasche verschwinden ließ.

Er neigte den Kopf von der einen zur anderen Seite und ließ die alten Knochen in seinem Nacken knarren, als hätte ihm der Prozess große Anstrengung bereitet. Es brauchte keine Zauberformel, keine mysteriösen Symbole, kein Blut – nur ihn und seinen unbeugbaren Willen. »Das war es«, verkündete er triumphierend und schüttelte die Arme aus. »Ich hoffe, das war es dir wert. Ohne dich und Liz ist der Kreis meiner Racheengel schnell geschrumpft. Dir wird die Ehre zuteil, Zeugin meines nächsten Wunders zu werden. Sieh gut zu, du kannst es ohnehin nicht verhindern.«

Seine Drohung ließ mich erschaudern. Ich ahnte, was er vorhatte: das Schlimmste, was passieren konnte. Es durfte kein weiteres Opfer geben! Mit mir musste es enden. »Nein«, keuchte ich verzweifelt und kämpfte mich zurück auf die Füße. »Das lasse ich nicht zu!« Die Wandlung war abgeschlossen, und ich fühlte mich nicht anders als zuvor – jetzt, wo der Schmerz weg war. Blickte ich an mir hinab, war mein Körper noch da. Jack täuschte sich. Ihm war ein Fehler unterlaufen. So musste es sein!

Sein heiseres Lachen widersprach dem. »Versuch doch, mich aufzuhalten«, forderte er mich heraus. »Schrei, ruf um Hilfe, pack mich! Na los, worauf wartest du?«

Es war eine Falle, das war mir klar, trotzdem stürzte ich mich auf ihn. Ich streckte die Arme aus, wollte die Hände um seinen Hals schlingen und ihm die Luft rauben, so wie er mir mein Herz genommen hatte. Zudrücken, bis sein Körper so still wie meiner war. Aber ich fiel durch ihn hindurch, stolperte und fand erst hinter ihm wieder Halt. Entsetzt wirbelte ich herum, während er mich schallend auslachte. Er breitete beide Arme aus, bereit, meinen nächsten Angriff zu empfangen, der genauso nutzlos sein würde wie der erste Versuch. Es war vergebene Mühe. Meine Augen brannten, verwehrten mir aber die Erleichterung von Tränen. Mit geballten Fäusten ließ ich die Arme kraftlos an den Seiten herabhängen und knirschte mit den Zähnen.

»Was denn? So schnell gibst du auf?«, verspottete er mich. »Meinetwegen, wir haben viel zu tun. Komm, du willst doch nicht verpassen, wie ich deine Nachfolgerin auswähle!« Er trat aus der Gasse, ohne dass ich irgendetwas dagegen tun konnte. Mit steifen Beinen und einem Kloß in der Kehle wankte ich ihm nach. Ich sah dabei zu, wie er Passanten, die ihm entgegenkamen, zunickte oder sich kurz an den Hut tippte. Die Leute erwiderten seine Höflichkeit, ahnten nicht, welches Monster ihren Weg streifte, während sie durch mich einfach hindurchsahen. Sie hörten weder meine Hilferufe noch reagierten sie darauf, wenn ich sie an den Schultern zu packen versuchte, um sie zu schütteln.

Nur Jack entging nichts davon – zu seiner großen Erheiterung. »Wie soll sie heißen? Was meinst du?«, fragte er mich höhnisch, als wir allein auf der Straße waren. »Wie wäre es mit Elisabeth? Wäre das nicht geschichtsträchtig?«

»Dieses Mal gelingt es dir nicht!«, widersprach ich ihm, obwohl ich selbst nicht daran glaubte.

Ungerührt schlenderte er weiter durch das East End, an einem Pub nach dem anderen vorbei. Bei jeder Prostituierten, die ihm kokett zuwinkerte oder ihm ein Lächeln schenkte, verkrampfte sich mein Inneres. Der Regen ließ nach, und der Mond brach durch die Wolkendecke, als er plötzlich stehen blieb. Auf der gegenüberliegenden Straßenseite trat eine junge Frau aus einem Hauseingang und hielt zitternd die Arme um ihren Oberkörper geschlungen. Ihr lockiges Haar war nass geworden und hing ihr tropfend auf die Schultern. Ich konnte nicht sagen, was sie an sich hatte, das seine Aufmerksamkeit weckte. Ihre dunkle Haut verlieh ihr eine exotische Ausstrahlung. Sie war in meinem Alter und hübsch, keine Frage. Aber wir waren auch an anderen schönen Frauen vorbeigekommen. War es ihr abgekämpfter Gesichtsausdruck? Die Tatsache, dass sie ihn ignorierte, anstatt ihm zuzuwinken?

Seit meinem Tod quälte mich die Frage, was er in mir gesehen hatte, was in ihm den Wunsch weckte, mich zu töten. Er hatte Catherine glauben lassen, sie habe sein nächstes Opfer ausgewählt, nur weil sie in der Nacht ihrer Ermordung meinen Namen zufällig als ihren bei den Bobbys angegeben hatte. Ich hielt das für nicht mehr als eines seiner kranken Spiele, um ihr ein schlechtes Gewissen einzureden. Anfänglich hatte das auch gut funktioniert.

»Warum sie?«, wisperte ich, als ich ihm über die Straße folgte. Eine Kutsche jagte vorbei und spritzte das Wasser der zahlreichen Pfützen auf. Es tränkte Jacks Hosenbeine, aber rieselte durch mich hindurch.

»Sie ist eine Frau, für die es in dieser Welt keinen Platz gibt«, raunte er mir zu, dennoch verstand ich es nicht. Niemand gehörte ins East End.

»Was unterscheidet sie von allen anderen?«, blieb ich hartnäckig.

»Siehst du nicht den Funken in ihren Augen? Das ist ihr Hass auf die Welt, der nur darauf wartet, geschliffen und zu einer Waffe geformt zu werden. Ich werde ihr Meister sein.« Stolz schwang in seiner Stimme mit, während er beschwingt der jungen Frau folgte, die ahnungslos ihres Weges ging.

»Ich habe nie Hass in mir getragen«, entgegnete ich ihm. Bei Polly ergab das vielleicht einen Sinn. Annie verachtete niemanden mehr als sich selbst, und Liz hatte sich nach Rache an Klosowski gesehnt. Sogar bei Catherine konnte ich eine gewisse Wut erahnen, die sich gegen die Gesellschaft richtete, die ihr verbot, mit dem Mann zusammen zu sein, den sie liebte. Aber ich war zufrieden gewesen.

Jack belächelte mich. »Du hasst mich!« Er hatte mich getötet – natürliche hasste ich ihn. Allerdings war das erst nach meinem Tod. »Frag mich nicht, warum ich mich für sie entscheide, wenn du eigentlich wissen willst, warum ich dich gewählt habe.« Durch seinen Schnurrbart war kaum zu erkennen, wie er die Lippen bewegte. Kurz blickte er mit einem Grinsen in meine Richtung, ehe er sich wieder auf die Frau mit den lockigen Haaren konzentrierte.

»Warum?«, hauchte ich.

»Ich sah dich in jener Nacht, wie du mit einem Mann geredet hast, der dich auf Knien anflehte, mit ihm nach Hause zu kommen. Du hast ihn abgewiesen mit einem Lächeln und süßen Worten. Dieser Mann liebte dich, das war offensichtlich, gerade deshalb wolltest du ihn nicht in deiner Nähe haben.« Joseph. Er sprach von Joseph. »Jede andere Frau wäre froh gewesen, jemanden gefunden zu haben, der sich ihrer annehmen wollte, aber du konntest es nicht ertragen, geliebt zu werden. Du hast ihn dafür gehasst.«

»Nein!«, widersprach ich ihm energisch. »Liebe sollte auf Gegenseitigkeit beruhen, und so war es nicht. Es wäre nicht fair gewesen, seine Gefühle mir gegenüber auszunutzen, um ein leichteres Leben zu haben.«

»Ach ja?«, meinte er herablassend. »Nenn mir nur eine Person, die du geliebt hast! Nur eine einzige!«

Empört schnappte ich nach Luft. »Das ist lächerlich! Ich habe schon viele Menschen geliebt. Meine Elte–«

»Sind schon lange tot«, unterbrach er mich. »Zu deinen Geschwistern hast du keinen Kontakt mehr, obwohl durch ihre Adern dasselbe Blut fließt. Glaub nicht, ich würde dich dafür verurteilen. Ganz im Gegenteil, ich verstehe dich besser als jeder andere. Das ist der Grund, weshalb ich dich ausgewählt habe.« Er blieb stehen und drehte sich zu mir herum. Die junge Frau mit der schönen dunklen Haut war für den Augenblick nicht mehr wichtig. »Was ist das Gegenteil von Liebe? Genau, Hass! Wir beide sind gleich. Wir können nicht lieben.« Sein Blick bohrte sich in meinen. Ich wollte ihm widersprechen, den Kopf schütteln und alles bestreiten, doch meine Lippen blieben geschlossen. In meinem Leben hatte sich mir mehrmals die Chance geboten, wahrhaftige Liebe zu erfahren, aber ich hatte sie stets abgelehnt. Jedes Mal, wenn mir jemand zu nah kam, war ich davongelaufen. Erst jetzt, als es zu spät war, sehnte ich mich nach dem, was ich nie gehabt hatte und nie haben würde.

Jack wartete keine Antwort von mir ab, sondern ging weiter. Er hatte mit mir abgeschlossen und widmete sich nun wieder dem, was vor ihm lag: ein neues Opfer.

Just in dem Moment blieb die junge Frau stehen, stemmte die Hände in die Hüften und wirbelte herum. »Wenn Sie etwas von mir wollen, dann sollten Sie mich ansprechen und mir nicht wie ein Verbrecher hinterherschleichen!«, blaffte sie herausfordernd.

Ihr Schneid war beeindruckend und vertrieb für einen Augenblick meine trüben Gedanken, bis ich sah, wie Jack beschwichtigend beide Hände hob und ein gewinnendes Lächeln seine Lippen umspielte. Sie bestätigte seinen ersten Eindruck von ihr und besiegelte dadurch ihr Schicksal. Meine Brust schnürte sich zu, als zöge jemand die Bänder meines Mieders enger, in dem Wunsch, mich zu ersticken.

»Nein«, keuchte ich schockiert, als sich Jack in ihre Richtung bewegte.

»Verzeihen Sie, ich sah Sie von der anderen Straßenseite aus und musste Ihnen einfach nachgehen, auch wenn mir der Mut fehlte, das Wort an Sie zu richten«, entschuldigte er sich mit heuchlerischer Freundlichkeit. »Sie wirkten beschäftigt, und ich wollte Sie nicht aufhalten.«

Sie hob die dunklen Augenbrauen spöttisch. Obwohl ihre Hände blieben, wo sie waren, schien ihr Ärger bereits verraucht. »Und da hatten Sie vor, mich zu verfolgen, bis ich erledigt habe, was auch immer ich Ihrer Meinung nach zu tun habe?«

Jack lachte beschämt auf. Er spielte seine Rolle so überzeugend, selbst mir fiel es gerade schwer, an ihm zu zweifeln. »Kein guter Plan, wie ich zugeben muss. Ich bin einfach nicht geübt darin, mich Frauen zu nähern. Vielleicht hoffte ich auch, ich könnte mich mit der Zeit dazu durchringen, Sie anzusprechen, oder würde es frustriert aufgeben, Ihnen nachzulaufen.«

»Oh, das wäre aber sehr schade«, gurrte die Fremde nun. Ihr Haar war bei dem Spaziergang weiter getrocknet und kringelte sich nun, während ihre Haut samten im Mondlicht glänzte. »Niemand sollte frustriert zu Bett gehen müssen!«

Nein! Sie hatte angebissen und sah das in Jack, wovon auch ich mich hatte täuschen lassen: Einen älteren, etwas unbeholfenen, aber durchaus charmanten Mann, der über genug Münzen verfügte, um es eine Weile mit ihm auszuhalten. Wohlhabend und harmlos – die beste Sorte Freier.

Bestürzt schüttelte ich den Kopf und stellte mich vor Jack, um ihm die Sicht auf die Frau zu versperren. »Laufen Sie weg!«, brüllte ich sie an und versuchte sie an den Schultern zu packen, doch meine Hände gingen durch sie hindurch wie ihr Blick durch mich.

»Denken Sie, Sie könnten mir dabei behilflich sein?«, hakte Jack lächelnd nach, wobei er mich gekonnt ignorierte.

»Gewiss«, beteuerte die Fremde und ließ ihre Finger verführerisch über das Revers seines Mantels fahren – geradewegs durch mich hindurch. »Solange die Bezahlung stimmt.«

Ich versuchte erst erfolglos ihre Hand wegzuschlagen, dann wedelte ich mit den Armen, um irgendwie ihre Aufmerksamkeit zu erregen, und wenn es nur ein kühler Luftzug wäre, der sie frösteln ließ. »Verschwinde! Dieser Mann wird dich töten!«

Jack griff in seine Manteltasche, und als er seine Hand wieder hervorzog, funkelte ein Schilling, der Königin Victoria zeigte, zwischen dem Leder seiner Handschuhe. Das war mehr, als uns die meisten bezahlten.

Das Silber verfehlte nicht seine Wirkung und die Frau streckte ihre Hand nach der Münze aus. »Sie sind ein wahrer Gentleman, Sir, und wissen den Wert einer Frau zu schätzen.« Zufrieden lächelte sie ihn an, als sie das Geldstück entgegennahm und in ihrer Rocktasche verschwinden ließ. »Wie kann ich Ihnen die Nacht versüßen? Sollen wir uns ein Zimmer nehmen?«

Ich sammelte meine ganze Kraft und versetzte ihr einen Stoß, stolperte lediglich durch sie hindurch. Hastig drehte ich mich wieder zu ihr um und schrie ihr ins Ohr: »Renn weg!«

Jack belächelte meine armseligen Versuche. »Welch verlockende Vorstellung, aber ich möchte Sie nicht länger als nötig aufhalten. Wie wäre es, wenn wir uns von der Straße an ein etwas abgelegeneres Örtchen zurückziehen?«

»Was immer Sie wünschen, Sir«, flötete die Prostituierte, hakte sich bei ihm unter und führte ihn weiter die Straße entlang. Verzweifelt versuchte ich sie an ihrem Schultertuch festzuhalten, und stellte mich ihr immer wieder in den Weg, ohne auch nur den geringsten Widerstand für sie zu bedeuten. Dafür wurde Jacks Grinsen stetig breiter. Meine Not bereitete ihm einen zusätzlichen Kick.

Schließlich öffnete sich zu ihrer Linken eine schmale Gasse. Die Frau hielt inne, schenkte ihrem vermeintlichen Freier einen verführerischen Augenaufschlag, ehe sie sich von seinem Arm löste, nur um ihn an seinem Revers zu packen und ihn hinter sich her in die Dunkelheit zu ziehen.

»Soll ich vor dir knien?«, raunte sie mit ihrer samtenen Stimme, deren bloßer Klang Lust zu bereiten vermochte.

»Du weißt einen Mann glücklich zu machen«, behauptete Jack und genoss es zu beobachten, wie sie vor ihm niedersank.

Nein! Nein!!! NEIN! Vor lauter Panik wurde mir schwindelig. Das durfte nicht passieren! Ich konnte nicht dabei zusehen, wie einer weiteren Frau das Leben genommen wurde, um zu einer Marionette des Rippers gemacht zu werden.

»Verschwinde! Lauf weg!«, schluchzte ich und beugte mich zu ihr hinab. »Noch ist es nicht zu spät!«

Sie streckte die Hände nach seinem Gürtel aus, bereit, ihn zu öffnen, doch bevor sie ihn auch nur berühren konnte, zückte Jack das Messer, das sich an seiner Hüfte befand, verborgen unter seinem Mantel. Der Stahl blitzte in der Finsternis auf und jagte einen Schock durch den Leib der jungen Frau, die sich keuchend zurückfallen ließ und so knapp der Klinge entging, die sirrend durch die Luft zischte.

Mit vor Angst geweiteten Augen starrte sie zu Jack empor, erkannte im Bruchteil einer Sekunde, wen sie wirklich vor sich hatte, und begann zu schreien, während sie sich wieder auf die Beine rappelte. Ich warf mich zwischen Jack und sie, bereit, jeden Stich, der für sie bestimmt war, mit meinem eigenen Körper abzufangen. Das Messer jagte durch mich hindurch, als der Ripper einen zweiten Versuch unternahm, die Frau zu töten. Wie durch ein Wunder gelang es ihr, ein weiteres Mal auszuweichen, wobei er lediglich ihren Oberarm streifte. Blut quoll hervor und färbte den Stoff ihres Ärmels. Sie setzte zur Flucht an, doch Jack bekam sie an ihrer Lockenmähne zu fassen und riss sie daran unter lautem Protest ihrerseits zurück. Er drückte sie dicht an sich, zielte mit der Waffe auf ihren Magen, doch die Frau wehrte sich mit ganzer Kraft und stemmte ihre Hände gegen seine, versuchte ihm das Messer zu entwenden.

Ich konnte nicht einfach nur tatenlos zusehen und schwang mich von hinten auf Jack. Mein Körper fiel durch seinen, was mich im Chor mit seinem neuen Opfer hilflos wimmern ließ. Dem Ripper gelang es, die Frau zu überwältigen, und er schaffte es, ihr die Klinge in den Bauch zu rammen. Ihr greller Schrei prallte gegen die eng stehenden Wände der Gasse und ging in ein Keuchen über, als sie die Zähne aufeinanderbiss.

NEIN! Einem Impuls folgend riss ich mir den roten Seidenschal vom Hals und warf ihn Jack von hinten über den Kopf. Ich konnte ihn nicht verletzen, aber solange er mich sehen konnte, musste es mir möglich sein, ihn zumindest abzulenken, und sei es auch nur für eine Sekunde. Sobald der Stoff keinen Kontakt mehr zu meinem Körper hatte, wurde er sichtbar und raubte ihm kurzzeitig die Sicht. Auch die junge Frau bemerkte mit Irritation den roten Seidenschal, ohne sich erklären zu können, woher dieser plötzlich kam. Es war für den Moment nicht von Bedeutung. Sie erkannte ihre Chance und rammte Jack ihren Ellbogen ins Gesicht. Noch hatte sie nicht aufgegeben, sondern kämpfte um ihr Leben.

Der Angriff traf Jack unvorbereitet und ließ ihn zurückzucken, wobei sich sein Griff um das Messer lockerte. Die Fremde stürzte sich auf ihn und entriss ihm die Waffe, die sie drohend vor sich hielt und damit nach ihm ausholte, als er sie erneut packen wollte. Die scharfe Klinge durchdrang das Leder seines Handschuhs und schnitt durch Haut und Fleisch. Jacks schmerzerfüllter Schrei war Musik in meinen Ohren.

Die braunen Augen der jungen Frau weiteten sich vor Überraschung, ehe sie herumwirbelte und losrannte. Jack setzte ihr erst nach, bekam sie aber nicht zu fassen, bevor sie auf die Straße stolperte.

»HILFE!«, brüllte die Frau aus voller Kehle. Ihre Stimme hallte durch die Nacht, und ihre Schritte knallten wie Gewehrschüsse über die Pflastersteine.

Der Ripper hielt inne, presste sich seine blutende Hand vor die Brust und starrte fassungslos auf die Straße, ehe er zu mir herumfuhr. Der Schock in seinem Blick entlockte mir vor Genugtuung ein lautes Lachen.

»Du bist nicht allmächtig!«, verhöhnte ich ihn genüsslich. »Diese Frau wird dein Untergang sein! Sie wird zu den Bobbys laufen, dann werden sie dich finden und du wirst für deine Verbrechen hängen! Aus und vorbei mit deiner Revolution!« Zum ersten Mal spürte ich den Hass, den er mir zuvor unterstellt hatte. Ich spürte ihn tief in mir – er war ein Teil meiner Seele, und er lag in jedem einzelnen Wort, das ich ihm entgegenspie. Ich hasste Jack the Ripper mit allem, was ich hatte. Es war dieser brennende, unauslöschliche Hass, der mich in dieser Welt gefangen hielt.

»Wenn ich sterbe, sterbt ihr auch«, knurrte Jack, sein Gesicht gleichermaßen vor Schmerz und Zorn verzerrt. »Es ist meine Magie, die euch leben lässt!«

»Glaubst du, das kümmert irgendeine von uns?«, fauchte ich ihm unbeeindruckt entgegen. »Wir sind doch längst tot! Ich starb in dem Moment, als du mir mein Herz aus der Brust geschnitten hast!«

Zum ersten Mal widersprach er mir nicht, sondern stürzte aus der Gasse, um sich selbst in Sicherheit zu bringen, bevor die Schreie seines neuesten Opfers, des einzigen, das ihn überlebt hatte, Leute in seine Nähe locken würden. Ich eilte ihm nach und war mir sicher, es würde mir nun endlich gelingen, sein Versteck zu finden. Nichts konnte mich mehr aufhalten, weder Mauern noch Wände.

Mein roter Seidenschal blieb in der Gasse zurück. Es hatte etwas von ausgleichender Gerechtigkeit, dass es mir ausgerechnet mit einem Geschenk von Jack, das mich zum Tod verdammt hatte, gelungen war, ihn lang genug abzulenken, um einer anderen Frau zur Flucht zu verhelfen. Vielleicht hätte sie es auch ohne mich geschafft, aber ich wollte daran glauben, zu ihrem Überleben beigetragen zu haben und in der Lage zu sein, etwas zu bewirken. Noch war es nicht vorbei.

Jack glitt wie ein Schatten durch das East End. Von einer verwinkelten, düsteren Seitenstraße huschte er in die nächste, duckte sich unter Wäscheleinen hindurch und drängte sich durch kaputte Zäune. Er kannte diese Stadt – war genauso vergiftet wie sie. Sie war sein Zuhause, daran hatte ich keinen Zweifel mehr. Selbst wenn ich gewollt hätte, wäre es mir nicht gelungen, den Rückweg zu finden. Ich verlor mich in dem Labyrinth aus Sackgassen und Hinterhöfen, bis mir jegliche Orientierung abhandengekommen war. Ich wusste nicht einmal, ob wir uns überhaupt noch in Whitechapel befanden, als ich das Rauschen der Themse vernahm und wir eine Brücke erreichten. Die Wassermassen unter uns verschmolzen mit der Dunkelheit. Spärlich erhellten Laternen in einem trügerischen Versprechen von Sicherheit den Übergang. Jack wich den Lichtkegeln aus, als er zielstrebig voranschritt. Die verletzte Hand presste er sich an den Oberkörper.

»Stehen bleiben!«, erschallte es plötzlich hinter uns – kaum wahrnehmbar gegen das Brausen des Flusses. Ich wirbelte herum und erblickte Abberline, der mit erhobener Waffe auf uns zugerannt kam. Eine widersprüchliche Mischung aus Erleichterung und Panik erfasste mich. Ich war nur so lang froh, ihn zu sehen, bis mir bewusst wurde, dass ich für ihn nicht mehr existierte. Unser Besuch auf dem Friedhof würde für ihn unser Abschied sein. Außerdem fürchtete ich, was Jack ihm antun könnte. Wo waren Abberlines Kollegen? Warum kam er allein? Wie hatte er uns überhaupt so schnell finden können?

Jack tat so, als hätte er ihn nicht gehört, und marschierte stur weiter. Obwohl er für sein vorangeschrittenes Alter durchaus fit war, konnte er nicht mit der Geschwindigkeit eines Jünglings mithalten. Abberline würde es ohne Frage schaffen, ihn einzuholen.

»Sofort stehen bleiben!«, brüllte er erneut, seine Stirn vor Zorn verzerrt.

Jack ignorierte ihn weiterhin und hatte nun beinahe die Mitte der Brücke erreicht, als Abberline seinen Worten Taten folgen ließ und ein Schuss die Nacht zerriss. Er richtete seine Waffe in den Himmel, nicht auf Jack. Dennoch verharrte dieser.

»Beim nächsten Mal treffe ich«, versicherte ihm Abberline, als er ihm entgegeneilte. Er schritt an mir vorbei, ohne mich wahrzunehmen. Für ihn war ich nur ein Schatten von vielen. »Nehmen Sie die Hände hoch, damit ich sie sehen kann!«

»Warum so förmlich?«, höhnte Jack, tat jedoch, wie ihm befohlen. Langsam drehte er sich um. Ein amüsierter Ausdruck, der mir verriet, dass er sich keinesfalls vor einer Festnahme fürchtete, zierte sein Gesicht. Er fühlte sich dem Inspektor überlegen und glaubte, dieser Situation entkommen zu können.

»Vor etwa einer Stunde tauchte eine junge Frau auf dem Revier auf. Sie war schwer verletzt, aber bestand darauf, eine Aussage zu machen, weil sie vom Ripper angegriffen worden war«, berichtete Abberline und holte Handschellen hervor. »Dank ihrer Aussage gelang es mir, die Gasse zu finden, in der sich der Übergriff ereignete.« Aus seiner Jackentasche zog er den roten Seidenschal hervor. Der Schal, mit dem in gewisser Weise alles begonnen hatte und nun endete. Abberlines Blick löste sich von Jack und irrte suchend umher, aber er konnte mich nicht finden. »Dort fand ich dies und ahnte, was dir zugestoßen sein musste, Mary«, fuhr er dennoch fort, aber konzentrierte sich wieder auf Jack.

Belustigt sah dieser zwischen ihm und mir hin und her, wodurch er Abberline meinen Standort verriet. »Du hättest mich schon vor Tagen schnappen können, wenn du dich nur getraut hättest«, spottete Jack. Die Vertraulichkeit seiner Wortwahl ließ mich aufhorchen. Es wirkte, als wären sie einander nicht unbekannt.

Abberline presste die Lippen wütend aufeinander. Jack schien einen wunden Punkt bei ihm getroffen zu haben. »Bevor ich das Revier verließ, habe ich der Frau die Phantomzeichnung gezeigt. Sie bestätigte mir auf Anhieb, dass es sich dabei um den Mann handelte, der sie hatte töten wollen. Jeder Zweifel war ausgeräumt, und ich konnte mich nicht länger selbst belügen.« Sein Blick glitt von Jack zurück zu mir. »Es tut mir leid, Mary! Hätte ich doch nur früher den Mut gefunden, mich meiner Vergangenheit zu stellen.«

Sich selbst belügen? Sich seiner Vergangenheit stellen? In meinem Kopf drehte es sich, und ich verstand gar nichts mehr. Was tat ihm leid? Nach Abberlines erster Reaktion auf die Zeichnung von Jack hatte ich bereits vermutet, dass er ihn kannte, offenbar hatte er auch geahnt, wo er zu finden sein könnte. Warum hatte er nicht eher reagiert? Was übersah ich?

»Als ich vor einigen Monaten aus Indien zurückgekehrt bin, fand ich das Haus verlassen vor, damit hatte ich nicht gerechnet«, entgegnete Jack und grinste breit. »Aber du kannst dir vorstellen, wie gelegen mir das kam.«

Von was für einem Haus sprach er? Irgendetwas sagte mir, er meinte damit nicht den Handwarenladen.

Abberline verzog keine Miene. »Ich habe es dort nicht länger ausgehalten, nachdem Mutter sich deinetwegen das Leben nahm. Sie hat sich in der Stube erhängt. Wusstest du überhaupt, dass sie tot ist?« Seine Stimme überschlug sich. »Es interessiert dich nicht! Das hat es nie! Das Einzige, was für dich wichtig ist, warst immer nur du!«

Die Erkenntnis traf mich wie ein Schlag ins Gesicht: Abberline war Jacks Sohn. Jetzt ergaben seine Worte plötzlich Sinn: *Dieser Jemand ist tot, schon seit vielen Jahren*, hatte er gesagt, nachdem er das Porträt des Zeichners gesehen hatte. Für ihn war sein Vater gestorben, als er die Familie von einem Tag auf den anderen verließ. In all der Zeit hatte er nie etwas von ihm gehört. Während Jack durch die Welt reiste, kümmerte sich Abberline um seine Mutter, bis sich diese schließlich das Leben nahm. Plötzlich passte alles zusammen, und trotzdem erschien es mir zu verrückt, um wahr zu sein. Wer konnte ahnen, dass ausgerechnet der leitende Ermittler einer Mordserie auf der Suche nach seinem eigenen Vater war?

Jack lachte schallend auf. »Es ist auch schön, dich wiederzusehen, Sohn! Ich muss gestehen, es hat mich beeindruckt, dass du bei den Bobbys gelandet bist. Das hätte ich dir nicht zugetraut! Deinen Drang, nach Höherem zu streben, musst du von mir haben, denn deine Mutter war immer leicht zufriedenzustellen.«

Die Waffe in Abberlines Hand erzitterte, ob vor Wut oder Trauer, konnte ich nicht sagen. Die Worte seines Vaters waren ein Stich in sein leidgeplagtes Herz, nachdem er selbst nicht genügt hatte, um seine Mutter dazu bewegen zu können, am Leben bleiben zu wollen. Die Schmach, von ihrem Ehemann verlassen worden zu sein, hatte sie zerstört. Gequält verzerrte Abberline sein Gesicht. »Du hättest nicht zurückkommen sollen! Wenn du irgendwo anders gemordet und deine Rituale durchgeführt hättest, wärst du vielleicht damit davongekommen, aber jetzt wirst du für all deine Verbrechen büßen!«

Seine Drohungen ließen Jack kalt. »Du bist ihrem Charme verfallen, nicht wahr? Wenn man ihre Vorgeschichte außer Acht lässt, ist sie ein hübsches Ding. Dazu dieses Widerspenstige, das ist reizvoll, ich verstehe dich durchaus, mein Sohn«, spottete Jack, und ich brauchte einen Moment, um zu begreifen, dass er von mir sprach. »Dir sollte bewusst sein, dass sie verschwindet, wenn du mich tötest. Nur solange ich atme, bleibt der Zauber, der sie an die Welt der Lebenden bindet, bestehen. Ich könnte sie dir zurückgeben, weißt du. Würde dir das gefallen?«

Nichts als leere Worte, schoss es mir durch den Kopf. Jack besaß diese Macht nicht. Er hatte behauptet, Liz nicht helfen zu können, weil ihr Blut kalt sei. Vermutlich hatte er ihr nur nicht helfen wollen, aber seine Begründung entsprach durchaus einer gewissen Logik. Er benutzte mich lediglich als Druckmittel.

»Hör nicht auf ihn!«, brach es verzweifelt aus mir hervor, obwohl ich mir im Klaren darüber war, dass ich nicht zu Abberline durchdringen konnte. »Bring ihn um!«

»Ich habe nicht vor, dich zu töten«, konterte Abberline entschlossen und ließ die Handschellen klimpern. »Ich werde dich festnehmen und das Gericht über deine Strafe verhandeln lassen! Dreh deine Arme auf den Rücken!«

Jack dachte gar nicht daran, seinem Befehl Folge zu leisten, sondern lachte ihn aus. »Du denkst doch nicht wirklich, du könntest den Ruhm für dich kassieren, oder? Was werden die Leute sagen, wenn sie erfahren, dass dein Vater der berüchtigte Jack the Ripper ist? Du wirst kein Held sein, sondern nur der Sohn eines Serienmörders! All das, wofür du dich das letzte Jahrzehnt abgerackert hast, wird nichts mehr wert sein! Die Bobbys werfen dich raus!«

»Dich trifft keine Schuld«, widersprach ich Jack, auch wenn Abberline mich nicht hören konnte. »Niemand wird dich für die Taten deines Vaters verurteilen! Du hast nichts von ihm!« Ich wollte daran glauben, dass jeder Mensch als eigenständige Persönlichkeit angesehen wurde, unabhängig von seiner Herkunft, auch wenn die Vergangenheit mich etwas anderes gelehrt hatte. Das East End war ein Ort, dem kaum jemand entfliehen konnte. Wer dort geboren wurde, fand dort meist den Tod – die einen früher, die anderen später. Die Herkunft war wie ein Stempel, der den Menschen aufgedrückt wurde und von dem sie sich nur zu befreien vermochten, indem sie ihre wahre Identität verleugneten. So wie Jack es gemacht hatte.

Abberline ließ sich von dem Gerede seines Vaters nicht beirren. »Ich bin ein guter Schütze; wenn du dich nicht freiwillig ergibst, werde ich dir in dein Bein oder die Schulter schießen«, drohte er dem Mann, der ihn gezeugt hatte. »Das wird dich nicht umbringen, mir aber die Festnahme erleichtern.«

Jack hob in einer Mischung aus Anerkennung und Skepsis die buschigen Augenbrauen. »Das würdest du tun?«

Falls er glaubte, Abberline würde davor zurückschrecken, auf seinen eigenen Vater zu schießen, täuschte er sich. Für Rick war sein Vater schon vor langer Zeit gestorben, und dieser Mann vor ihm war nicht mehr als ein Verbrecher wie alle anderen, die er schon eingebuchtet oder auf andere Weise daran gehindert hatte weiter für Unfrieden zu sorgen.

»Ich würde dir nicht raten, es darauf ankommen zu lassen«, knurrte der Inspektor. »Na los, dreh dich um!«

Zu meinem Erstaunen kam Jack tatsächlich dem Befehl nach und kehrte uns den Rücken zu. Seine Arme hingen schlaf an den Seiten herunter. »Bringen wir es hinter uns«, murrte er und seufzte resigniert. Sein Blick war auf den dunklen Fluss unter sich gerichtet. Für den Moment fürchtete ich, er würde über die hüfthohe Brückenmauer klettern und springen, aber er rührte sich nicht vom Fleck.

Das ist zu einfach, dachte ich besorgt, und auch Abberline wirkte wie vor den Kopf gestoßen vom Einknicken seines Vaters. Keiner von uns hatte damit gerechnet.

Zielstrebig steuerte der Inspektor auf Jack zu, steckte seine Pistole zurück ins Holster und drehte ihm einen Arm auf den Rücken. Ehe er jedoch die Handschellen um sein Handgelenk einrasten lassen konnte, wirbelte dieser herum und eine Klinge blitzte im schwachen Schein der Laternen auf. Jack musste sie die ganze Zeit im Ärmel seines Mantels versteckt gehabt und nur auf eine Gelegenheit gewartet haben, sie zum Einsatz bringen zu können. Es ging zu schnell, als dass Abberline dem Angriff hätte ausweichen oder ich eingreifen können. Die Waffe bohrte sich in den Bauch des Inspektors, und als sie das nächste Mal wieder in Jacks Lederhandschuhen auftauchte, war sie blutbeschmiert. Bevor der Ripper ein weiteres Mal zustechen konnte, versuchte Abberline ihn abzuwehren und rang mit ihm, dabei kam er der Mauer gefährlich nahe.

Hektisch zerrte ich mir einen meiner Stiefel vom Fuß und schleuderte ihn nach Jack. Sobald der Stiefel meine Hand verließ, wurde er sichtbar und knallte meinem Mörder gegen die Schläfe. Er zuckte erschrocken zusammen, aber nicht nur ihn irritierte ein Stiefel, der wie aus dem Nichts auf ihn zugeflogen kam. Abberline riss entsetzt die Augen auf, drehte sich suchend in meine Richtung und verlor das Gleichgewicht. Er kippte nach hinten, mit den Händen griff er ins Leere und stürzte die Brücke runter.

Noch bevor ich die Mauer erreichte, hörte ich den Aufprall. Wasser spritzte, als wäre ein großer Stein in die Fluten geschleudert worden. Verzweifelt sah ich in die Dunkelheit, ohne ihn in der reißenden Masse erkennen zu können. Das stete Rauschen der Themse war alles, was ich vernahm.

Nein! So durfte es nicht enden! Abberline war so kurz davor gewesen, Jack festzunehmen, und jetzt sollte er sterben? Ich konnte nicht sagen, wie tief die Verletzung war, die Jack ihm beigefügt hatte, aber zusammen mit der starken Strömung würde ihn diese wahrscheinlich töten. Selbst wenn der Inspektor schwimmen könnte, was ich nicht mit Sicherheit sagen konnte, steckte das Wasser voller Abfälle. Die wenigsten, die in die Themse stürzten, ertranken, sondern starben Tage später an dem Gift, das in ihren Körper gedrungen war.

Die Panik ließ mich komplett erbeben, und ich war kurz davor, ihm hinterherzuspringen. Einzig die Tatsache, dass ich ihm nicht helfen konnte, hielt mich davon ab. Mir schnürte sich die Kehle zu, und ich schluchzte vor Kummer. Es gab Momente, so kurz und unscheinbar, die alles auf den Kopf zu stellen vermochten. *Nein, das ist nicht wahr*, dachte, flehte ich immer wieder. *Nein!!!*

Das raue Lachen, das hinter mir erklang, jagte mir einen Schauder über den Körper. Fassungslos fuhr ich zu dem Mann herum, der mir nicht nur mein Leben genommen, sondern auch gerade versucht hatte, seinen Sohn zu töten. Wie konnte er es wagen, darüber zu lachen?

»Wie es aussieht, ist das Schicksal wohl auf meiner Seite«, höhnte er, wischte das blutbeschmierte Messer mit einem Taschentuch ab und ließ beides wieder in seinem Mantel verschwinden.

Seine Kaltblütigkeit war mehr, als ich ertragen konnte, und verstärkte den Hass in meiner Brust. »Wir sind nicht gleich«, fauchte ich aufgebracht. »Du strebst nach Unsterblichkeit, dabei hast du gerade deine eigene Blutlinie beendet. Dein Sohn wäre die einzige Form von Unsterblichkeit gewesen, die du hättest erreichen können. Ich wollte nie Mutter sein, aber ich bin mir sicher, ich wäre lieber selbst gestorben, als zuzusehen, wie mein Kind es tut.«

Unbeeindruckt zuckte er mit den Schultern. »Lässt sich leicht behaupten, jetzt, wo du schon tot bist.« Er setzte seinen Weg über die Brücke fort, als wäre nichts geschehen. Nur mein einsamer Stiefel verriet mir, dass Abberline wirklich hier gewesen war und ich ihn mir nicht nur eingebildet hatte. Ich streifte auch noch den zweiten von den Füßen und stellte ihn neben den anderen. Passanten, die hier vorbeikamen und meine Stiefel bemerkten, würden glauben, jemand habe seinem Leben ein Ende gesetzt und sei in die Themse gesprungen. Ich bezweifelte allerdings, dass die Stiefel hier lange stehen würden. Irgendjemand konnte immer ein neues Paar gebrauchen.

Barfuß eilte ich dem Ripper über die Pflastersteine hinterher. Seine Silhouette verschwamm beinahe mit dem aufziehenden Nebel. Ich hatte geliebt, vielleicht nicht im Leben, aber im Tod.

Auf der anderen Seite der Brücke blieb Jack vor einem Gebäude mit verrammelten Fenstern stehen und zückte einen Schlüssel. Die Tür gab ein ächzendes Quietschen von sich, als er sie öffnete und in die Dunkelheit des Inneren verschwand.

Ich folgte ihm ohne Einladung und nahm neugierig jedes Detail der Umgebung in mir auf. Endlich war es so weit, und ich sah, wohin sich der Ripper verkroch, wenn er nicht Angst und Schrecken verbreitete. Hätte ich diesen Ort schon früher entdeckt, wäre er mir nicht bewohnt vorgekommen. Über den Polstermöbeln lagen weiße Leinentücher, um sie vor dem Staub zu schützen, der sich auf den Kommoden und Schränken abgelagert hatte, die an den Wänden standen. Die Einrichtung war nicht die eines reichen Mannes, aber das Holz hatte eine gute Qualität. Trotz mangelnder Lüftung und langer Abwesenheit des Eigentümers wuchs kein Schimmel an den Decken oder in den Ecken. Die Wände waren hell getüncht, als hätte jemand Wert darauf gelegt, sie in tadellosem Zustand zurückzulassen, bevor er die Tür hinter sich schloss. Dieser Jemand war Abberline. Er hätte das Haus vermieten und dafür Geld kassieren können, doch die Vorstellung, jemand könnte sich an dem Ort aufhalten, an dem seine Mutter ihrem Leben ein Ende gesetzt hatte, schien ihm zu missfallen.

Von einem kurzen Flur führte eine Treppe in ein oberes Stockwerk, das Jack jedoch unbeachtet ließ. Stattdessen ging er an dem Durchgang zu der Wohnstube sowie einer separaten Küche vorbei, bis er eine Tür erreichte, hinter der es in den Keller hinabging. Mir war kaum eine persönliche Note aufgefallen. Lediglich an einer Wand entdeckte ich eine gerahmte Fotografie, die drei Personen zeigte: einen Mann, eine Frau und einen kleinen Jungen von vielleicht fünf Jahren. Alle drei schauten sie ernst drein. Die Hand der Frau lag schützend auf der Schulter des Kindes, während der Mann keinen der beiden berührte. Sein Kinn war etwas zu hoch erhoben und verlieh ihm dadurch eine überhebliche Ausstrahlung. Ich brauchte einen Moment, um in seinen Gesichtszügen Jack wiederzuerkennen. Ohne seinen Zylinder fehlte irgendwie etwas. Damals hatte er noch mehr Haare auf dem Kopf besessen, und seine Falten waren nicht ganz so tief gewesen. Der kalte Ausdruck seiner Augen war geblieben. Das Bild musste älter als zwanzig, wenn nicht gar dreißig Jahre sein.

Mein Blick glitt von ihm zu der Frau. Ob Jack früher einmal anders gewesen war? Hatte er sie gut behandelt, bevor er sie für immer verließ? Aus ihren dunklen Augen ließ sich keine Gefühlsregung erahnen. Sie wirkten irgendwie stumpf.

Lediglich der Junge ließ ein unsicheres Lächeln in seinen Mundwinkeln aufblitzen. Seine kleine Fliege, die ihm um den Hals gebunden worden war, schien etwas zu eng zu sitzen, und der Anzug wirkte steif, als wäre ihm diese Verkleidung aufgezwungen worden. Er hatte den Kopf nach unten geneigt, sah aber direkt in die Kamera. Das musste Abberline sein – Frederick. Was für eine Kindheit musste er mit einem Vater gehabt haben, der von sich selbst behauptete, nicht lieben zu können? Der Anblick des kleinen unschuldigen Jungen schmerzte in meiner Brust. War Abberlines Herz mittlerweile genauso still wie meins, seine Lunge voll Wasser? Oder hatte er es irgendwie doch ans Ufer geschafft? Lag er in diesem Moment irgendwo schutzlos den Leichenräubern ausgeliefert?

Ein Rumoren aus dem Keller lenkte meine Aufmerksamkeit von dem Porträt zurück zu Jack. Angespannt stieg ich die Stufen in die Finsternis hinab. Unten angekommen, fand ich mich in einem kleinen Raum wieder. Regale, die Werkzeuge und diverse Kisten enthielten, zierten die Wände. Ein schmaler Lichtstreifen zog mich zur gegenüberliegenden Seite des Zimmers. Ein Schrank war verschoben worden und gab den Durchgang zu einer verborgenen Kammer frei. Darin brannte das Licht einer Petroleumlampe, die Jack beim Eintreten entzündet haben musste. Er stand vor einer Werkbank, hatte sich die Handschuhe abgestreift und war damit beschäftigt, den Schnitt in seiner Handinnenfläche mit Alkohol zu desinfizieren. Er zischte vor Schmerz und kniff die Augen zusammen, ehe er sich daranmachte, die Wunde zu verbinden.

Mein Blick streifte durch das winzige Zimmer, und ein eiskalter Schauer jagte mir über die Haut, als ich die Vielzahl von Einmachgläsern bemerkte. Nicht alle enthielten Herzen. In manch grünlicher Flüssigkeit schwammen auch andere menschliche Organe, Körperteile oder kleine Tiere. Sowohl von Abscheu als auch Faszination ergriffen, trat ich näher und schnappte erschrocken nach Luft, als ich unter den Exponaten einen Embryo entdeckte. Jack hatte alle Gefäße mit einer Jahreszahl beschriftet, und dieses war auf die aktuelle datiert. Konnte es sein, dass es sich dabei womöglich um das ungeborene Leben handelte, das Jack aus Catherines Leib geschnitten hatte? Schaudernd sah ich mich weiter um, bis ich die fünf Herzen fand, die in einer Reihe aufgestellt und alle zusätzlich mit einem Namen versehen waren:

Polly Nichols.

Annie Chapman.

Liz Stride.

Catherine Eddowes.

Mary Kelly.

Da waren sie. Das, wonach ich seit meiner Ermordung gesucht hatte, aber nicht hatte finden können. Jetzt war es zu spät.

»Wenn Victoria erst einmal tot ist, haben wir unser Ziel erreicht«, meinte Jack im Widerspruch zu meinen eigenen Gedanken. Er sah in mir keine Bedrohung mehr und hatte nicht einmal versucht, mich abzuhängen. Fast kam es mir vor, als empfände er Erleichterung darüber, sein Geheimnis mit jemandem teilen zu können. Er genoss es, mit seinen Erfolgen zu prahlen.

Ich dachte an den Maskenball, der ohne mich stattfinden würde. Er sollte der Dreh- und Angelpunkt unserer Mission sein. »Was wird sich dadurch schon ändern? Albert wird ihr auf den Thron folgen.« Verächtlich schnaubte ich auf. »Mit ihm haben wir noch jemand viel Schlimmeren an der Spitze. Er wird für England den Untergang bedeuten, ist es das, was du willst?«

»Tztztz«, machte er tadelnd mit der Zunge. »Victoria wird ihre Krone nicht ablegen. In der Nacht des Maskenballs werde ich sie zu einer von euch machen! Sie wird weiter England regieren, während ich im Hintergrund die Fäden ziehe. Die Leute werden ehrfürchtig über die Veränderungen staunen, die sie beschließen wird.« Ein Grinsen stahl sich auf sein Gesicht und vertrieb jeden Schmerz der verletzten Hand.

Jetzt, wo ich seinen Plan kannte, war er geradezu offensichtlich. Warum war ich nicht selbst darauf gekommen? Natürlich wollte er herrschen! Als ein Niemand gab es für ihn keine legale Möglichkeit, den Thron zu erobern, das musste er jedoch auch gar nicht, wenn die Königin zu seiner Marionette wurde, die er nach Belieben lenken konnte.

Verächtlich schüttelte ich den Kopf. »Du wirst niemals nah genug an sie herankommen! Sie ist die am besten bewachte Person des ganzen Landes!«

»Unter normalen Umständen nicht«, räumte er ein. »Aber zum Glück verfüge ich über eine Gruppe Untoter, die nicht an die Grenzen der Sterblichen gebunden ist.« Er klatschte in die Hände, wobei mich das laute Geräusch erschrocken zusammenzucken ließ. »Du weißt, wie sehr sich die Frauen schon auf den Ball freuen! Keine von ihnen hätte je ohne mich an solch einer Veranstaltung teilnehmen können. Wie bedauerlich, dass du sie verpassen wirst!« Seine Stimme triefte vor Hohn. Es gab nichts, was mich davon abhalten könnte, den Maskenball dennoch zu besuchen, nur dass niemand von mir Notiz nehmen würde. Niemand, außer jenen, die Jack ebenfalls auf dem Gewissen hatte. Annie, Liz und ich hatten uns geschworen, zusammen etwas gegen den Ripper zu unternehmen – galt das nach wie vor, obwohl Annie die Einzige von uns war, die noch über ihre materielle Kraft verfügte? Sie könnte die Königin warnen. Sollte sie an diese nicht herankommen, könnte sie irgendjemanden warnen.

Sie könnte es zumindest versuchen. Welches Druckmittel besaß Jack noch gegenüber Catherine, nachdem er Liz und mich zu einer Ewigkeit als ruhelose Seelen verdammt hatte? Was sollte sie länger davon abhalten, sich gegen ihn zu stellen? Auch Polly würde sich entscheiden müssen. Es war noch nicht vorbei.

Er wandte sich zu dem Regal mit den vielen Gläsern und griff sich zielsicher eines aus der Mitte heraus. Es war jenes, das mein Herz enthielt. Mit gespieltem Bedauern wog er es hin und her, sah dabei zu, wie das Organ im Formaldehyd umherschwappte. »Das ist alles, was du brauchst, um dich wieder materialisieren zu können«, verriet er mir und streckte mir das Gefäß entgegen. »Na los, nimm es! Oder bevorzugst du eine Existenz als Geist?«

Verunsichert sah ich ihm in die pechschwarzen Augen. Ich glaubte nicht daran, dass er mir meine körperliche Präsenz zurückgeben würde. Warum sollte er? Schon gar nicht, nachdem ich zur Flucht der jungen Frau beigetragen hatte. Es musste sich um einen Trick handeln, trotzdem streckte ich sehnsüchtig die Hände aus. Er überreichte mir das Gefäß und ließ es los. Der schwere Gegenstand glitt durch meine Finger hindurch. Vor meinem inneren Auge sah ich das Glas bereits auf dem Boden zerbrechen und das Formaldehyd heraussickern, bis mein Herz im Trockenen liegen würde. Bevor das Einmachglas aufschlagen konnte, fing Jack es geschickt auf. Er zwinkerte mir gehässig zu. »Die Lösung deiner Probleme ist direkt vor dir, aber du bist unfähig, sie zu ergreifen. Das muss frustrierend sein!«

Obwohl ich gewusst hatte, dass es sich nur um eine Täuschung handeln konnte, war ich darauf hereingefallen. Er ließ mich leiden, weil ich ihn hintergangen hatte. Das war seine Art, Rache an mir zu üben.

»Du vergisst, ich bin nicht allein«, erinnerte ich ihn herausfordernd. »Wenn du nicht willst, dass ich den anderen verrate, wo du ihre Herzen versteckst, wirst du mir Frieden schenken müssen.« Es klang, als wollte ich verhandeln, um meine Seele feilschen, aber ich bezweifelte, dass er sich darauf einlassen würde. Mir Gnade zu erweisen widerstrebte ihm, selbst wenn es für sein Vorhaben sicherer gewesen wäre. Es hätte jedoch auch bedeutet, anzuerkennen, dass ich nicht so nutzlos war, wie er mich glauben lassen wollte. Vielleicht war er auch zu selbstbezogen, um sehen zu können, dass ich keinen Körper brauchte, um ihn aufzuhalten, sondern nur Menschen, auf die ich mich verlassen konnte – Freunde.

Spöttisch stieß er Luft aus. »Was habt ihr nur alle mit eurem dummen Wunsch nach Frieden? Ist dir nicht klar, dass es dann vorbei ist? Die Welt wird sich ohne dich weiterdrehen. Interessiert es dich gar nicht zu erfahren, was aus der Menschheit wird?« Er lief in seinem Labor umher, zog Schubladen auf und verstaute Gegenstände in einer Ledertasche. Dabei fiel mir auf, wie er mehrere versiegelte Briefe, die einen offiziellen Eindruck machten, einsteckte. Waren das die gefälschten Einladungen von dem Privatsekretär? Er hatte nun mehr, als er brauchte. Ob er jene, die zu viel waren, in der Schublade zurückließ? Ich konnte es nicht überprüfen, da ich den Schrank nicht zu öffnen vermochte.

»Im Gegensatz zu dir halte ich mich nicht für den Mittelpunkt der Welt, sondern bin mir über meine Vergänglichkeit bewusst«, konterte ich. »Ich hatte meine Zeit, um Einfluss zu nehmen. Zugegeben, ich hätte gern noch ein paar Jahre mehr gehabt, die du mir genommen hast, aber daran lässt sich nichts mehr ändern, deshalb bin ich bereit zu gehen und die Bühne für andere frei zu machen. Niemand sollte ewig leben, Jack! Je länger jemand verweilt, desto wichtiger nimmt er sich und steht dem Fortschritt im Weg.« Ich erwartete nicht, dass meine Worte irgendetwas bei ihm bewirkten, dennoch tat es gut, sie auszusprechen und mich ihm nicht einfach zu fügen.

»Das gilt vielleicht für eine Person wie dich, die ihr Leben damit verschwendet hat, vor sich hin zu vegetieren, aber ich bin es, der London in Brand stecken wird! Seit jeher wurde ich angetrieben von meinen Ambitionen! Das Gewöhnliche war mir nie genug, auch wenn ich eine Zeit lang versucht habe, so zu leben.« Er erschauderte, als wäre die Erinnerung an die Jahre, die er mit Ricks Mutter in diesem Haus gewohnt und ein Kind gezeugt hatte, nur schwer zu ertragen. »Ich hatte das Gefühl zu ersticken!« Er griff sich an den Hals. »Immer wieder habe ich mich gefragt: ›Soll das alles gewesen sein?‹ Erst als ich England den Rücken gekehrt habe, bereit gewesen war, in neue Länder aufzubrechen, um meine wahre Bestimmung zu finden, konnte ich wieder atmen und fühlte mich zum ersten Mal frei.«

Sosehr ich ihn auch verabscheute, mir entging nicht, wie seine Augen bei der Erzählung erstrahlten. Er bereute keine seiner Entscheidungen. Für die Allgemeinheit waren sie schrecklich und verachtenswert, aber für ihn fühlten sie sich wie das einzig Richtige an.

»Auch du wirst nicht ewig leben«, entgegnete ich schwach. Nichts, was ich sagte, konnte ihn aufhalten.

»Mein Name wird in die Geschichte eingehen«, widersprach er triumphierend. »Schon jetzt habe ich Unvergleichliches erreicht! Niemand wird mich je vergessen, während du nicht mehr als eines meiner Opfer bleiben wirst. Gesichtslos. Namenslos. Identitätslos.« Er vermochte seine Worte genauso verletzend zu wählen, wie die Klingen seiner Messer zu führen. Ohne mich weiter zu beachten, durchquerte er das kleine Labor und machte sich daran, die Treppe in das Erdgeschoss emporzusteigen.

Ich ging ihm nach, noch nicht bereit aufzugeben. »Wenn die anderen erfahren, was du mir angetan hast, werden sie sich gegen dich stellen.«

»Es wundert mich, dass du ihrer Loyalität so viel Bedeutung beimisst. Solltest nicht gerade du besser als die meisten wissen, dass Menschen einem nur so lang treu sind, wie es für sie selbst von Vorteil ist?«, murmelte er, während er auf die Straße trat und die Haustür sorgfältig hinter sich verschloss. Er war überzeugt davon, in nächster Zeit nicht an diesen Ort zurückzukehren.

Ich erkannte mich selbst in seiner Behauptung wieder. Lange hatte ich genauso gedacht. »So etwas sagen nur Menschen, die Angst davor haben, sich auf andere einzulassen. Es ist keine Erkenntnis, nur Selbstschutz.«

Die Morgendämmerung legte sich über London. Passanten waren bereits unterwegs, die in geduckter Haltung vorwärtsmarschierten. Jacks Haus war direkt an der Straße gelegen, die auf die Brücke zuführte. Er reckte den Arm und winkte eine Kutsche herbei. »Mag sein«, räumte er überraschenderweise ein. »Du wirst jedoch nicht die Gelegenheit bekommen, um es herauszufinden.«

Ein schwarzes Gefährt hielt vor ihm. »In die Dorset Street!«, rief Jack dem Kutscher zu, der nur müde nickte, und stieg in das Innere der Kutsche.

Eilig kletterte ich ihm nach, was Jack einen amüsierten Ausdruck beschwerte, als er sich auf der Bank niederließ. »Mal sehen, wer von uns schneller den Handwarenladen erreicht. Du magst durch Wände gehen können, aber eine Kutsche kannst du nicht nehmen!«

Verwirrt runzelte ich die Stirn, immerhin befand ich mich gerade in genau solch einer. Ich verstand erst, was er meinte, als sich die Pferde in Bewegung setzten und das Gefährt durch mich hindurchglitt. Mir fehlte meine körperliche Präsenz, um im Inneren verharren zu können. Ein Haus zu betreten war etwas anderes, weil es sich nicht von der Stelle rührte. Ehe ich mich's versah, stand ich wieder auf der Straße und sah hilflos dabei zu, wie die Kutsche auf die Brücke zusteuerte. Das Donnern der Hufe auf den Pflastersteinen nahm ich gedämpft durch das Rauschen der Themse wahr.

Für einen Augenblick fühlte ich mich jeder Hoffnung beraubt. Es erschien mir aussichtslos, die Dorset Street zu erreichen, bevor Jack es tat. Dann begann ich zu rennen, gegen jedes Wissen, weil es das Einzige war, was ich tun konnte.

Menschen, Verkaufsstände und Gebäude waren für mich nicht länger Hindernisse. Ich glitt einfach durch sie hindurch, bahnte mir meinen Weg durch Pubs, Waschküchen und Stuben. Der Gedanke, den Handwarenladen vor Jack zu erreichen, trieb mich an. Sosehr ich mich auch anstrengte, ich kam dennoch zu spät. Als ich in die Dorset Street einbog, sah ich gerade noch, wie die Kutsche wieder losfuhr. Verzweifelt winkte ich mit beiden Armen, rief nach den Frauen, denen ich mittlerweile mehr vertraute als mir selbst, und lief dem Gefährt nach. In dem kleinen Fenster auf der Rückseite tauchte Catherines Gesicht auf. Sie presste ihre Hand gegen die Glasscheibe, und ich hoffte, sie und die anderen würden den Kutscher auffordern anzuhalten. Aber die Verzweiflung in ihren Zügen verriet mir, dass etwas nicht stimmte. Es wirkte, als hätte sie die Kutsche gar nicht erst freiwillig bestiegen.

Keine Sekunde später wurde sie von der Scheibe weggerissen und ein Vorhang vorgezogen, während die Räder weiterrollten – schneller und drängender. Ich könnte ihnen folgen. Obwohl ich bereits seit einer Stunde unterwegs war, verspürte ich keinerlei Erschöpfung. Ohne meinen Körper konnte ich jedoch nur wenig ausrichten und war auf andere angewiesen.

»Mary?«

Eine vertraute Stimme hinter mir ließ mich herumwirbeln, und ich entdeckte Liz, die im Schatten einer Gasse stand. Die Backsteine der Fassade waren durch ihren schimmernden Körper zu erkennen.

Sie war noch hier. Genau wie ich konnte sie keine Kutsche besteigen, außerdem war sie Jack nicht länger von Nutzen.

Froh, eine Verbündete an meiner Seite zu haben, eilte ich ihr entgegen. Verunsichert blieben wir voreinander stehen und hoben beide unsere Hände. Liz' Blick glitt an mir auf und ab, sie erkannte, dass ich jetzt wie sie war. Vorsichtig versuchten wir einander mit den Fingerspitzen zu berühren, immerhin waren wir jetzt gleich, aber das änderte nichts. Ich gab der Enttäuschung, sie nicht in die Arme schließen zu können, keine Chance und konzertierte mich stattdessen auf das Wesentliche. »Was ist passiert?«

Liz' Augen verengten sich, als hätte sie Schwierigkeiten, mich zu verstehen. Das Rauschen, von dem sie mir erzählt hatte, musste lauter geworden sein. Auch ich vernahm es bereits, wie mir in diesem Moment auffiel. Ich hatte geglaubt, es stamme von der Themse, in der Dorset Street war sie jedoch für gewöhnlich nicht zu hören.

»Jack hat uns erzählt, du hättest ihn verraten«, sagte sie schließlich, ihre Stimme kaum lauter als ein Flüstern. »Er hat behauptet, du hättest dich mit Inspektor Abberline zusammengetan.« Ihr Blick war fragend.

Ich hatte mich davor gefürchtet, ihr die Wahrheit anzuvertrauen, dabei hätte ich es schon längst tun sollen. »Es ist wahr«, bestätigte ich ihr. »Wir wollten ihn zusammen aufhalten, aber jetzt ist Abberline wahrscheinlich tot und ich bin … das hier.« Unser Zustand ließ sich schwer in Worte fassen – nicht tot, aber auch nicht lebendig.

Sie nickte wissend, ohne jeden Vorwurf in ihren Augen. »Das haben wir bereits befürchtet, auch wenn Jack es nicht zugeben wollte. Es tut mir wirklich leid, Mary, ich wollte nicht, dass du dasselbe durchmachen musst wie ich!«

»Das ist unbedeutend!«, widersprach ich ihr. »Wir müssen Jack aufhalten! Er will die Königin auf dem Maskenball nicht nur töten, sondern sie unter seine Kontrolle bringen. Das können wir nicht zulassen! Wenn wir dafür sorgen, ihn auffliegen zu lassen, werden wir alle frei sein!«

»Wie sollen wir beide das schaffen?«, wandte Liz kläglich ein. »Niemand kann uns hören! Niemand kann uns seh–«

»Ich sehe euch!«, fiel Annie ihr auf einmal ins Wort. Im trüben Licht der Gasse hinter Liz zeichneten sich die Umrisse einer Person in einem langen, ausgestellten Kleid ab. Mit gerafften Röcken kam sie uns entgegen, gehüllt in eine elegante Robe aus feuerroter Seide, die im Kontrast zu ihrer blassen Haut stand. Ihr graubraunes Haar trug sie hochgesteckt, nur einzelne gelockte Strähnen rahmten ihr geschminktes Gesicht ein. Ein Mieder verlieh ihr ein beeindruckendes Dekolleté und ließ ihre zusätzlichen Pfunde an den Hüften verschwinden. Sie sah umwerfend aus! Kaum wiederzuerkennen! Wie ein anderer Mensch, und doch saß sie im Augenblick nicht in einer Kutsche auf dem Weg zu einem unvergleichlichen Abend, sondern verirrte sich hierher. Zu uns.

»Du bist noch da!«, stellte ich baff fest. Bisher war ich davon ausgegangen, sie befände sich bei Jack in der Kutsche. Ihre Aufmachung ließ auch erahnen, dass sie dort eigentlich sein sollte.

Sie schenkte mir ein stolzes Lächeln. »Als wir von Jack hörten, du würdest uns nicht zum Ball begleiten, haben wir uns geweigert, ihm zu folgen.«

»Alle außer Polly«, ergänzte Liz zerknirscht.

»Wäre sie auf unserer Seite gewesen, hätte er keine Chance gehabt«, gab Annie unglücklich zu. »Aber so haben sie zusammen Catherine überwältigt und in die Kutsche geschleift. Sie waren so sehr mit ihr beschäftigt, dass sie gar nicht versucht haben, mich aufzuhalten.« Sie zuckte mit den Schultern. »Was mache ich schon für einen Unterschied?«

»Du bist entscheidend!«, rief ich lachend aus. Während Annie und Liz nicht verstanden, warum ich mich so sehr darüber freute, begann in meinem Kopf ein Plan Gestalt anzunehmen. »Annie, du kannst Liz und mir unsere körperliche Präsenz zurückgeben, weil ich weiß, wo Jack unsere Herzen versteckt hat!«

Überrascht starrten mich die beiden an. Das war unser Ziel gewesen, und nun war es zum Greifen nah. Wir mussten uns allerdings beeilen, denn Jack würde vermuten, dass ich mich an Annie wandte. Sobald er nicht länger mit Catherine beschäftigt war, würde er auch

Annie ihre materielle Kraft nehmen, um zu verhindern, dass sie mir helfen konnte. Dem mussten wir zuvorkommen!

»Worauf warten wir dann noch?«, forderte uns Liz auf. Die Aussicht, ihren Körper zurückzuerlangen, erfüllte sie mit neuem Mut »Ich kann es kaum erwarten, die Welt wieder in Farbe zu sehen!«

Auf dem Weg zurück zu Jacks Haus rechnete ich jeden Moment damit, Annie würde stehen bleiben und sich krümmen, weil Jack sie ihrer körperlichen Präsenz beraubte. Ich trieb die anderen an, da wir nicht auf Abkürzungen ausweichen konnten. Häuser wurden wieder zu Hindernissen, die wir nicht einfach durchqueren, sondern an denen wir vorbeigehen mussten, ebenso wie an anderen Menschen. Annie erntete in ihrem feuerroten Kleid einige verdutzte Blicke, vor allem, wenn sie sich mit Liz oder mir unterhielt. Es war ihr einerlei. Ihr Ende stand zu kurz bevor, um sich Gedanken darüber zu machen, was andere von ihr halten könnten.

Als wir die Brücke überquert hatten und das verrammelte Haus von Jack erreichten, stießen wir auf das nächste Problem. Zwar konnten Liz und ich mühelos durch die abgeschlossene Tür gehen, aber Annie nicht. Wir konnten ihr weder von innen öffnen noch ihr einen Ersatzschlüssel reichen. Uns blieb nur eine Lösung: Annie musste sich gewaltsam Zutritt verschaffen, und das mitten am Tag. Liz war geübt darin, Schlösser zu knacken, und wies Annie an, die sich einer Haarnadel aus ihrer Frisur bediente, während ich Wache stand. Die meisten Passanten bemerkten Annie zwar und runzelten auch darüber die Stirn, dass sie die Tür aufzubrechen versuchte, unternahmen dennoch keinen Versuch, sie daran zu hindern, sondern eilten weiter.

Lediglich ein Schreiner verharrte, stemmte die Hände in die breiten Hüften und rief empört und so laut, dass es jeder hören konnte: »Was machen Sie denn da? Sie versuchen doch wohl nicht in das Haus einzubrechen?«

Mit beherzten Schritten eilte er über die Straße und baute sich neben Annie auf, die erschrocken zu ihm herumwirbelte. »Natürlich nicht, Sir, wo denken Sie hin? Ich habe meinen Schlüssel im Haus vergessen und versuche irgendwie wieder reinzukommen.«

Skeptisch ließ er seinen Blick an ihr auf und ab wandern. In ihrer gewöhnlichen Kleidung hätte er ihr kein Wort geglaubt, der teure Stoff ihres Kleides erweckte jedoch den Eindruck, als hätte eine Frau wie sie es nicht nötig, sich Zutritt zu fremden Häusern zu verschaffen.

»Wo wollen Sie denn hin?«, hakte der Mann neugierig nach.

Kleid hin oder her, niemals hätte er ihr geglaubt, wenn sie behauptete, eine Einladung zum königlichen Maskenball zu haben. Freunde der Königin verfügten über Bedienstete, die ihnen Türen öffneten und schlossen.

»Ich habe eine Einladung fürs Theater«, erklärte Annie verlegen. »Siebenundvierzig Jahre musste ich darauf warten, und jetzt werde ich die Vorstellung wohl verpassen.« Sie untermalte ihre Behauptung mit einem betrübten Gesichtsausdruck und ließ die Schultern hängen.

Der Mann zögerte noch einen Moment, dann schob er sie mit seinem massigen Oberkörper sanft beiseite. »Lassen Sie mich mal machen«, raunte er und zog aus seinem Werkzeuggürtel einen breiten Stechbeitel, den er zwischen Tür und Rahmen klemmte. »Sie werden allerdings ein neues Schloss brauchen.«

»Das ist es mir wert«, versicherte ihm Annie, die kaum glauben konnte, dass dieser Fremde ihr tatsächlich zu Hilfe kam – ohne jede Gegenleistung zu verlangen.

Es brauchte nur ein paar kräftige Hiebe und die Tür war offen. »Haben Sie vielen Dank«, gurrte Annie erleichtert.

Der Schreiner verneigte sich geschmeichelt. »Stets zu Diensten«, verkündete er, ehe er davonging.

Sobald Annie die Tür hinter sich geschlossen hatte, brachen wir drei in lautes Gelächter aus. Zum Glück wusste der arme Kerl nicht, dass er uns gerade bei einem Einbruch geholfen hatte. Andererseits trug er in gewisser Weise auch zu der Aufklärung einiger Morde bei.

Wir ließen keine Zeit verstreichen und eilten in den Keller hinab. Mit unseren untoten Augen fanden wir uns auch ohne das Licht einer Lampe in der Dunkelheit zurecht. In Jacks Labor angelangt, galt Liz' und Annies Aufmerksamkeit der Sammlung von Einmachgläsern mit abstrusem Inhalt. Langsam schritten sie an dem Regal entlang und strichen mit ihren Fingerspitzen über die beschrifteten Etiketten. Abscheu stand in ihren Gesichtern. Schließlich entdeckten sie ihre eigenen Herzen und fuhren ergriffen zu mir herum.

»Da sind sie«, staunte Liz. »Werden wir jetzt endlich frei sein?«

»Bald«, versicherte ich ihr. »Annie, bitte hol die Gläser aus dem Schrank, stell sie auf die Werkbank und öffne sie.«

Annie nickte und tat, worum ich sie gebeten hatte. Sie verzog das Gesicht, als sie ihre sämtliche Kraft aufbringen musste, um nacheinander an den Deckeln zu drehen, bis diese nachgaben. »Was soll ich jetzt machen? Soll ich die Herzen rausholen?«, fragte sie mich aufgeregt. Ihre Augen funkelten vor Freude.

»Nein, wenn du sie zerstörst, würde das unseren endgültigen Tod bedeuten«, warnte ich und trat neben sie. Zittrig tauchte ich meine Hände in die grünlich schimmernde Flüssigkeit des Glases, das meinen Namen trug. Liz stellte sich neben mich und tat es mir gleich. Normalerweise hätte das Formaldehyd über den Rand schwappen müssen, aber nichts rührte sich. Es war nicht einmal eine Bewegung innerhalb der Gläser auszumachen. Meine Finger glitten durch den Behälter, ohne jede Wirkung. Ernüchtert schob ich meine Hand dennoch tiefer in das Gefäß, bis ich vorsichtig mit der Spitze meines Zeigefingers gegen das eingelegte Organ stieß. Es war, als würde ein Stromstoß durch mich hindurchjagen. Eine Welle von Energie ergriff meinen Körper und ließ mich erbeben. All das, was Jack mir vor nicht einmal einem Tag gewaltsam entrissen hatte, fuhr nun zurück in mich. Jede Faser kribbelte und meine Haut war wie elektrisiert. Mit flatternden Augenlidern versuchte ich die Kontrolle zurückzuerlangen und sog gierig Luft ein.

»Mary! Liz!«, hörte ich Annie besorgt rufen und spürte, wie sie mich an den Schultern packte. »Was passiert mit euch?«

Als der erste Schub nachließ, sackte ich nach vorn und riss dabei das Einmachglas mit meinem Herz um. Es rollte über die Werkbank und das Formaldehyd spritzte daraus hervor. Panisch versuchte ich das Gefäß zu fassen zu bekommen. Gerade noch rechtzeitig schnappte Annie es sich, bevor es zu Boden fallen konnte. Behutsam drückte sie das Glas an ihre Brust, ehe sie mich scharf musterte.

»Du hast es umgestoßen«, stellte sie staunend fest, nur um sich zu wiederholen. »DU hast es umgestoßen. Verstehst du, was das heißt?«

Nicht direkt, doch dann streckte ich meine Finger nach dem Behälter aus, um jeden Irrtum auszuschließen. Das Glas drückte gegen meine Haut und gab unter der Berührung nicht nach. Mein Blick glitt zu Liz, die ich zum ersten Mal seit Tagen wieder richtig vor mir sehen konnte. Ihr Körper war nicht länger durchscheinend, auch sie hatte ihre körperliche Präsenz zurückerlangt. »Verdammt, es ist so schön, euch reden hören zu können, ohne dieses ständige lästige Rauschen im Hintergrund!«, rief sie aus und zog erst mich, dann auch Annie in eine feste Umarmung.

Wir hatten unsere Körper zurück. Und nicht nur das: Wir waren frei. Jack hatte keine Macht mehr über uns. Dadurch wurden wir zwar nicht wieder lebendig, aber wir waren zumindest keine Geister mehr – wir konnten etwas ausrichten.

Ein bewegtes Schluchzen entwich meiner Kehle, als ich Annies Blick suchte, die gerührt zwischen Liz und mir hin und her sah. »Wir haben es geschafft!«, jubilierte sie und stellte das Gefäß zurück auf die Werkbank. Die restliche Flüssigkeit reichte aus, um mein Herz zu bedecken. Vorsichtig drehte ich den Deckel wieder zu. Als ich mich wieder zu Annie umdrehte, bemerkte ich den großen Fleck, der sich im Brustbereich ihres Kleides gebildet hatte.

»O nein, ich habe dein Kleid ruiniert! Vielleicht trocknet es wieder, wenn du jetzt zum Ball aufbrichst.«

Annie blickte an sich hinunter, und als sie wieder aufsah, lächelte sie. »Ich werde nirgendwohin gehen. Ich bin dort, wo ich sein will.« Sie schloss die Hände um jenes Glas, das ihren Namen trug. Wie einen wertvollen Schatz drückte sie es an sich. »Aber ihr solltet gehen und es ein für alle Mal zu Ende bringen! Lasst Jack nicht gewinnen!«

»Komm mit uns, Annie«, bat Liz, die vor mir ahnte, was Annie vorhatte. »Wir machen das zusammen! Jeder sollte sehen, wie hinreißend du in diesem Kleid, trotz Fleck, aussiehst. Lass dir nicht den einzigen Ball deines Lebens entgehen!«

Sie schüttelte den Kopf, ohne jede Reue, ohne Kummer. »Dieses Kleid wird einer von euch noch viel besser stehen.« Lächelnd reichte sie Liz und mir die Hände. »Ich bin bereit! Auf diesen Moment warte ich schon so lange. Bleibt noch kurz bei mir, und wenn es vorbei ist, schnappt ihr euch das Kleid und verhindert den Mord an unserer Königin. Klingt nach einem guten Plan, oder?«

Obwohl wir uns geschworen hatten, gemeinsam alles daranzusetzen, unsere Herzen zurückzuerlangen, um unseren Frieden finden zu können, war ich noch nicht bereit, sie gehen zu lassen. Schluchzend lachte ich über ihren Optimismus, den sie erst im Angesicht ihres Todes gefunden hatte. Liebevoll drückte ich ihre Finger. »Bald sehen wir uns wieder, dann erzählen wir dir, wie es gelaufen ist!« Meine Augen brannten vor ungeweinter Tränen. Ich hätte sie gern angefleht, es sich anders zu überlegen, bei uns zu bleiben, aber das stand mir nicht zu. Der Fund unserer Herzen hatte nicht nur Liz und mir unsere Freiheit geschenkt, sondern auch Annie. Sie war frei zu entscheiden.

»Ich erwarte euch mit Tee«, versicherte sie mir und stellte das Einmachglas auf der Werkbank ab. Entschlossen öffnete sie den Deckel, der mit einem *Plopp* dem Druck nachgab. Sie steckte ihre Hand in das Glas mit der grünlichen Flüssigkeit, als handelte es sich dabei um ein Bonbonglas, aus dem sie ihre Lieblingssorte hervorfischen wollte. Schließlich schloss sie ihre Finger um das Organ in der Mitte und zog es ruhig hervor. Den Fleischklumpen platzierte sie vor sich und betrachtete ihn spöttisch. »Verrückt, wie alle um dieses Ding so ein Aufsehen machen!« Sie schmunzelte. »Besonders schön anzusehen ist es nicht, könnte aber auch an meiner ungesunden Lebensweise liegen.«

Ihre Scherze vermochten den stechenden Schmerz in meiner Brust nicht zu lindern. Ich hatte erst sterben und mein Herz verlieren müssen, um anderen einen Platz in meiner Mitte gewähren zu können. Annie hatte mit ihrer Ruhe dafür gesorgt, dass der Handwarenladen sich nicht nur wie ein Versteck, sondern auch wie ein Zuhause angefühlt hatte. Ihre Zuneigung hatte die Dunkelheit wie ein Licht erhellt. Ich wünschte, die Menschen würden sie nicht nur als das zweite Opfer des Rippers in Erinnerung behalten, sondern als eine Person, die so viel Güte zu geben gehabt hatte.

Gemächlich öffnete sie eine Schublade nach der anderen, bis sie fand, wonach sie suchte: ein Messer. Ein zufriedenes Seufzen entwich ihrer Kehle, als sie ihre Finger um den Griff schloss und uns ermutigend zulächelte. »Seid nicht traurig! Wenn ich Jack für eine Sache dankbar bin, dann dafür, dass ich eure Gesellschaft und die der anderen Frauen genießen durfte.« Ich konnte das Schluchzen nicht unterdrücken und schmiegte mich ein letztes Mal in ihre ausgebreiteten Arme, die so viel Wärme und Geborgenheit versprachen. »Wir alle sind so viel mehr als das, was die Öffentlichkeit über uns in den Zeitungen schreibt. Ich bin stolz darauf, eine von euch gewesen zu sein. Grüßt die anderen von mir«, wisperte sie zum Abschied, ehe sie die Klinge in ihr Herz rammte. Ohne ihren Halt sackte ich gegen die Werkbank. In dem einen Moment war Annie noch da gewesen und im nächsten bereits verschwunden. Nur das feuerrote Kleid blieb am Boden zurück.

Ich presste meine Hand auf die leere Stelle in meiner Brust und hoffte, dass Annie den Frieden fand, der ihr gebührte. Wenn es einen Himmel gab, dann würde sie dort mit weit geöffneten Pforten willkommen geheißen werden. Gott interessierte sich nicht dafür, wie Menschen ihr Geld verdienten, er blickte nur auf das Gute in unseren Seelen. Zumindest wollte ich das glauben.

Erfüllen wir ihren letzten Wunsch und setzen Jack ein Ende!«, entschied Liz und hob das Kleid, das bis vor wenigen Sekunden noch Annies Körper bedeckt hatte, vom Boden auf. Sie hielt es mit beiden Armen von sich. »Ich denke, es würde dir gut stehen!«

»Und was ist mit dir?«, wandte ich protestierend ein und versuchte die Trauer um Annie zurückzudrängen, um mich auf das zu konzentrieren, was vor uns lag.

Liz zuckte gleichgültig mit den Schultern. »Ich habe mich noch nie als Dame der feinen Gesellschaft gesehen. Vielleicht finden wir hier irgendwo etwas anderes zum Anziehen, und ich gebe mich als deine Kammerzofe aus.«

Das klang nach einer guten Lösung. Gut möglich, dass sich im ersten Stock in einem Kleiderschrank noch alte Kleidung von Abberlines Mutter befand, die Liz sich ausleihen konnte. Zuvor half sie mir jedoch in das Kleid von Annie. Es war etwas zu weit und zu kurz, doch sobald Liz das Korsett enger geschnürt hatte, rutschte es mir zumindest nicht vom Oberkörper. In einer Schublade fanden wir, wie ich vermutet hatte, zwei weitere Einladungen für den Maskenball, die auf falsche Namen ausgestellt worden waren. Jack hatte sie freundlicherweise zurückgelassen, in der Annahme, sie wären nutzlos.

In einem Schlafzimmer entdeckte Liz ein hochgeschlossenes schwarzes Kleid, das zwar etwas bieder wirkte, wie sie fand, aber ausreichend Eleganz ausstrahlte, um als Angestellte einer angesehenen Dame durchgehen zu können. Bevor wir das Haus verließen, packten wir die Gläser mit Pollys und Catherines Herzen noch in eine alte Ledertasche, die einst Jack gehört haben musste. Wir hatten zwar vor, dafür zu sorgen, dass Jack nie wieder an diesen Ort zurückkehren würde, sollte allerdings etwas schiefgehen, durfte er zumindest keine Macht mehr über irgendeine von uns haben.

Auf der Straße hielten wir eine Kutsche an und nannten dem Kutscher unser Ziel, was diesen irritiert die Augenbrauen heben ließ. »Der Buckingham Palace? Sind Sie sicher?«

»Wir sind zu einem Ball eingeladen, sehen Sie das nicht?«, konterte Liz frech und nickte mir vielsagend zu.

Der Mann wirkte nicht überzeugt, aber fragte nicht weiter nach, sondern trieb die Pferde an. Holpernd fuhren wir ein letztes Mal durch das East End, betrachteten das Elend und schworen uns, dass London am nächsten Morgen ein besserer Ort sein würde, einer, der ein Monster weniger beherbergte.

Der Buckingham Palace bot einen atemberaubenden Anblick, als wir vorfuhren. Die weiße Fassade badete im Glanz der untergehenden Wintersonne, als hätte sie sich nur für diesen Moment hinter der dichten Wolkendecke hervorgewagt . Säulen, Stuck und andere aufwendige Verzierungen säumten die zahllosen Fenster und Eingänge. Nie zuvor hatte ich ein größeres oder prächtigeres Gebäude gesehen. Dieser Ort war gemacht für eine Königin. Ob Victoria sich jemals an all dem Glanz sattsah? Oder versetzte auch sie die Pracht immer wieder ins Staunen?

Es war mir unmöglich vorstellbar, in solch einem riesigen Palast, der vermutlich die ganze Dorset Street hätte beherbergen können, zu leben. Victoria könnte jede Nacht in einem anderen Zimmer schlafen und hätte nach einem Jahr wohl noch nicht in allen übernachtet. Ob sie sich manchmal in ihrem eigenen Zuhause verlief?

Ein Butler öffnete die Tür der Kutsche und streckte mir seine behandschuhte Hand entgegen, um mir beim Aussteigen behilflich zu sein. »Einen wundervollen Abend, Madame«, begrüßte er mich vornehm. »Wollen Sie den Maskenball besuchen?«

»Ja«, hauchte ich lediglich. Plötzlich war meine Kehle wie zugeschnürt, und ich sah mich Hilfe suchend nach Liz um, die mir ermutigend zunickte. Die Nervosität, die ich bisher erfolgreich verdrängt hatte, bemächtigte sich nun meiner. Würde ihnen auffallen, dass mein Kleid nicht maßgeschneidert war? Boten Flecken einen Grund, uns den Einlass zu verwehren? Und schlimmer als alles andere: Was, wenn wir zu spät kamen?

Mit zittrigen Händen hielt ich die Einladung fest umklammert, während wir dem Bediensteten über einen roten Teppich zum Eingang folgten. Üppige Blumenarrangements aus weißen Rosen säumten den Weg. Gewiss verströmten sie einen betörenden Duft, der mir verwehrt blieb.

Schockiert verharrte ich auf der Stelle, als ich am Empfang einen Mann entdeckte, den ich nur ein einziges Mal kurz gesehen hatte, dessen Anblick ich jedoch niemals vergessen würde: George Anson, der Privatsekretär der Königin.

Vielleicht erinnerte er sich nicht an mich, aber Liz musste er wiedererkennen, immerhin war sie in seinem Haus festgenommen worden.

Der Butler drehte sich fragend zu mir herum. »Ist etwas nicht in Ordnung, Madame?«

Liz legte mir eine Hand auf den Rücken und schob mich bestimmt vorwärts. »Alles bestens«, versicherte sie dem Diener. »Die Dame ist nur etwas nervös, weil es ihre erste Einladung bei Hof ist.«

Der Mann nickte wissend und ging weiter voran, während mein Schritt immer schwerer wurde.

»Da ist Anson«, zischte ich Liz warnend zu. »Er wird spätestens wissen, wer wir sind, wenn er unsere Namen erfährt.«

»Na und?«, konterte Liz betont gleichgültig. »Jack hat Vorkehrungen getroffen. Anson weiß, er darf nichts gegen uns unternehmen, wenn er seinen Sohn wiedersehen möchte.«

Das war richtig. Vermutlich war es eher mein schlechtes Gewissen, das mich ängstigte. Wie konnte ich dem Mann erhobenen Hauptes in die Augen sehen, dessen Kind ich gestohlen hatte?

Geknickt trat ich vor das Pult, hinter dem sich drei Männer verbarrikadiert hatten, die für den Einlass verantwortlich waren. Sie ließen ihre prüfenden Blicke über Liz und mich wandern, nahmen jeden Fleck und jedes Verknittern meines Kleides zur Notiz. Der Anblick der braunen Ledertasche, die ich mit mir herumschleppte, sorgte bei ihnen für Irritation. Naserümpfend streckte mir einer von ihnen, nicht Anson, seine Hand, die in weißen Handschuhen steckte, entgegen. »Dürfte ich Ihre Einladungen sehen, Madame?«

Ich hielt ihm die Karten entgegen, die er mit spitzen Fingern annahm. Er glich unsere falschen Namen mit einer Liste aus einem Buch ab, bis er schließlich sowohl zu seinem als auch meinem Erstaunen fündig wurde. Mir entging nicht, wie Anson kaum merklich zusammenzuckte, als er unsere Namen las. Er erinnerte sich, natürlich erinnerte er sich, immerhin hatte er jene Namen erfunden.

Jetzt lässt er uns festnehmen!, dachte ich panisch.

»Da haben wir Sie ja«, verkündete der andere Mann versöhnlich. »Verzeihen Sie mir die Bemerkung, aber Sie machen einen etwas mitgenommenen Eindruck. Ist Ihnen unterwegs etwas zugestoßen?« Erneut musterte er mich von oben bis unten, als wollte er seinen Worten Wirkung verleihen.

»Nur ein kleines Missgeschick«, entgegnete ich vage. Einerseits wollte ich Anson nicht ansehen, andererseits wurde mein Blick magisch von ihm angezogen. Seine Mundwinkel waren verkniffen, und sein Blick zuckte feindselig von mir zu Liz.

»Herrje«, seufzte der Mann mit der Liste. » Dürfte ich jemanden beauftragen, Ihnen dabei behilflich zu sein, Ihr Kleid zu reinigen und Ihre Frisur in Ordnung zu bringen?«

»Das wäre wunderbar!«, verkündete ich in aufgesetzter Heiterkeit. Eigentlich wollte ich so schnell wie möglich in den Ballsaal, da jede Minute, wenn nicht gar jede Sekunde entscheidend sein konnte, allerdings befürchtete ich, sie würden mich in meinem verschmutzten Aufzug nicht gewähren lassen. In der Welt der Aristokratie zählte der äußere Schein mehr als alles andere.

Der dritte Mann erhob sich, bereit, uns ins Innere zu begleiten, Anson hielt ihn jedoch plötzlich mit erhobener Hand zurück. »Ich kümmere mich darum«, verkündete er knurrig, was die anderen beiden offensichtlich wunderte, auch wenn sie keinen Einspruch erhoben.

Meine Nervosität wuchs ins Unerträgliche. Widerwillig folgten Liz und ich ihm ins Innere. Keiner von uns wagte etwas zu sagen. Er führte uns aus den besuchten Korridoren in einen schmalen Gang, der eher für das Personal vorgesehen zu sein schien. Dort blickte er sich noch einmal um, als müsste er sich vergewissern, dass niemand in der Nähe war, ehe er seinen anklagenden Blick auf uns richtete.

»Wo ist mein Sohn?«, zischte er aufgebracht.

Liz verschränkte die Arme vor der Brust. Jedes Leugnen war zwecklos. »Mister Anson, Sie wissen doch, wie entscheidend dieser Abend ist! Lass Sie uns passieren, sonst muss ich meinem Auftraggeber berichten, dass Sie sich nicht an den Plan halten. Das käme Ihrem Jungen gewiss nicht zugute!«

Der Zorn, der den Privatsekretär zuvor in Schach gehalten hatte, verpuffte und machte Verzweiflung Platz. Er sackte vor uns zusammen und fuhr sich erschöpft mit den Händen übers Gesicht. »Dann sagen Sie mir wenigstens, ob es ihm gut geht! Er ist doch noch ein Baby!«

Der Mann tat mir leid. Letztlich war er nur ein Vater, der sich um sein Kind sorgte. Vielleicht sollten wir ihn nicht als Feind, sondern möglichen Verbündeten betrachten. Immerhin wollten wir alle Jack aufhalten.

Bevor Liz ihn abwiegeln konnte, ergriff ich das Wort. »Mister Anson, wurden die anderen gefälschten Einladungen, die sie ausgestellt haben, bereits eingelöst?«

Meine Frage schien ihn zu verwirren, ebenso wie Liz, die mich warnend ansah. Vermutlich ging er davon aus, ich müsste das besser wissen als er. »Natürlich«, bestätigte er mir.

»Haben Sie den Mann und seine Begleiterinnen gesehen und könnten diese auf dem Ball wiedererkennen?«, hakte ich zu seiner Verwunderung weiter nach.

Liz stieß mich mit ihrem Ellbogen an. »Was soll das werden?«, zischte sie warnend.

»Niemals würde ich dieses Gesicht vergessen«, bestätigte Anson mir. »Aber was soll diese Fragerei überhaupt? Sie stecken doch alle unter einer Decke!«

»Um genau zu sein, ist das nicht richtig«, korrigierte ich ihn. »Meine Freundin und ich sowie die anderen beiden Damen werden von ihm erpresst, genauso wie Sie! Wir sollten uns gegenseitig helfen!«

Ich konnte nicht sagen, ob der Privatsekretär mir glaubte, zumindest war seine Neugier geweckt. »Dann sagen Sie mir, wo ich meinen Sohn finde!«

»Das kann ich nicht«, bedauerte ich. »Sie werden es erfahren, wenn Sie uns dabei helfen, den Mann aufzuhalten! Er plant, die Königin zu ermorden, das müssen Sie verhindern!«

Bestürzt schlug sich Anson die Hände vor den Mund und sog scharf Luft ein. »Mein Gott«, keuchte er. »Ich wusste, er ist ein Teufel, aber damit hatte ich nicht gerechnet!«

»Also werden Sie uns helfen?« Hoffnungsvoll sah ich zu ihm auf. Liz oder mir würde niemand zuhören oder Glauben schenken. Der königliche Privatsekretär konnte allerdings dafür sorgen, dass das Fest sofort beendet wurde.

Ihm war anzusehen, wie sehr er mit sich rang: Er hatte die unmögliche Aufgabe, das Leben seines Sohnes mit dem der Königin abzuwägen. Sekundenlang sagte er gar nichts, verzog nur gequält das Gesicht und schüttelte schließlich betroffen den Kopf. »Das kann ich nicht! Wenn meinem Kind etwas geschieht, könnte ihr mir das nie verzeihen.«

Es war eine menschliche Argumentation, eine, die man dem Privatsekretär wohl nicht zugetraut hätte. Sollte je jemand davon erfahren, würde ihn das seinen Posten kosten, wenn nicht noch mehr.

»Wenn Sie uns nicht helfen, wird dieser Teufel an die Macht gelangen!«, stellte sich Liz auf meine Seite. »Wollen Sie das? Zusammen haben wir die Chance, ihn aufzuhalten!«

Ich kannte Mister Anson nicht, aber ich glaubte zu erkennen, dass er ein anständiger Mensch war, der das Richtige tun wollte. Jemand war nicht schlecht, nur weil er reich war, auch wenn es das war, was Jack uns hatte einreden wollen. Es hieß nicht umsonst, Neid könne eine Person zerfressen. Er machte einen blind.

»Es ist keine Entweder-oder-Entscheidung, Mister Anson«, versuchte ich ihm gut zuzureden. »Eine der beiden Frauen, die sich gerade mit dem Erpresser auf dem Ball befinden, kennt den Aufenthaltsort Ihres Sohnes. Wir werden sie dazu bringen, Ihnen diesen zu verraten. Dann können Sie sofort selbst dort hinfahren oder Wachen schicken, um Jonathan zu befreien. Er wird in Sicherheit sein, und Jack hat nichts mehr gegen Sie in der Hand.«

»Jack? Heißt der Mann so?«, hakte der Privatsekretär nach. Es tat eigentlich nichts zur Sache, sondern war nur ein Versuch von ihm, seine Entscheidung aufzuschieben.

Liz räusperte sich. »Das ist der Name, den er sich selbst gegeben hat. Jack the Ripper, um genau zu sein.«

Ansons Augen weiteten sich schockiert. »Jack the Ripper, der Frauenmörder des East End, befindet sich gerade auf diesem Ball und hat meinen Sohn entführen lassen?«

Ich rechnete ihm hoch an, dass er uns, Jacks Opfer, als Frauen bezeichnete und nicht von Huren sprach, wie es die meisten taten. Das bestätigte meinen guten Eindruck von ihm. »Es ist kompliziert, doch ich kann Ihnen versichern, dass Sie kein England erleben wollen, in dem ein Mann wie er im Hintergrund die Fäden zieht. Genau das wird allerdings passieren, wenn wir ihn nicht aufhalten!«

Die Tatsache, dass es sich bei dem Eindringling um den berüchtigten Jack the Ripper handelte, schien dem Privatsekretär vor Augen zu führen, dass er es mit einer Person zu tun hatte, die vor nichts zurückschrecken würde. »Und Sie sind sicher, seine Komplizin wird mir verraten, wo sich mein Sohn befindet?«

Es würde nicht leicht werden, Polly dazu zu bringen, sich gegen Jack zu stellen, ich wollte jedoch daran glauben, dass ihr das Leben eines unschuldigen Kindes nicht gleichgültig war. Sie hatte ihre Fehler und schreckliche Dinge verbrochen, aber ich hatte auch eine gute Seite von ihr kennengelernt – etwas, das Jack nicht besaß. »Keine von uns ist seine Komplizin, wir sind alle Opfer!«, erwiderte ich nachdrücklich. Wenn er wusste, wer wir waren, würde er es verstehen.

Zögerlich nickte er. »Ich kann den Ball nicht beenden, aber ich kann Sie begleiten! Mit mir an Ihrer Seite werden Ihnen alle Türen offen stehen, und die Wachen folgen meinem Befehl. Wir müssen diesen Mann festhalten, bevor er die Flucht ergreifen kann.«

»Danke, Mister Anson!« Erleichtert lächelte Liz ihn an.

»Wir müssen uns beeilen, würden Sie deshalb bitte über die Flecken auf meinem Kleid hinwegsehen und uns direkt in den Ballsaal führen?«, bat ich ihn, weil uns die Zeit davonlief.

»Kommen Sie!«, forderte er uns auf. Er hatte eine Entscheidung gefällt und war ein Mann, der zu seinem Wort stand.

Eilig führte er uns durch Korridore mit marmornen Böden, erlesenen Kunstwerken an den Wänden, Stuck an den hohen Decken und filigranen Skulpturen auf Sockeln.

Die Klänge des Orchesters waren zu vernehmen, und wir erreichten einen besser besuchten Bereich des Palastes. Bedienstete kamen uns entgegen, ebenso wie Gäste, die dem Trubel des Festsaals entfliehen wollten. Alle trugen Masken. Viele bedeckten jedoch nur die Augenpartie, sodass sich die Person darunter noch erahnen ließ. Nur wenige hatten sich eine Verkleidung übergestreift, die sie in geheimnisvolle Anonymität hüllte. Ob es mir gelingen würde, Jack und die anderen zu erkennen?

Zwei Diener öffneten uns schwungvoll die Doppeltüren zum Ballsaal. Ein Meer aus Lichtern eröffnete sich vor uns. Etwa ein Dutzend Kronleuchter in verschiedenen Größen baumelten von der Decke, die mit einem Gemälde verziert war. Die Kristalle reflektieren das Licht der Lampen und Kerzenleuchter. Der edle Schmuck der anwesenden Damen kam dadurch noch besser zur Geltung und hob sich von ihren aufwendigen Roben ab. Die Männer trugen ausschließlich Fracks, vorwiegend in Schwarz. Zu den berauschenden Klängen von Streichinstrumenten, Bläsern, Pauken und Harfen drehten sich die Gäste auf der Tanzfläche, als hätten sie ein gemeinsames Stück einstudiert. Jede Bewegung saß, und vor allem die weiblichen Gäste schienen einander an Grazilität übertreffen zu wollen. Es war hinreißend, ihnen zuzusehen, und am liebsten hätte ich mich selbst aufs Parkett gewagt. Für einen Augenblick vergaß ich sogar, geblendet von der Schönheit, den eigentlichen Grund für meine Anwesenheit.

»Sehen Sie ihn irgendwo?«, raunte Anson.

Ein Kellner kam vorüber und bot uns Champagner an, den Liz und ich um der Tarnung willen annahmen, vielleicht auch um wenigstens einmal Champagner getrunken zu haben, auch wenn wir diesen nicht einmal schmecken konnten.

»Noch nicht«, entgegnete Liz. Ihre Augen funkelten vor Faszination wie die edelsteinverzierten Colliers der Damen. Mit erhobenen Köpfen bewegten wir uns durch die Menge und hielten Ausschau nach einer bekannten Person. Jeden Mann mit Zylinder nahm ich etwas genauer in Augenschein, auch wenn ich nicht wusste, ob Jack heute überhaupt einen tragen würde. Ich konnte ihn mir nur schwer ohne vorstellen. Zugleich versuchte ich, unter den Fremden den zierlichen Körperbau von Catherine zu erspähen oder Pollys beinahe schwarzes Haar. Die Masken waren dabei kaum hinderlich, da ich mich ohnehin daran gewöhnt hatte, sie mit veränderten Gesichtern zu erkennen.

Auf einem mit Blumen geschmückten Podest erhob sich der prächtige Thron der Königin – leer.

Sollte sie sich im Ballsaal befinden, hatte sie sich ebenfalls unter die Gäste gemischt. Ich hatte sie nur einmal bei einer Parade persönlich aus weiter Ferne gesehen, sonst kannte ich nur Fotografien von ihr. Vermutlich könnte sie direkt vor mir stehen und ich wüsste nicht, wer sie war.

»Können Sie irgendwo die Königin entdecken?«, wandte ich mich an Anson, der besorgt mit einem Kopfschütteln verneinte.

Ich drehte mich langsam im Kreis und versuchte dabei, sämtliche Ausgänge im Auge zu behalten. Nicht weit von uns entfernt gab es ein Büfett mit kleinen Häppchen. Noch vor einigen Wochen hätte mich dieser Bereich magisch angezogen, bedrängt von dem Grummeln meines Magens, aber ohne jeglichen Appetit hatte ich ihm bisher kaum Beachtung geschenkt. Nun fielen mir jedoch ein Mann und eine blonde Frau auf, die dicht beieinanderstanden und miteinander redeten. Das Gespräch wirkte weder vertraut noch vergnüglich, eher erzwungen. Der Mann, der einen auffälligen goldenen Anzug trug, hatte seine Lippen fest aufeinandergepresst und erweckte einen angespannten Eindruck. Seine Begleiterin war ihm genauso wenig zugeneigt, wahrte eine gewisse Distanz. Sie presste hastig Worte zwischen ihren rosa geschminkten Lippen hervor, als wollte sie die Unterhaltung schnellstmöglich hinter sich bringen. Nicht nur ihre Haare, sondern auch ihre schlanke Figur glichen Catherine. Gut möglich, dass es sich bei dem Mann um Prinz Albert handelte. Die Dekadenz seines Anzugs legte dies nahe.

Was auch immer die Frau gerade zu ihm sagte, ließ ihn erbleichen. Er schloss seine Hand noch fester um das Champagnerglas, klammerte sich daran, wobei seine Fingerknöchel weiß hervortraten.

»Da!«, wisperte ich an Liz gewandt und nickte in Richtung der beiden Personen.

Die junge Frau deutete auf eine der Türen, die aus dem Saal führten, und ging langsam voraus. Der Mann zögerte noch kurz, kam ihr dann aber nach, wobei er sein Getränk achtlos auf dem Büfett abstellte.

»Das ist der Thronerbe«, bestätigte Anson meine Vermutung. Verwirrung schwang in seiner Stimme mit. »Inwiefern ist er in die Entführung meines Sohns verwickelt?«

»Das zu erklären, würde zu weit führen«, kanzelte ihn Liz ab. »Wir müssen ihnen nach!«

Der Privatsekretär stellte keine weiteren Fragen, verließ sich auf unser Urteil und bahnte sich bestimmt einen Weg durch die Menge. Als wir den Korridor erreichten, sahen wir gerade noch, wie Albert und Catherine am Ende des Gangs nach rechts abbogen. Wir eilten ihnen nach, bis wir im darauffolgenden Flur beobachteten, wie eine Tür geschlossen wurde. Hatten sie sich in das dahinter liegende Zimmer zurückgezogen? Wozu?

Ohne zu zögern, folgten wir ihnen und betraten den Raum ebenfalls, der sich jedoch verlassen vor uns ausbreitete. Es handelte sich dabei um eine Art Lager für Tischdecken, Stuhlhussen und sonstige Utensilien.

»Wo sind sie hin?«, wunderte sich Liz leise.

Ein Grinsen umspielte Ansons Lippen. »Das ist nur eines der zahlreichen Wunder des Buckingham Palace«, flüsterte Anson und deutete auf einen schmalen Schlitz in einer der Wände.

Er trat auf die Öffnung zu, schob seine Finger in die Lücke und zog die versteckte Tür auf. Dahinter erstreckte sich ein Dienstbotengang. Er war schmal, dunkel und verwinkelt, sodass wir

Catherine und Albert nicht mehr sehen konnten, trotzdem schlüpften wir nacheinander hinein und folgte dem Korridor. Sobald sich die Tür hinter uns schloss, hörten wir das Geräusch von hallenden Schritten vor uns. Das musste der Prinz sein. Wir eilten ihnen nach und gelangten an eine Treppe, die in die Tiefe hinabführte. Aus der Dunkelheit waren Gesprächsfetzen zu vernehmen, die ich jedoch nicht verstehen konnte. Mit beiden Händen stützte ich mich an der Wand ab und tastete mich vorwärts – hinter Anson her, der vorwegging. Die Sicherheit, mit der er sich bewegte, verriet mir, dass dies nicht sein erster Ausflug in einen der Geheimgänge war.

Unten angekommen, bemerkte ich ein flackerndes Licht, das sich nach links von mir wegbewegte. Das Krächzen einer Tür folgte, ehe wir uns in völliger Finsternis wiederfanden.

»Folgen Sie mir«, wisperte Anson und berührte mich sacht am Arm, sodass ich mich an seiner Jacke festhalten konnte. Tastend suchte ich nach Liz' Hand, und zusammen bewegten wir uns in die Richtung, in der die Lampe verschwunden war. Erst schlug uns nichts als Stille entgegen, dann vernahmen wir jedoch gedämpfte Stimmen. Unter einem Türschlitz strahlte zudem ein schmaler Lichtstreifen hervor.

»Sollen wir?«, erkundigte sich der Privatsekretär und legte seine Hand auf die Klinke, bereit, die Tür aufzustoßen.

»Unbedingt«, bestätigte ihm Liz.

Anson ließ keine Zeit verstreichen und öffnete die Tür schwungvoll. In einem Sekundenbruchteil nahm ich das Bild, das sich mir bot, in mir auf: In der Mitte des Raums befand sich ein Stuhl, auf dem Albert Platz genommen hatte. Seine Maske lag neben seinen Füßen auf dem Boden, wodurch ich ihn nun eindeutig erkennen konnte. Sein wütender Gesichtsausdruck war unverkennbar. Hinter ihm hockte Catherine und machte sich an seinen Händen zu schaffen, die er nach hinten gestreckt hatte – sie fesselte ihn. Einzelne Strohhalme waren auf dem Boden verstreut. Es gab kein Fenster. Befanden wir uns hier im Verlies?

Bei unserem Eintreten zuckten alle gleichermaßen zusammen.

»Mister Anson«, keuchte Albert überrascht und sah von dem Privatsekretär zu Liz und mir. Seine Augen verengten sich, als er mich erkannte. Obwohl seine Nase nicht mehr blutete, hatte er unsere letzte Begegnung wohl nicht vergessen. »Helfen Sie mir! Diese Frau ist wahnsinnig!«, wandte er sich Hilfe suchend an Anson.

»Noch nicht«, gebot ich diesem Einhalt.

»Was macht ihr denn hier?«, wunderte sich Catherine. »Ich dachte, Jack hätte dir deine Präsenz genommen …« Sie verstummte und starrte Liz an. »Du bist nicht mehr durchscheinend! Ich kann dich wieder richtig sehen! Wie ist das möglich?«

Liz schenkte ihr ein breites Lächeln, breitete die Arme aus und eilte Catherine entgegen, um sie in eine feste Umarmung zu ziehen – endlich war es ihr wieder möglich. Mit beiden Händen hielt sie unsere Jüngste an den Schultern von sich. »Wir haben unsere Herzen gefunden, Catherine! Jack hat keine Macht mehr über uns.«

»Und das Beste ist, wir haben deines und Pollys dabei«, schaltete ich mich ein und hob die Ledertasche an, die ich, seitdem wir Jacks Unterschlupf verlassen hatten, bei mir getragen hatte. »Wo ist sie überhaupt?« Schaudernd sah ich mich um, ohne sie oder Jack ausmachen zu können.

»Sie soll die Königin hierherlocken«, eröffnete mir Catherine, die hinter dem Prinzen hervortrat. Eine widersprüchliche Mischung aus Abscheu und Reue stand ihr ins Gesicht geschrieben.

Das war der Punkt, an dem sich Anson wieder einschaltete. »Ich verstehe nicht einmal die Hälfte von dem, was Sie hier von sich geben, und ich bin mir auch nicht sicher, ob ich das überhaupt möchte.« Er schüttelte den Kopf und deutete mit einem Nicken in Catherines Richtung. »Ist das die Frau, die mir sagen kann, wo ich meinen Sohn finde?«

Catherine hatte den Privatsekretär nie zu Gesicht bekommen, sodass sie ihn nicht direkt erkannt hatte, nun ahnte sie, wen sie vor sich hatte. Angst schlich sich in ihren Blick, ebenso wie Schuld.

»Nein, das ist Polly«, erklärte ihm Liz.

»Mister Anson, was geht hier vor sich? Es ist Ihre Pflicht, mir zu helfen!«, empörte sich Albert lautstark und bäumte sich auf seinem Stuhl auf, doch die Fesseln verhinderten jede Flucht.

»Sir, bitte beruhigen Sie sich«, versuchte ihn Anson zu beschwichtigen. »Diese Damen haben mir versichert, dass sie in friedlicher Absicht hier sind. Gewiss werden sie Sie jeden Moment wieder losbinden.« Nachdrücklich sah er von mir zu Catherine, die ablehnend ihre Arme vor der Brust verschränkte. Sie wusste nichts von Jacks Plan, die Königin zu ermorden, und glaubte, sie seien einzig und allein hier, um Rache an Albert zu üben. Erst hatte sie diesen Gedanken abgelehnt, doch nun, wo dieser gefesselt und wehrlos vor ihr saß, schien sie daran doch Gefallen zu finden.

»Das wird Konsequenzen für Sie haben!«, drohte Albert dem Privatsekretär, ehe er sich an seine einstige Geliebte wandte. »Hast du mir nicht schon genug angetan? Musst du auch noch meine Großmutter mit reinziehen?«

»Ich dir?«, entfuhr es Catherine fassungslos. »Du wolltest meinen Tod und hast mir deinen Leibarzt auf den Hals gehetzt! Zum zweiten Mal! Es ist an der Zeit, die Königin erfahren zu lassen, was ihr Enkel für ein Mensch ist.«

Anson blickte schockiert zwischen den beiden hin und her. Auch ihm war keine dieser Informationen bekannt gewesen.

»Du hast mir mit deinen Forderungen keine andere Wahl gelassen«, rechtfertigte sich Albert.

Ein bitteres Schluchzen löste sich aus Catherines Kehle. »Ich wollte nie mehr von dir als deine Liebe.« Trotz seiner Beschimpfungen und Demütigung hielt Catherine an ihren Gefühlen für ihn fest. Er hatte sie zutiefst verletzt, aber hassen wollte sie ihn dennoch nicht.

»Sicher beruhigt es dich zu wissen, dass ich vielleicht noch vor dir das Zeitliche segnen werde«, schnaubte Albert verächtlich. »Du hast mich mit irgendeiner Krankheit angesteckt, die mich langsam umbringt.«

Wenn sie seine Behauptung schockierte, ließ sie es sich nicht anmerken. »Warum bist du dir so sicher, dass ich es war? Hast du nicht mehr als genug Huren besucht?«, schoss sie zurück, sich eher verteidigend als in dem Versuch, ihn zu kränken. Ihr Wortwechsel erfolgte so schnell und erbarmungslos, dass ich es nicht schaffte, sie zu unterbrechen.

»Das ist deine Art, dich an mir zu rächen!«, brüllte Albert außer sich, davon überzeugt, Catherines bloße Willenskraft genüge, um ihn krank zu machen. »Mister Anson, ich befehle Ihnen, mich loszumachen!«, brüllte er erneut an den Privatsekretär gewandt.

Dieser lief nervös auf und ab. Es fiel ihm sichtlich schwer, der Forderung nicht nachzukommen, aber er wollte auch nichts riskieren, solange er nicht den Aufenthaltsort seines Sohnes kannte.

Zum ersten Mal sah ich so etwas wie Spott in Catherines Augen aufblitzen. »Nein, meine Rache ist viel größer. Alle sollen erfahren, wie du dich mir gegenüber verhalten hast. Mit deiner Großmutter, der Königin, fange ich als Erstes an! Mal sehen, wie lange du dann noch Thronerbe bist!« Catherine wähnte sich ihrer Vergeltung nahe. In ihrer Naivität glaubte sie daran, ihr Wort würde genügen, um die Königin gegen ihren Enkel aufzubringen. Victoria war eine Frau, sie durfte nicht zulassen, dass Männer Kinder zeugten und diese dann einfach abtreiben ließen – gegen den Willen der Mutter. Als Frau hätte sie das vielleicht auch nicht gestattet, aber als Königin, die den Ruf ihrer Familie schützen musste, durchaus.

Alberts Reaktion verriet Catherine genau das, denn er begann sie schallend auszulachen. »Sie wird dir kein Wort glauben, wenn ich alles abstreite!«

Catherine verschränkte beleidigt die Arme vor der Brust. »Ich bin nicht allei–«

»Was denn, die da?«, unterbrach sie Albert und nickte mit dem Kopf herablassend in Richtung von Liz, Anson und mir. »Anson ist zum Schweigen verpflichtet. Du bist verrückt! Vollkommen geisteskrank! Meine Großmutter wird dich ins Irrenhaus stecken lassen, wenn nicht direkt hängen!«

So funktionierte die Welt, in die Albert hineingeboren worden war: Er brauchte sich seinen Problemen nicht zu stellen, sondern ließ sie einfach von anderen beseitigen. Catherine presste wütend die Lippen aufeinander. Sie wollte ihn verletzen, das konnte ich ihr ansehen. Sie hätte es tun können, immerhin war er gefesselt, irgendetwas hielt sie dennoch zurück. Schwer atmend wandte sie den Blick von ihm ab und konzentrierte sich stattdessen auf Liz und mich. Sie runzelte die Stirn. »Wo ist eigentlich Annie? Sucht sie nach Polly?«

Meine Brust fühlte sich an, als hätte jemand mit einem Ruck die Schnüre meines Korsetts enger gezogen. Ich schluckte gegen den aufsteigenden Kloß in meiner Kehle an und rief mir in Erinnerung, dass Annie das gefunden hatte, wonach sie sich sehnte.

»Sie hat uns geholfen, danach ist sie an einen hoffentlich besseren Ort gegangen«, erwiderte Liz bedeutsam. »Sie wollte nicht länger Teil von Jacks krankem Spiel sein. Und wir wollen es auch nicht!«

»Jack?«, krähte Albert dazwischen. Er verstand nicht einmal die Hälfte von dem, was zwischen uns gesprochen wurde. »Jack wie Jack the Ripper?« Entsetzen mischte sich in seine Stimme, die einige Oktaven höher stieg. »Ich dachte, dein Tod wäre ein Missverständnis gewesen!«, warf er Catherine vor.

»Sei doch einfach mal still!«, fauchte sie gereizt zurück. Sie duldete es nicht, sich von ihm diesen Moment, in dem sie nur Annie gedenken wollte, nehmen zu lassen. Vielleicht fragte sie sich sogar, was sie je an ihm gefunden hatte. Er musste ein guter Schauspieler sein, um seine angeborene Arroganz und seinen Egoismus hinter Charme verbergen zu können.

»Wo bleibt diese Polly?«, mischte sich Anson ungeduldig ein. »Sind Sie sicher, dass sie überhaupt in diesen Raum kommen wird? Was, wenn Jack und sie planen, die Königin woanders zu töten?« Er hatte sich nur deshalb darauf eingelassen, uns zu helfen, um seinen Sohn retten zu können. Je länger sich alles verzögerte, umso größer musste ihm die Gefahr erscheinen, Jack könnte irgendwie entkommen und würde seinem Kind etwas antun.

Bevor eine von uns ihm antworten konnte, öffnete sich die Tür ein weiteres Mal, begleitet von einem lauten Knarren. In der Erwartung, Jack anzutreffen, fuhr ich alarmiert herum, begegnete jedoch nur dem erstaunten Blick von Polly, die in Gegenwart einer weiteren Frau erschien. Diese war klein, korpulent und auf die siebzig zugehend, aber bewegte sich mit einer Selbstsicherheit, als gehörte ihr die Welt. Ungestüm drängte sie sich an Polly vorbei, bedachte Anson mit einem irritierten Blick und baute sich vor Albert auf. Sie riss sich ihre schwarze Maske vom Gesicht, darunter kam eine ernste Miene zum Vorschein, die von einer spitzen Nase dominiert wurde.

»Was ist hier los?«, herrschte sie uns an. »Warum ist mein Enkel an einen Stuhl gefesselt? Mister Anson, was hat das hier zu bedeuten?«

Die Königin.

Ich befand mich in einem Raum mit Königin Victoria. Diese Tatsache verschlug mir die Sprache, und ich musste dem Drang widerstehen, nicht vor ihr in die Knie zu sinken. Es gab kaum eine Person, der gegenüber ich mehr Ehrfurcht empfand. Vielleicht hatte sie sich meinen Respekt nicht verdient, aber ich war damit groß geworden, ihr zu huldigen. Selbst im East End schimpften die meisten Leute zwar über Politiker und ihre nutzlosen Gesetze, dennoch ließen sie kaum ein schlechtes Wort auf ihre Königin kommen.

Den anderen schien es ähnlich zu ergehen, denn keine von uns antwortete ihr oder rührte sich auch nur.

»Majestät«, brachte der Privatsekretär mit bebender Stimme hervor und verneigte sich tief. Wahrscheinlich hatte er gehofft, dieser Begegnung entgehen zu können, oder zumindest erst auf sie zu treffen, nachdem er seinen Sohn in Sicherheit wusste. »Mein Sohn wurde entführt und eine dieser Frau–«

»Ihr Enkel hat sich als unwürdig für den Thron erwiesen«, unterbrach ihn eine männliche, raue Stimme. Schwere Schritte näherten sich, und im nächsten Moment erschien Jack im Türrahmen. Seine Augen glühten gefährlich rot wie in dem Augenblick, als er mir meinen Körper genommen hatte. Ich war mir nicht sicher gewesen, ob ich mir das vielleicht nur eingebildet hatte, doch jetzt hatte ich Gewissheit. Sein nach vorn geneigter Zylinder warf einen dunklen Schatten auf sein Gesicht, wodurch er noch bedrohlicher wirkte.

Diese Wirkung erzielte er allerdings nicht bei Victoria, oder sie ließ es sich nicht anmerken, denn trotz ihrer geringeren Körpergröße stellte sie sich ihm mit den Händen in den Hüften entgegen und reckte herausfordernd ihr Kinn vor. »Was soll das heißen?«, blaffte sie ihn an, als stünde jetzt schon fest, dass sie ihm keinen Glauben schenken würde.

Jack trat bedächtig auf sie zu. In seinen langsamen Bewegungen lag etwas Lauerndes, als würde er sich jeden Moment auf sie stürzen. »Nicht nur seine zahlreichen Bordellbesuche in Whitechapel schaden seinem Ruf, auch der Mord, den er begangen hat.« Ihm entging nicht ihr verächtliches Schnauben, das deutlich machte, für wie lächerlich sie seine Anschuldigung hielt. Er ließ sich davon nicht beirren, sondern reagierte höhnisch. »Sie kennen das Opfer gut! Vermissen Sie nicht seit ein paar Tagen Ihren königlichen Leibarzt, William Gull?«

Nun bekam der Mann, den ich zuerst gemeinschaftlich mit den anderen Frauen ermordet und danach mit Abberline im lodernden Feuer einer Glashütte verbrannt hatte, endlich einen Namen. Mir war schleierhaft, wie Jack von seinem Tod wissen konnte, andererseits sollte es mich nicht überraschen, immerhin hatte er mich zu Abberline verfolgt.

»Damit habe ich nichts zu tun!«, protestierte Albert wütend. Sein Tonfall war allerdings so grell, dass er sich selbst verdächtig machte.

»Also haben Sie ihn nicht mit dem Auftrag nach Whitechapel geschickt, eine Prostituierte, die mit Ihrem Kind schwanger war, zu töten?«, erkundigte er sich nachdrücklich.

Albert sog scharf Luft ein, wog seine Möglichkeiten ab und knickte schließlich ein. »Doch, ab–«

»Was wollen Sie von mir?«, ging die Königin dazwischen. Ihr Enkel hatte genug gesagt. Mehr brauchte sie nicht hören. Sie wollte die Details seines schändlichen Verhaltens nicht kennen. »Geld? Was soll Ihr Schweigen kosten?«

Ihre herablassende Art kränkte und erzürnte Jack gleichermaßen, obwohl sie ihm bestens vertraut sein sollte, denn er benahm sich nicht anders. »Geld interessiert mich nicht!«, posaunte er verächtlich. »Wollen Sie gar nicht wissen, wer ich bin?«

Natürlich sollte sie das erfahren! Er sehnte sich nach dem Schreck in ihren Augen, wenn sie hörte, wem sie gegenüberstand. Sie sollte nicht zu ihm herabblicken, obwohl sie gut einen Kopf kleiner als er war, sondern vor Angst erstarren.

Victoria ließ sich nicht darauf ein. Mit einer ungeduldigen Handbewegung wischte sie seine Frage fort, als wäre sein Name unbedeutend. Als wäre er ein Niemand. »Ich kenne Männer wie Sie zur Genüge. Wenn Sie Geld nicht begehren, dann vielleicht einen Titel? Was soll es sein? Ein Baron oder ein Earl?« Aus ihr sprach die Überzeugung einer Person, die gelernt hatte, sämtliche Probleme mit einem Fingerschnippen von ihr zu lösen

»In Whitechapel ist mein Name geläufiger als Ihrer, Majestät«, prahlte Jack. »Die Menschen flüstern ihn mit zittrigen Stimmen. Selbst Sie sollten schon von Jack the Ripper gehört haben.«

Der Moment, in dem Victoria erstarrte, verschaffte ihm Genugtuung. Doch sie war zu beherrscht, um sich von ihrer Furcht, wenn sie überhaupt welche verspürte, beherrschen zu lassen. »Sie sind der Mörder?«, fragte sie lediglich mit hochgezogenen Augenbrauen.

»Ich würde mich eher als Befreier der Unterdrückten bezeichnen.«

Seine Arroganz entlockte mir ein abfälliges Schnauben.

Bisher hatte er keine Notiz von Liz oder mir genommen oder uns zumindest sein Erstaunen über unsere Anwesenheit nicht gezeigt. Nun richtete sich sein Blick jedoch erst auf Liz, dann auf mich, ebenso wie Victorias – zu seinem Missfallen.

»Sehen Sie diese vier Frauen?« Er lenkte mit seiner Frage die Aufmerksamkeit zurück auf sich und deutete von mir erst zu Polly, dann zu Catherine und Liz. »Sie sind tot! Ich habe ihnen die Kehlen aufgeschlitzt, die Herzen aus der Brust geschnitten und sie danach zurückgeholt. Jetzt sind sie unsterblich!«

»Das ist nicht wahr!«, rief Albert dazwischen und schüttelte vehement den Kopf. »Catherine hat mir gesagt, es handle sich dabei bloß um ein Missverständnis. Ich habe sie in einem Pub getroffen, und sie hat mit mir gesprochen! Das kann niemand, der tot ist!« Er hielt verzweifelt an dem fest, was er wusste, und blendete all das, was er sich nicht erklären konnte, wie zum Beispiel meine verschwimmenden Gesichtszüge, aus. Logik gab den Menschen Sicherheit, und wenn sie zusammenbrach, fühlten sie sich ihrer Kontrolle beraubt.

»Diese Frauen haben in seinem Auftrag meinen Sohn entführt«, berichtete Anson seiner Vorgesetzten. »Ich bedauere, dies zugeben zu müssen, aber ich war es, der ihm falsche Einladungen ausgestellt hat, weil er mir drohte, mein Kind zu töten.« Scham machte seine Stimme schwach und wackelig. Sein Geständnis war ein verzweifelter Versuch, Victorias Vergebung zu erlangen. Gewiss bereute er bereits, in den Vorschlag von Liz und mir eingewilligt zu haben. Die nächsten Wachen waren zu weit entfernt, um uns zu hören: Wir saßen in der Falle.

Jack bedachte den Privatsekretär mit einem vernichtenden Blick und schritt auf ihn zu. »Es erstaunt mich, Sie hier anzutreffen, Mister Anson. Ich dachte, ich hätte meine Forderung deutlich formuliert und Ihnen auch mitgeteilt, dass Ihr Sohn jeden Verstoß mit seinem Leben bezahlen wird.«

Jeglicher Würde beraubt, sank Anson vor dem Ripper auf die Knie. »Bitte, ich flehe Sie an, tun Sie meinem Jungen nichts!«

Ich sah kommen, was als Nächstes geschehen würde, und trotzdem schrie ich vor Schock auf, als die Klinge in Jacks Hand aufblitzte und durch Ansons Kehle fuhr. Blut spritzte auf Jacks schwarzen Mantel und sprudelte aus dem Hals des Privatsekretärs, der sich hilflos die Hände auf die Wunde presste, ehe er zu Boden ging.

»Mein Sohn«, keuchte er verzweifelt. Sein letzter Gedanke galt ihm. Er hatte ihn unbedingt retten wollen und würde nie erfahren, ob es ihm geglückt war.

Jack thronte triumphierend über ihm. »Sie hätte mich nicht hintergehen dürfen«, meinte er tadelnd und nutzte den Moment, um die Königin wissen zu lassen, dass er jemand war, den es zu fürchten galt.

Victoria wich zu Jacks Gefallen vor ihm zurück. Es fiel ihr sichtlich schwer, ihre Emotionen weiterhin zu unterdrücken. Sie vermied es, ihren toten Privatsekretär anzusehen. Anstatt sich auf eine Diskussion darüber einzulassen, was möglich war und was nicht, konzentrierte sie sich auf das Wesentliche. »Sie haben nachdrücklich unter Beweis gestellt, dass Sie nicht zu unterschätzen sind. Wenn Sie weder nach Reichtum noch Ehre streben, wonach verlangt es Ihnen dann?«

Trotz ihrer Angst begegnete sie ihm mit erhobenem Haupt, weil sie weiterhin daran glaubte, dieses Problem ließe sich irgendwie aus der Welt schaffen. Ihr waren keine Grenzen gesetzt – für sie galten keine Gesetze.

Angespannte Sekunden verstrichen. Jacks glühender Blick bohrte sich in den fülligen Leib der Königin, die ihm nicht länger standhalten konnte und wegsah. Dies war der Augenblick, in dem Jack mit jenem blutgetränkten Messer, das zuvor bereits ein Leben genommen hatte, auf sie zuschnellte und »Gerechtigkeit!« brüllte.

Ich hatte den Umschwung gespürt, wie sich ein Gewitter, Minuten bevor es losbricht, in der Luft riechen lässt. Ansons Tod war nur eine Windbö gewesen, während Victorias Ermordung wie ein Sturm das ganze Land verwüsten würde.

»Nein!«, rief ich und warf mich mit einem Satz gegen die Königin – brachte sie aus der Angriffslinie. Sie stolperte, fiel rückwärts und landete auf ihrem Hintern, wobei sie ein erschrockenes Keuchen ausstieß.

»Holen Sie die Wachen!«, forderte ich sie warnend auf. Bisher hatte sie vermutlich darauf verzichtet, weil sie sich der Illusion hingab, die Situation im Griff zu haben, ihr gewachsen zu sein. Ich wusste nicht, wie Polly sie überhaupt dazu gebracht hatte, ihr allein ins Verlies zu folgen. Es musste ein Vorwand gewesen sein, der kein Risiko duldete. War es auch dabei um Albert gegangen? Liebte die Königin ihren Enkel, wie es jede andere Großmutter auch tun würde, ungeachtet jeder royalen Verpflichtung?

Victoria rappelte sich mühsam auf die Beine und stürzte in Richtung der Tür, nur um gegen Polly zu prallen, die sich ihr in den Weg stellte. Grob packte sie die Königin am Oberarm und zerrte sie zurück mit sich in den Raum. »Ist eine Königin letztlich nicht auch nur eine Hure, die ihren Körper für eine Krone an den Bestbietenden verkauft?«, fauchte sie, erfüllt von Verachtung für all jene, denen es vermeintlich besser im Leben ergangen war als ihr selbst.

Solange Polly Victoria in ihrer Gewalt hatte, gewährte das Jack die Gelegenheit, sich mit mir zu befassen. Drohend baute er sich vor mir auf, wobei sein Schatten, vergrößert durch das spärliche Licht einer einzelnen Petroleumlampe, wie eine Bestie über mir aufragte. Seine Finger, die in Lederhandschuhen steckten, schloss er um den Rubin, der an einer Goldkette wieder an seiner Weste baumelte.

»Denkst du wirklich, du könntest es mit mir aufnehmen? Merkst du nicht, wie lächerlich dein Versuch ist?«, spottete er.

Nie wieder würde ich vor ihm zurückweichen. »Annie hat sich gegen dich und für den Frieden entschieden«, spie ich ihm entgegen und ehrte meine Freundin, die lieber gestorben war, als sich zu seiner Sklavin machen zu lassen. »Sie sagte einst: ›Wer Feuer entfacht, sollte damit rechnen, dass die Flammen um sich schlagen‹. Jetzt ist es an der Zeit, sich zur Wehr zu setzen!« Zögerlich sah ich zu Polly, die stur zurückstarrte, ohne ihre Hände von Victorias Arm zu lösen.

»Weißt du, was er mit der Königin vorhat?«, fuhr ich sie an. »Er will sie töten und zu einer von uns machen! Kannst du dir vorstellen, zu was für einem schrecklichen Ort England werden wird, wenn jemand wie Jack an die Macht gelangt? Das kannst du doch nicht wollen!«

»Mein Leben war immer schrecklich«, konterte Polly gleichgültig. »Da ist es nur fair, wenn alle anderen ebenfalls erleben, wie das ist.«

Ich war noch nicht fertig. »Bist du wirklich glücklich, Polly? Vermögen all die Rache und Morde die Leere in deiner Brust zu füllen?« Wenn sie ehrlich zu sich selbst war, musste sie sich eingestehen, dass dem nicht so war. Ich war der festen Überzeugung, sie tat dies alles nur, um sich von ihrem inneren Schmerz abzulenken.

»Vielleicht glaubst du, er sei deine einzige Chance, du täuschst dich! Sieh mich an«, forderte Liz sie auf und bewegte sich langsam auf sie zu. »Ich gehöre ihm nicht mehr, genauso wenig wie Mary oder Annie. Wir haben uns von ihm befreit, als wir unsere Herzen zurückgeholt haben. Wir haben auch deines, Polly! Du hast immer gesagt, wir seien eins und müssen zusammenhalten. Wenn es darauf ankam, hast du dich immer für uns und gegen ihn entschieden.«

Die Zweifel in Pollys dunklen Augen gaben mir Hoffnung. »Wie oft hast du mir gedroht, mich an ihn zu verraten? Aber du hast es nie getan! In all diesen Momenten hast du bereits eine Entscheidung getroffen, Polly. Bitte lass die Königin gehen!«

Noch löste Polly ihre Hand nicht von Victorias Arm, doch ihre Überzeugung schwankte.

»Erinnere dich daran, wie er gedroht hat, dir deine Präsenz zu nehmen, nur um mich damit unter Druck setzen zu können«, beschwor Catherine sie. »Niemals hätte ich zugelassen, dass er dir etwas antut. Nur deshalb bin ich heute hier. Jack hat uns erschaffen, um diese Welt brennen zu sehen, aber wir sind es, die ihn aufhalten können! Bitte hilf uns dabei!« Wir waren geeint in unserem Wunsch nach Erlösung.

Nicht nur ich bemerkte Pollys Unsicherheit, sondern auch Jack. Zorn verzerrte sein Gesicht zu einer Grimasse. »Ihr seid nicht mehr als Marionetten, die ich erschaffen habe, um sie meinem Willen gefügig zu machen! Ich schneide eure Fäden durch, wann es mir beliebt. Ohne mich seid ihr nichts!« Seine laute Stimme hallte wie Donnergrollen von den Wänden wider. Obwohl ich mir geschworen hatte, keine Angst mehr vor ihm zu haben, erschauderte ich in seiner Nähe. Das Feuer in seinen Augen ließ ihn wie einen Dämon aus der Hölle erscheinen. Boshaft. Unbesiegbar.

Er griff nach dem Rubin an der Goldkette, aber Liz warf sich auf ihn und versetzte ihm einen Stoß, der ihn nach hinten taumeln ließ. Er holte mit seinem Messer nach ihr aus, schlitzte ihre Brust auf, ohne dass auch nur ein Tropfen Blut hervortrat. Er konnte sie nicht verletzen – keine von uns.

Ich kam ihr zu Hilfe und packte seinen Arm, in dem Versuch, ihm die Waffe zu entreißen. Wir rangen miteinander, wobei sich irgendwie die Goldkette löste, an der der Edelstein baumelte. Dieser knallte auf den Boden und hüpfte davon. Das Entsetzen, das Jacks Gesichtszüge daraufhin entgleisen ließ, war mir eine willkommene Genugtuung. Er hechtete dem Schmuckstück nach, aber kam zu spät. Geistesgegenwärtig schnappte sich Catherine den Rubin. »Wir sind also nicht mehr als Spielzeuge für dich?«, hakte sie nach und legte den Edelstein von einer Hand in die andere. Seine Reaktion hatte uns bewiesen, wie viel ihm dieser Edelstein bedeutete.

Zum ersten Mal sah ich Jack erbleichen. Dieser Rubin war nicht nur ein protziges Schmuckstück, sondern der Schlüssel zu seiner dunklen Magie. »So habe ich das nicht gemeint«, beteuerte er plötzlich sehr kleinlaut und streckte die Hände nach seinem wertvollsten Besitz aus. »Wir sind Verbündete! Zusammen können wir die Regeln der Gesellschaft neu schreiben. Das ist es doch, was ihr wollt, oder?«

Liz verzog missbilligend die Lippen. »Also ich habe mich nie darum beworben, Rebellin zu sein. Du, Catherine?«

»Nein, alles, was ich wollte, war, geliebt zu werden«, grollte diese und warf mir den Stein zu, bevor sich Jack auf sie stürzen konnte, um ihn ihr abzuringen.

»Was schert dich die Zuneigung eines einzelnen Mannes, wenn du die Verehrung des ganzen Volkes haben kannst?«, behauptete er nun heuchlerisch, wenn auch mit einer Spur Herablassung, ehe er sich von Catherine an mich richtete. »Das ganze East End wird euch lieben, wenn ihr die Leben der Menschen zum Besseren wendet.«

»Niemand liebt dich, Jack«, konterte ich abweisend. Sollte es je jemanden gegeben haben, der ihm gegenüber Zuneigung empfand, hatte er diese im Keim erstickt.

»Verehrung ist nur eine andere Form von Liebe«, versuchte er mich zu belehren und schritt mit erhobenen Händen auf mich zu. Es wurde immer offensichtlicher: Er besaß ohne den Rubin keine Macht.

»Die Menschen verehren dich nicht einmal, sondern fürchten dich, weil du ein Mörder bist und sonst nichts!«, ließ ich ihn bestimmt wissen und entwich ihm, als er versuchte, sich auf mich zu werfen.

»Du hast keiner von uns eine Wahl gelassen!«, schimpfte Liz aufgebracht.

»Ich wollte nicht sterben«, stimmte Catherine ihr zu. »Jetzt ist es das Einzige, wonach ich mich noch sehne, denn diese Existenz hat nichts mit einem Leben zu tun.« Traurig glitt ihr Blick zu Albert, der seinen daraufhin beschämt senkte.

»Nie wieder wirst du jemanden kontrollieren«, entschied Liz und machte einen Schritt auf unseren Mörder zu.

Jack betrachtete sie zähneknirschend, ehe er mit erhobenem Messer zur Seite schnellte, dorthin, wo sich Victoria befand, die Polly immer noch fest in ihrer Gewalt hielt.

»Was interessieren mich Huren, wenn ich eine Königin haben kann?«, rief er triumphierend und holte mit der Klinge aus – ein gerader Schnitt, der ihre Kehle durchtrennen sollte. Der Blutregen blieb jedoch aus.

Die Waffe hatte nicht Victoria getroffen, sondern Polly, die sich im letzten Moment vor die Königin gestellt hatte. Kein Blut sprudelte aus ihrer Wunde, nur ein Loch, das sich bereits zu schließen begann, klaffte in ihrem Hals. Eine Wendung, die weder Jack noch ich hatten kommen sehen. Die ganze Zeit hatte ich auf Pollys Unterstützung gehofft, aber sie hatte sie mir immer wieder verwehrt. Irgendetwas, was eine von uns oder Jack gesagt hatte, musste dazu geführt haben, dass sie ihre Meinung änderte.

Ruckartig schoss Polly vor und krallte ihre Hand um Jacks, mit der er den Griff des Messers umklammerte. »Du hast gesagt, ich sei bedeutsam«, fauchte sie ihm hasserfüllt entgegen. In ihren Augen loderte dieselbe Verachtung, die ich sie für ihren einstigen Vermieter hatte hegen sehen, der ihr ein Zimmer in der Nacht ihres Todes verweigert hatte. »Du hast gesagt, ich könne nun tun, was immer ich wolle. Du hast gesagt, ich sei frei.« Sie entriss ihm die Waffe und richtete diese nun bedrohlich gegen ihn. »Aber du hast mich nur belogen und benutzt, so wie alle anderen Männer vor dir. Fahr zur Hölle, Jack the Ripper!«

Entschlossen wollte sie ihm die Klinge in die Brust rammen – ein tödlicher Stich in sein kaltes Herz, mehr brauchte es nicht. Doch ihre Hand war plötzlich wie versteinert und rührte sich nicht. Ihr Arm zitterte unter der Anstrengung, die Kontrolle über ihren Körper zurückzuerlangen.

»Was …«, stieß sie aus, ihre Augen vor Unverständnis und Entsetzen geweitet.

Mit einem triumphierenden Grinsen auf den Lippen löste Jack ihre Finger von dem Messer. »Hast du wirklich geglaubt, du könntest eine Waffe gegen mich richten? Wie dumm wäre ich, Kreaturen zu erschaffen, die mich hinterrücks erstechen könnten? Keine von euch kann das!«, rief er höhnisch aus. »Ihr seid völlig machtlos gegen mich!«

Gefesselt von der Situation, hatte sich Victoria nicht gerührt, doch jetzt kehrte Leben in ihre Glieder zurück. Stolpernd rannte sie auf die Tür zu – Jack direkt hinter sich. Sie bekam den Griff zu fassen, riss die Tür auf und blickte geradewegs in den Lauf einer Waffe.

»Lass das Messer fallen!«, brüllte eine vertraute Stimme, von der ich angenommen hatte, sie nie wieder zu hören. Ein Schauer der Zuneigung erfasste mich und ließ meine Haut kribbeln. Mit feuchtem Blick nahm ich Inspektor Abberline in Augenschein, der seine erhobene Pistole geradewegs auf die Stirn von Jack richtete, während sich die Königin hinter ihm in Sicherheit brachte. Eine Schar von Wachen nahm sie in Empfang und baute sich vor ihr auf.

Verächtlich verzog Jack das Gesicht. »Du wirst dich niemals damit rühmen können, Jack the Ripper geschnappt zu haben«, schrie er und schnellte nach vorn, bereit, seinen eigenen Sohn zu töten.

Ein Schuss ließ die Wände des Verlieses erbeben. Dröhnend hallte er in meinen Ohren wider und jagte mir eine Gänsehaut über den Körper. Bestürzt musterte ich Abberline, der aufrecht vor seinem Vater stand, der langsam in die Knie ging.

»Vielleicht nicht, aber ich werde wissen, dass ein Monster weniger über die Erde wandelt«, erwiderte der Inspektor ohne jede Reue.

Die Kugel hatte Jack nicht in den Kopf getroffen, sondern war in seinen Bauch gedrungen. Blut quoll unter seinen behandschuhten Fingern hervor, die er auf seine Wunde presste. Er fiel rückwärts, wobei er seinen Zylinder verlor. Darunter kam schütteres graues Haar zum Vorschein. Seine Augen waren vor Entsetzen geweitet, und kalter Schweiß brach auf seinem bleichen Gesicht aus, als er zitternd am Boden liegen blieb. »Du …«, stammelte er fassungslos und sah zu dem jungen Mann auf, den er gezeugt hatte. »Du kannst mich nicht töten! Die Menschen werden sich an mich erinnern.«

»Niemand wird erfahren, wer du warst«, widersprach ihm Abberline. »Du wirst zu nicht mehr als einem Ungeheuer in ihren Albträumen verblassen.«

Entsetzen stand Jack ins Gesicht geschrieben, während seine Atemzüge hektischer wurden. Sein Ende nahte, und somit auch meines und das der anderen. Ich sah auf den roten Rubin, den ich noch immer in den Händen hielt, und ließ ihn zu Boden fallen, wo er scheppernd aufschlug, ein paar Fuß weiterhüpfte und schließlich liegen blieb. Es war vorbei.

Versöhnlich sah ich zu Polly, die meinen Blick mit einem reumütigen Lächeln erwiderte. Sie hatte lange gebraucht, um die Wahrheit zu erkennen, aber im entscheidenden Augenblick hatte sie das Richtige getan. Die letzten Wochen und Monate mochten sie wie ein Monster erscheinen lassen, kaum besser als Jack, doch letztlich war sie zu dem geworden, was das Leid des East End aus ihr gemacht hatte. Sie gesellte sich zu uns, und wir nahmen sie in unserer Mitte auf – kurz vor unserem Ende wollte keine von uns nachtragend sein.

»Nehmt ihn fest und befreit meinen Enkel!«, hörte ich die Königin irgendwo im Hintergrund brüllen, und sogleich stürmten unzählige Männer in Uniformen die schäbige Zelle. Polly, Catherine, Liz und ich hielten uns an den Händen, um uns in dem Durcheinander nicht zu verlieren. Zusammen würden wir diese Welt verlassen.

Prinz Albert wurde aus dem Raum eskortiert, während die Wachen die Leiche des Privatsekretärs bargen. Für ihn kam jede Hilfe zu spät.

»Ansons Sohn befindet sich in der Hanburry Street 4«, richtete Polly das Wort an niemand Bestimmten. »Eine Mutter von vier Kindern kümmert sich um ihn und wird ihn rausgeben, wenn die Polizei vor ihrer Tür auftaucht.« Sie sagte es so laut, dass alle sie hören konnten. Wir würden nicht mehr lange in dieser Welt verweilen, und irgendjemand sollte wissen, wo der Junge zu finden war. Er verdiente es, in sein Zuhause zurückzukehren – so hätte es sich sein Vater gewünscht.

Die Wachen legten Jack Handschellen an, obwohl diese nicht mehr lange vonnöten sein würden. Doch man konnte nie wissen.

Victoria ging auf Abberline zu und streckte ihm anerkennend die Hand entgegen. »Sie haben mich gerettet, und ich kenne nicht einmal Ihren Namen, Inspektor.«

»Abberline«, stellte er sich so wortkarg wie eh und je vor, ehe er beschämt den Kopf schüttelte. »Aber das ist nicht von Belang. Ich tat nur, was meine Pflicht war und jeder in meiner Position getan hätte.«

Spöttisch lachte die Königin auf. »Da bin ich anderer Meinung, es ehrt Sie, sich solch ein gutes Bild von den Menschen zu bewahren, obwohl Sie ihre Abgründe besser kennen müssen als die meisten.« Missbilligend verzog sie die schmalen Lippen. Auch sie kannte sich mit den Machenschaften dunkler Seelen bestens aus. Wie viele Verschwörungen mochte sie schon unter den Teppich gekehrt, welche Verbrechen mit ewigem Schweigen besiegelt haben? »Es gefällt mir nicht, in irgendjemandes Schuld zu stehen, deshalb lassen Sie mich wissen, wenn ich etwas für Sie tun kann.«

Sie brachte es wie eine Floskel daher und kehrte ihm bereits den Rücken zu, in der Erwartung, er würde nicht sofort mit einem Anliegen an sie herantreten, doch das tat er.

»Majestät, es gäbe da tatsächlich etwas«, rief er sie höflich zurück.

Überrascht drehte sie sich zu ihm um und musterte ihn erwartungsvoll. »Das ging schnell.«

Unsicherheit lag in Abberlines dunklen Augen, die in ihrer Farbe denen seines Vaters ähnelten, aber eine Wärme ausstrahlten, die mich Vertrauen zu ihm hatte fassen lassen. »Um ehrlich zu sein, trage ich nur den geringsten Anteil an Ihrer Rettung«, stellte er klar. »Es waren diese wundervollen Frauen, die sich für Sie eingesetzt haben.« Er deutete in unsere Richtung. »Mit dem Tod von Jack the Ripper wird auch ihr Dasein enden. Alles, was wir für sie tun können, ist, ihnen einen letzten schönen Moment zu schenken.« Er richtete seine Aufmerksamkeit wieder auf die Königin. »Bitte lassen Sie den Ball weiterlaufen und gestatten Sie mir, diesen mit den Damen zu besuchen!« Er schluckte gegen einen Kloß in seiner Kehle an, und ein feuchter Schimmer trübte seinen Blick. »Nur für wenige Minuten.«

Mehr Zeit blieb uns nicht. Jacks Leben verdampfte wie Wasser auf heißem Stein. Doch während er umzingelt von Fremden sterben würde, die ihm alle den Tod wünschten, würden Liz, Polly, Catherine und ich im Kreis von Menschen, die wir lieben gelernt hatten, unser Ende finden.

Victoria sah zu uns, und für einen Augenblick legte sie die Maske der Königin ab und gab die Frau darunter zu erkennen: eine starke Persönlichkeit, die sich immer wieder gegen Vorurteile hatte hinwegsetzen müssen. Sie nickte zum Zeichen ihres Einverständnisses. »Der Buckingham Palace ist seit jeher ein Ort der Wunder. Mögen Ihre Seelen den Frieden finden, den sie verdienen!«

Abberline verneigte sich tief vor ihr, und auch wir sanken zu einem Knicks herab, den wir ihr seit ihrem Betreten des Verlieses schuldig geblieben waren.

»Danke, Majestät!«, sagte der Inspektor respektvoll, ehe er sich wieder erhob und sich uns zuwandte. »Meine Damen, bitte beehren Sie den Maskenball mit Ihrer Anwesenheit! Zeigen Sie den Herrschaften, wie im East End getanzt wird!«

Polly versetzte Catherine und Liz einen sanften Stoß mit ihren Ellbogen. »Das lassen wir uns nicht zweimal sagen«, verkündete sie mit einem breiten Grinsen. Bis zum Schluss hatte sie um ihre zweite Existenz gekämpft, nun, wo unser Leben nur noch eine Frage von Minuten war, schien auch sie ihren Frieden damit geschlossen zu haben. Hocherhobenen Hauptes stolzierte sie an der Königin und den Wachen vorbei. Sie warf keinen Blick zurück, schenkte Jack nicht ein letztes Mal ihre Gunst – letztlich hatte er sie enttäuscht. So viel hatte er ihr versprochen und nichts davon gehalten.

»Wir sehen uns wieder«, röchelte der Mörder von Whitechapel irgendwo aus dem Hintergrund, als auch Liz, Catherine und ich den Raum verließen. »Niemand ist frei von Schuld!«

Da konnte ich kaum widersprechen, aber sollten wir einander je wieder gegenüberstehen, so würden wir uns auf Augenhöhe begegnen. Das würde ihm nicht gefallen, dafür würde Polly schon sorgen. Er hatte jede Macht über uns verloren.

Stufe für Stufe stiegen wir aus der Dunkelheit des Verlieses zurück in den prächtigen Glanz des Ballsaals. Die Feierlichkeiten hielten an, ohne dass irgendjemand etwas von dem Drama mitbekommen hatte, das sich unter ihren Füßen ereignet hatte. Es hätte nicht viel gefehlt und die Königin wäre gestorben. England wäre ohne sie ein anderes gewesen.

Polly verschwendete keine Zeit und steuerte geradewegs auf die Tanzfläche zu. Gerade spielte eine heitere Quadrille, der sie sich lachend anschloss. Ungeachtet der empörten Blicke der anderen Gäste wirbelte sie über das Parkett und tanzte im wahrsten Sinne des Wortes, als gäbe es kein Morgen mehr. Mit einem Winken lud sie uns ein, es ihr gleichzutun.

Catherine und Liz kamen kichernd ihrer Aufforderung nach. Einzig ein Räuspern zu meiner Rechten hielt mich zurück. Neben mir stand Abberline, der mir seine Hand entgegenstreckte. »Darf ich um diesen Tanz bitten?«

Ein Lächeln kitzelte in meinen Mundwinkeln, als ich meine Finger in seine legte. »Du kannst tanzen?«, konnte ich mir nicht verkneifen zu fragen.

»Nein, ganz und gar nicht«, erwiderte er schmunzelnd, während er mich auf die Tanzfläche führte. »Sollte ich dir auf die Füße treten, wirst du mir das zumindest nicht lange vorwerfen können.«

Sein Kommentar entlockte mir ein erleichtertes Lachen. Wir hätten unsere letzten Minuten auch in dem Verlies verbringen und auf den Tod warten können, stattdessen beendeten wir unser Leben tanzend auf unserem ersten und zugleich letzten Ball. Wer konnte das schon von sich behaupten?

»Ich hatte befürchtet, du würdest den Sturz in die Themse nicht überleben«, gestand ich ihm. »Bist du wirklich hier oder nur ein Geist?«

Er schenkte mir ein trauriges Lächeln. »Es war knapp. Wenn Jacks Messer mich nicht nur gestreift hätte, wäre es aus mit mir gewesen. Ironischerweise war er es, der mir das Schwimmen beigebracht hat.« Kopfschüttelnd dachte er an den Mann, der irgendwann einmal sein Vater gewesen war. »Ich schaffte es, mich so lang über Wasser zu halten, bis die Strömung etwas nachließ und ich mich im East End ans Ufer kämpfen konnte. Leichenräuber fanden mich und schleppten mich zu einem befreundeten Pathologen, als ich ihnen dafür eine Belohnung versprach.« Er verzog das Gesicht bei der Erinnerung an diese Begegnung. »Tja, der Mann ist nicht nur gut darin, herauszufinden, woran jemand gestorben ist, sondern auch darin, einen am Leben zu erhalten. Erst einmal brachte er mich dazu, das viele Wasser zu erbrechen, das ich geschluckt hatte, danach flickte er mich wieder zusammen.« Unbewusst fuhr er sich mit einer Hand über den Bauch, dort, wo sich unter seiner Uniformjacke und dem Hemd wahrscheinlich ein Verband befand. Nur knapp war er dem Tod entkommen.

»Hat dir dieser schlaue Mann keine Bettruhe verordnet?«, zog ich ihn auf. Zu scherzen fiel mir leichter, als ihn wissen zu lassen, wie sehr ich es bedauerte, ihn gleich verlassen zu müssen. Sein Gesicht war blass und Schweiß stand ihm auf der Stirn. Ich glaubte daran, dass er wieder gesund werden würde, aber er musste besser auf sich achtgeben.

»Das hat er, zum Glück bin ich jedoch ein dummer Mann, der sich um nichts in der Welt hätte entgehen lassen, jetzt bei dir zu sein.« Er lehnte seine Stirn an meine, und ich spürte das Beben seiner Brust. Sein Herz war stark. Wenn ich nicht mehr war, würde es auch für mich weiterschlagen. Ein Teil von mir würde in dieser Welt verbleiben, bei Abberline – in seinen Erinnerungen.

Etwas ungelenk ahmten wir die Bewegung der anderen Tanzpaare nach, ehe wir dazu übergingen, unseren ganz eigenen Stil zu entwickeln. Hier eine Drehung und dort ein Fußklopfen, fern jeder Perfektion, aber erfüllt von Leidenschaft.

Das Spiel des Orchesters wechselte und ging in einen langsamen Walzer über. Abberline schloss mich in die Arme, während ich den Kopf an seine Schulter lehnte. Ich sah zu Catherine, die mit geschlossenen Augen über das Parkett schwebte, einen verträumten Ausdruck in ihrem hübschen Gesicht. Albert hatte sie gekränkt und belogen, trotzdem konnte sie von sich behaupten, für eine Weile gespürt zu haben, was es bedeutete zu lieben. Sie war glücklich gewesen und hatte die Hoffnung auf eine bessere Zukunft in ihrem Herzen getragen. Es war dieses Gefühl, das sie erfüllte, als sie sich von der Welt der Sterblichen zu lösen begann.

Liz wirbelte zwischen den Tanzenden umher. Ob im Leben oder Tod, sie hatte sich stets vor die Menschen gestellt, die ihr etwas bedeuteten – ohne Furcht. Sie hatte sich meiner angenommen, als ich mich hilflos fühlte. Mit ihr verlor das East End einen Engel. Gott könnte sich glücklich schätzen, sie in seiner Schar willkommen zu heißen.

Mit Empörung reagierten die anderen Gäste auf Polly, die sich in Kreisen ungehemmt über die Tanzfläche bewegte. Sie war ihre verachtenden Blicke gewohnt, kannte das Gefühl der Zurückweisung besser als jedes andere. Ich wünschte mir für sie einen Platz, an dem sie so akzeptiert wurde, wie sie war. Vielleicht könnte sie dann auch ihre harte Schale ablegen, um den liebevollen Kern darunter zu offenbaren. Es hatte seltene Momente gegeben, in denen ich einen Blick auf die Person hatte erhaschen können, die sie hätte sein können, wenn die Welt ihr nichts stets die kalte Schulter gezeigt hätte.

Abberline legte die Hand unter mein Kinn und hob meinen Kopf an. Sein Blick hielt mich fest. »Du wirst nicht vergessen werden, Mary Kelly! Vielleicht tröstet es dich zu wissen, dass ich deinetwegen die Welt mit anderen Augen sehen werde. Nie wieder werde ich wegsehen!«

Das tat es tatsächlich. Mir war bewusst, er konnte das East End nicht allein zu einem besseren Ort machen, aber wenn ich dazu beigetragen hatte, dass er in Zukunft die Sorgen der Bewohner ernst nehmen und es zumindest eine Person geben würde, an die sie sich in ihrer Not wenden konnten, hatte ich etwas Gutes bewirkt. Ich spürte, wie ich ihm entglitt, obwohl ich länger an seiner Seite verweilen wollte – nur einen Moment noch. Keine Finsternis umfing mich, sondern ein Licht, so strahlend und schön wie die funkelnden Kronleuchter des Buckingham Palace. Eine Leichtigkeit erfüllte mein Sein. Jeder Schmerz und jeder Kummer fielen von mir ab. Alles, was gewesen war, blieb zurück.

Ich tanzte – tanzte bis in alle Ewigkeit.

EPILOG

Braune Erde bedeckte die Hände von Abberline, als er sich aufrichtete und sie an seiner Hose abklopfte. Ein einzelnes Veilchen, das in der Masse der Blumen kaum auffiel, blühte nun violett neben dem Grabstein von Mary Kelly.

Ich habe dich nicht vergessen, dachte er. *Genauso wenig wie viele andere!*

Fünf Jahre lagen die Morde des berüchtigten Jack the Ripper nun zurück. Hin und wieder machten Gerüchte über seine Rückkehr die Runde, wenn eine weitere Frau einen gewaltsamen Tod fand, unbedeutend, ob sich dieser in England, den USA oder Australien ereignete. Er hatte eine Berühmtheit erlangt, wie er sie sich zu Lebzeiten erträumt hatte. Die Tatsache, dass seine Identität bisher nicht hatte geklärt werden können, machte das Mysterium nur umso interessanter. Die Menschen liebten Rätsel.

Die Wahrheit würde jedoch für immer ein Geheimnis bleiben, das Abberline und die Königin miteinander teilten. Nach dem Tod des Mörders von Whitechapel entschied Victoria, es sei besser, die Umstände unerwähnt zu lassen, da sie keine Zweifel an ihrer Unantastbarkeit aufkommen lassen wollte. Welchen Eindruck würde es erwecken, wenn sich ein Mann Zutritt zum Buckingham Palace verschaffen konnte und dort nah genug an die Königin herankam, um diese zu ermorden? Womöglich würden andere seinem Beispiel folgen. Dem beugte sie vor, indem sie verlauten ließ, nichts, was sich in der Nacht des Maskenballs im Verlies zugetragen habe, sei je geschehen.

Die Gäste des Balls, die dabei zugesehen hatten, wie sich vier Frauen plötzlich in Luft auflösten, beschenkte sie mit wertvollen Aufmerksamkeiten und einem Brief, in dem sie freundlich daran erinnerte, dass die Gunst der Königin ein Privileg sei, das jederzeit entzogen werden konnte. Wer, der nicht dabei gewesen war, sollte ihnen ihre Geschichte auch glauben? Menschen lösten sich nicht einfach auf – so etwas gab es nicht! Jeder, der etwas anderes behauptete, musste den Verstand verloren haben!

Abberline kam die Geheimhaltung gelegen, da er keinen Wirbel um seine Person wollte, die die Enthüllung, dass es sich bei seinem Vater um den Ripper handelte, verursacht hätte. Dennoch sollten seine Mühen nicht unbelohnt bleiben. Die Königin höchstpersönlich verlangte seine Beförderung zum Chief Inspektor und machte gewiss auch ihren Einfluss geltend, als er nur zwei Jahre später zum Superintendent ernannt wurde. Obwohl er sich nicht mit dem Ruhm schmücken konnte, Jack the Ripper enttarnt zu haben, genoss er dennoch den Erfolg.

Das Leben von Prinz Albert verlief weniger Erfolg versprechend. Niemals würde er auf dem englischen Thron sitzen. Der Ball, den er Ende des Jahres 1888 besuchte, blieb sein letzter. Die Krankheit, von der er behauptet hatte, Catherine habe ihn damit angesteckt, raubte ihm jede Lebenskraft, bis er bettlägerig wurde und schließlich im jungen Alter von achtundzwanzig Jahren verstarb – kinderlos und ohne je den Bund der Ehe geschlossen zu haben.

Das East End blieb das Elendsviertel von London. Sosehr er sich auch bemühte, Abberline konnte einen Klumpen Pech nicht in Gold verwandeln. Das Einzige, was er gewissenhaft tat, war, hinzusehen und zuzuhören. Bei seinen allabendlichen Spaziergängen senkte er nicht mehr den Kopf, um so schnell wie möglich in den nächsten Pub zu gelangen, sondern lief mit offenen Augen durch die Straßen. Der strenge Verzicht auf Alkohol half ihm dabei, nicht mehr wegzusehen, wenn er eine in Tränen aufgelöste Frau erblickte. Stattdessen fragte er sie, ob er ihr helfen könne. Anfänglich reagierten die Leute mit Misstrauen auf ihn und wimmelten ihn ab, aber er gab nicht auf und fing weiter Gespräche an, bis sie ihn als einen der ihren zu akzeptieren begannen.

Im Jahr 1890 stand Abberline an dem Tag, als Severin Klosowski wegen Mordes öffentlich gehängt wurde, in der ersten Reihe und applaudierte stellvertretend für Liz. Jede Frau, der er in irgendeiner Weise helfen konnte, bat er im Gegenzug, Blumen auf das Grab von Mary Kelly oder einer der anderen ermordeten Frauen zu legen. Er sagte ihnen, sie seien ein Symbol für den Widerstand. Jeder Mensch sei mehr, als die äußere Fassade vermuten ließe. Es war unter anderem sein unermüdliches Bestreben, das dazu führte, dass Polly, Annie, Liz, Catherine und Mary nicht nur als Huren in Erinnerung blieben, sondern als Frauen, die von der Gesellschaft verstoßen worden waren, ihr dennoch mit erhobenem Haupt entgegengetreten waren und sich nicht hatten unterkriegen lassen. Ihr Drang nach Würde, Freiheit und Gleichberechtigung überlebte ihren Tod.

Dazu passte auch die Inschrift, die Marys Grabstein zierte:

Nur die einsamen Herzen
fühlen meine Sehnsucht.
Liebe lebt für immer.

Nachwort

Die besten Geschichten schreibt das Leben, deshalb lasse ich mich gern von der Vergangenheit inspirieren. *Jack the Ripper* gehört gleichermaßen zu den schockierendsten als auch faszinierendsten Mordfällen, vor allem, weil er bis heute ungelöst ist. Eine Vielzahl von Personen hat sich schon mit Aufklärung beschäftigt, ohne zu einem eindeutigen Ergebnis zu kommen. Dieses Buch stellt nicht meinen Versuch der Lösung des Mysteriums dar, sondern bietet lediglich eine fantasievolle Umsetzung, beseelt von historischen Fakten.

Bei meiner Recherche erwies sich die Seite www.jacktheripper.de als sehr hilfreich. Dort stieß ich auf einige interessante Details, die maßgeblichen Einfluss auf den Verlauf dieser Geschichte nahmen: Es gibt verschiedene Zeugenaussagen, die belegen, dass Mary Kelly nach dem Zeitpunkt ihres Todes am nächsten Morgen noch gesehen wurde. Diese wurden jedoch alle bei den polizeilichen Ermittlungen ignoriert.

Die Wahl ihrer Lieblingsblumen traf ich nicht willkürlich, sondern beruht darauf, dass sie in der Nacht ihres Todes das Lied *A violet from mother* gesungen haben soll, wie von mehreren Nachbarn ausgesagt wurde. Wie viele Bewohner des East End schien sie sich nach einem besseren Leben zu sehnen. Die Inschrift ihres Grabsteins habe ich im Deutschen etwas umgewandelt. Im Original lautet sie:

None but the lonely hearts can knew my sadness.
Love lives forever.

Ihr Grab kann auf dem Friedhof St Patrick's im Osten von London besichtigt werden und ist stets mit Blumen als Zeichen an ihr Gedenken geschmückt.

Die Figur des Joseph Barnett ist inspiriert von einem gleichnamigen Verdächtigen, der mit Mary Kelly liiert gewesen sein soll. Auch er litt an einer Sprachstörung, die ich für seinen Charakter übernommen habe. Ich möchte damit niemanden verletzen, aber auch zeigen, dass leider zu der damaligen Zeit (und oft auch noch heute) Menschen mit einer Beeinträchtigung schnell als verdächtig galten. Die Schuld dafür liegt nicht bei den beeinträchtigen Personen, sondern bei einer Gesellschaft, die zu Vorurteilen neigt.

Catherine Eddowes habe ich in diesem Buch nicht nur verjüngt, sondern ihr auch eine Liebesbeziehung mit Prinz Albert angedichtet, für die es keinerlei Belege gibt. Der britische Thronfolger wurde zwar immer wieder im Zusammenhang mit Jack the Ripper erwähnt, was jedoch vor allem an seinem ausschweifenden Liebesleben lag. Zur Zeit der Morde hielt er sich nachweislich nicht in England auf. Seine Verstrickung in den Fall war auch Thema der Graphic Novel *From Hell*, die 2001 unter dem gleichnamigen Titel verfilmt wurde. Erfunden habe ich jedoch nicht, dass Catherine Eddowes bei ihrer Polizeientlassung, kurz vor ihrer Ermordung, den Namen des nächsten Opfers (Mary Kelly) als ihren eigenen angab. Bloßer Zufall oder vielleicht doch mehr?

Eine Vielzahl von Briefen ging bei der Polizei ein, in der sich verschiedene Personen als der Mörder ausgaben. Nur drei davon wurden allerdings als authentisch betrachtet. Der Name *Jack the Ripper* stammt von diesen Schreiben, da der angebliche Mörder sie mit diesem Titel unterzeichnete. Im Mai 2006 ergab ein DNA-Test, dass der Speichel auf Briefmarken, die auf Briefen klebten, die von Jack the Ripper stammen sollten, einer Frau gehörte. Dies brachte mich auf den Einfall, nicht den Mörder selbst die Nachrichten schreiben zu lassen, sondern jemanden, der die Ermittlungen vorantreiben wollte. Vielleicht eines seiner untoten Opfer?

Severin Klosowski stand tatsächlich auf der Liste der Tatverdächtigen weit oben, jedoch konnte ihm keines der Verbrechen nachgewiesen werden.

Frederick G. Abberline war der leitende Beamte im Fall des Jack the Ripper. Sein Alter sowie seinen persönlichen Hintergrund habe ich aus künstlerischer Freiheit dieser Geschichte angepasst. In einem Interview, als er gefragt wurde, wen er für den Ripper halte, sagte er einst: »Theorien! Wir hatten uns in Theorien verloren, weil es so viele gab.« *(Theories! we were lost almost in theories; there were so many of them.)*

Seine Antwort ist damals wie heute gleichermaßen gültig.

Danksagung

Oft fällt es mir schwer, den Zeitpunkt zu benennen, wann die Idee für eine Geschichte geboren wurde, bei *Jack the Ripper's Sammlung der Herzen* fällt es mir ganz leicht. Ich erinnere mich noch genau daran, wie ich meiner lieben Autorenkollegin J. K. Bloom von dem Projekt erzählte (etwas, das ich sonst nie tue). Ihre Ermutigung und Begeisterung waren es, die mich daran festhalten ließen. Liebe Jessy, wir sollten uns unbedingt öfter über Ideen austauschen, wenn man bedenkt, was aus ihnen geworden ist!

Wie es oft so ist, landete diese Geschichte erst einmal in einer Schublade und wäre dort vielleicht auch geblieben, wenn die großartige und wunderbare Stefanie Kullick mich nicht bei Drachenmama Astrid *beworben* hätte – anders kann ich es gar nicht nennen. Deine Fähigkeit, dich mit mir zu freuen, zeigt mir, in dir eine wahre Freundin gefunden zu haben. Ich bin sehr glücklich, jetzt neben dir am Drachenfeuer sitzen zu dürfen.

Das bringt mich direkt zu der nächsten Person, ohne die es dieses Buch nicht geben würde: Astrid Behrendt. Du bist zu einem Zeitpunkt in mein Leben getreten, als ich an mir und meiner Schreibkunst zweifelte. Deine Wertschätzung hat mir Mut geschenkt, weshalb ich nicht anders konnte, als die Chance, die du mir botest, zu ergreifen. Danke für deine Herzlichkeit!

Das Schreiben dieser Geschichte war ein turbulenter Ritt mit Höhen und Tiefen, nicht nur für mich, sondern auch für die Menschen in meinem Umfeld – meine Familie. Danke, dass ihr mir dabei geholfen habt, mich an meinen Zeitplan halten zu können, und dafür bereit wart, öfter auf mich zu verzichten. Lena und Luca, ich hoffe, euch wird die Liebe zu meiner Arbeit eines Tages zeigen, dass es sich lohnt, für seinen Traum zu kämpfen, und Aufgeben keine Option ist.

Bei diesem Abenteuer begleitet haben mich meine treuen Testleserinnen Natascha Jäger, Laura Palm, Jaschka Gaillard und Kathrin Franke-Mois. Ihr standet mir mit Rat und Tat zur Seite und habt mich immer wissen lassen, dass ihr an dieses Projekt und mich glaubt. Unsere Krisengespräche haben mich gerettet! Diese Reise wäre ohne euch nur halb so schön gewesen.

Lieber Stephan Bellem, wie sehr habe ich vor deinem Urteil als Lektor gezittert! Ganz gleich, wie viele Bücher ich auch geschrieben habe, dies ist immer der Moment, vor dem ich mich am meisten fürchte. Danke für deine Ehrlichkeit, die mir dabei geholfen hat, die Schwächen meiner Geschichte zu erkennen, und mich dazu angetrieben hat, sie zu etwas Logischerem und etwas Einheitlicherem, kurz zu etwas Besserem zu machen. Ich bin froh über jede einzelne Änderung, auch wenn ich jetzt ein, zwei graue Haare mehr habe, das war es mir wert!

Es heißt *Don't judge a book by it's cover*, aber ich bin mir sicher, Jack the Ripper's Sammlung der Herzen wird viele Leser*innen wegen des Covers anziehen, und das verdanke ich dir, genialer Alexander Kopainski. Du hast die Atmosphäre dieser Geschichte perfekt eingefangen und jeden noch so kleinen Wunsch von mir berücksichtigt! Ich freue mich auf das nächste Mal!

Von diesem Projekt mal abgesehen, gibt es fünf wundervolle Menschen, die mir jeden Monat aufs Neue zeigen, dass ihr Glaube an mich unerschütterlich ist. Danke an meine Patrons: Petra Lindekugel, Cornelia Pfeffer, Elke Baumann, Nicky Rienecker und Jenny Lüssem. Eure Unterstützung bedeutet mir viel!

Last, but not least gebührt mein Dank all jenen wundervollen Menschen, die diese Geschichte bis zum Schluss gelesen haben. Wenn *du* gerade diese Zeilen liest, sei dir meiner Dankbarkeit gewiss!
Eine Danksagung zu lesen ist keinesfalls selbstverständlich, dass es Personen gibt, die es tun, beweist mir, ich schreibe sie nicht umsonst. Ich hoffe, die Geschichte um Mary und die anderen vier Frauen hat dir gefallen und bleibt dir in Erinnerung, auf dass ein Mensch mehr ihre Namen nicht vergisst. Letztlich sehe ich dieses Buch als Hommage an fünf besondere Frauen, die so viel mehr als Opfer waren.

Maya Shepherd

Die Legende des letzten Drachen

ISBN 978-3-69130-072-7, Schmuckausgabe

Einst durchzogen Drachen den Himmel von Drakenshire. Als der Letzte fiel, hinterließ er einen Fluch – einen, der Menschen in das verwandelte, was sie einst vernichten wollten.

Skye lebt im Verborgenen, flieht vor den Soldaten der Königin, vor der Wahrheit und vor ihren Gefühlen für Aska. Doch als sich in Aska das Drachenblut regt, beginnt ein Wettlauf gegen die Zeit – und gegen eine Macht, die stärker ist als beide.
Auf der Suche nach dem sagenumwobenen Hort der Drachen schließen sie sich dem zwielichtigen Dieb Kieran an, der mehr verschweigt, als er verrät. Während Aska zunehmend dem Fluch verfällt, klammert sich Skye an einen letzten Funken Hoffnung. Sie würde die Welt in Flammen setzen, um Aska zu retten. Nur was, wenn sie sich entscheiden muss: zwischen ihrer Liebe und dem Schicksal eines ganzen Landes?

Maya Shepherd
Ballade der Gezeiten
ISBN 978-3-95991-865-7, Schmuckausgabe
ISBN 978-3-95991-866-4, Softcover mit Farbschnittgarantie

Eine Fehde zwischen Zeus und Poseidon verwickelt die Menschen und das Meeresvolk in einen Jahrzehnte überdauernden Krieg, der auf beiden Seiten Opfer fordert. Als Meerjungfrau Mariel einem Menschenprinzen das Leben rettet, bricht sie damit das oberste Gesetz des Ozeans: Hilf niemals einem Menschen!

Für ihre Tat droht Mariel der Tod. Um ihrer Bestrafung zu entgehen, muss sie ihren Fehler ungeschehen machen und den Prinzen innerhalb von sieben Tagen umbringen. Ihrer Stimme beraubt und dazu verdammt, unter Feinden zu leben, setzt sie alles daran, dem Prinzen näherzukommen, denn ihre einzige Waffe ist ihr Kuss.

Helena Gäßler

Das Herz einer Geisterstadt

ISBN 978-3-69130-041-3, Schmuckausgabe

»Wenn du zuhören würdest, wüsstest du es auch. Wie das Herz einer Geisterstadt schlägt. Nur dadurch lässt sich der Spuk austreiben.«

London, 1867

Ivy studiert an der Königlichen Akademie für Geisteraustreibung. Als sie für die Abschlussprüfung aufgrund ihres Geschlechts übergangen wird, bleibt ihr nichts anderes übrig, als die exzentrische Dozentin Miss Feyler um Hilfe zu bitten. Die selbsternannte »Häuserflüsterin« redet nicht nur mit ihrem mechanischen Hund, sie versucht auch, mit Spukhäusern zu sprechen, um sie zu beruhigen. Ivy ist skeptisch, doch bald stellt sie fest, dass sie für ihre Berufung nicht nur Neues lernen, sondern auch alles riskieren muss …

Magnolia Feyler hatte sich nach ihrem letzten Auftrag geschworen, nie wieder einen Fuß in ein Spukhaus zu setzen. Das ändert sich, als Ivy ihr von der irischen Geisterstadt Port berichtet. Denn Prof. Thompson und die Schüler, die vor ihnen aufgebrochen sind, unterschätzen den Fall gewaltig. Schnell realisiert Magnolia, dass Geisterstädte nach anderen Regeln spielen als ihre geliebten Spukhäuser. Und Port wird nicht ruhen, ehe sie den Fremden das Grauen begreiflich gemacht hat, das ihre Bewohner in der Großen Hungersnot erleiden mussten …